KB112356

이제는 독자의 몫으로 남겨 놓고, 세상을 향해 평범한 한 사람의 인생 에세이를 공개하려고 한다. 이 책을 통해서 독자 여러분과 인연이 닿기를 학수고대하며 첫발을 내딛고자 한다. 설레기도 하지만 두렵기도 하다. 부디 이 책과 더불어 알차고 유익한 시간 보내기를 소망하며 여기서 글을 맺으려고 한다.

2021. 11
딸 시집보내는 심정으로.
박 형 선 쓰다.

이 글을 쓰기까지 어렴풋이나마 내 기억 속에 남아 있는 것들을 바탕에 두고 시작했다. 거기에다 내가 기록으로 남겨 놓은 노트와 일기장을 근거로 이야기를 더욱 탄탄하게 보강했다. 그리고 생생한 증언과 각종 자료를 찾아서 사실에 입각한 글을 쓰기 위해 힘썼다. 또 각 주제와 관련된 서적들을 샅샅이 뒤져가며 그 내용을 뒷받침했다.

이 글을 쓰면서 별다른 위기는 없었다. 다만 글을 쓰지 못한 날은 천장 위에 구렁이가 든 것처럼 마음이 쓰여서 다른 일을 못 할 정도로 안달하는 버릇이 생겼다. 그럴 때마다 허둥대느라 정작 마무리해야 하는 일들을 망치기 일쑤였다. 마치 어깨에 코끼리가 올라탄 것처럼 그 중압감이 대단했다. 심적 부담 또한 눈덩이처럼 불어나면서 마냥 자유롭지 못한 점은 내가 감당해야 할 몫인 성싶었다.

독자를 늘 마음에 두고 글을 쓰기 위해 애를 태웠지만 쓰다 보면 자신의 감정에 치우친 나머지 횡설수설한 때도 꽤 많았다. 그러한 어설픈 점을 바로잡으려고 퇴고를 수십여 차례 거치긴 했지만 부족한 점을 인정할 수밖에 없다. 자신만의 영역에 갇혀 눈을 뜨지 못한 우둔함은 두고두고 아쉬운 부분이지만 그렇다고 덮어버릴 수 없는 것 또한 딜레마였다. 하지만 출간을 굳히게 된 결정적인 동기는 마음속에 가둬 놓고 버티기에는 자칫 화병을 불러오지 않을까 하는 두려움 때문이었다.

프롤로그

　나는 꽤 늦은 나이에 책 한 권을 출간했다. 그리고 이제 두 번째 작품으로 미지의 독자를 향해 첫발을 내디디려는 출발선에 서 있다. 내가 이렇게 독자를 찾아 나선 까닭은 첫 작품에서 못다 한 이야기가 수두룩하게 쌓여 있기 때문이다. 비록 한 사람의 보잘것없는 인생 에세이에 불과하지만, 글을 쓰게 된 저자는 이 이야기들을 풀어내지 않고서는 스스로 버텨낼 재간이 없다는 간절함에서 비롯된 탓이기도 하다. 특히 나의 어머니에 대한 애틋한 사랑을 마음속에 담아 두고 침묵으로 일관하기란 고역이 아닐 수 없었다. 그런데다가 나의 삶이 마치 기적과도 같다는 생각에 미치자 더욱 견딜 수가 없었다. 그렇다고 독자를 배려하지 않는 글 따위를 불쑥 꺼내놓기도 마음이 내키지 않은 것 또한 마찬가지였다. 이러지도 저러지도 못한 채 궁지에 몰린 나는 어지간히 난감했다. 하지만 그 돌파구를 찾으려고 안간힘을 썼다. 거의 매일이다시피 노트북 자판기를 두드려 가며 입력하고 삭제하기를 반복하면서 다듬었다. 더 나이 들면 이마저도 여의찮다는 생각으로.

울 엄니
하송떡

은퇴 후 돌아본 인생,
　그리고 **생은 계속된다!**

박형선
지음

북랩

울 엄니 하송떡

발행일	2022년 9월 30일

지은이	박형선		
펴낸이	손형국		
펴낸곳	(주)북랩		
편집인	선일영	편집	정두철, 배진용, 김현아, 장하영, 류휘석
디자인	이현수, 김민하, 김영주, 안유경, 신혜림	제작	박기성, 황동현, 구성우, 권태련
마케팅	김회란, 박진관		
출판등록	2004. 12. 1(제2012-000051호)		
주소	서울특별시 금천구 가산디지털 1로 168, 우림라이온스밸리 B동 B113~114호, C동 B101호		
홈페이지	www.book.co.kr		
전화번호	(02)2026-5777	팩스	(02)2026-5747

ISBN	979-11-6836-499-8 03810 (종이책)	979-11-6836-500-1 05810 (전자책)	

(주)북랩 성공출판의 파트너
북랩 홈페이지와 패밀리 사이트에서 다양한 출판 솔루션을 만나 보세요!
홈페이지 book.co.kr • **블로그** blog.naver.com/essaybook • **출판문의** book@book.co.kr

작가 연락처 문의 ▶ ask.book.co.kr
작가 연락처는 개인정보이므로 북랩에서 알려드릴 수 없습니다.

울 엄니
하 송 떡

은퇴 후 돌아본 인생,
그리고 **생은 계속된다!**

마이카 시대가 온다

    1960년대 후반 즈음에, 그러니까 내가 중학교 일 학년쯤이나 되었을까 하는 때인 성싶다. 그때 불어 닥친 변화의 소용돌이는 마치 태풍 전야 같은 양상을 띠고 있는 듯했다. 그와 동시에 수면 아래에서는 대왕고래가 꿈틀거리듯 변화의 조짐이 서서히 본성을 드러내기 시작했다. 이를 뒷받침하는 대표적인 하나의 예는 바로 여기에 있었다. 그것은 시골 마을 길목의 담벼락 곳곳에 나붙은 '마이카 시대가 온다.'라는 생소한 광고지였다. 아마 자동차 운전학원에서 수강생을 불러 모을 속셈으로 그런 광고지를 붙여 놓은 것 같았다. 자가용 시대가 곧 다가올 터인즉 이에 대비하라고 부추기는 광고가 아닌가 싶었다. 그 광고지는 사람들의 눈에 잘 띌 만한 큰 골목길의 울퉁불퉁한 담벼락에 위태롭게 매달려 있었다. 그것은 울긋불긋한 삼원색을 바탕으로 한 포스터로 왠지 낯설게 보인 데다 마이카 시대라는 용어는 더욱 생경했다. 분위기 또한 달라도 너무 달랐다. 왠지 우중충하고 옹색한 토석담에, 화려하고 선명한 광고지가 어울리지 않을뿐더러 그때의 상황과 마이카 시대라는 용어가 지나치게 동떨어진 감이 들었다. 그런 광고지가 담벼락에 붙어 있는 것 또한 그때 본 게 처음인 것 같다. 한마디로 하루아침에 엄청난 변화의 물결이 밀려오는 듯한 야릇한 낌새에 내 마음이 앞서 들썩거렸다.

내가 중학교에 다닐 때였으니까 '마이카'라는 말뜻이 바로 자가용이라는 건 분명한데, 무슨 자가용 시대가 온다는 것인지 얼른 와닿지 않았다. 무슨 달나라 얘기를 듣는 것처럼 어안이 벙벙했다. 지금이 어느 시대인데 자가용이라는 때 이른 용어가 어느 날 불쑥 튀어나온 것인지 더욱 궁금했다. 그 시절은 보릿고개를 겪지 않는 가정이 없을 정도로 먹고살기에도 빠듯한 생활환경이었다. 주말이나 공휴일에는 온 식구가 어김없이 마을 취로사업에 동원되어 품을 팔고, 그 대신 밀가루를 배급받아 식량으로 대용하던 시절이었다. 그러니 마이카 시대라는 광고는 우리의 상상을 뛰어넘어 신세계를 유람하면서 쓴 판타지 소설이나 다름없었다.

그때의 신선한 충격은 오래 지속되었다. 내가 나이 들어 어른이 된다고 한들 자가용을 탈 수 있을지 없을지 의문투성이지만 그때가 온다면 언제 올는지 사뭇 궁금했다. 그로부터 고등학교를 졸업하고, 군 복무를 마치자마자 곧바로 직장에 들어갔는데도 그 궁금증은 여전했다. 그때 내가 입사한 포항종합제철주식회사(이하 포철, 지금의 포스코)에서는 부장들이 타고 다니던 승용차가 ○○자동차사의 노란색 포니였다. 그것도 자가용이라기보다는 회사에서 제공한 공용차량에 불과했다. 그러니 우리 같은 말단 사원은 그림의 떡으로 보일 수밖에 없었다. 그렇게 나를 둘러싼 주변 환경의 흐름으로 볼 때 그만큼 자가용에 관심을 가질 만한 중심에서는 벗어나 있었다. 그런 가운데서도 오매불망 꿈속에서만 아른거리던 마이카 시대에 대한 환상이 서서히 현실로 드러나기 시작했다.

내가 입사한 지 팔 년가량이 지난 1980년대 중반부터 자동차 운전학원에 다니는 직원이 하나둘씩 늘어나기 시작했다. 언제쯤이라고 기약할 수는 없지만 자가용을 타게 되면 운전면허가 필수라는 걸 알고 있었을 것으로 짐작했다. 그런 움직임에 동요된 나는 운전학원에 다니는 직원들을 보면 엄청 부러웠다. 당장 자가용을 타는 것은 아니지만 미리 준비하는 것만으로도 시대를 앞서가는 사람들이라고 우러러볼 정도였다. 나도 마음은 굴뚝같지만 회사 일이 바쁘다는 핑곗거리를 찾거나 학원비가 아깝다는 생각이 앞선 나머지 마냥 주춤거리고 있었다. 그런데 회사에서는 그런 분위기에 편승이라도 하듯이 직원들한테 오토바이를 알선했다. 그 오토바이 구입 비용은 할부(몇 개월인지 모르지만)에 무이자 융자였다. 배기량이 구십 cc인 최신형 오토바이로 색상은 쇳물을 상징하는 황금색이었다. 나는 오토바이를 살 만한 형편이 안 되었지만 그것을 탈수 있는 운전면허도 없었다. 그런데 오토바이를 타고 출퇴근하거나 운전면허를 취득하려는 직원이 우후죽순처럼 쏟아져 나오고 있었다. 결국 나도 그런 분위기에 들뜬 나머지 운전학원에 등록하기에 앞서 가접수부터 했다. 그만큼 수강 신청이 늘어나는 추세로 사람들이 줄을 서서 대기하고 있다는 얘기나 다름없었다. 그런데

십여 일가량 지났을 무렵에 느닷없이 광양제철소로 전출 명령을 받았다. 그 인사명령으로 운전면허를 취득하려 했던 희망이 물거품처럼 사라진 듯했다.

광양으로 전입한 그해는 물론 그다음 해까지 공장건설과 주거환경에 적응하느라 눈코 뜰 새 없이 바빴다. 당연히 운전면허 취득에 관한 생각은 안중에도 없었다. 운전학원에 다닐 형편도 안 되었지만 회사 근처의 사원 주택단지에 거주하고 있던 터라 자전거면 충분했다. 따라서 오토바이나 자가용을 탈 생각은 멀찌감치 뒤로 밀려나 있었다. 그때 직원들의 동향을 볼 때 과장들은 중소형 승용차를 타고 다녔고, 일부 계장들이 소형 자가용을 몰고 출퇴근할 정도였다. 그것도 중고차가 태반이었다.

그로부터 꼬박 일 년이 더 지난 뒤에 나는 운전면허도 없이 덜렁 오토바이부터 구입했다. 자가용을 타기에는 시기상조인 직원들 사이에 오토바이 붐이 일던 때인지라 덩달아 나도 그런 분위기에 휩쓸렸다. 아내하고 사전에 의논 한마디 없이 그때 유행하던 백이십오 cc 신형 오토바이를 끌고, 신바람을 내면서 집으로 들어섰다. 아내는 휘둥그레진 눈으로 나를 쳐다보더니 "여보, 그 오토바이 당신 거예요?"라고 물었다. 나는 당연하다는 듯이 "응, 오늘 샀어."라고 했다. 그러자 아내는 "아니, 그 비싼 오토바이를 사면서 한마디 상의도 없이 당신 마음대로 일을 저질러 놓으면 나더러 살림을 어떻게 하라는 거예요?"라고 일침을 가했다. 당연히 그렇게 말하고도 남을 만했다. 그때는 아내가 가계부를 꼼꼼히 써 가며 집안 살림을 도맡다시피 할 정도의 권한을 갖고 알뜰살뜰 꾸려갔기 때문이다. 그런데 겁도 없이 그 당시 최신형인 오토바이를 끌고 들어왔으니 기가 막혔을 것이다. 그런 집안 사정을 익히 알고 있던 터라 나는 더 이상 말대꾸를 삼간 채 마음속으로 '까짓것, 게나 고둥이나 다 사는데, 나라고 못 살 이유가 없지.'라고 건방을 떨었다. 그리고 운전면허도 없이 육 개월가량을 아무 거리낌 없이 타고 다녔다. 출퇴근은 물론 휴일이면 가족을 태우고 섬진강 변, 하동 솔밭, 구례 화엄사까지 갈 만한 곳은 두루 돌아다니기도 했다. 동료 가족들과 어울려 야외로 나들이 가는 일도 있었다. 오토바이 한 대에 가족 네 명이 매달린 위험천만한 무면허 운전이었다. 무면허 운전이라는 교통 법규 위반은 늘 마음에 무거운 짐이었지만 그렇다고 운전면허를 취득할 만한 여건은 거기에 미치지 못했다. 직장을 다니는 데다가 운전학원이 순천에만 있는 지리적 환경 탓에 감히 엄두를 내지 못했다.

　어느 한 날은 직장 동료의 가족들과 함께 섬진강 변을 따라 드라이브 겸 쌍계사로 나들이를 간 적이 있었다. 네 가족이 거의 같은 탑승 방법으로, 아내는 딸을 안고 운전자 뒤에 그리고 앞에는 아들을 태운 채 오토바이를 몰았다. 그런데 아침 일기와는 다르게 오후에는 비가 쏟아지기 시작했다. 우리는 예상치 못한 날씨가 변덕을 부리는 바람에 고스란히 빗물을 뒤집어쓰고 말았다. 너 나 할 것 없이 비에 젖은 꼴이 마치 물에 빠진 생쥐마냥 후줄근했다. 난감하긴 했지만 오토바이의 한계를 인정할 수밖에 없었다. 그 뒤에 한 동료로부터 전해 들은 얘기로는 "그날 우리 아들이 나를 빤히 쳐다보더니 하는 말이 '아빠, 우리 집은 비가 와도 안 맞는 차를 언제나 사요?'라고 묻더라." 하면서 멋쩍은 웃음을 지었다.

나는 오토바이를 탄 뒤로 두 차례나 교통사고를 일으켰다. 맨 처음 사고는 오토바이를 탄 지 채 한 달도 지나지 않은 때였다. 일요일 낮인데, 지인의 상가에 문상하러 갔다가 막걸리 몇 잔을 마셨다. 그 술에 어느 정도 취기가 올라오자 불쑥 엉덩이가 들썩거리기 시작했다. 날씨가 화창한 데다 술기운에 기분이 들뜨는가 싶더니 난데없이 오토바이가 나를 유혹했다. 나는 문상객들의 눈치를 살피다가 슬그머니 술자리를 빠져나왔다. 그리고 지체 없이 오토바이에 올라탔다. 시동이 걸리자마자 무작정 바닷가로 향했다. 바닷가에 나가서 바람이나 쐬고 올 요량으로 액셀을 잔뜩 잡아당기는 객기를 부렸다. 그런 욱하는 성깔에다 2차선 도로의 커브를 스릴 넘치게 꺾어보려는 부질없는 욕심에 속도를 늦출 수가 없었다. 마치 오토바이 레이서가 옆으로 쓰러질 듯 커브를 회전하는 모습을 상상하고 있었는지도 모를 일이었다. 그 순간 핸들을 미처 조작하지 못한 나머지 보도블록을 들이받고 튕겨 나갔다. 오토바이는 오토바이대로 나는 나대로 도로에서 나뒹굴었다. 내 몸이 아스팔트 위에 내동댕이쳐진 뒤에야 정신이 번쩍 들었다. 그와 동시에 술기운도 확 달아났다. 그 추돌사고로 나는 입술과 손등, 무릎에 찰과상과 타박상을 입었다. 오토바이는 백미러가 박살 났을 뿐만 아니라 무릎 보호대가 왕창 찌그러졌다. 천만다행으로 오가는 차량이

나 사람은 없었다. 나는 엉겁결에 오토바이를 도로 밖으로 끌어냈다. 그리고 보도블록에 주저앉아 요동치는 가슴을 한참 동안이나 다독거렸다. 음주에 무면허 운전이라는 교통 법규 위반에 대한 인식이 희박한 때였던 만큼 그보다는 크게 다치지 않은 것을 위안으로 삼았다.

두 번째 사고는 회사 내의 중앙 도로에서 일어났다. 비 오는 날 대로에서 직진으로 주행하던 나는 반대 차선에서 마주 오던 오토바이 몇 대를 발견했다. 그 시간대는 근무자 교대 시각으로 오토바이를 탄 직원들이 퇴근하는 길임을 직감했다. 또 그 직원들이 퇴근하려면 회사 정문 방향으로 좌회전을 하는 것까지 예측하고 있었다. 그리고 좌회전하기 전에 일단정지 후 반대 차선의 직진 차량을 당연히 확인하겠거니 했다. 나는 나름대로 그런 시나리오를 머릿속에 그려 놓고, 계속 직진했다. 그런데 앞장서서 마주 오던 오토바이 한 대가 정문을 향해 곧장 좌회전하는 게 아닌가. 그 순간 머리카락이 곤추서는 것 같았다. 나는 그런 긴급 상황에 직면하자 어떻게 손 쓸 겨를도 없이 좌회전하던 오토바이 측면을 들이받고 말았다. 그 추돌사고에 앞서 그런 교통상황을 예의 주시하며 어느 정도 예측하고 있었다고는 하나 순식간에 벌어진 일이라 방어할 수 있는 능력이 없었다. 물론 직진하는 오토바이가 있는데, 좌회전하는 것이 일차적인 실수지만 양보하지 않은 나한테도 잘못이 있었다. 주행 속도는 삼사십 킬로미터에 불과할 뿐인데도 오토바이라는 한계 때문에 추돌하자마자 아스팔트 위에 나뒹굴어졌다. 더군다나 비까지 쏟아지고 있던 터라 넘어져서 미끄러지는 거리가 상당했다. 주위에 몇몇 구경꾼들이 모여들었지만 비가 쏟아지는 데다 둘 다 멀쩡한 것을 보고는 잠시 머뭇거리더니 각자 제 갈 길로 흩어졌다. 나는 하도 창피하고 억울한 나머지 화가 폭발하려는 그 찰나에 상대편과 언뜻 눈이 마주쳤다. 그런데 하필 잘 알고 지내는 사원이었다. 그 사원은 자기 잘못을 인정하고 미안하다는 듯 쩔쩔매고 있는데, 더 이상 화풀이할 대상이 사라졌다. 다행히 외상은 크게 당하지 않았다손 치더라도 간담이 서늘한 순간이었다.

오토바이 운전 중 발생한 교통사고로 숨진 직원을 몇 차례 본 적이 있었던 데다가 내가 그렇게 당하고 나니까 그만 정이 뚝 떨어졌다.

포항에서 근무할 때의 가슴 아팠던 기억이 불현듯 떠올랐다. 때는 1980년대 초로 회사에서 알선한 황금색 오토바이가 교통수단으로서 한창 선망의 대상으로 떠오르던 시기였다. 그 시절 오토바이는 출퇴근은 물론 야외 나들이에 더할 나위 없이 신속하고 편리하게 이동할 수 있는 최고의 교통수단이었다. 그런 시대적 흐름에 편승하여 내가 근무하는 부서에서도 오토바이가 점차 늘어나기 시작했다. 그 가운데 이십 대의 젊은 사원 한 명이 그러한 시류에 휩쓸렸다.

한여름의 어느 주말에 같은 부서에 근무하는 젊은 사원 두 명이 그 오토바이를 타고 동해안의 월포 해수욕장으로 물놀이 가는 중이었다. 그 해변에는 우리 회사의 휴양시설이 있는 곳으로 직원들로부터 호응도가 높아서 주말이면 사람들로 북적거리는 동해안의 명소 중 하나였다.

출발 당일 아침부터 비가 추적추적 내리고 있는데도 불구하고, 마땅히 갈 곳이 없던 두 사원은 이전에 약속했던 대로 강행했다. 그런데 포항 시내를 벗어나자 굵은 빗방울이 억수같이 쏟아지는 날씨로 돌변한 것이다. 당연히 시야는 한 치 앞을 분간할 수 없을 정도로 흐릿한 도로 사정은 최악의 조건이었을 것이다. 그런 위험천만하고 불순한 일기에도 아랑곳하지 않고, 오토바이에 몸을 맡긴 채 왕복 2차선 도로를 질주하고 있었다. 그런데 하필 그 시각에 삼거리에서 좌회전하는 한 대의 덤프트럭을 미처 인지하지 못한 오토바이 운전자는 엄청난 위기의 순간과 맞닥뜨렸다. 그에게는 영영 돌이킬 수 없는 암흑천지로 치닫는 절체절명의 순간이었다. 끝내 오토바이 운전자는 그런 위기 상황을 극복하지 못하고, 달리던 속도 그대로 덤프트럭 꽁무니를 들이받는 교통사고를 일으키고 말았다.

그 교통사고 소식을 전해 들은 직원들은 술렁거리기 시작했다. 불똥이 튄 우리 부서는 물론 안전부서 직원들까지 나서서 사고 현장과 병원으로 총출동했다. 그때 나는 너무 끔찍한 사고 현장을 목격하고, 가슴이 벌렁벌렁 요동치는 두려움에 치를 떨었다. 마치 벌집을 쑤셔 놓은 듯 우왕좌왕하는 가운데 겨우 사고 현장을 수습할 수 있었다. 그런 와중에도 뒷담화가 무성했다. 장대비가 쏟아지는데 오토바이를 탄 것도 모자라 과속을 했다느니, 오토바이 한

대에 소(牛)만 한 덩치가 두 명이나 탔다느니, 뒤에 탄 사원은 헬멧을 쓰지 않았다느니 하는 말들이 뒤섞였다.

사원 두 명 다 온몸이 붕대로 칭칭 감긴 채 미라처럼 응급실 침대에 누워 있었다. 그 어떤 미동조차 없었다. 의식은 찾아볼 수도 없고, 가쁜 숨만 몰아쉴 뿐이었다. 차마 눈 뜨고 볼 수 없을 정도로 처참하게 망가진 모습에 아연실색했다. 우리 부서는 즉시 비상소집 명령을 내리고, 그들을 이십사 시간 돌볼 수 있는 조를 편성했다. 그리고 병원에서 밤낮없이 그들 곁을 지켰다. 그렇게 입원한 지 보름가량 지났을 무렵에 오토바이 운전자가 먼저 사망했다. 그의 나이 스물네다섯 살쯤의 일이었다. 그 가운데 또 한 명은 한 달가량을 삶과 죽음 사이에서 사투를 벌이다 끝내 숨을 거두었다. 그의 나이 스물한두 살쯤이나 되었을 것이다. 국내 대기업이라고 하는 포철에 입사한 지 불과 이삼 년밖에 지나지 않았는데, 한순간의 실수로 원대한 꿈을 펼쳐보기도 전에 홀연히 우리 곁을 떠났다. 젊은이들의 삶이 무참하게 짓밟히는 교통사고의 현실을 마주한 나는 한동안 절망 가운데서 허우적거렸다.

그 상처가 채 아물기도 전에 거의 유사한 오토바이로 인한 교통사고가 또 발생했다. 교통사고를 일으킨 그 사원은 내가 한 설비의 일선 관리감독자의 직책을 맡고 있을 때 담당자로 나보다 연상이었다. 같은 설비의 운전부서에서 근무하다 설비관리부서로 자리를 옮긴 사원이기도 했다. 몸이 뚱뚱한 데다 운동신경이 꽤 둔하다는 감이 들었던 나는 행동 하나하나를 눈여겨봐 왔다. 그리고 그 사원이 현장에 나갈 때마다 '안전! 또 안전!'이라는 밑도 끝도 없는 말을 듣기 거북할 정도로 씨부렁거렸다.

　어느 한 날 그 사원은 자동운전 중인 가열로 설비를 점검한답시고 안전 울타리를 넘어 슬래브(Slab) 추출 문까지 슬금슬금 접근한 것이다. 그 순간 자동으로 작동하는 추출 문이 열리자 그 안에서 활활 타고 있던 화염이 밖으로 쏟아졌다. 그러자 그 사원은 잽싸게 얼굴을 감싼 동시에 등을 측면 벽에다 대고 바짝 붙어 섰다. 그나마 그런 돌발 상황에 맞게 대처를 잘하는 바람에 간신히 불길은 피할 수 있었다. 하마터면 온몸에 화상을 입을 뻔한 아찔한 순간을 가까스로 모면한 것이다. 아마 그 주위의 열기만으로도 등에 불이 붙은 것처럼 뜨거웠을 것은 분명했다. 나는 그 위험천만한 행동을 뒤늦게 언뜻 목격했다. 가열로 추출 문이 자동으로 닫히고, 그 사원이 안전 울타리를 넘어올 때였다. 그 사원은 "와, 하마터면 죽을 뻔했네!"라고 중얼거렸는데, 그 표정은 겁을 먹은 듯 무안한 듯 애매했다. 그런데다가 뜨거운 열기 탓이었는지 얼굴이 벌겋게 달아올라 있었다. 나도 놀란 가슴을 쓸어내리며 "아니, 운전 중에는 접근하지 못하도록 안전 울타리까지 쳐 놓았는데, 거기는 뭐 하러 들어갔어요?"라고 쏘아붙였다. 그 사원은 자기의 어설픈 행동이 멋쩍었는지 애매모호한 입속말로 얼버무렸다. 어쩌면 입이 열 개라도 할 말이 없었을 것이다. 그랬던 그 사원이 고향에서 조상 제사를 지낸 뒤 밤늦게 오토바이를 타고 귀가하던 중에 교통사고를 일으켰다. 한적한 길가에 세워 놓은 타이탄 트럭을 미처 피하지 못하고, 차량 꽁무니를 들이받고 말았다. 그 추돌사고의 충격으로 현장에서 사망했다. 그 사원은 처자식을 거느린 가장으로서 그 안타까움은 말로 다 표현할 수 없을 만큼 가슴이 먹먹하기만 했다. 그 사원의 빈자리가 왜 그렇게 허전하게 보이던지, 사는 게 참 허망하구나 싶었다.

　그 이후로 포항에서 몇 년 더 근무하다가 광양으로 전입했다. 광양에서도 포항과 거의 유사한 형태로 우리의 교통수단은 자전거 아니면 오토바이가 대세였다. 다만 오토바이는 회사에서 알선한 게 아니라 각자의 필요에 따라 구입했다. 그 사이에 오토바이는 배기량이 늘어나고 안전성을 추가했다지만 오토바이는 단지 오토바이에 불과할 따름이었다.

　어느 날 같은 직장에 근무하는 고등학교 동창인 친구가 퇴근 후에 오토바이를 몰고, 약속된 회식 장소로 이동하는 중이었다. 뒷좌석에는 같은 부서 사원 한 명을 태우고 있었다. 그때 도롯가에 세워 놓은 트레일러를 미처 발견하지 못한 나머지 차량 후미에 추돌하는 교통사고를 일으켰다. 그 바람에 친구는 머리에 큰 충격을 받았고, 동승한 사원은 길바닥에 널브러졌다. 날이 어두웠다거나 비가 온 것도 아닌데, 예기치 못한 곳에서 끔찍한 교통사고가 발생한 것이다. 다만 그때는 시기적으로 공장건설과 조업에만 몰두한 채 허둥지둥거릴 뿐 교통질서나 안전에 대한 의식은 희박했다.

　교통사고 현장을 즉시 수습하여 병원으로 긴급 후송했으나 친구는 끝내 의식을 회복하지 못하고 사망했다. 그의 나이 삼십 대 후반으로 처자식을 거느린 가장이었다. 또한 그는 둘도 없는 친구이자 같은 공장에서 일하는 사원이었다. 근무 부서와 하는 업무가 다르긴 하지만 매월 한두 차례는 현장에서 만나기도 했다. 그럴 때마다 우리는 손을 잡고 서로를 위로하곤 했던 친구였다. 제철소의 주력 제품을 생산하는 열연공장이라는 특수한 근무 환경에서 늘 긴장할 수밖에 없는 처지였으나 서로 터놓고 얘기할 수 있는 친구가 가까이 있다는 게 큰 위안거리였다. 그런 친구가 세상을 떠나면서 나는 한동안 허공을 딛고 서 있는 것처럼 사는 게 한없이 허허로웠다.

이렇듯 오토바이가 이동 수단으로 주목을 받으며 붐을 일으킨 건 그 시대의 흐름이었다. 그러나 그 이면에는 인간의 귀중한 생명을 앗아가는 끔찍한 교통사고가 끊이질 않았다. 그런 마당에 나도 두 번이나 아찔한 교통사고를 당한 만큼 오토바이가 무슨 괴물 같다는 생각이 들었다. 그러면서 마음마저 멀어졌다. 그래서 오토바이를 이름하여 '과부 틀'이라는 신조어가 등장하게 되었는지도 모를 일이었다. 교통수단으로는 그만큼 오토바이가 위험하다는 방증일 것이다.

그런데도 자가용을 타기 위한 운전면허 취득은 요원한 듯했다. 어쨌든 자동차 운전면허 취득이 급선무인데, 그것은 순천에 있는 자동차 운전학원을 다녀야만 가능한 일이었다. 하지만 운전학원을 오가는 교통편이 마땅치 않았다. 버스나 택시, 오토바이를 이용할 수 있지만 버스는 배차 시각이 띄엄띄엄한 데다 정류소가 많아서 두 시간은 족히 걸릴 것으로 예측했다. 그리고 택시는 빠르지만 왕복 차비가 사만 원이나 되는 거금 때문에 감히 엄두를 내지 못했다. 가장 편리한 교통수단으로는 오토바이가 제격인데, 운전면허가 없는 게 큰 흠이었다. 거기다가 일과가 끝나는 오후 여섯 시 이후에나 운전학원을 다녀야 하는 제약까지 따랐다. 그렇게 난감한 처지에 놓여 있던 나는 한참을 고민한 끝에 일단 자동차 운전학원에 접수부터 했다. 그리고 남의 눈치를 슬금슬금 살펴 가며 당장 편한 방법대로 오토바이를 탈 수밖에 없는 궁색한 처지에 놓여 있었다. 그런 나는 운전면허를 취득하려면 무면허 운전을 해야 하는 울며 겨자 먹기식의 위험천만한 행동에 가슴 졸였다.

자동차 운전학원으로 가는 길은 오토바이를 타고 국도를 따라 달리면 사십 분가량은 족히 걸리는 거리였다. 나는 근무시간이 끝나면 곧바로 자동차 운전학원으로 오토바이를 몰았다. 그리고 기능시험을 치르기 위한 운전 연습을 반복했다. 자동차 운전학원을 느긋하게 다닐 여유가 없었기 때문에 한번 하면 집중해서 몸에 익혔다. 잔업이 있는 날은 근무시간이 끝나자마자 운전학원부터 갔다 온 후에 일을 마무리하곤 했다. 나는 운전학원을 한 달쯤 다니고 난 뒤에 자동차 일종 보통 운전면허 시험을 치렀다. 필기시험은 만점에 가까운 높은 점수로 넉넉하게 통과했다. 이제 남은 것은 기능시험이었다. 가슴이 벌렁벌렁거리고 몸이 경직되는 반응이 나타나긴 해도 연습할 때 실수 없이 해 왔기 때문에 자신감이 넘쳤다. 그러나 예상치 못했던 에스 코스에서 빨간불이 켜지는 불합격 통보를 받고, 주체할 수 없는 허탈한 마음으로 시험장을 빠져나왔다.

그 당시에는 뭐가 잘못되었는지 감이 잡히지 않았다. 그러나 곰곰이 기억을 되짚어보니 에스 코스를 따라 앞으로 갔다가 후진으로 무사히 통과 했는데, 그만 전진 완료 신호의 선을 터치하지 않은 게 불합격 원인이었다. 순간 착각을 일으킨 것이다. 내가 터치했다고 하는 선은 이미 폐쇄된 신호였고, 새로 설치해 놓은 것은 일 미터쯤 앞에 있었다. 그런 사실을 운전 연습할 때는 알고 대처했는데, 시험 당일은 까맣게 잊어버리고 엉뚱한 행동을 한 것이다. 참으로 어처구니가 없었다. 생각할수록 진한 아쉬움만 새록새록 터져 나올 뿐, 달리 방법이 없었다. 나는 그 자리에서 다음 주에 예정된 기능시험을 다시 예약하고, 찜찜한 마음을 털어내지 못한 채 집으로 돌아왔다.

심기일전, 불편한 심기를 다잡고 일주일을 더 집중해서 운전 연습을 반복하며 골수에 각인하듯 했다. 드디어 기능시험 당일, 먼저 치른 코스는 흠잡을 데 없이 깔끔하게 통과했다. 그리고 거침없이 주행시험 완주를 마치자 합격을 알리는 녹색등이 빙글빙글 돌아가면서 경쾌한 멜로디가 울려 퍼졌다. 이를 지켜보고 있던 기능시험 응시자들이 일제히 함성을 지르며 축하의 박수를 보냈다. 그런 축하를 받아본 게 난생처음이라 얼떨떨했다. 숱한 난관을 뚫고 마침내 나는 자동차 운전면허를 취득했다. 그 기쁨은 그동안의 수고와 마음고생을 한 방에 날려버린 쾌거였다. 무면허 운전이라는 마음에 빚이자 무거운 짐이 마치 깃털처럼 가벼워졌다.

나는 그 기쁨이 채 가시기도 전에 앞뒤 가리지 않고 승용차를 샀다. 이런저런 궁리 끝에 ○○자동차사의 르망으로 결정했다. 아내하고 상의는 했다고 하지만 거의 내 주장대로 밀어붙였다. '마이카 시대가 온다.'라고 했던 이십여 년 전 광고지의 문구처럼 나한테도 그런 시대가 열린 것이다. 그때 마침 설 명절을 앞두고 승용차가 나왔는데, 나는 보란 듯이 그 차를 몰고 시골집으로 갔다. 초보 운전으로 마음이 조마조마하고 떨리는 데도 불구하고, 첫 도로 주행을 무사히 마쳤다. 부모님은 내심 기뻐하시는 눈치였지만 크게 드러내지는 않았다.

그해 설을 쇠고 봄이 되자 소록도로 나들이 갈 겸해서 승용차에 가족을 태우고 집을 나섰다. 지나가는 길에 녹동의 친척 집에 들러 안부 인사를 드리고, 다시 소록도를 향해 출발했다. 조수석에는 아버지가 앉아 계셨고, 뒷좌석에는 어머니와 아내, 초등학교 이 학년과 유치원생인 자녀가 탔다. 유치원생인 딸은 아내가 안고 있었지만 뒷좌석은 비좁았다. 나는 초보 운전자인 데다 처음 부모님을 모셨고, 뒷좌석이 불편한 게 적잖이 마음이 쓰였다.

그런 가운데 녹동에서 골목길을 한참 빠져나가는데, 느닷없이 한 어린아이가 차 앞으로 뛰어들었다. 나는 그런 돌발적인 상황에 직면하자 반사적으로 급브레이크를 밟았다. 그런데 마치 아이가 차 바퀴에 깔린 것처럼 그 느낌이 섬뜩했다. 황급히 안전띠를 풀자마자 문을 박차고 뛰쳐나갔다. 운전석 범퍼 앞에는 네다섯 살쯤으로 보이는 아이가 넘어져서 앙앙대며 울고 있었다. 나는 얼른 아이를

품에 안고 얼굴을 살폈더니 입술이 터져서 피가 흐르고 있을 뿐
크게 다친 데는 없어 보였다. 그 주위에는 몇몇 구경꾼들이 모여들
었으나 누구 집 아이인지 아는 사람은 없었다. 나는 지체 없이 경
찰서에 신고하려고 두세 차례 통화를 시도했지만 불통이었다. 하
는 수 없이 아이를 품에 안고 근처 병원으로 급히 달려갔다. 우리
가족들도 잔뜩 겁을 집어먹은 채 내 뒤를 졸졸 따랐다. 병원에서
일차 검진 결과 다친 곳이라고는 입술이 터진 게 전부 다였다. 의
사 선생님이 재차 아이의 건강 상태를 진찰한 후에 이상 없다는
소견서를 내놓았다. 그 순간 나는 수십 년을 감수한 것마냥 맥이
탁 풀렸다.

　삼시 후에 아이를 안고 퇴원하려고 하는데, 아이 엄마가 불쑥 나
타났다. 그 아이 엄마는 나는 거들떠보지도 않고, 아이를 데려가
더니 오히려 자기 자식한테 꾸중을 했다. 아이의 어머니는 "나(내)
가 뭐라든, 집 안에서 놀라고 했지? 그렇게 밖으로만 나가려고 애
를 쓰면 어쩌자는 거냐?"라고 했다. 아마 그 사고 현장에 있던 사
람들한테 그때 상황을 전해 듣고 온 듯했다. 나는 너무 무안한 나
머지 자신이 저지른 실수를 사과하며 연신 허리를 굽신거렸다. 그
리고 자초지종을 이야기하고 나서 아이는 하나도 잘못이 없으니
나무라지 말라며 애원하다시피 했다. 그리고 연락할 일이 있으면
전화하라고 당부하면서 내 명함을 건네주었다. 아울러 오천 원을
손에 쥐어 주며 아이가 좋아하는 과자라도 사 주라고 다독거렸다.
오천 원을 내놓기가 부끄러웠으나 아이의 치료비를 수납하고 나니

남은 돈이 그게 전부였다.

　병원 문을 나서는데, 정작 가보고 싶었던 소록도는 마음이 썩 내키지 않았다. 그렇다고 그냥 돌아간다는 것 또한 미심쩍었다. 그래서 소록도에 가긴 갔는데, 일요일은 출입을 통제한다는 안내판 앞에서 가로막혔다. 주중에 두 차롄가 개방한다는 안내문이 붙어 있었기 때문이다. 마땅히 갈 곳이 없던 우리는 소록도해수욕장으로 향했다. 모래사장에서 바다 건너 숲속에 갇힌 한센인 마을을 무심코 바라보다 발길을 돌렸다. 먼발치에서나마 그들의 거주 지역은 볼 수 있었지만 마음은 콩밭에 가 있었다. 자꾸만 그 아이가 눈에 밟혀서 다른 데는 관심이 가지 않았기 때문이다. 아무튼 그런 예기치 못한 교통사고가 난 뒤로 한동안은 일이 손에 잡히지 않았다. 그 아이한테 건강상의 어떤 이상 징후라도 생기면 어쩌나 하는 염려에서였다.

　그 이후에 또 한 차례 교통사고를 일으켰다. 포철 인재개발원에서 일선 관리감독자 교육을 마치고 집으로 돌아가는 길이었다. 토요일 오후인 데다 비가 억수같이 쏟아지는 불순한 날씨에 고속도로를 주행하기에는 최악의 조건이었다. 며칠 전부터 포항에 근무하는 동료들이 하룻밤 묵고 가라며 간청했으나 집에 가고 싶은 마음이 앞서 그들의 유혹을 뿌리치고 나선 길이었다. 긴장의 끈을 바짝 조인 채 장대같이 쏟아지는 빗속을 뚫고 거침없이 내달렸다. 윈도의 브러쉬가 쉴 새 없이 좌우로 휘젓고 다니며 빗물을 훔쳐냈으나 시야는 흐릿했다. 그 대신 오가는 차량은 드물어서 도로는 뻥 뚫려 있었다. 비만 오지 않았더라면 멋진 드라이브가 될 뻔한 그 순간 수십 미터 앞에 승용차 한 대가 서 있는 게 눈에 번쩍 띄었다. 바로 급제동을 걸었다. 그러나 차를 멈추기에는 내 능력 밖이었다. 승용차가 빗길에 미끄러지기 시작하니까 도저히 손 쓸 능력이 없었다. 할 수 있는 한 브레이크를 힘껏 밟았다. 동시에 두 손으로 운전대를 움켜쥔 채 눈을 부릅뜨고, 앞차 꽁무니를 뚫어져라 응시하고 있었다. 그렇게 승용차가 가는 대로 지켜보고 있었는데, 빗물에 미끄러지는 속도 그대로 앞차 범퍼 밑으로 파고들었다. 나는 충격을 크게 느끼지 못했는데도 불구하고, 승용차 보닛이 활처럼 휘어졌다. 반면에 앞차의 뒤 범퍼는 멀쩡했다. 그 광경을 멍하니 바라보며 넋을 놓고 앉아 있었다. 그러자 앞차 운전자가 한 손으로 목을 감싸고 다가오더니 창문을 내리라는 손짓을 했다. 그 사람은 나보다는 젊어 보인 데다가 키도 훤칠하고 건장하게 보이는 체격이었다. 첫 대면에 그 사람은 "아이고, 목이야!"라고 하며 미리 엄살부터 부렸다. 비는 그칠 줄 모르고 쏟아지는데, 나더러 차에서 내리라고 했다. 나는 너무 황당한 나머지 우산을 받쳐 들 겨를도 없이 차에서 내렸다. 차는 비상등을 켜놓은 채 그 사람을 따라 갓길로 나갔다. 다행히 지나가는 차량은 없었다. 그 사람은 목이 심한 충격을 받아서 병원엘 가 봐야 한다며 자동차등록증과 명함을 달라고 했다. 나는 순순히 그 사람의 요구에 따랐다. 그 사람은 차량 등록증과 명함을 받아 들고는 연락하겠다는 말만 남기고 유유히 사라졌다. 나도 그 사람이 건네준 명함을 받아들었지만 눈에 들어오지도 않았고, 그저 막막하기만 했다. 비는 줄기차게 쏟아지고 있는데, 아무도 없는 대로에서 나 홀로 덩그러니 서 있는 꼴이 처량하기 그지없었다.

그곳은 경주 톨게이트 전방 수백 미터쯤 떨어진 평면 교차로였다. 어느 정도 정신을 가다듬고 차에 올라 시동을 걸었다. 다행히 시동은 '윙' 하는 경쾌하고 부드러운 공회전 소리와 함께 바로 반응을 보였다. 우선 임시라도 차를 고친 다음에 타고 갈까 하고 경주시내에 있는 카센터를 찾아다녔다. 그러나 그때까지 일하는 카센터는 한 곳도 없었다. 하는 수 없이 운전 중에 보닛이 벗겨지지 않도록 끈으로 단단히 동여맸다. 그리고 보닛이 활처럼 휘어진 차를 끌고 경주에서부터 광양까지 가는데, 어찌나 창피하던지 휴게소에도 들르지 못했다. 곧장 집에 도착하자마자 누가 볼까 봐 얼른 덮개로 차를 뒤집어씌워 버렸다. 그리고 자동차 정비소에서 보닛을 신품으로 교체한 것으로 일단 외상의 흔적은 지웠다. 그러나 앞차의 운전자가 목에 걸린 가시처럼 신경이 쓰였다. 때로는 궁금하기도 했지만 내가 먼저 전화하기에는 왠지 마음이 내키지 않았다. 그렇게 조마조마한 마음으로 속을 끓인 지 한 달 그리고 두 달가량이 지났는데도 감감무소식이었다. 이쯤 되면 직원들한테 자동차 추돌사고의 사례를 속 시원히 꺼내도 되겠다 싶었다. 그만큼 신경이 무디어졌고, 서서히 평상심을 찾게 된 증거였다. 그러던 어느날 직원 몇 명이 모인 자리에서 그 추돌사고의 얘기를 꺼냈다. 그런데 뜻밖에도 후배 사원 중 한 사람이 내가 하는 얘기를 듣다가 손에 들고 있던 명함을 보더니 자기가 잘 아는 사람이라고 했다. '이런 세상에!' 구세주를 만난 것처럼 마음이 환하게 밝아진 느낌이었다. 그 사원은 "아! 내가 잘 아는 사람이네. 대구에서 태권도 도장을 운영하는 사장인데. 나 참. 걱정하지 마세요. 내가 다음 주에 집에 갈 일이 있으니까 가게 되면 차량 등록증을 갖다줄게요."라고 했다. 내가 받은 명함에도 '대구 ○○태권도 ○○○ 관장'이라고 선명하게 찍혀 있었다. 그리고 일주일 후에 그 자동차등록증을 건네받았다. 나는 자동차등록증을 받아 들고는 그 내막이 꽤 궁금했지만, 거기에 대해서는 일절 묻지 않았다. 불미스러운 일 없이 자동차등록증을 되돌려 받은 것으로 만족했다. 후배 사원한테는 인사치레로 저녁밥을 한번 사겠다고 해 놓고 차일피일 미루고 말았다.

그 이후로도 삼사 년은 더 같은 승용차를 타고 다녔지만 브레이크를 밟으면 제동거리가 길다는 단점 때문에 운전할 때마다 위험 부담을 안고 있었다. 그런데다 두 차례나 겪은 교통사고의 흔적 때문인지 차에 대한 애정이 차츰 식어가는 게 아닌가 싶었다. 그러더니 이내 싫증이 났다. 결국 그 승용차를 산 지 겨우 육 년 남짓 타다가 ○○자동차사의 쏘나타 투로 바꿨다. 쏘나타 투는 승용차의 차원이 달랐다. 우선 운전석에 앉으면 안락한 느낌이 들 정도로 편했다. 또한 소음이 적을뿐더러 주행이 물 흐르듯이 부드러웠다. 그야말로 승차감이 최고조에 달했으며 안정감이 뛰어난 그런 승용차였다. 그때는 쏘나타 투 정도쯤 타면 저절로 어깨가 으쓱해진 바람에 꽤나 우쭐거린다 싶을 정도였다. 아무튼 소나타 투는 내 마음에 쏙 들어서 기분만 내키면 차를 몰고 전국 방방곡곡을 무수히 돌아다녔다. 가족이 제주도로 여행을 갔을 때도 승용차를 배에 싣고 갈 만큼 애용하던 차종이었다.

쏘나타는 '소나타'라는 차명(車名)으로 첫 출시부터 몇몇 루머에 휩싸이면서 정 회장의 골머리를 앓게 했던 승용차였다. 그 가운데 하나는 승용차를 처음 출시했을 때 '소나타'로 명명했으나 '소(牛)나 타는 차'라는 비아냥이 쏟아진 것이다. 정 회장이 야심 차게 내놓은 'VIP를 위한 고급 승용차 소나타 탄생'이라는 광고에 걸맞지 않게 오명을 뒤집어쓴 결과를 초래했다. 정 회장은 그 돌파구를 찾기 위해 본인이 타던 최고급 승용차인 그랜저를 쏘나타로 바꿔 타며 승부수를 띄운 차종이기도 했다. 그뿐만 아니라 본인이 그 어떤 차보다 심혈을 기울여 출시한 쏘나타로 정 회장하고는 인연이 깊은 차종이기도 했다. 정 회장은 쏘나타를 즐겨 타고 다니면서 '세상에서 가장 편한 승용차'라고 광고까지 한 일화는 쏘나타가 어떤 위치에 있었는지를 그때 상황을 그려보면 어렴풋이 짐작할 수 있을 것 같다.

내가 승용차를 처음 타고 다녔던 그 시절에는 경찰관이 도로 곳곳에서 교통단속을 하던 때였다. 그때는 승용차를 몰고 집을 나설 때면 비상금으로 으레껏 오천 원은 챙겼다. 교통단속에 적발되면 비상금으로 해결하려는 불가피한 꼼수였다. 그러니 출근하는 월요일만 되면 직원들 사이에서 무수한 에피소드가 쏟아져 나왔다. 나도 과속하다가 교통단속 경찰관한테 걸려서 비상금으로 입막음하는 사례가 몇 차례 있었다. 그럴 때마다 나는 기분이 이상야릇했다. 가족이 함께 타고 있으면 더욱 멋쩍었다. 무엇보다도 아이들 보기에 민망할 정도로 비지땀을 쏟았던 때도 있었다.

어느 날 한번은 고등학교 동참 모임에 다녀오는 길이었다. 대전에서 일박 이일에 걸쳐 시끌벅적하게 놀다가 집으로 돌아가는 길에 광주에 사는 친구를 조수석에 태웠다. 광주에서 가구점을 운영하는 동창인데, 용모가 반듯해서 사장 티가 물씬 풍기는 친구였다. 그 친구는 깔끔한 양복에 넥타이를 매고 있었다. 나는 쏘나타를 몰고 콧노래를 부르며 신나게 내려가다가 잠깐 과속하는 바람에 교통단속 경찰관한테 적발되고 말았다. 경찰관 지시에 따라 승용차를 갓길에 세우고, 땅이 꺼질 듯이 한숨부터 내쉬었다. 그때까지도 친구는 미동조차 하지 않고, 팔짱을 낀 채 떡 버티고 앉아 있었다. 경찰관이 다가오자 나는 차창을 내리면서 몹시 애절한 표정을 지었다. 그 경찰관은 깍듯이 거수경례를 하고 나서 "수고하십니다. 선생님께서 과속하셨습니다. 어디 바쁜 일이라도 있으십니까?"라고 물었다. 나는 이럴 때는 어떻게 해야 하나 난감해하고 있던 차에 조수석에 버티고 앉아 있던 친구가 경찰관은 거들떠보지도 않고 "경찰 가족입니다."라고 했다. 그 순간 나는 움칠했다. 이 친구가 도대체 무슨 말을 하고 있는지 의아했다. '진짜 가족 중에 경찰관이 있기는 있는 건가?' 하며 궁금해하면서도 그런 얘기는 들은 적이 없었던 터라 마음이 조마조마했다. 그 경찰관은 바로 꼬리를 내리면서 거수경례와 동시에 "그럼 수고하십시오."라고 정중하게 인사를 건넸다. 나는 잽싸게 그 자리를 벗어났지만 하도 기가 막힌 나머지 벌어진 입이 다물어지지 않았다. 왠지 겸연쩍어서 한동안 친구한테 말을 건네지 못했다. 그렇게 한참을 가다가 나는 친구한 테 넌지시 "야, 어떻게 된 거냐?"라고 운을 뗐다. 그 친구는 "야, 뭐 다 그런 거지. 뭘 갖고 그러냐?"라고 했다. 나는 순진하게도 "그러다가 거짓말이 들통이라도 나면 어쩌려고 그래?"라고 반문했다. 그러자 그 친구는 "야, 누가 그걸 꼬치꼬치 물어보겠냐? 그러면 그런 줄 알지? 니도 참."이라고 했다. 짐작건대 한두 번 해본 솜씨가 아닌 듯싶었다. 역시 촌구석에서 직장생활 하는 사람보다는 도시에서 사업하는 사장이 다르긴 다르구나 싶어서 실소를 금치 못했다.

이렇듯 마이카 시대가 몰고 온 이 세상 풍조에 따라 내 삶의 변화 과정이 한데 어우러져 걷잡을 수 없이 소용돌이친 것만은 분명했다. 아직도 오십여 년 전의 시골 마을 담벼락에 붙어 있던 그 화려하고 선명한 광고지가 내 눈앞에 어른거리는 듯하다.

산, 그 유혹에 빠지다

　　나에게 산은 자연의 신비 그 자체로 마음을 설레게 하는 희망봉이나 다름없는 존재다. 그러한 산은 우리나라 국토 면적의 육칠십 퍼센트가량을 차지하는 것으로 추정하고 있다. 그 점유율이 정부 부처에서 발표한 자료마다 약간씩 다르고, 학자들의 연구 논문 또한 제각각이어서 그 면적을 정확하게 단정 지을 수 없는 개략적인 수치이다. 그 이유는 산에 대한 개념 정의와 직접적인 관련이 있기 때문인 것으로 알려져 있다. 즉, 산지라 할지라도 입목이 집단으로 생육하고 있는 지역을 토지로 정의한다거나 산의 고도에 따라 산 또는 토지로 분류하는 기준이 달라지기 때문이다.[1] 아무튼 산이 차지하는 면적은 전 국토의 절반을 훨씬 넘어서는 것만 봐도 내 주위는 온통 산으로 둘러싸여 있다고 보면 틀린 말이 아닐 것 같다. 그만큼 산은 우리의 삶과 떼려야 뗄 수 없는 밀접한 관계를 맺고 있는 것은 분명하다.

----

1) 월간 『산』 2018년 10월 호 특집 ['산의 정의란 무엇인가?' 산지 면적 논란] 남한 산 면적, 산림청 63% vs 학자 72.1%, 글 박정원 편집장)

내가 태어나고 자란 시골 마을조차도 높고 낮은 산으로 병풍처럼 빙 둘러싸여 있는 풍경이 눈에 선하니 말이다. 그리고 눈만 뜨면 가장 먼저 보이는 것이 저 멀리 우뚝 솟은 이름 모를 산봉우리였다. 그 봉우리는 내 시야에 가득 차고도 넘칠 만큼 인상 깊은 산이어서 내 마음 한편에 다소곳이 자리 잡고 있다.

내가 학교에 가지 않는 날은 땔감을 구하려고 어김없이 찾는 곳이 바로 산이었다. 산들은 주변 지형과 조화를 이루며 그 나름의 특징을 간직하고 있었다. 소나무가 무성하게 자생하는 산에는 겨울 한 철 노랗게 물든 솔잎과 까만 솔방울이 땔감으로 손색없는 대우를 받았다. 그리고 잡목과 수풀이 우거진 산은 여름철에 유용한 소(牛) 사료나 땔감으로 쓸모가 있어서 뭇사람들에게 주목을 받았다. 그렇게 산이 지닌 각각의 특징적인 산물이 우리에게 필요한 자원을 때를 따라 제공하고 있었다. 그 밖에도 집을 짓는 목재로 소나무를 쓸 수 있는 것도 산이 있어서 가능한 일이었다. 그렇게 산을 누볐던 어린 시절은 단지 일상생활에 필요한 자원을 구하기 위한 대상일 뿐이었다. 그러나 나이가 들어가면서부터는 인간과 더불어 공존 공생해야 할 소중한 자연의 품처럼 살갑게 다가오는 것 같은 감이 들었다.

내가 맨 처음 거대한 자연의 품인 산을 오르게 된 게 고등학교 이 학년 여름방학 때였다. 같은 반 몇몇 친구들과 어울려 담양 추월산에 오른 게 첫 인연이 되었다. 그때는 굳이 산에 가고 싶어서 간 게 아니라 친구들이 등산을 간다고 하도 설쳐대는 통에 덩달아

나도 그들을 따라나선 길이었다. 일박 이일 일정으로 텐트 하나에 버너, 코펠, 쌀, 김치 등 조리기구와 양식을 나눠 챙긴 후 시외버스를 탔다. 등산 장비 일체는 친구 중 한 명이 자기 삼촌한테서 빌려 온 것들로 구색을 갖췄고, 개인이 필요한 등산복이나 등산화, 등산모 등의 용품은 각자가 형편에 따라 마련했다. 그 준비물 가운데는 보기 드문 최신형 카세트 라디오 한 대가 있었다. 당연히 우리들의 관심을 끌어모았으며 첫눈에 꽂힌 그 자태가 제법 으스대는 듯했다. 그 카세트 라디오는 음악에 맞춰 춤을 추기 위한 우리의 파트너로 귀티가 철철 넘쳐났다. 그러니 오늘 밤에는 캠프파이어와 하나 되는 이벤트의 주체라고 인정할 만큼 벌써부터 우리들의 몸과 마음은 한껏 달아오르기 시작했다. 그 카세트 라디오 또한 친구 삼촌한테서 빌려온 것인데, 준비물 가운데 단연 으뜸으로 칠 만한 귀중품이었다. 아니나 다를까 그날은 밤이 세도록 카세트를 틀어 놓고, 노래를 따라 부르며 신나게 춤을 추고 놀았다. 그러다가 그만 나도 모르게 곯아떨어지고 말았다.

그 무렵 우리가 가장 즐겨 부르며 춤을 추었던 노래는 톰 존스가 부른 〈keep on running〉이었다. 노랫말처럼 "쉬지 말고 뛰어요!"라고 마구 부추기는데, 얌전하게 굴 친구들이 아니었다. 마치 외양간에서 이제 막 나온 송아지 같이 날뛰었다. 고고 춤이 한창 유행하던 때인 데다 그 춤이 노랫말과 기가 막히게 잘 어울리니 당연한 것이 아닌가 싶었다. 언제 어디서나 친구들과 어울릴 때면 그 노래를 따라 흥얼거리며 신나게 고고 춤을 추곤 하던 시절로, 한

번 흥이 났다 하면 지칠 줄 모르고 몸을 흔들어 댈 정도로 큰 인기를 끌고 있었다. 그날 밤도 마찬가지였다. 그 여파는 당연히 늦잠으로 이어질 수밖에 없었다. 그런 연유로 해가 중천에 떠올라서야 꾸물꾸물 일어났다. 그리고 아침밥도 거른 채 산을 내려가려고 주섬주섬 짐을 챙기는데, 친구의 다급한 목소리가 말초 신경을 자극했다. 그 친구는 "오메, 카세트 라디오가 없어야! 누가 못 봤냐? 분명히 여기다 두고 잤는디…… 없어졌네?"라고 소리쳤다. 나는 눈과 귀를 의심하며 여기저기 뒤적거렸으나 그 카세트 라디오는 이미 감쪽같이 사라진 뒤였다. 그 친구는 얼굴이 벌겋게 달아오른 데다 눈이 휘둥그레진 채 허둥대고 있었다. 나를 비롯한 친구들 또한 어안이 벙벙해졌다. 카세트 라디오가 없어졌다는 사실이 도저히 믿기지 않았다. 그것을 잃어버릴 만한 까닭이 없었다. 어제저녁 잠들기 전까지 낯선 등산객이라고는 본 적이 없었기 때문이다. 그리고 그날 아침나절에 몇몇 등산객이 우리 야영장 옆을 지나간 것 외에는 평온한 분위기였다. 의심이 간다면 아침에 지나갔던 그 등산객들인데, 카세트 라디오가 사라진 걸 알게 된 것은 그때로부터 한참 시간이 지난 뒤였다. 어쨌든 그 카세트 라디오는 이미 자취를 감춰버렸고, 찾을 수 있다는 기대마저 물거품이 되자 하나같이 망연자실했다. 모든 것을 다 잃어버린 것처럼 허전했다. 한참을 웅성웅성하다가 잠잠해지자 그 친구는 "아! 똑같은 카세트 라디오를 갖다드려야 하는디…… 큰일 났네!"라고 하며 잠시 뜸을 들였다가 "새것을 살라면 꽤 많은 돈이 들 것 같은디, 나 혼자서는 엄두가 안 난다. 그 가격을 알아보고 다 같이 분빠이(일본어 투, 우리말은 '각자내기하다.')해야 쓰겠다. 할 수 없다."라고 털어놓았다. 우리는 그 말을 듣고도 꿀 먹은 벙어리마냥 입을 닫고, 눈만 껌벅거리고 있었다. 이러쿵저러쿵 말을 꺼내는 친구는 한 사람도 없었다. 카세트 라디오를 잃어버린 것은 어느 한 사람의 잘못이 아니라 우리 모두의 책임이라는 점을 공감하기 때문이었을 것이다.

분위기가 어수선한 가운데 쫓기듯 하산을 서둘렀다. 배가 고픈 데다가 한시라도 빨리 그곳에서 벗어나고 싶을 만큼 산이 싫다는 생각에 조급해졌다. 아뿔싸! 허둥지둥 하산을 서두르다 그만 길을 잃고 산속을 헤매는 어처구니없는 사태가 벌어졌다. 친구들이 두 편으로 나뉘면서 혼란을 자초한 것이다. 어디가 어디인지 분간할 수 없을 정도로 앞뒤가 꽉 막힌 듯한 공포감에 휩싸였다. 한번 당황하기 시작하니까 그 상황을 걷잡을 수 없었다. 거기다가 방향마저 분간할 수 없을 정도로 머릿속이 뒤죽박죽 뒤엉키고 말았다. 산속을 헤매며 오르락내리락 몇 번을 반복하는 바람에 온몸에서 힘이 쭉 빠져나갔다. 그러자 아무런 대책도 없이 땅바닥에 주저앉아 넋을 놓고 말았다. 나 혼자가 아니라 무려 세 명이나 되는데, 하나같이 똑같은 처지에 놓인 터라 더욱 당혹스러웠다. 겨우 정신을 가다듬고, 산이 떠나갈 듯이 목청껏 친구들을 부르기 시작했다. 그렇게 한참이 지나서야 다른 편에 있던 친구들이 허겁지겁 나타났다. 오합지졸, 천방지축으로 꼬여버린 꼴불견이라니 참으로 한심하기 짝이 없었다. 아무튼 그 친구들을 만난 덕분에 구사일생으로 하산할 수 있었다. 이렇듯 내 생애 첫 일박 이일의 등산이 마치 악몽을 꾼 듯 섬뜩했다. 그런 나는 영락없이 패잔병이나 다름없는 몰골로 터벅터벅 집으로 돌아왔다.

　고등학교 시절 생애 첫 등산 이후로 거의 십여 년 동안 산을 까마득히 잊고 살았다. 포항에서 직장생활을 하면서 딱 한 차례 설악산에 올랐던 게 전부일 만큼 산하고는 인연이 닿지 않았다. 사회의 한 일원으로서 어엿한 직장인이 되었음에도 불구하고, 생활에 여유가 없었던 탓인지 산에는 관심조차 없었다. 그나마 설악산에 한 번 올랐던 희미한 기억이 설핏 떠오르니 이참에 그 이야기부터 꺼내야겠다.

　어느 날 내가 소속된 그룹에서 설악산 대청봉으로 등산을 간다는 소식에 귀가 솔깃했다. 나뿐만 아니라 직원 대부분이 의아해할 정도로 그때는 획기적인 발상이었다. 제철 설비를 관리하는 데 막중한 임무를 띠고 있는 한 그룹이 단체로, 그것도 일박 이일 일정으로 등산을 간다는 것은 파격적인 제안이나 다름없었다. 물론 그에 대한 대책은 꼼꼼하게 세워서 공백이 생기지 않도록 했다고는 하지만 꺼림칙한 것은 어쩔 수 없었다. 이제 남은 것은 등산에 필요한 장비를 갖추는 일이었다. 때는 늦가을로 대청봉에는 서리가 내리기 시작했다는 얘기를 들었던 터라 침낭부터 챙겼다. 그리고 등산복, 등산화, 배낭 등을 새것으로 장만한 것은 물론 밥을 지어 먹을 수 있는 조리기구와 양식, 간식 등을 챙겨서 어깨에 둘러멨다. 마치 전문 산악인이나 된 것처럼 들떠 있었던 나는 필요하다 싶은 것은 몽땅 사들이는 허세를 부렸다. 그리고 단체 산행이니만큼 공동으로 사용할 물품은 각자 역할을 분담해서 빠짐없이 준비를 마쳤다.

출발 당일 해 질 무렵, 설악산 입구에 도착해서 야영장으로 이동하던 중에 비가 내리기 시작했다. 그러나 비가 오거나 말거나 신경 쓰지 않고, 서둘러 텐트를 친 후에 밥을 지어 허기를 달랬다. 눈 깜짝할 사이에 하루해가 저문 그 첫날밤은 설악산 야영장에서 불편한 잠을 청했다. 장거리 이동으로 피곤한 데다 비까지 내리는 야영인지라 잠자리가 편할 리가 없었다. 그런 까닭에 지친 몸을 뒤척이다 밤잠을 설쳤다. 그렇게 비몽사몽간의 경지를 헤매다가 아침에 일어나니 몸이 물먹은 솜처럼 축 늘어졌다. 마치 내 몸이 천근만근이나 되는 짐짝 같은 데다 의욕마저 달아났다. 생각 같아서는 벌러덩 도로 눕고 싶은 마음이 굴뚝같았지만 산행 일정 때문에 게으름을 피울 수 없었다. 하룻밤 새 벌어진 뜻밖의 컨디션 난조로 파김치가 된 몸을 이끌고 동료들의 뒤를 따랐다. 시간이 좀 지나자 몸은 서서히 깨어나는 듯한데, 이제 등산화가 말썽을 부리기 시작했다. 새로 구입한 등산화로 발 여기저기가 고이고, 발뒤꿈치 피부가 까진 나머지 걸음을 뗄 때마다 움칠움칠 신경이 곤두섰다. 그래도 포기할 수가 없었다. 언제 또 이런 기회가 올까 싶기도 하고, 낙오에 대한 염려가 일면서 목에 가시가 걸린 듯했다. 하지만 이에 굴하지 않고, 팀과 보조를 맞추기 위해 어금니를 깨물고 악착같이 버텼다. 설악산 곳곳에 숨어 있는 자연의 신비스러운 자태를 감상하기는커녕 고개를 떨군 채 끙끙 앓았으니 무슨 산행의 즐거움이 있었겠는가. 그야말로 등산 초보자의 보잘것없는 밑천이 낱낱이 드러난 통에 온갖 고난으로 점철된 산행이 아닌가 싶었다. 그 바람에 신명이 나야 마땅할 산행이 오히려 불만스럽기 짝이 없었다. 그나마 다행스러운 것은 등산로 군데군데 수북이 쌓인 낙엽의 푹신한 촉감에 발이 잠시 편할 때도 있었다. 게다가 정상으로 오르는 길가에 늘어선 잡목에는 하얀 서리가 깨어난 듯 영롱한 빛을 발했다. 그 빛은 유혹의 눈길을 번득이며 수줍은 듯 잇따라 내려앉고 있었다.

어렵사리 중청 대피소에 다다르자 저 멀리 우뚝 솟은 대청봉이 한눈에 들어왔다. 그런데 눈 앞에 펼쳐진 정상이 지척인데도, 마치 천 리 길이나 되는 것인 양 아득하기만 했다. 아마 발뒤꿈치가 까져서 절룩거린 데다 체력이 바닥난 몸을 지탱하기조차 버거운 탓이었을 것이다. 가까스로 대청봉 정상에 올라서자 단 일 분도 머물고 싶지 않을 만큼 진저리가 났다. 그러니 지긋지긋한 이곳에서 빨리 벗어나고 싶다는 오직 그 생각뿐이었다. 지체 없이 대청봉 표지석을 배경으로 인증 사진을 찍고, 네 발로 기다시피 한 모양새로 하산을 서둘렀다. 나름 취미활동 삼아 하는 산행이 외려 고단한 산악 행군 같다는 감이 들었다. 그로부터 또 십여 년의 세월 속에 산은 마음 깊숙이 묻혀 버렸다.

그 십여 년의 세월은 외도의 시간이었다. 포항에서의 직장생활을 정리하고 광양으로 거처를 옮긴 뒤부터는 테니스에 빠져들었기 때문이다. 회사의 주택단지 주변 곳곳에 테니스 코트를 정갈하게 닦아 놓은 터라 비나 눈만 안 오면 언제든지 즐길 수 있는 운동으로 나한테는 제격이었다. 설령 비가 온다 하더라도 그치고 나면 바닥에 물기를 닦아내고 경기를 할 수 있는 아크릴 코트의 장점을 십분 활용하기도 하고, 겨울철에 간혹 눈이 쌓여 있는 클레이 코트의 경우 빗자루로 손수 쓸어낸 뒤에 공을 칠 만큼 테니스의 매력에 푹 빠져들었다. 그러다가 내 나이 사십 대 중반으로 접어든 어느 때부터인가 우연찮게 산에 눈독을 들이기 시작했다.

이때를 계기로 시작된 산행은, 아들을 데리고 지리산에 한 번 다녀온 것으로 그 인연이 다시 이어진 셈이 되었다. 아들이 고 일 때인 어느 주말에 삼시 틈을 내서 데리고 나간 곳이 지리산이었다. 거기에는 두 가지 꿍꿍이속이 있었다. 그 가운데 하나는 평상시 아들하고 대화가 별로 없던 터라 야외로 나가면 말문이 열리지 않을까 싶어서였다. 또 하나는 취미활동으로 자연을 벗 삼아 산에 오르고 싶은 마음이 동했지만 혼자 나서기에는 부담스럽기 때문이었다.

첫 지리산 산행의 최종 목적지는 토끼봉 정상을 목표로 삼고 무작정 출발했다. 토끼봉은 지리산 여러 봉 가운데 하나로, 성삼재에서 천왕봉에 오르는 종주 코스를 따라 걷다 보면 세 번째로 위치한 봉이기도 하다. 내가 토끼봉을 선택한 까닭은 우리 집에서 비교적 가까운 거리에 있을 뿐만 아니라 그다지 높지 않은 지리산 여러 봉 중의 하나라는 점이었다. 또한 승용차로 섬진강 변을 따라 달리다가 화개장터를 거쳐 쌍계사에 이르는 도로가 드라이브하기에 좋은 코스라는데, 더욱 솔깃했다. 그렇게 토끼봉 위치와 가는 길만 대강 숙지하고 덜렁 집을 나섰다. 그런데 지리산 자락인 화개면 범왕교 부근에서 등산로를 잘못 들어섰다. 토끼봉으로 올라가는 길이 불분명한데, 걷다 보면 등산로에 들어서지 않을까 하는 막연한 기대를 했다. 그렇게 토끼봉 정상만 쳐다보고 올라가다가 그만 길을 잃고 헤맸다. 설상가상으로 아들 발뒤축 피부가 벗겨진 바람에 다리를 절룩거리기 시작했다. 새로 산 등산화를 처음 신고 따라나선 길인 데다 산속을 헤맨 탓이었다. 나는 미처 거기까지는 대비를 못 한 터라 참으로 난감했다. 한참을 망설이다 궁여지책으로, 손수건을 펼쳐서 다시 대각으로 길게 접었다. 그 접은 손수건으로 발뒤축을 감싼 뒤 발목에 묶었다. 그리고 얼마쯤 더 올라가다가 천만다행으로 등산로에 들어설 수 있었다. 나는 등산로를 찾았다는 안도감에 사로잡혀 아들의 발이 불편함에도 불구하고, 하산은 커녕 토끼봉을 향해 앞장섰다. 아들은 불편한 발을 질질 끌다시피 절룩거리며 내 뒤를 따랐다. 그렇게 또 얼마쯤 올라가던 길목에서 뜻밖에도 외국인 부부로 보이는 등산객을 만났다. 그 한적한 곳에서 등산객을 만나리라고는 상상도 못 했는데, 마치 산신령을 만난 것처럼 반가웠다. 염치 불고하고, 등산화를 벗어 들고 상처 난 발뒤꿈치를 남편으로 짐작되는 등산객한테 보여주었다. 그리고 손짓 발짓을 해 가며 상처에 붙일 만한 밴드 두서너 장을 건네받고, 그 자리에서 처치했다. 그리고 또 토끼봉 정상을 향해 엉금엉금 걸어

올라갔다.

아들은 산을 올라갈수록 눈에 띄게 발이 무뎌지는가 싶더니 짜증 섞인 표정이 역력했다. 나는 아들 눈치를 살피다가 더 이상 재촉했다가는 업고 내려갈지도 모르겠다는 두려움에 하산을 결정했다. 내려가는 길도 만만치 않았다. 발까지 불편한 아들은 성난 것 같은 얼굴상으로 구겨진 데다 아예 입까지 닫아버렸다. 산을 오르기 전에 제대로 된 준비도 하지 않고 무작정 나선 내 불찰이었다. 그런 아들의 불편한 심기를 달랠 수 있는 방법은 하산하는 길에 맛있는 점심 식사로 환심을 사는 일이라고 생각했다. 그래서 집으로 돌아가는 길에 화개장터에 들러 별미의 재첩비빔밥에 재첩 회를 곁들어 늦은 점심으로 허기를 달랬다. 그 자리에서 아들에게 위로의 말을 건네며 일그러진 얼굴을 펴게 했다. 그리고 닫힌 입을 열게 했다.

그 뒤로 또 한 차례 아들을 데리고 지리산 천왕봉에 올랐다. 아들이 고등학교 이 학년 여름방학 때였다. 그때도 마찬가지로 등산로를 미리 확인해 보지도 않고, 무작정 천왕봉을 향해 출발했다. 그리고 시천면 중산리 매표소에서부터 시작된 산행은 청소년학습수련관으로 이어지는 시멘트 포장도로를 따라 올라갔다. 구불구불한 그 도로의 끝이 로터리 대피소 입구에 다다르자 등산로와 연결되었다. 로터리 대피소에는 등산객들로 북적거렸는데, 우리가 올라오던 길에는 아들과 나 둘뿐이었다. 그렇다면 우리는 등산로가 아닌 길을 따라 올라온 것만은 분명했다. 무지하기 그지없었다. 길을 모르면 등산객들한테 물어본다든지, 안내판이나 이정표를 살핀다든지, 아니면 지리산 관리사무소에서 안내를 받든지 해야 하는데, 아무 길이나 올라가면 되겠지 하는 안일한 생각을 한 게 아닌가 싶었다. 다행스러운 것은 그날따라 아들은 불평 한마디 없이 무난하게 잘 따라왔다. 이번에는 기어코 천왕봉을 오르겠다는 각오를 한 것인지는 알 수 없었지만 의지가 보이는 듯했다. 나 또한 아들과 함께 꼭 한번 천왕봉에 오르고 싶은 마음이 간절했다. 이제 내년이면 고 삼인데, 수능시험 잘 치르고 우리 가족이 원하는 대학교에 들어갈 수 있도록 마음을 새로이 추스르는 이벤트를 갖고 싶었던 때였다. 그러한 목표가 있어서 그랬는지는 몰라도 어렵지 않게 천왕봉에 올랐다. 사진으로만 보았던 천왕봉 표지석 앞에 서자 가슴이 뭉클했다. 그 순간 누가 먼저랄 것도 없이 천왕봉의 상징인 표지석을 와락 끌어안았다. 나는 마음속으로 '천왕봉 신령님이시여! 저의 소원을 신령님께 빕니다. 들으시고 꼭 성취할 수 있도록 도와주옵소서. 내년에는 제 아들이 수능시험을 치르는 해입니다. 그동안 갈고닦은 실력을 십분 발휘하여 최고의 성적을 받아 서울의 명문대학교에 들어갈 수 있는 복을 내려주옵소서!'라는 간절한 소망을 천지신명께 빌었다(그때는 내가 기독교 신앙을 갖기 전이었다). 그때 아들은 줄곧 우수한 학업성적을 유지하고 있었기 때문에 서울의 명문대학교에 들어갈 수 있다는 가능성을 조심스럽게 점치고 있었다. 천왕봉에서 천지신명께 소원을 빌고 하산하는데, 마음이 그렇게 홀가분할 수가 없었다. 여태껏 그 소원을 마음속에 담아두고 전전긍긍하다가 몽땅 털어놓고 나니 마치 다 이룬 것마냥 속이 뻥 뚫린 느낌이었다. 무엇보다도 그 자리에 아들과 동행했다는 것이 가슴 뿌듯했다. 아들은 아버지의 그러한 깊은 뜻을 헤아려 줄 법도 했지만 시치미를 떼고 애써 외면하려는 듯한 표정을 엿볼 수 있었다. 그리고 전과 달라진 모습이 또 있었다. 맨 처음 지리산 토끼봉에 올랐을 때처럼 마지못해 하거나 짜증 섞인 표정은 추호도 읽을 수 없다는 점이었다. 아마 그때를 계기로 내가 산을 뻔질나게 오르내리며 습관이 들게 된 게 바로 그날의 감격 때문이 아닌가 싶기도 하다. 아들과 동행한 첫 산행부터 등산로를 소홀히 한 까닭에 엉뚱한 곳에서 헤매기도 했지만 지리산을 오른다는 게 내 삶에 적잖은 활력소가 되고 있다는 것을 몸소 체험했다.

아무튼 천왕봉에서의 그러한 염원에도 불구하고, 아들은 이듬해 수능시험에서 예상 밖의 저조한 성적을 받아 들고 시름이 깊어졌다. 고민 끝에, 비록 수능점수는 합격 수준에 미치지 못하지만 내신 성적에 기대를 걸고 서울의 명문대학교에 지원했다. 하지만 거기까지였다. 당연한 결과였지만 내 코가 석 자 오 치나 쑥 빠졌다. 그렇다고 낙담한 채 손 놓고 있을 수만은 없는 노릇이었다. 비참하게도, 수능점수에 맞춰 다른 대학교에 지원한 것이 그해 신입생 모집 마지막 차수에 최종 합격했다. 가족이나 학교에서 원했던 명문대학교에 떨어졌다고 해서 진학을 포기할 수 없었기 때문에 불가피하게 선택한 결과였다.

그렇게 비빌 언덕을 마련해 놓고, 삼박 사일 일정으로 제주도로 가족여행을 떠났다. 앞서 지인의 소개로 제주도에서 개인택시 사업하시는 분을 관광 가이드로 추천받아 바로 계약했다. 그 일정 가운데 하나로 한라산 등산이 포함되어 있다는 게 그리 마음을 설레게 했다. 먼저 제주도를 일주하는 관광은 가이드의 안내에 따라 빠진 곳 없이 다 둘러보고 인증 사진을 남겼다. 이제 제주도 관광 마지막을 장식할 이벤트로 한라산에 오를 차례였다. 그런데 그날 따라 대설 주의보가 발령될 정도로 폭설이 내렸다. 성판악 매표소에서 출발할 때는 산행에 지장을 받지 않을 정도로 보통 수준의 눈이 내리고 있었다. 그러나 출발한 지 삼십 분가량 지났을까, 앞을 분간할 수 없을 정도로 눈이 퍼붓기 시작했다. 마치 제설차로 퍼다 붓듯이 펑펑 쏟아지더니 눈 깜작할 사이에 세상이 온통 하얀 눈으로 뒤덮였다. 그런 기상의 악조건에도 아랑곳하지 않고, 묵묵히 산행을 강행했다. 산에 오를 만한 준비상태는 비록 허술했지만 언제 또 이런 기회가 오겠는가 싶어 물러설 수 없었다. 준비라고 할 것도 없이 성판악 입구의 한 매점에 들러 아이젠과 비옷을 구입해서 최소한의 몸단장만 했다. 딸은 등산화조차 없어서 운동화에 아이젠을 채웠다. 손에 낄 만한 보온용 덮개는 면장갑이 전부였다. 한 마디로 폭설이 난무한 가운데 한라산 정상을 오를 수 있는 준비는 허술했다. 마치 마을 뒷동산에 봄나들이 가는 정도의 복장으로 빗댈 수밖에 없었다. 산을 오르는 등산로는 완만해서 힘든 줄 몰랐지만 쉴 새 없이 퍼붓는 눈이 걸림돌이었다. 산을 오르는 길에 잠시 쑥밭대피소에 들러 몸을 녹이며 날씨를 관망했다. 바깥 세상을 기웃거리며 한참을 갈등하다가 그냥 밀어붙이기로 의기투합했다. 대피소 측에서는, 성판악 관리사무소에서 입산을 통제한다는 연락을 받았다며 귀띔했다. 그러나 등산객이 하산하기는커녕 오히려 꾸역꾸역 올라가고 있었다. 우리라고 내려갈 이유가 없다는 생각에 등산객들의 뒤를 바짝 따라붙었다.

　눈은 조금도 누그러질 기미를 보이지 않고, 시종일관 쏟아붓고 있었다. 등산로는 등산객들이 다져 놓은 눈길로 그다지 쌓일 틈이 없었지만 그 길에서 조금만 벗어나면 허리까지 빠질 정도였다. 날씨야 어떻든 나 혼자라면 하등 상관이 없을 것 같은데, 딸 체력이 꽤나 염려스러웠다. 가족이 있고, 등산객이 꼬리를 물고 올라가는 길이라고는 하나 은근히 신경이 쓰였다. 아니나 다를까 정상에 가까워질수록 딸은 가쁜 숨을 몰아쉬며 발걸음이 눈에 띄게 무거워졌다. 체력도 체력이지만 눈보라에 속수무책으로 노출되어 있는 게 더 염려스러웠다. 몸에 걸친 비옷은 무용지물이었다. 손발은 이미 젖어서 얼어붙은 수준에다 몸은 온통 눈으로 뒤덮여서 사람인지 눈사람인지 분간할 수 없을 정도였다. 그렇다고 어딘들 앉아서 쉴 만한 곳도 없는 형편이라 기어이 내가 나설 수밖에 없었다. 딸을 부축한 채 질질 끌다시피 해서 겨우 정상에 발을 디딜 수 있었다. 우여곡절 끝에 정상은 밟았는데, 눈보라는 더욱 거세게 몰아쳤다. 정상에 올랐다는 감격의 환호성은 고사하고, 거센 바람에 날아가지 않을까 하는 염려가 더 컸다. 그런 날씨 탓에 눈을 뜰 수 없을뿐더러 몸조차 지탱하기가 버거웠다. 몸을 한껏 낮추고 어떻게든 백록담을 눈에 담아 보려는 욕심으로 얼굴을 쳐들었으나 그마저도 여의치 않았다. 얼른 포기하고 하산을 서둘렀다. 정상에 더 머물러 있다가는 무슨 사달이 날 것 같다는 불안감 때문이었다. 손에 낀 면장갑은 꽁꽁 얼어붙어서 그 기능을 상실한 지 이미 오래되었다. 눈썹 위에도 눈이 하얗게 쌓여 산신령 같은 섬뜩함을 드러냈다. 어디가 어디인지조차 분간하기가 힘들 정도로 휘몰아치는 눈보라의 맹렬한 기세에 기가 꺾여 도망치듯 하산할 수밖에 없었다. 하산할 때는 관음사 탐방로를 따라 내려갔는데, 왜 그렇게도 멀고 지루한지 몸서리를 칠 정도였다. 산을 올라갈 때는 바짝 긴장한 채 촉각을 곤두세운 탓인지 지루하다는 느낌이 없었다. 그런데 산을 내려갈 때는 그러한 긴장의 끈이 풀려버린 것인지 하산길이 더 곤혹스러웠다. 내가 그 지경인데 가족인들 오죽했겠는가? 피난민이나 다름없는 너덜너덜한 몰골로 관음사 야영장에 널브러졌다. 여행 가이드와 그곳에서 만나기로 미리 약속한 장소였기 때문이다. 그날 저녁식사 때는 한라산에 올라갔다 온 얘기로 웃음꽃을 피우며 제주도에서 별미라고 하는 꿩 샤부샤부 요리로 허기진 배를 채웠다. 그리고 쌓인 피로도 어지간히 풀었다. 그러나 딸은 한라산 한번 다녀온 여파로 다리에 근육이 뭉친 나머지 한동안 절룩거리며 다니는 모습이 안쓰러웠다. 하지만 우리 가족이 최악의 기상조건에도 굴하지 않고 한라산에 오른 체험담은 두고두고 자랑할 만했다.

돌이켜 생각해 보면 이처럼 내 성격은 한 마디로 어딘가에 한번 몰입하게 되면 집요하리만치 깊이 파고드는 기질이 다분하다. 어느 한 분야에 전문가가 되지는 못했지만 끈질기게 달라붙어서 끝장을 보고 마는 성격의 소유자인 것만은 틀림없다. 삼십여 년의 세월을 오로지 포철의 핵심 설비인 열연공장 설비관리 업무의 소임을 다하고 정년퇴직한 것이 단적인 예다. 자신이 하는 일에 미치지 않고서는 감히 감당할 수 없는 그 무엇이 내가 버틸 수 있는 힘이었다고 자부하는 이유다. 그 밖에도 십여 년의 세월 동안 이어지고 있는 신실한 신앙생활이 그렇고, 책을 읽고 글 쓰기 위한 준비과정이 그렇고, 단 하루도 거르지 않고 쓰고 있는 일기가 그렇다. 또한 팔 년 남짓한 재취업이 그랬고, 늦깎이로 한국방송통신대학교 졸업이 그랬고, 취미 삼아 친 테니스도 마찬가지였나. 모두 다 열거할 수 없는 일이 무수하게 많지만 이제는 그 모든 것을 뛰어넘어 산에 오르는 등반가의 기질로 옮겨 갔다.

내가 산에 매료되어 꿈속을 헤매듯이 걷고 걸었던 세월 또한 십여 년이 훌쩍 넘었다. 사십 대 중반에 이를 즈음에 산에 심취한 나는 나이에 괘념치 않고, 오직 산에 오르는 취미에 깊숙이 빠져들었다. 누워 있으면 눈앞에 산이 아른거리고, 가슴이 두근두근 방망이질하듯 했다. 내일 산에 갈 약속이 있으면 밤잠을 설치기 일쑤였다. 산 아래에서 정상을 쳐다보기만 해도 마음이 설렐 정도였다. 언제든 온전히 산속에 머물며 몸에 찌든 독소를 다 쏟아내고 홀가분한 심신으로 돌아갈 수 있기를 소망했다. 그래서 한번 산에 올라가고 나면 자연의 유혹에 매몰되어 다시 내려가기가 싫을 정도였다. 우선 메케한 매연에 숨이 막힐 지경이었고, 세상의 온갖 소리에 기가 질렸기 때문이다.

등반가이며 모험가이자 작가인 라인홀트 메스너가 쓴 책 ≪내 안의 사막 고비를 건너다≫에서 그는 "나는 온갖 의무들에서 벗어나야 했다. 나는 항상 어딘가에 출석해야 하고, 언제나 연락 가능해야 하고, 어떤 질문에 대해서든 늘 답변이 준비되어 있어야 하는 그 모든 삶으로부터 떠나야 했다. 사막에서라면 우리는 존재하는 동시에 완전히 여분으로 남을 뿐이다. 나를 찾거나 필요로 하거나 바라보는 사람이 아무도 없고 나 자신을 바라볼 수 있는 거울도 없다. 그리고 그런 공간에서는 결국 나 자신마저 없어도 더 이상 아쉬울 게 없다."라고 했듯이 세상이 요구하는 온갖 사명감으로부터 벗어나 적막한 사막에서의 자유로운 삶을 누리고자 했던 그의 진솔한 고백을 통해 가슴 뭉클한 감동을 받았던 터라 나는 더욱 산에 대한 심오한 갈증을 느꼈다.

이 책을 쓴 라인홀트 메스너는 인류 최초로 히밀라야 팔천 미터급 열네 봉을 완등하고, 그린란드, 티베트 동쪽, 남극지방, 서고비 사막 등을 횡단한 인물이다. 그는 에베레스트 산을 등반한 후부터 사막을 꿈꿔 왔다. 언제부터인가 사막은 그에게 이상적인 경험의 공간이었고, 가장 멀리 떨어져 있는, 미래를 들여다보는 창문으로 여겨졌다. 그리고 마침내 그는 사막을 건너면서 자신 안에 있는 마음의 사막을 들여다보고 아무것도 없는 무의 세계에서 참된 삶의 의미를 깨달았다. 모래알 사이에서 들리는 바람소리뿐, 시간마저 잃어버린 그 텅 빈 공간에서 삶의 짐이 되었던 모든 것으로부터 멀리 떨어져 있음을 경험하고, 비로소 스스로에게서 벗어났다. 그리고 사막의 비어 있음이 주는 평안함에 감탄하고 무한한 정적 속에서 참된 평안을 얻었다고 증언했다.

그는 또 "삶은 이곳이든 그 어디서든 쉽지 않지만, 계속 가는 길은 언제나 존재한다. 바로 그 때문에 나는 오랜 꿈을 좇아 이곳에 왔다. 그 꿈을 현실로 이루기에 너무 늦기 전에, 모험이나 다름없는 남은 인생을 살면서, 어쩌면 잘 늙어 가는 걸 배우는 것이 중요할지 모른다. 곧 죽어가는 게 두려워서가 아니었다. 그 밖에 뭘 해야 할지 몰라서도 아니었다. 나는 다만 마지막 게임을 감행한 것뿐이었다."라고 덧붙였다. 탐험가의 정신이 오롯이 드러나 있는 그런 심경 고백이 아닌가 싶다.

아울러 그는 "자신감이 전부 사라지고서야 비로소 우리는 인간의 본성을 파악할 수 있다. 인간이 결핍된 존재로서 자신의 무기력과 절망을 의식하고 자신이 결국 모래알처럼 버려졌다고 느낄 때에야 현세는 시작되는 것이다. 피안은 그 뒤에 있는 무이다."라는 말로 탐험가가 처한 극한 상황에서 깨닫게 되는 인간의 본성을 피력했다.

광양에서 내가 자주 찾은 산은 대개 비교적 가까운 곳에 위치하고 있었다. 그 가운데 제일 먼저 인연을 맺은 곳은 백운산으로, 해발 천이백십팔 미터의 높이다. 내가 맨 처음 백운산 정상에 올랐던 때는 광양제철소로 전입하고, 일주일간의 도입교육 과정에 포함된 등산으로 그 마지막 날이었다. 그때 백운산 정상에 함께 오른 전입 동기들이 오십 명가량이었다. 쇳물을 상징하는 황금색 제복에 같은 색깔의 모자를 쓰고, 갈색 안전화를 신었던 게 등산 복장이었다. 단체로 회사 버스를 타고, 한적한 마을이 드문드문 눈에 띄는 비포장도로의 낯선 길가에서 내렸다. 그리고 백운산을 오르는 등산로가 아닌 것 같은데, 교육 담당자가 안내한 대로 논두렁 밭두렁을 따라 거침없이 치고 올라갔다. 아마 빠른 시간 안에 산을 오르기 위한 지름길이 아닌가 싶었다. 한참을 걷다 보니 백운사로 이어지는 등산로에 들어서게 되었다. 그 길을 따라 올라가던 중에 백운사에 잠시 들러 약수로 목을 축이고, 곧장 정상을 향해 치달았다. 거대한 바위가 우뚝 솟은 정상에서 한껏 모양을 뽐내며 인증 사진을 찍고, 서둘러 하산했다. 그때만 해도 백운산 정상에 올랐다는 그 어떠한 감정도 없었다. 그냥 도입교육 과정 중의 하나일 뿐이라는 일념에 갇힌 채 그렇게 시간이 흘렀다.

그 후로 절기상 우수에서 경칩 사이에 채취하는 백운산 고로쇠 약수를 마시러 연례행사처럼 찾아간 것 이외는 산에 오르는 일은 없었다.

내가 산에 심취하기 시작한 시기는 사십 대 중반의 나이에 즐겨 치던 테니스를 접고, 여가를 어떻게 활용할까 궁리하던 끝에 가까이에 있는 가야산을 오르면서부터였다. 그때부터 산을 오르는 매력에 서서히 빠져들기 시작했다. 그 무렵 등산으로 맛볼 수 있었던 매력을 세 가지만 꼽아보라고 하면 바로 이런 것들이었다. 첫째는 산에 오르는 시간만큼은 숱한 잡념이 물거품처럼 사라졌다. 때때로 무아지경에 빠져드는 체험이 허다할 정도로 기막힌 마력을 지니고 있었다. 둘째는 땀을 비 오듯 쏟고 나면 몸이 가벼워지고 스트레스가 감쪽같이 씻겨 나갔다. 그리고 마지막으로는 대자연의 품에 안김으로써 그 아늑함에 여유를 찾을 수 있는 것은 물론 삶에도 활력소가 되었다. 이렇듯 자연이 지닌 좋은 점을 마다할 이유가 없었다. 자연스럽게 그 영역을 조금씩 넓혀갔다. 백운산, 지리산이 주 무대였다. 그리고 무등산, 조계산, 팔영산, 월출산 등이 그 뒤를 이었다. 우리나라 십 대 명산은 두루 등정했다. 그 시절 내가 최종 목표로 삼았던 곳은 후지산과 에베레스트였다. 그래서 나의 연산 계획과 십 년 후의 자회 상을 그렸던 목록 가운데는 그 산들을 정복하려는 목표가 늘 한자리를 차지하고 있었다.

내가 등산에 몰입하게 된 계기를 제공해준 곳은 역시 가야산이 그 마중물 역할을 했다. 가야산은 지척에 있는 산으로 언제든지 틈만 나면 가벼운 마음으로 올랐다. 등산로가 다양해서 그때 사정에 따라 적절한 코스를 선택하면 큰 부담 없이 오를 수 있는 산이었다. 아마 집에서부터 걸어가는 코스가 거리상 가장 긴 등산로가 아닌가 싶은데, 그렇다 하더라도 대략 한 시간 이십 분가량이면 충분하게 다다를 수 있는 곳이었다. 나머지 등산로는 승용차로 산자락의 주차장까지 이동한 후에 산을 오르는데, 사십 분 정도면 거뜬한 코스였다. 그런 까닭에 토요일 오전 근무를 마치고 나면 오후에는 으레껏 가야산에 올랐다. 혼자든 지인들과 함께하든 상관하지 않고, 산에 오르는 재미에 푹 빠져들었다. 흔히 회사 직원들이 즐겨 찾는 산으로 만남의 장소로도 안성맞춤이었다. 그렇게 가야 산을 수없이 오르내리면서 자연의 안락한 품을 느끼게 되었고, 산이 간직하고 있는 웅장하고 신비한 매력에 마음을 온통 빼앗겼다. 또한 그런 산이 가까이 있다는 것은 삶의 질을 윤택하게 하는 초석이 되고 있음은 분명했다.

내가 즐겨 찾은 산 중에 또 하나는 광양 백운산이었다. 십여 년 전에 광양으로 전입한 것을 계기로 첫 인연을 맺은 산이기도 하다. 한 달에 한두 차례, 많게는 서너 차례나 백운산에 오를 정도로 계절에 구애받지 않고 몸을 맡겼다. 폭우나 폭설 등 천재지변이 아니라면 산행은 어느 계절이나 무관했다. 아무래도 봄가을이 등산하기에는 알맞은 계절이지만 여름은 녹색의 싱그러움에, 겨울은 눈꽃의 영롱함에 마음을 빼앗겨버리는데, 계절이 무슨 상관이 있겠는가?

여름철 산행은 자연의 푸른 숲이 에어컨디셔너 역할을 함으로써 더위를 물리치는 데 최고의 신선놀음이 아닐 수 없었다. 또한 신체에 유해한 노폐물을 땀으로 배설함으로써 스트레스 해소는 물론 비만 치료에 도움이 되는 게 여름철 산행이 아닌가 싶었다. 여기서 잠깐, 노폐물의 정체를 간략하게 언급하고 난 다음에 이야기를 이어가려고 한다. 우리 몸에 축적된 노폐물은 입으로 섭취한 음식물이 신체의 에너지나 구성 요소로 쓰이고, 그 결과로 생기는 물질 가운데 생물체에 필요 없거나 해가 되는 물질이다. 그 노폐물은 날숨과 땀, 오줌 등 세 종류의 형태로 분류하고 있다. 노폐물 가운데 땀은 사람이 섭취한 음식물 가운데 탄수화물과 지방이 분해되어 물이 생성되고 물은 땀샘에서 땀의 형태로 배설된다고 기술하고 있다.[2] 따라서 우리 몸에서 땀으로 배설되는 양만큼 수분이 부족해질 수 있으므로 수시로 물 마시는 습관을 들이는 일이 무엇보다 중요한 것이다. 그래서 등산을 마치고 나면 모든 것이 다 동이 난다 할지라도 물과 체력은 얼마간의 여분이 남아 있어야 한다는 것을 산꾼들의 조언과 많은 경험을 통해서 몸소 깨닫게 되었다. 이열치열이라는 말이 있듯이 여름철 산행은 땀을 쏟아냄으로써 더위를 이겨내는 피서 방법 중에 으뜸이라고 자부할 수 있을 것이다.

　겨울철 산행은 쌓인 눈을 밟는 쾌감이 발끝에서부터 가슴으로 전해올 때면 온몸이 짜릿짜릿했다. 아무도 걸어간 흔적이 없는 하얀 눈길을 따라 걷는 즐거움은 미지의 세계를 탐험하는 개척자의 설렘에 견줄 만했다. 백운산 정상에서 억불봉 삼거리를 오가는 능선이 바로 그런 곳이었다. 그 등산로는 겨울이면 온통 눈으로 뒤덮여 있을 때가 태반인데, 그 높이가 허리까지 미칠 때도 있었다. 겨울철 칼바람이 능선을 넘나들며 눈을 끌어모아 등산로에 쌓아 놓은 듯했다. 그 길을 따라갈 때면 걸음은 더디지만 눈 위에서 헤엄치듯 허우적거리는 자신의 모습에 실소를 금치 못했던 때도 있었

---

2)　천재학습백과 초등 과학 오-이 우리 몸은 노폐물을 어떻게 내보낼까요?

다. 그런 날은 몸은 비록 녹초가 되었을지언정 마음은 깃털처럼 가벼웠다. 이렇듯 백운산은 계절 따라 자연이 베푼 변화무쌍하고 경이로운 세계를 연출했다. 나는 그러한 자연의 유혹에 도무지 당해낼 재간이 없었다.

백운산 등산로는 곳곳에 나 있었지만 그중에서 내가 즐겨 걷는 코스로는 주로 세 군데를 이용했다. 그 가운데 한 곳은 진틀 마을에서 백운산 정상을 오르는 길이었다. 산을 오르는 도중에 한 차례 쉬었다 간다 해도 한 시간 반가량이면 거뜬히 정상에 다다를 수 있는 코스였다. 가장 짧은 거리이면서 형세가 가파른 코스로 백운산 주 등산로라고 할 수 있을 것이다. 백운산 정상은 비록 거대한 바윗덩어리에 불과하지만 세상을 한 눈에 굽어볼 수 있는 특권을 누리는 재미에 쏙 빠져들게 했다. 발아래 세상이 한없이 초라해 보이는 것은 내가 단지 높은 곳에 서 있는 것만은 아닌 성싶었다. 눈을 들어 조금만 더 내다보면 섬진강은 굽이굽이 돌아나가고, 지리산은 누에가 잠 잔 듯 길게 늘어져 꿈틀거리는 듯했다.

그리고 다른 한 곳은 동동마을에서 노랭이재, 억불봉 삼거리를 거쳐 백운산 정상에 오른 다음 하산할 때는 진틀 마을로 내려가는 길이었다. 나머지 한 곳은 그 반대로 진틀 마을에서 백운산 정상에 오른 다음 억불봉 삼거리, 노랭이재를 거쳐 동동 마을로 내려가는 코스였다. 대략 네 시간 반 정도 소요되는 거리였다. 그 두 곳은 등산하기에 알맞은 코스지만 올라가는 지점과 내려오는 위치가 달라 등산을 마치고 나면 이동하기가 불편했다. 그럴 때면 대중

교통을 이용한다거나 오가는 자동차를 얻어 타고 처음 올라갔던 지점으로 되돌아가곤 했다.

그럼에도 불구하고, 억불봉 삼거리에서 백운산 정상까지 능선을 따라 걷는 등산로는 마치 외줄 타는 곡예사처럼 두 마을 간의 경계선을 넘나드는 듯한 착각에 빠져들기도 했다. 몸을 자연에 고스란히 내맡기고 그 리듬에 맞춰 따라가기만 하면 어느덧 무아지경에 빠져들었다. 그리고 조용히 내면의 소리에 귀 기울이면 자연과 혼연일체가 되는 황홀한 체험을 했다. 그렇게 나는 산을 오르면서 여태껏 경험해 보지 못했던 세계에 눈을 뜨게 되었다.

이제는 그 활동 범위를 조금 더 넓혀 지리산으로 눈길을 돌렸다. 지리산은 오래전에 아들과 함께 두 차례나 오른 적이 있었던 산으로 낯설지 않은 데다 등산할 수 있는 영역을 더 늘려가고 싶었기 때문이다. 그리고 그 산은 집에서 승용차로 한 시간 반가량이면 다다를 수 있는 곳에다 국립공원이라는 매력에 은근히 마음이 끌렸다. 그런데다 행정구역상 세 개의 도(전라남도, 전라북도, 경상남도)를 품은 어머니의 산으로 불리는 만큼 광활한 산악 지대임에도 오히려 안락하다는 감이 들었다. 또 옛날부터 지리산을 일컬어 신선이 사는 곳이라고 하는 데 반해 우리 민족의 눈물과 피로 얼룩진 역사가 살아 숨 쉬는 산이라는 데 관심이 쏠리기도 했다. 그런 지리산을 일컬어 누군가가 우리나라에서 가장 기(氣)가 센 산 중의 하나라고 귀띔했다. 따라서 지리산을 산행할 때는 종아리를 최대한 노출시키면 그 기가 자연과 인간을 하나의 매개체로 해서 흐른다고 하는 설득력 있는 주장을 펼쳤다. 귀가 솔깃한 얘기가 아닐 수 없지만 따라 하기에는 왠지 마음이 내키지 않았다. 아무튼 지리산 등산을 마치고 나면 몸은 지칠 대로 지쳐 흐물흐물 무너져 내렸지만 마음은 홀가분했다. 그리고 시간이 흐를수록 몸이 깨어나면서 생활 전반에 활력을 불러일으켰다. 그러니 산에 오르는 재미에 푹 빠져들 수밖에 없었다. 어떤 이는 등산의 이로운 점을 보약에 견주어 표현하기도 했다. 백운산은 삼십만 원, 지리산은 오십만 원에 버금가는 보약을 지어 먹은 거나 다름없다며 열변을 토하기도 했다.

지리산 또한 등산로가 수없이 많지만 나는 주로 두 군데를 선호했다. 그 가운데 하나는 중산리에서 칼바위, 로터리 대피소를 거쳐 곧바로 천왕봉에 오르는 코스였다. 지리산 천왕봉을 오르는데, 가장 보편적인 등산로가 아닌가 싶다. 산을 오르는 길에 로터리 대피소에서 한 차례 쉬었다가 오른다 해도 두 시간 사오십 분 정도면 족했다. 그때도 마찬가지로 온몸을 자연에 맡기고 걷다 보면 무아지경에 빠지게 되었고, 가장 높은 곳에 다다랐다는 의식이 깨어나면 그곳이 정상이었다. 천왕봉 표지석을 품에 안아 보는 것으로 그날 등산에 피날레를 장식했다. 그리고 내려갈 때는 장터목 대피소에서 한 차례 더 쉬었다가 유일폭포를 거쳐 칼바위, 중산리로 하산했다. 내가 가장 즐겨 다니던 코스였다. 또 하나의 루트는 천왕봉 정상에서 하산하는 길만 달랐다. 내려갈 때 장터목과 세석 대피소를 거쳐 거림으로 이어지는 코스였다. 대략 여덟 시간가량 소요되는 거리로 여유가 있을 때라든지, 산에서 더 오래 머무르고 싶을 때는 이 코스를 선택했다. 거림에서 승용차를 주차해 놓은 중산리까지 가는 교통이 불편한 점이 있지만 대중교통을 이용하거나 다른 등산객의 승용차를 얻어 타면서까지 가끔 그 길을 따라 걷고 또 걸었다.

그 어느 때보다 가슴이 벅찼던 산행은 1990년대 중반 어느 해 첫날 새벽에 지리산 천왕봉에 오른 순간이었다. 더군다나 그곳에서 해돋이의 광경에 넋을 놓고 바라보았던 그날 아침은 그야말로 황홀했다. 천왕봉에서 해돋이를 감상할 수 있는 기회는 일 년에 손가락을 꼽을 수 있을 만큼 드물다는 얘기를 들었는데, 내가 그 기막힌 행운을 붙잡은 것이다. 그 계기는 회사의 소속 그룹과 더불어 새해 아침에 안전 다짐대회 겸 해돋이를 볼 요량으로 천왕봉에 오른 게 딱 맞아떨어졌다. 그 무렵 나는 한참 산에 빠져 있었던 터라 시종일관 앞장서서 지원하고 이끌었다.

산행 전날 밤, 미리 약속한 장소에 모여 승용차를 나눠 타고, 일월 일 일 새벽 두 시경에 중산리에 도착했다. 한겨울에 영하의 기온인지라 만물이 꽁꽁 얼어붙었지만 바람 한 점 없는 고요한 새벽이었다. 중산리에 도착 즉시 산에 오를 수 있을 거라고 예상하고 갔는데, 관리사무소 측에서 입산을 통제했다. 네 시 이후에 산행이 가능하다는 당직 근무자의 말과 표정 속에는 졸음이 덕지덕지 붙어 있는 듯했다. 두 시간가량을 승용차에서 웅크리고 있다가 네 시경에 바리게이트를 통과할 수 있었다. 날이 깨어나기 전이라 온

천지는 칠흑같이 어두웠다. 직원 대부분이 헤드 랜턴이나 손전등을 밝히고 산을 오르기 시작했다. 새벽 산행길이라 그런지 걷기는 한결 수월했다. 아마 해돋이를 볼 수 있다는 기대에 부푼 나머지 저절로 의욕이 넘친 성싶었다. 그렇게 한참 산을 오르다 보니 날이 희끄무레 밝아오며 우리가 밝힌 불빛들이 시나브로 사위어 갔다. 앞에서 끌고 뒤에서 밀며 합심해서 오른 덕분에 예상한 대로 해뜨기 전에 정상에 다다를 수 있었다. 정상의 기온은 출발할 때보다 더 낮은 영하인 데다 흘린 땀이 식고 나니 그 추위는 마치 살을 에는 듯이 날카로웠다. 그러나 그런 추위에도 아랑곳하지 않고, 하나같이 숨을 죽인 채 동쪽 하늘을 뚫어져라 응시했다. 태양이 솟아오를 자리에 붉은 빛이 도는가 싶은 그 찰나에 느닷없이 한 후배 사원이 등산객을 향해 소리쳤다. 정상에는 우리 직원뿐만이 아니라 다른 등산객까지 빼곡하게 자리를 잡고 있었다. 그런데 그 사원은 "여러분! 저는 광양경찰서 강 형삽니다."라고 에둘러 자기소개를 했다. 얼굴이 약간 상기되었을 뿐만 아니라 흥분을 감추지 못한 채 들떠 있는 듯했다. 난생처음으로 지리산에 올라온 데다 새해 첫날 천왕봉에서 해돋이를 맞이할 줄이야 어찌 상상이나 했겠는가. 나는 순간 어안이 벙벙했지만 금방 그 의도를 짐작할 수 있었다. 황홀한 해돋이의 순간을 함께 감상하자는 뜻으로 직감하고 나는 박수로 화답했다. 그 사원은 "우리가 새해 첫날 천왕봉에서 이렇게 해돋이를 보게 된 것도 큰 인연입니다. 해돋이를 본 감격 그대로 목이 터져라 함성을 한번 질러봅시다!"라고 하며 해가 솟아오르는 순간을 기다렸다가 "대한민국 만세! 만세! 만세!"라고 외치며 두 팔을 번쩍 치켜들었다. 그러자 그 뒤를 따라 일제히 "대한민국 만세! 만세! 만세!"라는 함성이 터져 나왔다. 또 그 사원은 오른손 엄지와 검지를 이어 둥그런 모양을 만들어서 "안전!"이라고 하면 우리는 검지를 치켜세우며 "제일!"이라는 약속된 구호를 세 차례 연발했다. 실로 각본 없는 천왕봉에서의 해돋이 행사를 그 사원이 진두지휘했다. 붉게 이글거리며 떠오르는 태양과 함성이 어우러져 천왕봉은 일대 장관을 연출했다. 내가 천왕봉에서 해돋이를 보게 된 것은 일생일대의 큰 축복이었다. 나는 새해에도 늘 안전하고 건강하며 가정에 행복이 가득하기를 빌었다.

지리산을 배경 삼아 최고의 경지에 이를 만한 산행 중에는 종주(縱走)가 단연 으뜸이었다. 나는 그 종주의 기쁨을 만끽하기 위해 세 차례 감행했다. 그 첫 번째는 친구와 일박 이일 일정으로 중산리에서 출발하여 성삼재에 도착한 것으로 내가 쓴 ≪철들고 나니 황혼이더라≫라는 책에서 소개한 바가 있다.

두 번째도 마찬가지로 일박 이일 일정이었다. 그때는 두 명과 세 명을 각각 한 팀으로 구성했다. 그리고 출발지를 서로 달리했다. 내가 속한 팀은 대원사에서, 또 다른 한 팀은 성삼재에서 출발했다. 우리 팀은 대원사에서 출발하여 치밭목 대피소를 거쳐 천왕봉에 오른 다음 장터목, 세석을 지나 벽소령 대피소에서 하룻밤을 잤다. 그리고 다음날 아침 일찍 출발하여 연하천 대피소, 노고단을 거쳐 최종 목적지인 성삼재에 도착했다. 다른 한 팀은 성삼재에서 출발하여 벽소령, 장터목 대피소를 거쳐 천왕봉에 오른 다음 로터리 대피소 코스를 따라 하산하는 것으로 최종 목적지는 중산리였다. 그렇게 각기 반대 방향에서 출발하여 산행하다가 만나는 지점에서 서로 승용차 열쇠를 교환하기로 약속한 터였기 때문이다. 지리산을 종주할 때는 출발과 도착 지점이 다르기 때문에 교통편이 불편할 수밖에 없다는 점을 감안한 결정이었다. 일박 이일의 종주였지만 밥을 지어 먹기보다는 김밥이나 떡, 빵, 과일, 오이, 영양갱 같은 먹거리를 배낭에 짊어지고 다니며 끼니를 해결했다. 물은 대피소 약수터에서 물통에 가득 담아 배낭 주머니에 꽂아 놓고, 수시로 마셨다. 대략 한 시간 정도 걷고 십 분가량 휴식을 취하는 산행 스케줄이었다. 무엇보다도 서로 간의 체력이 엇비슷하고, 신뢰할 수 있는 관계가 형성되었을 때 산행이 수월하다는 것을 알고 이를 감안해서 팀을 구성한 게 잘 맞아떨어졌다. 그 덕분에 무사히 완주할 수 있었다. 흔히들 산행하는데, 필수적으로 갖추어져야 할 세 가지 조건이 있다고 했다. 즉, 그날의 일기와 개인의 건강 상태, 그리고 파트너와의 관계라고 했다. 이 세 가지 조건이 조화를 이룰 때 안전하고 즐거운 산행이 될 수 있다고 조언했다. 그때의 종주는 세 가지 조건이 잘 맞아떨어진 산행이었던 만큼 한 편의 다큐멘터리로 오래 기억될 듯싶다. 우리는 지친 몸을 이끌고 집으로 돌아오는 길에 닭볶음탕에 맥주 한 캔으로 쌓인 피로를 풀었다.

여기서 잠깐! 감히 산행을 논하면서 이 분을 빼놓을 수 없을 것 같다. 세계 최초로 히말라야 십육 좌를 완등한 산악인 엄홍길 대장이 바로 그분이다.

 전문 산악인 염홍길 대장은 그가 쓴 ≪꿈을 향해 거침없이 도전하라≫는 책에서 산을 오를 때 중요시하는 마음가짐 중 세 가지를 이렇게 밝히고 있다. 첫 번째는 팀워크, 두 번째는 정신력, 세 번째는 겸허함이라고 말한 건 차원이 다른 등반 세계의 가르침일 것이다. 또 염 대장은 "산이 곧 나고, 내가 곧 산입니다. 그렇기 때문에 내가 산의 정복자가 아니며 정복당한 것이 산이 아니라는 말이죠. 산사나이들은 산을 정복하려 하지 않습니다. 산은 그저 경외의 대상일 뿐입니다."라고 했다. 그러니까 산악인은 산과 하나가 되는 것이고, 그 숭고함에 순응하는 것이 당연하다는 뜻으로 나름 받아들였다. 그는 또 '왜 산에 오르는가'라는 물음에 '산은 나에게 존재의 이유이며 삶의 전부이기 때문'이라고 했다. 태어났으므로 살아야 하는 것처럼 산이 거기 있기에 오른 것이라고 말한 걸 보면 히말라야의 탱크다운 면모를 여실히 엿볼 수 있는 대목이다.

 세 번째이자 마지막 산행은 무박 종주였다. 지리산 무박 종주는 산행 중에서도 그야말로 압권이었다. 지리산 능선을 따라 하루 만에 완주하는 데는 강인한 체력을 요구할 뿐만 아니라 팀이 하나가 되지 않으면 불가능한 게 무박 종주였다. 당연히 산타기를 즐겨하고 마음이 잘 통하는 직장 후배와 함께 의기투합한 산행이 무박 종주로 이어졌다.

 새벽 두 시 반경에 집에서 출발해서 성삼재 주차장에 도착한 게 네 시가 조금 지난 시각이었다. 고맙게도 후배 아내가 승용차로 우리를 바래다주고 돌아가는 친절을 베풀었다. 잠시 호흡을 가다듬고 네 시 반경에 성삼재에서 출발했다. 그때부터 거침없이 내달렸다. 마치 백 미터 달리기의 출발선에서 격발신호와 함께 뛰쳐나가듯이 속도를 냈다. 하루 종일 걸어야 오후 늦게 중산리에 도착할 수 있다는 생각이 앞선 나머지 서두르는 악수(惡手)를 두고 말았다. 더군다나 지리산 무박 종주는 처음인데, 막상 발을 내딛고 나니 덜컥 겁이 났다. 거기다가 주사위는 이미 던져졌다는 절박함이 잰걸음을 재촉하기에 이르렀다. 더 염려되는 건 후배의 보조에 맞추느라 나도 모르게 오버 페이스(over pace)하는 것은 아닌가 하는 염려가 일기도 했다. 그러한 불안감이 고개를 들기 시작하면서 몸이 굳어진 듯 이상 반응을 보였다.

아무튼 그런 상황 속에서도 뱀사골, 연하천, 벽소령, 세석 대피소를 하나하나 점령해 나갔다. 그리고 천왕봉 바로 아래 장터목 대피소에 도착했다. 그런데 장터목 대피소에 도착하기 얼마 전부터 왼쪽 발 오금에서 따끔따끔한 통증이 올라오기 시작했다. 그러더니 장터목 대피소에 도착할 때까지 발을 내디딜 때마다 마치 송곳으로 찔러대는 것처럼 오금이 욱신욱신거렸다. 입에서 절로 비명이 흘러나올 정도로 그 통증은 깊고 날카로웠다. 장터목 대피소에서 천왕봉까지는 급경사이긴 해도 비교적 가까운 거리인데도 왼발이 온전치 않은 까닭에 발걸음은 점차 무뎌지고, 지루한 오르막에 치를 떨었다. 정상이 가까워질수록 다리가 힘없이 꼬이기 시작했다. 그나마 정상까지는 오르막인지라 그만한 고통은 감내할 수 있었다. 그러나 기어코 사달이 나고 만 곳은 정상에서 중산리로 내려가는 급경사의 등산로였다. 그런 내리막길에서는 상체가 앞으로 쏠리는 현상 때문에 그 무게를 버티려는 힘이 다리를 더 압박해 왔다. 급기야 왼발에는 제대로 체중을 실을 수 없는 상태로 질질 끌다시피 했다. 당연히 오른쪽 다리로 체중이 쏠릴 수밖에 없었다. 그러자 오른쪽 다리마저 부하가 걸리기 시작했다. 점점 다리에 통증은 심해지고, 체력은 바닥을 향해 치닫고 있었다. 겨우 수십 미터가량 걷다가 주저앉기를 반복했다. 무릎을 수건으로 동여매고, 쉴 때마다 마사지를 했지만 그때뿐이었다. 몸을 돌려 뒷걸음질 치면 그나마 좀 견딜 만했다. 나는 그때까지도 꾸준히 산을 오르내렸고, 산행이라면 늘 자신이 있었던 터라 적지 아니 당황했다. 문득 거대한 자연 앞에 한없이 나약해지는 자신을 바라보며 숙연질 수밖에 없었다.

함께한 후배도 염려스러운 눈으로 바라볼 뿐 도와줄 수 있는 게 아무것도 없었다. 천왕봉에서의 하산은 그야말로 생지옥 같은 길이었다. 천왕봉을 목표로 산행할 때도 하산은 장터목 대피소를 거쳐 중산리로 내려갈 만큼 꺼리던 코스였다. 그런 등산로에서 앞으로 걷다가 뒤로 걷다가 옆으로 걷는 등 우여곡절 끝에 중산리 주차장에 도착했다. 오후 다섯 시 반경이었다. 체력은 이미 바닥이 드러난 지 오래되었고, 거의 탈진상태에 다다른 패잔병 수준이었다. 후배 아내는 미리 와서 기다리고 있었다. 나는 내상이 깊은 다리를 겨우 지탱하고 애써 태연한 척 인사를 건넸다. 그리고 승용차

뒷좌석에 몸을 부리고 나서야 안도의 한숨을 돌렸다. 그리고 왼발 무릎과 오금을 연신 주무르며 내일 출근할 걱정부터 했다.

그렇게 지리산 무박 종주를 마치고 일주일가량은 불편한 다리를 절룩거리며 다닐 수밖에 없는 곤욕을 치렀다. 그때 내 나이 오십 대 초반이었는데, 마치 이삼십 대 체력을 가진 것처럼 만용을 부린 게 아닌가 싶었다. 무엇보다도 체력 안배를 간과한 것이 가장 아쉬운 점이었다. 흔히들 산행을 마치고 나면 삼십 프로가량의 체력은 남아 있어야 한다는 전문가들의 경험담을 무시한 결과였다. 그러나 이에 전혀 주눅 들지 않고 그 이후로도 산행은 계속되었다. 나의 무대는 주로 백운산 아니면 지리산이었다. 나는 산행을 마치고 나면 늘 그 기록을 남겼는데, 백운산은 삼백오십여 차례, 지리산은 백이십여 회에 걸쳐 심심찮게 오르내렸다. 그러나 내가 쉰여덟에 한국방송통신대학교에 입학하면서부터 산은 점점 멀어졌다. 학업에 매달린 가운데, 책 읽고 글쓰기 준비하느라 산에 갈 엄두를 내지 못한 게 빌미가 되었다. 십여 년의 세월을 자연과 벗 삼아 산을 유람했던 시기는 내 삶에 큰 활력소가 되었다.

여기 한 전문 등반가의 삶에 대한 역경과 고뇌의 순간을 책을 통해서 접할 수 있었다. 나도 한때는 그러한 꿈을 꾼 적이 있어서인지 예사롭지 않게 다가왔다.

박범신 작가가 쓴 책 《촐라체》는 히말라야 최고봉인 에베레스트 서남쪽에 위치하고 있는 촐라체 북벽 등반에 성공한 두 산악인의 실화를 바탕으로 한 산악소설이다. 《촐라체》는 인간의 한계를 그

대로 노출한 채 오로지 맨몸으로 촐라체 북벽을 등반하고자 했던 두 젊은이의 열정으로 뜨겁게 달군 소설이다. 그들이 선택한 것은 되도록 등산 장비에 의존하지 않고, 바로 '몸의 감각이 최고조에 이르는 길'이었다. 인간의 육신이 감당할 수 있는 최고의 장애와 대면하고 그것을 넘어서는 일련의 과정은 애초에 인간에게 허여된 원초적 감각을 되살리는 가장 정직한 방법이라고 할 수 있을 것이다. 특히 정상에 오른 이들이 그 뒤 하산하면서 겪게 되는 체험, 즉 한 사람이 크레바스로 추락하고, 로프에 함께 묶여 있던 또 한 사람이 그 무게를 견디며 끝내 로프를 끊지 못한 인간애였다. 그렇지만 먼저 추락한 사람이 몸무게를 지탱하지 못하고 로프가 끊어지는 바람에 바닥으로 떨어졌다. 그러자 로프에 묶여 있던 동료가 마침내 그 사람을 구해 생환하게 되는 일련의 감동적인 스토리는 촐라체를 인간의 실존을 시험하는 마의 산으로 기억하는 데 결정적인 계기가 되기도 했다.

그 책에서는 등반가에게 요구되는 세 가지 용기에 대한 소신을 이렇게 피력하고 있다. "히말라야에 도전하는 클라이머에겐 적어도 세 가지 용기가 구비되어야 한다. 가정과 사회를 과감하게 버릴 수 있는 용기가 그 첫 번째이고, 죽음을 정면으로 맞닥뜨릴 만한 배짱이 그 두 번째이고, 산에서 돌아오고 나서 세상으로 다시 복귀할 수 있는 의지와 열망이 그 세 번째 용기이다."라고. 그런즉 등반가는 자기와의 고독한 싸움에서 물러서지 않고 용기 있게 돌파하는 것이라고 할 수 있을 것이다.

등반가의 숭고한 정신과 용기에는 한참 못 미치지만 나 또한 한 때는 자연의 유혹에 매몰되어 정신 줄을 놓았던 십여 년의 세월이 오롯이 기억 속에 떠돌고 있다. 그 세월만큼이나 자연이 준 아낌없는 특혜를 마음껏 받아 누렸다. 때때로 산을 오르내리는 즐거움은 생활 전반에 걸쳐 윤활제와도 같은 역할을 톡톡히 했다. 산을 통해서 자연의 소중함을 알게 되었고, 그 자연의 품에서 평안함을 얻었다. 내 삶 가운데 크게 영향을 끼친 것 중의 하나가 산행이었음을 고백하는 것은 그 의미가 깊을 수밖에 없다. 삶의 한 축으로 나를 버티게 했던 산행이 지금도 마음 깊은 곳에서 꿈틀거리고 있는지도 모르겠다.

끝으로, 염홍길 대장의 정신세계를 들여다볼 수 있는 단 두 문장이 내 기억 속에 오래오래 남아 있을 것 같다. "산을 내려와서 보면 산은 언제나 그 자리에 있고, 산을 오르면 그곳에는 산이 없습니다. 그렇게 나는 산의 일부이고, 산은 나의 전부입니다." 이렇듯 나 또한 산과 떼려야 뗄 수 없는 숙명과도 같은 관계를 이어온 셈이 아닌가 싶다.

홀로 선다는 것

　　　　나는 부모님 슬하에서 초·중학교를 졸업한 이후로 십 년 남짓한 세월을 가족의 밥상머리를 떠나 있었다. 그러니까 고등학교 시절 삼 년은 자취생으로, 군복무와 총각 때의 직장생활을 포함해서 오 년은 단체 급식으로, 그리고 결혼 전까지 이년은 하숙생으로 떠돌았다.

　자취생활은 고등학교를 다니던 삼 년 내내 변함이 없었다. 처음 사글셋방을 얻어 자취를 시작한 이후로 두 차례나 더 거처를 전전하며 스스로 숙식을 해결했다. 겨우 학비나 내고 학교에 다닐 정도로 집안 살림이 넉넉지 못했기 때문에 자취생활은 당연했다. 그 첫해는 최소한의 집안 살림을 꾸리는 것조차 힘들 정도로 어려운 시기였다. 그때는 내가 광주로 유학(游學)을 가고 나니 가뜩이나 없는 살림에 입학금이며 사글세, 교복비, 책값 등 적잖은 돈이 들어갔기 때문이다. 그러니 사글셋방을 구하는 데 단돈 한 푼이라도 더 아끼려는 마음에 발품을 팔아가며 곳곳을 누비고 다닐 수밖에 없었다. 그런 수고 덕분에 사글세가 제일 싼 방 하나를 골랐다. 그것도 시골 마을 친구와 사글세를 절반씩 부담하기로 하고 얻은 방에서 자취생활 첫발을 내디뎠다.

우리가 거처할 그 집은 기찻길에 바싹 붙어 있는 위치여서 하루에도 수십 번씩 소음과 진동을 온몸으로 감당해야 할 만큼 신경이 쓰이는 곳이었다. 한술 더 떠 기찻길 건너편에는 여자중학교가 자리 잡고 있어서 시끄럽기로는 기차가 지나가는 소음 못지않았다. 게다가 그 집은 오래된 한옥으로 허름하고 비좁아서 잔뜩 몸을 움츠리고 다녀야할 지경이었다. 그런 공간에 우리가 생활하는 사글셋방은 책상 하나를 놓고, 두 사람이 누우면 빈틈이 없을 만큼 경제적이었다. 다행히 그 친구는 낮에, 나는 밤에 학교를 다녔기 때문에 그만큼의 여유는 누릴 수 있었다. 그래도 굳이 위안거리를 찾는다면 그나마 학교와 거리가 가깝다는 점 하나는 있었다.

사글셋방 연탄아궁이는 방을 드나드는 마루 밑에 있었다. 마루의 널빤지 하나를 들어낸 뒤에 연탄을 갈고, 밥을 짓거나 된장국을 끓였다. 부엌은 사글셋방 외벽에 덧붙여 나무판자를 듬성듬성 엮어 둘러친 형태로, 밖에서 보면 안살림이 훤히 들여다보일 정도였다. 부엌의 위치도 화장실 건너편 대각으로 이 미터쯤 떨어진 거리에 있었다. 그런데다가 부엌살림 또한 간소했다. 둥그런 플라스틱 접이식 밥상, 솥, 냄비, 석유곤로, 숟가락, 젓가락 그리고 그릇과 접시 몇 개였다. 부엌살림 가운데 가장 소중한 것 하나를 꼽으라면 단연 석유곤로였다. 석유곤로는 연탄이 동이 났거나 연탄불이 꺼졌을 때 유용하게 쓸 수 있는 절대적인 생필품이었다. 또한 연탄을 피우는 것보다 돈이 적게 든다는 이점이 있어서 한겨울 이외에는 거의 석유곤로에 의존할 만큼 요긴했다. 다만 거리끼는 점이 있다면 석유곤로에 불을 켜고 끌 때 내뿜는 매캐한 매연이 눈과 코를 자극하는 것이었다. 마치 최루가스를 뒤집어쓴 듯 속골이 떵하면서 눈물이 쏙 빠질 정도로 독성이 강했다. 그런 단점에도 불구하고 편리하기로는 그만이었다.

대문 옆에 붙은 화장실은 재래식으로 겨우 몸 하나 우겨넣고 나면 꼼짝달싹할 수 없을 만큼 비좁았다. 더군다나 대변 볼 때 풍기는 악취로 숨 쉬기가 역겨워지면 살짝 열어 놓은 문틈에 코를 갖다 대는 곤혹을 치렀다.

공동 샘터에는 작두펌프(수동식 펌프) 한 대가 덩그러니 서 있는데다 그 근방에는 크고 작은 항아리가 옹기종기 놓여 있던 터라 한 사람만 들어가도 빈틈을 찾아볼 수 없었다. 그런 샘터에서 펌프 한 대로 우리를 비롯한 세 가정이 물을 뽑아 쓰기에는 몹시 붐비는 공간이었다. 그러니 때가 되면 쉼 없이 헐떡거리는 펌프질 소리에 기가 질릴 정도였다.

밥을 지어 밥상을 차리고 설거지하는 일은 일주일씩 당번을 정해서 하루 세 끼를 해결했다. 곡식은 쌀 한 가지로 밥을 짓기에 수월했지만 반찬을 장만하는 일은 늘 어려운 숙제였다. 반찬 가운데 가장 대표적인 건 된장국으로 밥상의 고정 메뉴로 자리 잡았다. 된장국은 냄비에 물을 붓고 팔팔 끓인 다음 된장 한두 숟갈만 풀면 고소한 국물이 입맛을 돋우었다. 된장국에 멸치라도 몇 마리

들어가면 더 감칠맛이 날 텐데……. 그것은 달콤한 상상에 불과했다. 그리고 빠질 수 없는 밥상 메뉴가 왜간장이었다. 재래식 간장은 어머니가 손수 담근 것으로 엄청 짠맛이 나서 밥상에 올리기에는 거북스러웠다. 하지만 왜간장은 한 숟갈 정도 밥에 넣고 비비면 제법 먹을 만했다. 그래서 왜간장도 밥상의 단골 메뉴로 또 한 자리를 차지했다. 김치도 빼놓을 수 없는 반찬 중에 하나였지만 냉장고가 없던 시절이라 금방 시어져서 오래 두고 먹을 수가 없었다. 그래서 적당한 양을 가져오면 며칠 만에 바닥이 드러났다. 그 외의 다른 반찬은 밥상에 오른 경우가 드물었던 것 같다. 기껏해야 마른 반찬 한두 가지로, 멸치볶음이나 생선을 말려서 양념에 묻힌 게 더러 있기는 해도 그나마 일시적이었다. 요리라고는 오로지 된장국 끓이는 요령밖에 모르고, 음식을 장만해서 먹는다는 건 상상도 못했다. 하물며 요리를 해 볼 생각은 고사하고, 그렇다고 식재료를 살 만한 돈도 없었다. 그러니 자취생활 첫해 내내 그런 수준에서 크게 벗어나지 않는 상차림으로 끼니를 때웠다.

자취생활 첫해는 모든 것이 낯설어서 어설픈 점이 한두 가지가 아니었다. 특히 잠자리가 불편하고 먹는 것이 부실했다. 그 이유는 학비 못지않게 생활비가 차지하는 비중 또한 무시할 수 없는 가계 부담으로 작용하기 때문이었다. 그러한 생활환경은 불가피하게 경제적 부담을 줄이고자 하는 고육지책일 수밖에 없었다. 사글셋방을 처음 계약할 때부터 친구와 나, 두 분의 아버지는 열악한 주거환경을 익히 공감하고 있었음에도 불구하고, 일 년만 고생하라는 위로의 말씀으로 다독거렸다. 그 위로의 말씀 속에는 학비며 생활비를 감당해야 할 짐의 무게 때문에 노심초사하는 눈빛이 역력했다. 우리는 군소리 없이 두 분의 뜻을 당연히 받아들여야 하는 형편이었다. 다른 방법은 아무리 눈을 씻고 찾아봐도 보이지 않았기 때문이다.

내가 공업고등학교 야간반에 입학한 건 꼭 가난해서만은 아니었다. 내가 맨 처음 응시한 실업고등학교에서 장학생으로 선발되기를 기대하고 지원했으나 거기에 미치지 못했다. 그러자 그 학교에 다닐 하등에 이유가 없다는 판단하에 후기 모집인 공업고등학교 야간반을 선택한 것이다. 모름지기 그 공업고등학교는 명성이 자자하고 전통이 있는 데다 국립이라는 점 때문이었다. 거기다가 취업도 잘된다고 하는 입소문이 난 학교였다. 그런데 막상 닥치고 보니 낮에는 집에서 공부하고 밤에 학교 수업을 듣는다는 게 말처럼 쉽지 않았다. 특히 낮에는 집에만 머무른 탓으로 온갖 잡념에 사로잡혀 시달리는 것은 물론 생활이 무미건조해졌다. 그래서 그 돌파구를 찾으려는 욕심에 세상모르고 졸랑대다 냉큼 신문 배달에 뛰어들었다. 자취생활을 시작한 지 겨우 사오 개월 만에 저지른 실수였다. 그런 섣부른 행동 때문에 이 개월을 채 버티지 못하고, 끔찍한 상처만 남은 자취생활 첫해를 보냈다. 그 얘기는 내가 쓴 책 ≪철들고 나니 황혼이더라≫에서 그 전후 사정을 낱낱이 서술한 바 있다.

이 학년 때부터는 촌티를 조금이나마 벗어나고 싶은 마음에 사글셋방은 물론 파트너도 바뀌었다. 사글셋방은 기찻길에서 상당히 벗어난 곳으로 조용한 주택 밀집 지역이었다. 그 집은 주인이 사는 안방과 하숙생들이 쓰는 방 두 개, 우리가 생활하는 사글셋방을 포함한 단독 주택으로 아담한 기와집이었다. 일 년 전에 살았던 집에 비하여 궁궐이나 다름없을 정도로 만족스러웠다. 특히 방문만 열면 여자고등학교 건물 측면 계단이 훤히 보이는 위치가 마음에 쏙 들었다. 가끔 쉬는 시간에 여학생들이 재잘거리며 우르르 몰려다닐 때면 손을 흔들거나 물끄러미 쳐다보고 군침을 질질 흘리기도 했다. 여학생들을 바라보는 것만으로도 가슴이 벌렁벌렁 뛰었고, 즐거운 상상력으로 무기력한 생활에 활기가 되살아나는 듯했다. 나는 어떻게 하면 저 여학생들하고 인연이 닿을 수 있을까 궁리에 궁리를 해봤지만 워낙 숫기가 없었던 터라 가슴만 새까맣게 타들어 갔다. 단발머리에 단정하게 차려입은 교복, 그리고 책가방을 든 모습만 봐도 다 예뻐 보이고 사귀고 싶다는 생각이 굴뚝같았다. 그러나 생각뿐이었다.

낮에는 공부한답시고 방에 틀어박혀 있다가 밤에 학교 수업을 받기 때문에 나타나는 현상이 아닌가 싶었다. 그때까지도 낮에 집에서 공부한다는 게 몸에 익숙해지지 않은 탓으로 학습에 집중할 수 없을뿐더러 무기력증에 빠져들기 일쑤였다. 그러니 멀리서나마 여학생들이라도 볼 수 있다는 것이 그나마 한 가닥 희망이요 마음 설레는 순간이었다.

방을 함께 쓰는 파트너는 같은 반 친구였다. 서로 마음이 잘 통할 것 같아서 의기투합했는데, 좋은 친구라는 감정이 오래가지 못했다. 점차 대화가 줄어들고, 서먹서먹한 관계가 지속되면서 각자 편할 대로 행동하기에 이르렀다. 두 사람 다 말수가 적은 편이기는 하지만 한 방에 살면서도 말 한마디 하지 않는 날도 허다했다. 친구가 나가고 들어와도 관심이 없다는 무심한 표정으로 닭 쫓던 개 지붕 쳐다보듯 했다.

한번은 밥을 두 끼 정도 굶은 일이 있었다. 그 친구가 식사 당번인데 밥을 하지 않는 것이었다. 나는 참고 또 참다가 기어이 볼멘소리로 "야, 왜 밥을 안 하나?"라고 물었다. 이제나저제나 하다가 애가 달아서 다그쳤더니 그 친구는 대뜸 "야, 쌀이 떨어졌어야!"라고 투덜거렸다. 나는 "아니, 그러면 쌀을 가져와야지 그렇게 가만히 앉아 있으면 어떻게 하냐? 지난주에 집에 갔다 오지 않았어?"라고 하며 힐끗 쳐다봤다. 그 친구는 "니가 쌀을 가져올 차렌데, 안 가지고 오는 것을 나보고 어떻게 하라는 거냐?"라고 반문했다. 나는 어안이 벙벙했다. 내가 쌀을 가져와서 여태껏 먹었고, 다음 차례는 그 친구라고 생각했는데, 오히려 나한테 책임을 떠넘겼다. 그때도 한 달에 한 번 꼴로 번갈아가며 시골집에서 쌀과 반찬을 가져오는 것으로 생활했다. 그리고 식사 당번도 한 사람이 일주일씩 서로 돌아가며 생활하던 터였다. 그러니 두 사람 중에 한 사람은 착각하고 있는 것은 분명한데, 서로 자기주장만 앞세우다 불신만 키우는 꼴이 되었다. 결국 그 친구가 쌀을 가져온 것으로 일단 해결된 듯 했지만 그 친구는 자기 차례가 아니라는 뜻을 굽히지 않았다. 그렇게 이 년 차 자취생활은 친구 사이의 우정에 씻을 수 없는 오점만 남기고 끝이 나고 말았다.

삼 학년 때도 마찬가지로 사글셋방과 파트너를 모두 바꿨다. 그때도 파트너는 같은 반 친구였다. 마음에 맞는 파트너를 만난다는 게 쉬운 일이 아닐뿐더러 그렇다고 잘 아는 또래가 없으니 같은 반 학우 중에서 고를 수밖에 없었다. 함께 생활하는 기간이 길어야 십 개월이고, 같은 처지에 놓인 친구들인데도 서로 마음을 터놓고 지낼 수 있는 상대를 구한다는 게 하늘의 별 따기였다. 그 친구도 파트너로서의 관계가 오래가지 못했다. 나도 이해할 수 없는 게 왜 친구의 미운 짓만 눈에 띄고 이쁜 짓은 안 보이는지가 의심스러울 정도로 관계가 서먹서먹해졌다. 더군다나 무슨 이유인지는 모르겠으나 한 번 다투고 난 뒤로 더욱 보기가 싫어졌다. 그러나 어차피 십 개월은 같이 살아야 하는데, 다투지 않는 방법은 가능하면 서로 부딪치지 않는 게 상책이었다. 삼 년 차 자취생활도 이 년 차와 다를 바 없는 파트너와의 관계가 냉랭한 가운데 막을 내렸다.

사글셋방은 학교에서 삼사 킬로미터쯤 떨어진 외곽지역이었다. 그 집의 위치는 산자락인 데다 왼쪽 울타리 밖으로는 채소밭이었다. 집 옆으로 능선을 따라 오솔길이 있었는데, 학생들이 바쁠 때는 그 길로 통학하기도 했다. 대낮에만 다닐 수 있는 길인데도 더러 불량배들을 만났다는 얘기를 들은 적이 있던 그런 곳이었다. 그런 선입견 때문인지는 모르겠지만 그곳은 왠지 어수선한 분위기에 우범지대 같다는 생각이 들었다. 그 주변에는 학교 재단 세 곳이

자리 잡고 있던 터라 자취생들이 몰려 있는 곳이기도 했다. 환경이 그런데도 그런 곳에다 사글셋방을 얻게 된 것은 이제 삼 학년이 됐으니 학교하고 다소 떨어져 있어도 부담스럽지 않고, 방값이 싸다는 이유에서였다. 그 집은 안채에 주인이 살고, 옆방에 사글셋방이 하나 있었다. 그리고 문간방에 사글셋방 하나, 별채에 살림집이 하나, 사글셋방이 두 개가 더 달린 큰 저택이었다. 자취생들은 모두 남학생들뿐이었다. 별채에 있는 살림집은 직장에 다니는 두 딸과 부모가 함께 생활하고 있었다. 자취생들은 서로 통성명을 하고, 선후배 간의 예의를 깍듯이 지켰다.

삼 년 차 자취생활인데도 먹는 것은 별로 달라진 게 없었다. 그때까지도 밥을 지을 때는 연탄보다는 석유곤로가 대세였다. 연탄불은 겨울철 한두 달가량만 피웠다. 그마저도 연탄불이 자주 꺼지는 바람에 불을 제대로 지피지 못하는 날이 부지기수였다. 연탄불이 꺼진 날은 몸과 마음이 다 추웠다. 그래서 한번 꺼진 불씨를 되살리려면 번거롭긴 해도 겨울철에는 부득이하게 연탄을 피울 수밖에 없는 노릇이었다.

식량은 예전처럼 파트너랑 서로 번갈아 가며 시골집에서 가져다 먹었다. 쌀은 떨어지지 않았지만 역시 반찬이 턱없이 부족했다. 집에서 가져온 김치나 나물 무침, 마른반찬도 일주일이면 동이 났다. 그러나 자취생활 삼 년 차에 이르기까지 요리한 반찬에 밥을 먹으려는 생각은 추호도 없었다. 반찬이 될 만한 것으로 남아 있는 것은 된장과 왜간장이 전부였다. 그러니 밥상 위에는 밥과 된장국,

그리고 왜간장 외에는 더 이상 올릴 게 없었다. 어쨌든 밥을 빨리 먹을 수 있어서 간편하다는 점 하나는 인정할 만했다. 당연히 설거지할 그릇도 많아야 네다섯 개로 십 분이면 족했다. 자취생활이 음식을 장만해서 맛있게 먹으려는 욕심은 간데없고, 그저 끼니나 때우려는 습관이 몸에 밴 듯했다.

어느 일요일 나는 마음이 뒤숭숭하고 따분해서 슬금슬금 옥상으로 올라갔다. 그런데 바로 앞집에서 자취하는 여학생들이 마당을 오가는 게 눈에 띄었다. 그리고 한 여학생은 뒤뜰에서 팔짱을 끼고 시선을 내리깐 채 서성이고 있었다. 그 여학생을 한참 동안 힐끗힐끗 훔쳐보다 못해 객기를 부렸다. 나는 밑도 끝도 없이 "야, 한번 만나줄래?"라고 했다. 그러자 그 여학생은 당황한 듯 얼굴이 벌겋게 달아오른 것 같더니 잽싸게 줄행랑을 쳤다. 나는 한참을 망설이다 그냥 싱겁게 물러선다는 건 남자답지 못하다는 자격지심에 그 여학생이 자취하는 집으로 찾아갔다. 그리고 그 여학생의 방문을 두드렸다. 그러나 아무런 인기척이 없었다. 잠시 뜸을 들인 후에 또 한 번 방문을 두드렸다. 역시 쥐 죽은 듯 적막강산이었다. 나는 창피하고 무안한 나머지 방문 앞에서 서성거리다 주춤주춤 물러났다. 그런데 그 일이 그것으로 끝난 게 아니었다. 그 집에서 따로 자취하고 있는 남학생들이 지켜보고 있었던 듯 보복에 나섰다. 내가 저지른 무모한 도발에 자존심이 상한 모양이었다. 그날 오후에 혼자 집을 나서는데, 학생으로 보이는 몇몇 청년들이 나를 가로막았다. 나는 위기를 직감하고 그 즉시 튀었다. 그들은 나를 뒤따라 우르르 쫓아오다가 그만 포기한 듯 하나둘 멈춰 섰다. 아마 그럴 필요가 없다고 판단한 것 같았다. 내가 사는 집을 아는 이상 언제든지 보복이 가능하다는 사실을 인지하고 있을 것으로 짐작했다. 아니나 다를까 내가 볼일을 마치고 오후 늦게 돌아오는 길인데, 집을 나갈 때 마주쳤던 그들이 길목을 지키고 있었다. 나는 덜컥 겁이 났지만 애써 태연한 척 했다. (단순한 생각에, 대개 할 일도 없는 놈들이 아닌가 싶었다.) 하지만 일순간 나는 물러서기가 쉽지 않겠다는 위기를 직감하고 그들의 포위망을 거침없이 돌파했다. 그런데 그 가운데 한 청년이 손에 들고 있던 탄띠(탄띠는 군인들이 탄창을 꽂아 허리에 두르는 것으로 양끝에 쇠붙이가 달려 있어서 조폭이나 불량배들이 주로 사용하는 흉기 중에 하나다.)로 내 머리를 겨누고 냅다 내리쳤다. 그 순간 잽싸게 달아나는 바람에 간신히 머리는 피했다. 그 대신 등을 된통 얻어맞았다. 정신이 번쩍 들었다. 등이 마치 벌에 쏘인 것처럼 뜨끔하더니 불에 달군 인두로 지지듯이 화끈화끈했다. 나는 잔뜩 겁을 집어먹은 채 집으로 뛰어들었다. 그리고 지체 없이 대문을 걸어 잠갔다. 이어 대문이 덜컹거리고, 밖에서 웅성웅성하는 소리가 들리자 집주인이 나섰다. 그리고 자취생들이 하나둘씩 가세하자 더욱 의기양양해진 집주인은 "어떤 놈들이야. 어떤 버릇없는 놈들이 남의 집 앞에 와서 행패는 행패야? 자꾸 시끄럽게 굴면 가만두지 않을 거야?"라고 엄포를 놓았다. 그러자 그들은 슬그머니 사라졌다. 그 사건이 있고 난 뒤부터 그 집 앞을 오가는 일이 가슴 떨리고, 두렵기도 했지만 해프닝은 그것으로 일단

락되었다.

  그 집에서는 이보다 더 기막힌 사건이 엉뚱한 데서 툭 불거졌다. 내가 다락방에 보관하고 있던 돈 가운데 일부가 감쪽같이 사라진 일이었다. 아마 수학여행 갈 목적으로 그 경비를 부모님으로부터 받아온 돈이 아닌가 싶다. 그 수학여행비를 학교에 내지 않고, 봉투에 넣어 다락방에 있는 앉은뱅이책상 서랍에 보관하고 있었다. 그 돈을 수학여행보다는 다른 곳에 쓸 요량으로 보관한 것이 아닌가 싶다. 그런데 한 날은 다락방으로 올라가서 보관하고 있던 봉투에서 돈을 꺼내 헤아려 보았다. 처음에 만 원권으로 스물한 장을 봉투에 넣어 서랍에 감춰 놓았는데, 아니! 그 돈에서 삼만 원이나 부족한 게 아닌가? 만약 도둑이 들어왔다면 돈이 통째로 없어지는 게 당연한 일인데, 그 가운데 일부가 빈다는 게 얼른 납득이 되지 않았다. 참으로 어처구니가 없었다. 무슨 이런 해괴한 일이 벌어질 수 있는가 해서 한참을 멍하니 앉아 있었다. 그러다가 문득 의심 가는 한 사람이 뇌리에 떠오르면서 외려 안심이 되었다. 바로 우리 옆방에 중학교 삼 학년 학생 두 명이 자취를 하고 있었는데, 그 가운데 한 사람을 지목했다. 그 무렵 옆방 학생들과의 관계는 언제든 스스럼없이 오가는 사이로 방이 서로 개방된 것이나 마찬가지였다. 방 자물쇠는 형식에 불과했다. 밥을 같이 먹기도 하고, 필요한 물건은 허락도 받지 않고 가져다 쓸 만큼 가깝게 지냈다. 한 마디로 네 것, 내 것이 따로 없을 정도로 편하게 생활했다. 그런데 그렇게 좋았던 선후배의 관계가 이 일로 말미암아 신뢰를 저버릴 만한 사건이 되지 않을까 하는 예감이 언뜻 스쳤다.

마음이 혼란스러운 가운데서도 나는 아무것도 모른 척 며칠을 더 기다리며 촉각을 곤두세웠다. 그리고 연일 다락방으로 올라가서 돈을 세어 보았다. 날마다 만 원씩 그 액수가 야금야금 줄어들고 있었다. 이제는 결단을 내려야 할 때가 왔다고 생각하고, 하루는 학교에 결석계를 냈다. 그 중학생은 주간반이고, 나는 야간반이기 때문에 그렇게밖에 달리 방법이 없었다.

나는 옆방 학생이 수업을 마치고 집으로 돌아올 즈음에 다락방으로 올라갔다. 그리고 모포를 뒤집어쓰고, 앉은뱅이책상 뒤에 몸을 숨겼다. 아니나 다를까 누군가 우리 방문 자물쇠를 열고 들어왔다. 해가 질 무렵인데, 그렇게 행동할 수 있는 사람은 옆방 학생들밖에 없었다. 방으로 들어온 그 사람은 잠시 방 안에서 왔다 갔다 하는가 싶더니 다락문을 열어 젖혔다. 그리고 곰 같은 시커먼 물체가 불쑥 솟구쳤다. 그 다락방의 문턱은 내 가슴 높이어서 두 손으로 바닥을 짚고 뛰어올라 허리를 걸친 후에 올라올 수 있는 구조였기 때문이다. 마치 철봉에 허리를 걸치기 위해 뛰어오르는 자세였다. 그 순간 나는 누워 있던 자리에서 벌떡 일어났다. 그 학생은 나를 본 순간 움찔했다. 그러더니 당혹스러운 듯 슬그머니 고개를 떨군 채 순순히 방으로 내려섰다. 나도 그 학생을 따라 다락방에서 내려갔다. 그 학생은 난처한 듯 눈을 마주치지 못하고 두리번거리며 횡설수설했다. 나는 그 학생을 날카로운 눈빛으로 쏘아보며 기선을 제압했다. 나는 "왜 남의 방문에 걸어둔 자물쇠를 자네 마음대로 열고 들어와서는 뭣 때문에 다락방으로 올라왔는가? 수학여행비 내려고 집에서 가져온 돈을 여기다 넣어 뒀는데, 자꾸 없어진 게 다 자네 짓이지?"라고 윽박질렀다. 그리고 덧붙여서 "다른 말은 필요 없고, 가져간 돈만 내놓으면 없던 걸로 할 테니까 알아서 허소."라고 했다. 그랬더니 그 학생은 자기는 돈을 가져간 적이 없다고 발뺌을 했다. 나는 하도 기가 막힌 나머지 "아니, 그럼 남의 방문에 채워 놓은 자물쇠는 왜 열고 들어왔으며 다락방까지 올라온 것은 무슨 볼일이 있어서인가?"라고 한 번 더 다그쳤다. 그래도 그 학생은 말을 얼버무리면서 자기는 절대 돈을 가져가지 않았다고 항변했다. 더 이상 추궁해봤자 일이 자꾸만 꼬일 것 같다는 생각에 나는 "그러면 내가 경찰서에 신고하기 전에 자네 부모님을 먼저 만나 보고 싶네."라고 했다. 그렇게 하면 순순히 자백할 것으로 미루어 짐작하고 선수를 쳤다. 하지만 그 학생은 무조건 잡아떼는 데만 급급할 뿐 도대체 말이 먹히지 않았다. 그래도 어쨌든 그 학생의 부모님을 만나는 것이 최선의 방법이라는 확신을 갖고 나는 강하게 밀어붙였다. 그 학생은 아직 마음이 여려서 제 부모한테는 이실직고할 것으로 나름 기대하고 있었기 때문이다. 나는 "자네가 정말 돈을 가져가지 않았다는 것을 증명하기 위해서라도 부모님을 모시고 오소. 내가 자네 부모님을 만나 보면 그 결말을 알 수 있을 것 같네. 그러니 자네가 누명을 벗고 싶다면 무조건 부모님을 모시고 오는 방법밖에 없네."라고 오금을 박았다.

그로부터 이틀이 지난 후에 그 중학생 아버지가 나를 찾아왔다.

나는 그때 사건의 자초지종을 자세하게 설명드렸다. 그랬더니 그 학생 아버지는 당신이 아들한테 얘기를 들어 보고 답을 주겠다고 했다. 또 하루가 지나 그 학생 아버지는 나를 찾아와서 하는 말이 "나(내)가 아들한테 물어봤는디, 그애는 돈을 가져간 적이 없다고 딱 잡아떼네요. 지가 가져갔다면 가져갔다고 아부지한테는 얘기할 아인디, 뭐가 잘못되었는지 당최 모르겠네요."라고 했다. 나는 기가 막혔다. 그 학생 부모님을 만나면 쉽게 풀릴 줄 알고 잔뜩 기대하고 있었던 터라 그 말을 듣고 나니 눈앞이 캄캄했다. 나는 단도직입적으로 최후 통첩을 했다. "아버지, 그럼 제가 경찰서에 신고하겠습니다. 뒷감당은 어떻게 하실지 저는 잘 모르겠습니다. 그렇다고 저를 원망하지는 마십시오."라고. 그러자 그 학생 아버지는 한 풀 꺾이는 듯한 표정을 짓더니 한 번 더 아이를 설득해 보겠다고 했다. 그리고 그다음 날 그 학생 아버지는 체념한 듯 순순히 돈을 건네주었다. 끝내 당신 아들이 돈을 가져갔다고는 말하지 않았다. 나도 구태여 확인하고 싶지 않았다. 아마 육칠만 원가량 되지 않았나 싶다. 그렇게 고교 시절 수학여행은 물 건너가고 말았다.

그 집에서 또 이런 기막힌 일도 있었다. 어느 하루 새벽녘에, 깊은 잠에 빠져들었던 나는 인기척에 깜짝 놀라 잠에서 깼다. 누군가가 헐레벌떡 방으로 뛰어들었기 때문이다. 잠결에 눈을 떠보니 같은 반 친구가 얼굴이 하얗게 질린 채 "형선아, 나 좀 도와주라." 라고 했다. 그리고는 "야, 칼 어딨냐?"라고 하는데 도무지 무슨 영문인지 얼떨떨했다. 나는 엉겁결에 "부엌에…."라고 했다. 그 친구는 부엌에서 식칼을 꺼내 들고, 허겁지겁 방을 뛰쳐나갔다. 그리고 나더러 빨리 따라오라고 다그치듯 손짓을 했다. 착하고 순진한 친구가 저 정도면 무슨 큰 사건이 터진 것만은 틀림없다는 예감에 머리끝이 쭈뼛했다. 나는 옷을 주섬주섬 걸치고 친구 뒤를 바짝 따라붙었다. 그때 나도 뭔지는 모르지만 손에 흉기를 들었던 것은 분명한데, 어떤 것이었는지는 기억나지 않는다. 나는 친구를 따라가면서 겁도 나고 궁금해서 도저히 참을 수가 없었다. 나는 "야, 무슨 일이냐?"라고 물었다. 그 친구는 "여자 친구하고 데이트하러 나왔는데, 불량배들이 시비를 걸더라고. 그래서 그 새끼들하고 싸우다가 나만 도망쳤다. 여자 친구는 지금 거기 있어."라고 했다. 그 여자 친구를 데려오려면 불량배들하고 맞서 싸워야 하는데, 당장 무기가 있어야 하고 지원군이 필요하다고 했다. 그러면서 거의 뛰다시피 그 데이트 장소를 찾아갔다. 중고등학교의 뒷산 중턱인데, 데이트 장소로 알맞은 곳이었다. 그러나 사람이라고는 흔적도 없고, 은은한 달빛만 가득할 뿐 그 자리는 텅 비어 있었다. 친구는 혼자 중얼거리듯이 "여긴데…. 없네."라고 했다. 마치 꿈속을 헤매고 있는 것 같이 참으로 생경하고 삭막했다. 그렇게 한참을 서성이다 허탈한 마음을 주체할 수 없는 몰골로 산에서 터덜터덜 내려왔다. 나는 엉겁결에 친구를 따라나섰지만 '만약 그 불량배들하고 한바탕 싸움이라도 벌어졌다면 어땠을까' 하는 상상을 하면서 또 한 번 가슴을 쓸어내렸다. 내 뒤를 따르던 친구는 마음이 착잡한 듯 한숨을 연신 토해 냈다. 나는 뭐라고 위로의 말을 건네야 할지 난감했다. 나는 침묵으로 일관한 채 집으로 돌아와서야 운동화와 바짓자락이 이슬에 흠뻑 젖어 있는 것을 알 수 있었다.

삼 년에 걸친 나의 자취 생활은 숱한 이야깃거리를 남긴 채 그렇게 끝이 났다.

이제 또 결혼하기 전까지 이 년여의 하숙 생활로 이어졌다. 가족의 밥상머리를 떠난 칠 년여 가운데 군 복무 삼 년과 직장에서의 이 년 남짓한 단체 급식을 제하면 길지 않은 하숙 생활이었다.

맨 처음 하숙 생활은 포철에 입사하고, 이 년째부터 시작되었다. 입사한 날로부터 일 년 동안은 회사에서 제공한 독신 아파트(회사에서는 '독신료'라고 칭했다.)에서 숙식을 해결할 수 있었기에 그나마 숨통이 트였다. 그러나 아쉽게도 정해진 그 일정 기간만 독신 아파트의 생활 규정으로 못 박았기 때문에 더 이상 선택의 여지는 없었다. 그때는 신입 사원들이 이불 보따리를 둘러메고 한창 밀고 들어오던 시기인 데다 그 생활공간은 턱없이 부족해서 생긴 일방통행식 조치였다. 따라서 본인 의사와는 달리 회사 규정에 따라 하숙생으로 내몰릴 수밖에 없었다.

하숙 첫해는 포항 시내의 한 단독 주택에 방 한 칸을 전세로 얻었다. 그리고 바로 건너편에 있는 하숙집에서 한 달 치 식비를 미리 내고 밥을 먹었다. 아침하고 저녁밥인데, 저녁밥은 건너뛰는 경우가 부지기수였다. 회사에서 늦게 퇴근하거나 회식이 잦았기 때문이다. 비록 하루에 한 끼를 먹더라도 식비가 아깝다는 생각은 추호도 없었다. 그만큼 아주머니가 가족처럼 잘 챙겨주니까 식비 같은 건 신경 쓰지 않아도 될 만큼 관계가 좋았다. 또 그 근처에 회사 직원들이 군데군데 살고 있었던 까닭에 하숙 생활이 금방 익숙해졌다. 다만 생활비가 늘어난다거나 교통이 불편한 점은 있었지만 또 그런 주거환경에 맞게 적응할 수 있었다. 그때의 하숙이란 게 늘어나는 생활비도 그렇지만 출퇴근하는 데 따른 교통편이 더 불편했다. 비가 오나 눈이 오나 교통수단이라고는 오로지 자전거뿐이었다. 다른 어떤 선택의 여지는 없었다. 그러니까 대중교통을 이용하기에는 자전거보다 훨씬 불편하고, 택시는 교통비가 비싸서 감히 타고 다닐 만한 형편이 안 되는 그런 주거환경이었다.

그곳에 살면서 겪었던 일화 하나가 어렴풋이 떠오른다. 때는 1970년대 후반 야간 통금이 시행되고 있던 시기였다. 어느 날 회사에서 밤늦게까지 일을 하고, 퇴근하려고 당직실에 연락을 했다. 그 이유는 야간통행을 허가하는 인증서를 발급받기 위해서였다. 그 인증서는 혹시 모를 불심 검문에 대응하기 위한 수단으로 그 효력은 포항 시내 어디든 무사통과할 수 있는 마패와도 같은 존재였다. 그날은 퇴근하는 직원 세 명이 같은 방향이라고 해서 한 조로 묶어 인증서 한 장을 발급받았다. 그리고 그 인증서를 접어 상의 호주머니에 꽂은 채 자전거를 타고 집으로 향했다. 세 명이 함께 가는 큰 도로에서는 아무런 제지도 받지 않고, 무사히 집 근처까지 갔다. 그리고 큰 도로에서 각자 집으로 들어가려고 골목길로 흩어졌다. 그 가운데 집이 가장 먼 곳에 있는 사원이 그 인증서를 가지고 갔다. 나는 집이 바로 코앞이라 안심하고 가다가 대문을 불과 몇 미터 앞에 두고 불심 검문을 받았다. 경찰관이 아니라 야간통행금지 단속반원이었다. 나는 자초지종을 다 얘기하고, 신분증을 제시하며 포철 직원임을 분명히 밝혔다. 그러나 그 단속반원은 "그건 당신 사정이고, 일단 파출소로 갑시다. 파출소에 가서 거기서 조서를 쓰면 됩니다."라고 했다. 나는 피곤하기도 하고, 오늘 또 출근할 일이 걱정돼서 간곡하게 선처를 부탁했다. 그리고 만 원권 지폐 한 장을 슬그머니 꺼내 단속반원의 손에 쥐여 주었다. 내가 가진 돈이 그게 전부였다. 그 단속반원은 "벌금으로 때우려면 삼만 원은 주셔야죠? 만 원 가지고는 안 돼요."라고 하며 무슨 물건 흥정하듯이 했다. 나는 가진 게 그것밖에 없다고 또 한 번 통사정을 했다. 그 단속원은 "집이 여기라면서요. 기다릴 테니까 집에 들어가서 갖다 주세요."라고 했다. 나는 감춰 놓은 비상금까지 탈탈 털어서 삼만 원을 건네줬다. 그리고 뒤도 안 돌아보고, 식식거리며 끓어오르는 화를 억누르느라 진땀을 뺐다. 나는 멀쩡한 자전거로 괜한 대문을 한 번 꽝 들이받는 것으로 화풀이를 대신했다. 하마터면 입에서 욕이 튀어나올 뻔한 위기를 가까스로 넘겼다. 피곤한 데다가 밤늦은 시간에 곤욕을 치르고 나니 분노가 치밀어 올랐다. 거기다가 돈까지 돈까지 뜯긴 게 억울해서 잠을 이루지 못했다. 그저 끙끙 앓았다.

거의 일 년가량 그곳에서 하숙 생활을 하다가 마음에 맞는 직장 동료를 만나 하숙집을 옮겼다. 깔끔한 단독 주택이었는데 집주인 가족하고, 하숙생이라고는 우리 둘뿐인 집이었다. 주인은 같은 회사 직원으로 사십 대 초반쯤이나 된 듯 보였다. 처음 얼마간은 아침밥은 제때 먹고 다녔다. 하지만 저녁밥은 식사 때가 조금이라도 지나면 감감무소식이었다. 그래도 우리는 늦게 퇴근한 바람에 차마 밥 달라는 말을 꺼내지 못했다. 아주머니 또한 이 시간이면 밥을 먹었겠지 하고 넘겨짚은 것인지 묻지도 않았다. 그뿐만이 아니었다. 가끔 부부 싸움이 벌어지는 날이면 다음 날 아침밥은 여지없이 굶은 채 출근했다. 속이 부글부글 끓어올랐지만 집안 분위기까지 싸늘한데, 어디에 하소연 할 곳도 없었다. 더욱 한심한 것은 날이 갈수록 그 빈도수가 늘어나는 것이었다. 그렇다고 미안하다는 말 한마디 없었다. 그 대신 밥을 안 먹은 만큼 하숙비를 깎아주긴 했다. 우리는 기회만 되면 하숙집을 옮기려고 벼르고 있었다. 그런데 아주머니가 먼저 더 이상 하숙을 할 수 없노라고 실토했다. 우리는 자유를 찾은 해방군처럼 입을 모아 휘파람을 불었다. 마치 오래 앓던 이가 쑥 빠진 것 같았다. 그때까지 먹은 밥값만 계산하고 삼 개월여 만에 그 하숙집에서 도망치듯 빠져나왔다.

또 그 직장 동료와 둘이서 발품을 팔아 괜찮겠다 싶은 하숙집을 구했다. 거기도 마찬가지로 일반 가정집에 하숙생은 우리 둘 뿐이었다. 처음에는 아주머니가 정성들여 밥상을 차렸고, 음식도 먹을 만했다. 그런데 날이 갈수록 반찬이 줄어들고 맛이 떨어졌다. 밥을 한 그릇은 먹어야겠는데, 먹을 만한 반찬이 없었다. 당연히 불만이 쌓여 갔다. 그 발단은 사소한 것에서부터 싹트기 시작했다. 그 하숙집의 규칙에 따르면 밥을 먹는 끼니 수에 따라 하숙비가 변동이 있다고 해서 우리도 그 횟수를 체크하고 있었다. 그런데 그 밥그릇 수가 서로 달랐다. 밥상을 차려놓았는데, 먹지 않을 경우 하숙집에서는 먹은 것으로, 우리들은 먹지 않은 것으로 서로 입장 차가 달랐기 때문이다. 그러한 일이 빌미가 되어 기어이 불만이 터져 나왔고, 서로 얼굴을 붉히며 목소리가 커졌다.

꺼림칙하게도 얼마 전에 있었던 일이 떠올랐다. 그 집에 갓 스무 살가량 되는 딸이 있었는데, 아주머니는 어떻게든 나하고 엮어 보려고 은근히 접근을 시도했다. 아주머니는 노골적으로 둘이서 데이트라도 한번 해보라며 떠밀기도 했다. 심부름이나 뭔가 전할 말이 있으면 그 딸을 보냈다. 내 영역 안으로 자꾸만 자기 딸을 밀어 넣으려는 의도가 다분히 느껴졌다. 싫은 건 아니지만 나는 그때 사귀고 있는 아가씨가 있었기 때문에 가급적 자리를 피하거나 그들이 하는 말을 귀담아 듣지 않았다. 내가 관심을 보이지 않자 무시당했다는 불쾌한 생각이 들었는지 증오하는 듯한 속내를 드러내기 시작했다. 밥을 제때 먹지 않는다는 둥, 밤늦게 들어온다는 둥, 샘터를 지저분하게 쓴다는 둥 사사건건 간섭하고 바가지를 긁었다. 달랑 몸 하나뿐인 하숙생이 아주머니한테 잔소리를 듣는다는 현실이 여간 불편한 게 아니었다. 결국 서로 간의 상처만 남긴 채 다시는 안 볼 것처럼 매정하게 돌아섰다.

그때는 내가 하숙생이라는 신분 때문인지는 몰라도 《하숙생》이라는 애잔한 노래가 어린 가슴을 후벼 파는 것 같았다. 가수 고 최희준 선생이 불렀던 ≪하숙생≫이라는 노래의 가사 중에 "인생은 벌거숭이 빈손으로 왔다가 빈손으로 가는가 강물이 흘러가듯 여울져 가는 길에 정일랑 두지 말자 미련일랑 두지 말자 인생은 벌거숭이"라는 노랫말이었다.

나는 결혼과 함께 하숙생의 굴레를 홀가분하게 벗어난 듯했다. 하지만 어엿한 가정을 이루고 나서도 오직 회사에만 올인(all in)하는 바람에 잠자고 밥만 얻어먹는 하숙생이나 다름없는 생활로 회귀한 것이 아닌가 싶었다. 그러한 나의 삶이 퇴직할 때까지 이어지지 않았나 하는 자격지심에 뒷맛이 씁쓸하다.

이렇듯 어린 나이에 부모 곁을 떠나 일련의 성장 과정 하나하나가 홀로서기 위한 자구책이자 내가 감당해야 할 몫이 아니었을까 하는 감회에 젖기도 한다.

끝으로 《홀로서기 심리학》이라는 책에서 작가 라라 E. 필딩 임상 심리학자이자 심리상담가는 "홀로 설 수 있을 때 우리는 비로소 괜찮은 어른이 된다."라는 메시지의 의미를 곰곰이 음미해 가며 이 장을 마무리한다.

술에 얽힌 흐릿한 잔상들

내가 술을 끊은 지 올해로 꼭 십삼 년째다. 그러니까 내가 중학교에 다닐 즈음에 처음 술맛을 본 이후로 사십여 년을 한결같은 기호식품으로 인연을 맺어온 셈인데 그것을 십여 년 전에 끊었다. 그때가 술을 마신 첫 경험인 성싶은데, 어머니가 손수 담근 농주를 아무도 몰래 훔쳐 마신 게 그 시발점이었다. 농번기 철에는 집에서 농주를 담갔던 시절이라 그때만 되면 호시탐탐 그 빈틈을 노리고 있다가 감쪽같이 어머니의 눈을 속이곤 했기 때문이다.

농주를 담그기 전에 먼저 쌀을 불려서 고두밥을 찌는데, 그때부터 훔쳐 먹는 버릇이 발동하기 시작했다. 한창 클 때라 그런지 밥을 먹고 돌아서면 배가 고픈데, 눈에 보이는 것은 먹거리뿐이었다. 그럴 때 고두밥은 고양이 앞에 생선이나 다름없었다. 그런 고두밥에 약간의 누룩을 섞어서 항아리에 담은 다음에 물을 부었다. 그리고 한 보름가량 지나면 고두밥 밑에서 기포(氣泡)가 뽀글뽀글 올라오면서 연달아 터졌다. 발효되었다는 신호였다. 그때를 기다렸다가 가는체로 건더기는 걸러내고 농주만 따로 항아리에 담았다. 그런 뒤에도 어머니는 농주를 빚어 놓은 항아리를 무슨 보물단지 다루듯이 애지중지했다.

나는 술 담그는 시기를 틈타 어머니가 손수 빚어 놓은 농주를 남몰래 한 사발 퍼서 벌컥벌컥 들이켰다. 그렇게 다 마시고 나면 기분이 알딸딸해졌다. 마치 공중에 붕 떠다니는 것처럼 황홀한 나만의 세계에 빠져들었다. 술기운에 웃음이 실실 나오고, 힘이 불끈 솟는 데다가 전에 없던 용기까지 생겼다.

농번기 철에는 마을 일꾼들이 들에서 점심이나 새참을 먹을 때면 농주가 빠질 수 없었다. 들판 아무 데나 자리를 펴고 빙 둘러앉아 술잔을 주거니 받거니 농주 마시는 걸 보면 입 안 가득 군침이 돌았다. 더군다나 입을 쩝쩝거리며 술맛 다시는 소리에 침이 꿀꺽 넘어가기도 했다. 거기다가 추임새까지 곁들었다. "거참, 이 집 술맛 한번 좋다!"라고 하면 나도 덩달아 입맛을 다시곤 했다. 그러나 나는 술을 아예 못 마시는 척 내숭을 떨었다. 그럴 만한 까닭이 있었다. 어머니가 술 마시는 걸 끔찍하게도 싫어하기 때문이었다. 왜냐하면 아버지가 술에 취한 날에는 삐끗하면 부부 싸움으로 번졌는데, 그런 날은 술을 탓하곤 했던 어머니였다. 두 분 중에 한 분이라도 입을 닫아버리면 그만인 사소한 일을 사생결단하고 싸울 때마다 거기에 휘발유를 끼얹는 건 술 때문이라는 안 좋은 선입견을 나 또한 갖고 있었다. 그러니 나는 훗날 어른이 된다 하더라도 술은 절대 마시지 않겠다는 다짐을 하곤 했다. 어머니도 나더러 들으로라고 한 말씀이 "니는 애당초 술을 입에 대서는 못 쓴다. 그리 알고 내 말 영님('명심'의 전라도 방언)해서 들어라. 잉."라고 하며 귀에 못이 박히도록 신신 당부를 했다. 그런데 나는 당돌하게도 어머니 몰래 훔쳐 마신 농주가 술을 접하게 된 최초의 일탈 행위로 반란이나 다름없었다.

고등학교 다닐 때는 술 마신 기억이 별로 없다. 같은 반 친구들과 어울려 자취방을 전전하며 기타를 치고 노래 부를 때 가끔 막걸리 한두 잔은 마시지 않았을까 싶기도 하다. 더러 친구들이 막걸리 한두 병은 사 들고 찾아오는 일이 있었기 때문이다. 그러나 나는 술에 관한 관심이 없었던 것만은 분명한 것 같다.

고등학교 졸업과 동시에 군 입대를 목전에 두고, 고향집에 틀어박혀 있을 때 술을 마시기 시작했다. 마을 후배 네다섯 명이 나를 앞장세우고 산이나 바다로 나갈 때는 으레껏 막걸리 한 말(십팔 리터)을 어깨에 걸머졌다. 마을 어른들 눈에 띈들 군 입대를 앞둔 나를 등에 업고 의기양양해진 후배들은 아무 거리낌이 없었다. 어디든 앉은 자리에서 막걸리를 마시고 나면 노래를 부르거나 춤을 추며 놀다가 술이 깰 때쯤 집으로 돌아가곤 했다. 봄철이긴 해도 집안일이 한두 가지가 아닌데, 군에 간답시고 후배들하고 어울려 다니는 게 마음이 편치만은 않았다. 그러나 부모님은 그런 나를 보고도 한사코 외면하는 듯했다. 부모님이 그렇게 하시니까 나도 술 마신 티를 내지 않으려고 딴청을 부리거나 일찍 자는 척했다. 그렇게 집에서 입대를 기다리는 거의 한 달가량을 여차하면 술을 마셨다. 그러나 그때마다 나는 술을 안 마신 것처럼 시치미를 뚝 떼곤 했다.

군 입대 하루 전날 밤은 우리 집에서 마지막 술잔치를 벌였다. 늘 함께 어울려 다니던 그 멤버들이었다. 그때도 막걸리 한 말에 안주는 새우깡하고 라면땅 대여섯 봉지가 전부였는데, 그것까지 마을 후배들이 챙겨왔다. 입대를 앞두고 있는 나나 그 후배들이나 한마음인 듯 뭔가 텔레파시가 통한 것 같았다. 내가 중학교 다닐 때 공부방으로 썼던 골방에서 네다섯 명이 자리를 펴자마자 막걸리부터 퍼마셨다. 그런데 그날따라 제아무리 술을 마셔도 취하지 않는 건 그때가 첫 경험이었다. 적당히 취기가 오르자 숟가락으로 앉은뱅이책상을 두드리며 장단에 맞춰 노래를 부르기 시작했다. 누가 시킨 것도 아닌데, 자연스럽게 노래가 돌고 돌았다. "울려고 내가 왔던가, 웃으려고 내가 왔던가…" 어쩌고저쩌고. 마치 내일 세상의 종말이 올 것처럼 철없이 굴었다. 날이 희끄무레하게 밝아올 쯤에서야 비틀거리며 마지막 작별 인사를 나눴다. 언제부터 그렇게 친하게 지냈던 후배들인가 싶었다. 그런 나를 보고도 부모님은 일언반구도 없었다. 나도 아무 일 없었다는 듯 능청을 떨며 부모님의 눈길을 한사코 피했다.

그렇게 집을 떠나 군에 입대하게 되었다. 군사훈련을 마치고 자대에서 내무생활할 때는 술에 대한 미련이 별로 없었다. 휴일에는 더러 PX(Post Exchange, 군부대 기지 내의 매점)에서 술을 마시는 몇몇 사병들이 있기는 하지만 취하도록 마시는 일이 없었다. 그러나

야전 기동훈련을 나가면 사정은 백팔십도 달라졌다. 하필이면 우리나라에서 막걸리 맛이 가장 좋다는 경기도 포천시 일동 지역 일대가 훈련 캠프와 가까운 곳이었다. 그리고 야전 기동훈련은 내무생활이 자대보다는 헐거워서 어느 정도 자유를 누릴 수 있는 여건과 맞아떨어졌다. 당연히 술 마실 틈이 생기고, 그 시간에는 일동 막걸리가 빠질 수 없었다. 그 막걸리는 농도가 진해서 입안에 쩍쩍 들러붙는 듯한 느낌이었다. 막걸리 맛도 일품이지만 뒤끝이 깔끔할 정도로 다른 술하고는 차원이 달랐다. 그러니까 숙취로 골머리가 지끈거리거나 배 속이 부글부글 끓어오르는 일이 별로 없는 막걸리였다. 그런데다가 이구동성으로 막걸리 맛을 논하며 입에 침이 마르도록 수다를 떨어서 그런지 그 맛이 기막히게 좋았다. 그곳에서도 막걸리를 병 또는 통(십팔 리터, 한 말)으로 구별해서 진열해 놓고, 고객의 취향에 따라 구입할 수 있게 했다. 그래서 우리가 막걸리를 한번 살 때는 무조건 한 통을 챙겨서 탱크에 실었다. 그때 막걸리 한 통 가격이 천오백 원 정도고, 하사 계급인 내 월급이 만오천 원가량으로 막걸리 값은 언제나 넉넉했다.

내가 복무한 전차 중대본부에 탱크 두 대가 배속되었는데, 선임하사를 제외하면 육칠 명이 소속되어 있었다. 그러니 막걸리 한 통은 그때 상황이나 분위기에 따라 두 통으로 늘어나는 경우도 있었다. 그렇게 막걸리를 마시고도 아무 탈이 없었기 때문에 크게 통제하지 않는 눈치였다. 일 년에 한두 번 실시하는 야전 기동훈련이지만 막걸리도 없어서는 안 될 우리의 필수 기호식품 중의 하나였다.

언젠가 한번은 야전 기동훈련을 나갔다가 하달된 작전을 마치고 저녁 식사와 곁들어 막걸리 파티를 열었다. 그럴 때마다 막걸리 값은 언제나 내가 부담하는 게 당연하다는 듯이 냈다. 우리 중대 본부에는 선임하사 한 분을 제외하면 내가 다음 선임자로 하사 계급에 월급이 더 많다는 이유에서였다. 그날 느지막한 시간에 술자리가 끝나고, 나는 슬그머니 탱크 포탑 안으로 들어가 잠을 청했다. 취침하는 야전용 텐트가 따로 있긴 한데 포탑 안이 아늑하고 편해서 거기다 잠자리를 편 것이다. 얼마나 잠을 잤을까, 인기척에 눈을 떴다. 그런데 전차 해치 커버가 열린 채 한 사람의 모습이 어렴풋이 눈에 들어왔다. 그 사람은 포탑 안으로 양다리를 늘어뜨린 채 걸터앉은 자세였다. 눈을 크게 떠보니 후배 하사가 내 얼굴을 향해 권총을 겨누고 있었다. 거리는 불과 일 미터 남짓, 나는 누워 있었고, 그 후배 하사는 사십오 도쯤의 각도로 내려다보고 있었다. 그 순간 머리털이 쭈뼛했다. 그 후배 하사는 술이 거나하게 취한 채 "흐흐, 혼자만 잘난 체하고… 어디 한번 해 볼래? 흐흐."라고 하며 반말을 지껄였다. 나는 덜컥 겁이 났지만 놀라거나 흥분하게 되면 저놈이 어떻게 나올지 예측할 수가 없어서 외려 태연한 척했다. 나는 누워 있는 그 자세로 애써 감정을 억누르며 "김 하사, 왜 그래? 내가 뭐 잘못한 거라도 있어? 혹시 그런 게 있으면 말해. 내가 고치도록 할게. 조용히 얘기 좀 하자."라고 하며 아이 달래 듯 한껏 자세를 낮추었다. 그 훈련에는 실탄을 지급하지 않았지만 그 후배 하사는 엉뚱한 데가 많아서 어떻게 돌변할지 예측이 안 되는 그런 사람이기 때문이었다. 그랬더니 그 후배 하사는 권총을 겨눈 채 한참을 내려다보며 이상야릇한 미소만 흘릴 뿐이었다. 그리고 잠시 머뭇거리더니 한마디 대꾸도 없이 슬그머니 물러났다.

그 후배 하사는 중학교를 졸업하고, 직업군인을 자원하여 입대한 하사관 신분이었다. 열아홉 살의 나이로 아직 어린 티가 물씬 풍기는 용모에다가 하는 짓마다 어리숙해서 고참 사병들로부터 손가락질 당하기 일쑤였다. '어물전 망신은 꼴뚜기가 시킨다.'라는 속담이 있듯이 군의 중견 간부로서의 권위를 떨어뜨리는 행동으로 하사들 사이에서도 따돌림을 받곤 했다. 훈련 중에도 엉뚱한 행동으로 빈축을 사고, 구보를 해도 맨 뒤로 처지고, 태권도 심사를 받아도 그 하사 때문에 우리 중대는 꼴찌를 면치 못했다. 그런데 자기는 직업군인이라는 특권만 누리려는 심보가 다분하게 깔려 있는 듯했다. 부대에서도 그러한 신분이나 계급 때문에 일반 하사에 비해 우대를 했다. 그런 하사를 중대 본부 소속으로 배치를 했으니 허구한 날 나한테 구박받는 일이 허다했다. 입대가 나보다 이 년가량 늦은 데다가 나이도 서너 살 적어서 졸병 취급을 하지 않았나 하는 생각이 문득 스칠 때도 있었다.

또 한번은 이런 사건도 있었다. 나른한 봄날의 어느 일요일 나는 대대 당직사관을 보좌하는 당직하사로 명을 받고 근무 중이었다. 통상 당직하사는 하사관들로 편성하는 것이 부대 지침인데, 그 인원이 부족하다는 이유로 중대 최고참 일반 하사들을 끼워 넣었다.

그날도 당직사관의 명을 받아 각 초소를 순찰하고, 경계근무 실태를 보고할 목적으로 밖으로 나갔다. 그리고 초소가 먼 곳부터 순찰을 돌기 시작했다. 가는 곳마다 지적할 만한 사항이 없어서 몇 마디 격려의 말만 남기고 돌아섰다. 그런데 초소 가운데 중간 쯤이나 될까 하는 곳으로 다가가는데, 경계근무자가 보이지 않았다. 더 가까이 다가갔더니 경계근무자가 풀밭 위에 큰 대자로 누워 드르렁드르렁 코를 골고 있었다. 그때가 해 질 무렵인데, 얼굴이 벌겋게 달아올라 있는 꼴이 마치 저녁노을에 물들은 듯했다. 그 순간 눈에서 불꽃이 튀었다. 더욱 기가 찬 건 소총이 주인을 잃고 아무렇게나 나뒹굴어진 채 무방비 상태로 놓여 있었다. 소총이라도 끌어안고 있었으면 그나마 참을 수 있었을 텐데 그 기막힌 꼴을 본 순간 화가 폭발했다. 소총은 군인의 생명과도 같은 존재여서 그 어떤 상황 속에서도 내 몸의 한 지체같이 취급하는 것이 당연한 경계근무자의 책무인 것이다. 그런데 소총을 내팽개치고, 술에 취해 곯아떨어졌으니 어느 누군들 용서할 수 있었겠는가? 연대나 사단 당직순찰 눈에 띄었다면 본인은 자대 영창을 면할 수 없을뿐더러 소속 부대는 그에 상응하는 곤욕을 치렀을 게 불을 보듯 뻔한 섬뜩한 순간이었다.

나는 술에 취해 자고 있는 경계근무자를 일으켜 세워 놓고, 따귀를 사정없이 후려갈겼다. 이어서 이단 옆차기 한 방으로 땅바닥에 거꾸러뜨렸다. 그 경계근무자는 술에 취한 채 꿈속을 헤매다 엉겁결에 일어나는 바람에, 의식이 몽롱한 상태에서 나한테 속수무책으로 당했다. 그래도 흥분이 가시지 않았다. 이제 일장 훈시로 화풀이를 대신했다. 나는 "야, 인마. 경계근무자가 술에 취해 곯아떨어진 것도 모자라서 소총까지 내팽개쳐! 너는 다른 순찰조에 발각되었으면 당장 영창감이야. 나한테 걸린 걸 천만다행으로 생각해! 엊그제 다른 부대에서 경계근무자가 소총을 잃어버리고, 사단 영창에 들어간 사건 몰라? 그때도 경계근무 중에 졸다가 순찰 중인 당직 하사관한테 총기를 빼앗긴 거라고."라고 고함을 질렀다. 그 경계근무자는 눈을 내리깔고, 한마디 변명도 하지 않았다. 나는 그때서야 흥분이 가라앉자 그 자리를 떴다.

그 경계근무자는 같은 중대에서 함께 복무하는 후배 하사였다. 평상시에는 얌전하고 내 말도 잘 따랐는데, 그날따라 PX에서 막걸리를 과하게 마시고 경계근무에 나선 모양새였다. 그때는 한 중대에 하사가 전 부대원의 삼분의 일가량을 차지하고 있었기 때문에 신참 하사는 사병들과 마찬가지로 경계근무를 서고 있었다.

나는 그 경계근무의 실태를 당직사관한테는 보고하지 않았다. 우리 중대에서 일어난 일이라 긁어 부스럼 낼 이유가 없다는 생각에서였다. 그리고 그 경계근무자한테도 끝내 미안하다는 말 한마디 건네지 못한 채 전역했다.

공교롭게도 그런 불미스러운 일이 있었던 그분을 같은 직장에서 만났다. 군 복무 중에 알게 되었던 동료이자 선후배를 만나게 된 것은 그분이 처음이었다. 단번에 알아보고 반가워하며 인사를 나눴는데, 그때 그 사건이 문득 떠올랐다. 그러자 두 사람 사이에 이상 기류가 흐르는 듯 순식간에 분위기가 냉랭해진 것 같았다. 나는 멈칫거리다가 또 한 번 만나자는 겉치레 인사만 남기고 바쁘다는 듯이 돌아섰다.

군 복무를 마치고 나니 내가 마땅히 일할 만한 곳이 없었다. 궁리 끝에 모교를 찾아갔다. 혹시 학교 측에 졸업생을 추천해 달라는 협조 공문을 보낸 기업체가 없나 해서였다. 마침 중소기업 한 곳에서 졸업생 가운데 한 명이 필요하다는 추천서를 받아 놓고 있었다. 학교에 찾아오기를 잘했다 싶어 상담을 하고 있는데, 또 한 분이 찾아와서 나하고 똑같은 얘기를 했다. 그러자 상담하던 선생님은 망설이지 않고, 바로 두 명을 추천했다. 고등학교 삼 년 선배라고 했다. 그 선배는 직장을 그만두고 나온 것인지 아니면 여태껏 일자리를 찾고 있는 것인지 알 수 없었다. 우리 두 사람은 추천받은 회사의 서울 본사에서 필기시험과 면접을 보고 나 혼자만 합격한 최초의 직장을 얻었다.

내가 일할 근무지는 전북 고창군에서도 외지인 데다가 바다를 끼고 있는 농어촌이었다. 꼭 고향 마을 같은 분위기가 자칫 잘못하면 촌놈 티를 영영 벗어나지 못할 것 같은 낙후된 지역에 회사의 지점이 자리 잡고 있었다. 주력 생산품은 천일염으로, 광활한 간척지에 염전이 펼쳐진 곳이었다. 그 외에는 소금을 생산, 운반, 포장하는 데 필요한 부수적인 일들로, 그런 기계들을 관리하는 공무과 사원으로 입사한 것이다. 그 가운데는 소금을 운반하는 기관차를 운행하고 있었는데, 거기에 딸린 화물칸도 즐비했다. 그리고 염전에 바닷물을 퍼 올리는 대형 펌프 예닐곱 대가 밤낮으로 웅웅거리며 돌아갔다. 거기다가 소금을 포장하기 위한 가마니 짜는 공장도 가동하고 있었다. 그곳에는 주로 여성들이 일하고 있었는데, 아가씨들도 꽤 많았다. 하필이면 내가 근무하는 공무과 바로 건너편에 공장이 있어서 마음이 늘 싱숭생숭했지만 하릴 없이 간다는 게 남들의 눈치가 보였다. 기계가 고장이라도 나면 그 명분으로 찾아가는데, 좀처럼 그런 일도 없었다. 퇴근 시간도 달라서 아가씨들을 만난다는 게 쉽지 않았다.

그러한 각종 기계를 유지 또는 보수하는 일이 내가 맡은 일이었다. 공무과에는 소, 대형 선반과 밀링 머신, 드릴링 머신 등의 공작 기계를 들여놓고 필요한 부품을 자체 제작함으로써 적기에 공급하도록 했다. 공무과의 인적 구성은 과장, 주임이 각각 한 분, 그리고 사원은 나를 포함해서 두 명이었다. 그리고 내 나이 또래의 공원 서너 명이 함께 일했다. 공원은 임시직이었다.

나는 직장생활이 처음인 데다가 낯선 곳에 적응하는 데 적지 않은 애를 먹었다. 우선 말벗이 없었다. 위로는 나이 많은 어른들뿐이고, 젊은 공원들은 나를 무슨 외계인 취급하듯 따돌렸다. 내가 거처할 곳으로 텅 빈 사원 주택에 방 한 칸을 마련해 주었는데, 오래된 기와집으로 절간처럼 조용했다. 그 집을 거점으로 염전 가까이에 있는 공무과까지 이삼 킬로미터의 거리를 혼자 걸어서 출퇴근했다. 그 길은 바다를 막아 놓은 방조제였다. 그러니 어떻게 생각하면 철저하게 고립되다시피 한 생활환경이었다.

유일한 낙이라고는 일과를 마치고 나면 공원들을 제외한 직원들끼리 술판을 벌이는 일이었다. 거의 매일이다시피. 그것도 변변치 않은 안주에 오로지 소주였다. 그런 날들이 내가 입사하기 전부터 오랜 습관처럼 내려오고 있는 듯했다. 짐작컨대 과장과 주임은 알 코올에 중독된 사람처럼 보였다. 술을 마시지 않은 날은 손이 달 달 떨려서 글을 쓰거나 정밀한 조립작업을 할 때 애를 먹는 경우 를 종종 목격했기 때문이다.

나는 그곳에서 처음 소주를 마시기 시작했다. 말벗은 안 되더라 도 그분들이 하는 얘기를 듣고 있으면 고단한 삶의 내력을 오롯이 꿰뚫어 보는 것 같았다. 그런데 하루가 멀다 하고 같이 술만 마셨 다 하면 똑같은 얘기를 반복하고 있었다. 아마도 술이 거나하게 취 하면 그런 얘기를 안주 삼아 되풀이하는 것 같았다. 급기야 그런 술자리가 가시방석처럼 점점 불편해지는가 싶더니 엉덩이가 들썩 거렸다. 자신도 모르게 거부반응을 일으킨 것이다. 날이 갈수록 정이 들기는커녕 오히려 생지옥 같다는 생각이 끊임없이 나를 괴 롭혔다. 그렇다고 당장 직장을 때려치울 수도 없는 노릇이었다. 아 들이 군 복무를 마치자마자 취직을 했다며 부모님이 흐뭇해하시던 그 모습이 자꾸만 떠올랐다. 시골 마을에서도 소문이 자자했다. 누구 집 큰아들은 취직을 해서 부모의 걱정을 덜었다며 부러워하 는 말들이 오갔던 때가 불과 몇 달 전이었다. 그런데 직장을 그만 뒀다는 소문이 들리면 또 무슨 얘기들이 오갈까 내심 불안하기도 했다. 더욱 염려되는 건 나를 추천해 준 모교의 이미지를 손상시키 지 않을까 노심초사했다. 그러나 그러한 심적 갈등을 잠재울 만한 돌파구는 전혀 보이지 않았다.

어느 한 날도 여느 때와 마찬가지로 근무 시간이 끝나자마자 술판이 벌어졌다. 마음이 심란한 가운데 방황하고 있던 나는 어쩔 수 없이 그 자리에 끼어들었다. 그런데 그날따라 네댓 잔의 소주를 받아 마시는 사이에 다른 날보다 일찍 술자리가 끝났다. 그리고 나 홀로 방조제를 따라 터덜터덜 집으로 걸어가는데, 느닷없이 울컥했다. 지금 내가 하고 있는 꼴이 이게 뭔가 싶기도 하고, 날아다녀도 시원찮을 젊음을 축내면서 이렇게밖에 살 수 없는가 하는 비관적인 생각들이 얽히고설켰다. 나는 집으로 향하지 않고, 회사 앞에 있는 구멍가게로 성큼 들어갔다. 그리고 소주 한 병을 손에 쥐자마자 술잔에 가득 따라 연거푸 들이부었다. 조금 전에 마신 술에다 또 소주를 들이켜니까 물을 마시듯 술술 넘어갔다. 그렇게 소주 한 병을 다 비우고 두 병째 마시다가 그 자리에 고꾸라졌다. 그리고는 꺼억꺼억 소리 내어 울었다. 아무리 울어도 속이 후련하지 않다. 그런 나를 지켜보고 있던 가게 주인은 안쓰럽다는 표정을 지은 채 안절부절못했다. 내가 몸을 가누지 못할 정도로 술을 마신 것은 그때가 처음이었다. 그렇게 고주망태로 취할 수밖에 없었던 건 저녁밥을 굶은 상태에서 술을 마신 데다가 순식간에 소주 한 병을 더 비운 게 탈이었다. 그렇게 술을 마시고 정신이 혼미한 상태로 고꾸라져 있는데, 주위에서 웅성웅성하는 소리가 들렸다. 누군가가 나를 일으켜 세우더니 왼팔을 자기 목에 감아서 잡고, 오른손으로 허리춤을 움켜쥐었다. 그리고 나를 질질 끌다시피 숙소로 가는 것 같았다. 불과 오육십 미터의 거리가 마치 천 리 길이나 되는 양 더디기만 했다. 아무리 정신을 차리고 스스로 걸어 보려고 안간힘을 써 봐도 허사였다. 거의 떠밀리다시피 방에 들어가자마자 그대로 엎어졌다. 순간 뱃속이 울컥울컥하더니 토사물이 폭포수처럼 쏟아졌다. 누군가가 등을 두드려 주며 토사물까지 치우는 듯 부산을 떨었다.

다음 날 그 소문이 회사는 물론 동네까지 파다하게 퍼졌다. 뭇 사람들이 나만 쳐다보는 것 같아서 얼굴을 들고 다닐 수가 없었다. 사람들을 만나는 것조차 두렵고 창피하다고 느낀 게 그때가 처음인 성싶었다. 그리고 이틀인가 지나자 지점장이 먼저 나를 불렀다. 그분은 "술을 과하게 마셨다면서요. 뭐 안 좋은 일이라도 있나요?"라고 물었다. 나는 "죄송합니다!"라고 했다. 입이 열 개라도 그 말밖에는 할 얘기가 없었다. 이제는 이곳을 떠나야겠다고 생각하니 더욱 변명의 여지가 없었다.

그로부터 한 달가량을 생각에 생각을 거듭하다 결국 떠나기로 결단을 내렸다. 스스로 버티기에는 더 큰 심적 고통이 몰려왔기 때문이다. 물론 내가 갈 곳은 없었다. 공부를 더 해서 공채로 직장을 구해야겠다는 그 한 가지 생각밖에 없었다.

나는 지점장을 찾아갔다. 사직서를 내밀며 "지점장님! 그동안 보살펴 주셔서 감사합니다. 기대에 부응하지 못하고 이렇게 떠나게 된 것을 송구스럽게 생각합니다. 안녕히 계십시오."라고 하며 겸손을 떨었다. 그랬더니 지점장은 이미 짐작하고 있었다는 듯 "아무렴, 자네 같은 사람은 더 큰물에서 일하는 게 마땅하지. 더 넓은 곳에서 자네의 뜻을 마음껏 한번 펼쳐보게. 그동안 수고했어요."라고 하며 따뜻한 말로 위로했다. 그렇게 퇴사는 일사천리로 진행되었고, 내가 첫 직장에 입사한 지 딱 십 개월 만에 백수라는 신분을 떠안았다.

내가 공채를 거쳐 입사한 두 번째 직장은 포철이었다. 그런데 포항이라는 지역적인 선입견에다 회사가 워낙 방대해서 그런지 되게 낯설었다. 또한 생산과 건설로 눈코 뜰 새 없이 분주한 가운데서도 일사불란하게 돌아가는 기세에 위축되기도 했다. 그런 여건 때문인지 분위기마저 시퍼렇게 날을 세운 듯 살벌했다. 마치 다른 세계에 발을 담근 것처럼 어색하고 불편한 경상도 땅에 정을 붙이고, 회사에서 쌓인 스트레스를 풀기에는 술만큼 좋은 친구가 없었다. 더군다나 입사한 첫해는 독신 아파트에서 생활했기 때문에 술 마시기에 더없이 좋은 환경이었다. 입사 동기가 있고, 고등학교 동창이 있고, 같은 부서에 근무하는 직원도 있었다. 그러니 허구한 날 동료들을 만나고 함께 어울리면 술이 빠질 수 없었다. 술은 막걸리 아니면 소주였다. 월급 받은 날은 맥주를 박스 채 갖다 놓고 밤새껏 퍼마셨다. 빈 병을 테이블 위에 즐비하게 세워 놓고 마시면 술 맛이 더욱 혀에 감기는 듯했다. 맥주는 술 마시는 품격을 한 차원 높여 주기라도 하는 양 더 시끄럽게 떠들어댔다. 술을 마시더라도 적당하게만 마시면 인간관계에 윤활제 같은 역할이 될 텐데 이차 삼차로 이어지면서 인사불성이 되어서야 숙소로 돌아가곤 했다.

독신 아파트 생활 일 년은 술 마신 기억밖에 없다.

그때는 신입 사원들이 하루가 멀다 하고 이불 보따리를 짊어진 채 독신 아파트로 몰려오던 시기라 내가 그곳에서 생활할 수 있는 기간은 딱 일 년이었다. 떠밀리다시피 시내로 나와 하숙 생활을 시작했다. 독신 아파트를 벗어난다는 두려움이 상당했지만 막상 부딪쳐보니까 한낱 우려에 불과했다. 하숙집 근처에는 회사 동료들이 대여섯 명이나 살고 있었고, 가족을 거느린 사원들도 꽤 많았다. 출퇴근할 때는 자전거를 타고 그 직원들과 함께 줄지어 다녔다. 특히 퇴근할 때는 어김없이 한데 어울릴 수밖에 없었는데, 모였다 하면 술이 빠질 수 없었다. 술은 독신 아파트에서 생활할 때와 비교해서 크게 벗어나지 않는 수준에서 마셨다. 색다른 점이 있다면 돼지 삼겹살이 유행하면서 소주와 궁합이 잘 맞은 덕분에 주량은 더 늘었다. 그리고 생맥주 집이 우후죽순처럼 들어서면서 호기심에 한 번 들렀다가 그 맛에 반했다. 시원하고 톡 쏘는 술맛이 일품인데다 가격까지 싼 게 우리가 마시기에 제격이었다.

어느 한 날은 같이 근무하는 후배 사원이 아들 돌잔치를 한다며 자기 집으로 초대했다. 나보다는 서너 살이 적은 후배 사원인데, 결혼을 일찍 해서 아들까지 낳았다. 나는 그때까지도 총각으로 떠돌며 술만 퍼마시고 다녔으니까 그렇게 사는 후배가 무척 부러웠다.

퇴근해서 집에는 들르지도 않고, 곧장 후배 사원 집으로 갔다. 이미 돌 잔칫상을 차려놓고 직원들을 기다리고 있었다. 우리는 자리에 앉기 전에 앞서 돌 기념으로 장만한 금반지를, 엄마가 안고 온 아이 손가락에 끼워주는 이벤트를 진행했다. 그리고 대여섯 명이 잔칫상에 빙 둘러앉았다. 그런데 그 많은 먹거리 중에 가장 먼저 눈에 띈 것은 술병이었다. '돼지 눈에는 돼지밖에 안 보인다.'라고 비꼬듯 하는 말이 이런 경우를 두고 하는 게 아닌가 싶어서 마음이 꺼림칙했다. 그 술은 가끔 TV 광고에서 보았던 '캡틴 큐'라는 국산 양주였다. 우리나라에서 맨 처음 출시한 국산 양주인데, 값이 싸면서 알코올 부피가 사십 도를 넘는 술이었다. 알코올 도수가 높은 만큼 뒤끝이 깔끔하다는 소문이 돌았던 그런 술이었다. 그때까지도 나는 그 양주 이름만 들었지 마셔 본 적은 없었다. 술병은 어른 손 안에 들어갈 만한 크기에 둥글넓적한 모양이었다. 술병 디자인에는 'CaptainQ'라는 영문자 위에 범선과 애꾸눈 해적을 모델로 한 그림이 붙어 있던 기억이 난다. 양주 색깔은 황금빛을 띠고 있어서 마시고 싶은 욕구를 더욱 부추겼다.

술은 자고로 밥을 먹고 난 다음에 마시는 것이 예의고 순서인데, 나는 거꾸로 술부터 마시기 시작했다. 왜 하필 그 자리에서 술깨나 마신다는 객기를 부리고 싶은 헛된 욕망이 불쑥 튀어나온 것인지 자신도 이해할 수 없었다. 그 술은 향이 강해서 코끝을 바늘로 찌르듯이 따끔했다. 술이 넘어가자 목구멍은 불에 덴 것처럼 화끈거렸다. 잇따라 위가 경련을 일으키듯 파르르 요동치는 바람에 두 눈을 찔끔 감았다. 여태껏 마신 술하고는 비교할 수 없을 만큼 큰 충격을 몰고 왔다. 이어서 한 잔을 더 마셨는데, 취기가 금방 올라왔다. 기분이 황홀해지자 모든 게 다 출렁거리는 듯했다. 밥은 옆으로 밀쳐놓고 연거푸 들이마셨다. 마치 소주를 마시는 것처럼.

그런데 소주 마실 때는 그렇게 마셔도 취기가 천천히 올라왔는데, 양주는 그 양상이 사뭇 달랐다. 빈속에 독한 양주가 급히 들어갔기 때문인지 취기는 빠르게 왔고 비상 먹은 파리처럼 맥을 출수가 없었다. 시간이 흐를수록 내 몸을 가누기조차 힘들 정도로 마구 흔들렸다. 의식이 가물가물해졌다. 태연한 척 아무리 용을 써 봐도 몸 따로 생각 따로였다. 마치 지렛대가 부러진 허수아비마냥 허물어졌다. 그러자 화기애애하던 돌잔치 분위기가 점점 어수선해졌다. 결국 나 때문에 서둘러 돌잔치를 끝내고, 각자 집으로 돌아갔다. 그때가 저녁 열 시가 조금 지난 시각쯤으로 어렴풋이 기억하고 있다.

나는 누군가의 부축을 받아가며 택시를 불러 탔다. 머릿속에는 해도동 육교 밑에서만 내리면 집을 찾아가는 데는 별 문제가 없을 것처럼 길이 선명하게 그려졌다. 그리고 택시 운전사한테 혀 꼬부라진 목소리로 "해도동 육교 밑에 내려주세요."라고 했다. 그런데 어떻게 왔는지조차 기억이 없는데, 별안간 육교가 눈에 들어왔다. 내가 보도블록 위에 주저앉아서 쳐다보고 있는 게 바로 그 육교였다. 그런데 하숙집이 어느 쪽에 있는지 방향을 가늠할 수 없었다. 이쪽인가 싶다가도 저쪽인가 싶기도 했다. 왕복 4차선 도로를 무단 횡단한 것도 부족해서 무려 네댓 차례를 오갔다. 그러나 아무리 기억을 더듬어 봐도 오리무중이었다. 밤늦은 시각에 그 대로를 지나다니는 사람은 없었다. 하도 답답한 나머지 자신의 머리를 쥐어박아 가며 정신을 차리려고 해도 내 통제를 벗어났다. 통금시간이 다 되어서야 같은 회사원 한 분이 그 길을 지나가고 있었다. 회사 제복을 입고 있었는데, 아마 교대 근무(2조, 오후 세 시부터 열한 시)를 마치고 퇴근하는 길이 아닌가 싶었다. 나는 앞뒤 가리지 않고 붙들고 늘어졌다. 그리고 내가 기억하고 있는 하숙집의 위치를 떠듬떠듬 일러주며 그분의 뒤를 졸졸 따랐다. 하숙집 옆길을 따라 공사 중인 배수로가 있고, 해도동 자전거 도로에서 두 번째 골목으로 곧장 들어가면 네 번째 기와집이 바로 내가 하숙하는 곳이라고 얘기했다. 그분은 친절하게도 내 말을 들은 대로 여기저기 돌아다닌 끝에 겨우 하숙집을 찾을 수 있었다. 아마 자정이 훨씬 지난 시각이 아닌가 싶었다. 그때까지도 같이 하숙하던 동료는 자지 않고 기다리고 있었다. 나를 보자 '어떻게 된 거냐?'라는 의아한 표정으로 다그치는 듯했으나 나는 너무 황당하고 기가 막힌 나머지 입이 떨어지지 않았다. 그러자 하숙집 아주머니가 안쓰럽다는 표정으로 다가오더니 "아이고 이 양반아, 집을 못 찾을 것 같으면 전화를 하지 그랬어?"라고 하며 닦달을 했다. 나는 그때까지도 주인집에 전화기가 있는지조차 관심이 없었으니 무슨 전화번호를 알 수 있었겠는가? 퀭한 눈만 껌벅거리다 이내 곯아떨어졌다.

술을 마시면 언제나 끼리끼리 모이는 모양새가 틀에 박힌 듯했다. 주로 회사 동료들끼리 어울렸지만 술친구가 바뀌는 경우는 드물었다. 그 가운데 내가 하숙을 하던 이 년 동안의 총각 시절은 고정 멤버로 네다섯 명이 같이 어울렸다. 그중에 술버릇이 유별나기로 소문난 동료 한 사람이 있었다. 그 동료는 술을 마셨다 하면 크고 작은 사고를 쳤다. 평소에는 얌전하고 언행을 바르게 하는 동료인데, 술만 마셨다 하면 사람이 백팔십도로 변했다. 무슨 짓을 저지를지 몰라서 누군가 한 사람은 그 동료를 붙들고 집에까지 데려다줄 정도였다. 그런 동료가 우리의 간담을 서늘하게 했던 사례가 몇 차례나 있었다.

대표적인 사례는 내가 다니던 교회에서 새벽기도회가 열리고 있던 때였다. 밤늦게까지 같이 술을 마셨던 그 동료가 안전화를 신은 채 교회에 들어와서는 여기저기 휘젓고 다녔다는 얘기를 내가 쓴 책 《철들고 나니 황혼이더라》에 소개한 바 있다.

그리고 1980년대 초 어느 해 겨울, 어느 날 이른 새벽에 우리는 물론 회사가 왈칵 뒤집힌 사건이 터졌다. 그 날도 회사 동료들과 밤늦게까지 술을 마셨다. 그 동료도 술자리에 끼어 있었다. 밤이 깊어갈수록 그 동료 또한 술이 꽤나 취한 듯 얼굴은 장밋빛 홍조를 띠고 있었다. 그런 가운데 술자리가 끝나고 집으로 돌아가던 참이었다. 당연히 그 동료의 술버릇을 익히 알고 있던 터라 일행 중에 누군가 한 사람이 따라붙었다. 그런데 잠깐 한눈판 사이에 그 동료가 어디론가 감쪽같이 사라진 것이다. 밤은 깊어가는 데 그 동료를 찾을 수가 없었다. 한참을 찾아 헤매다가 하는 수없이 각자 집으로 돌아갔다. 그런데 다음 날 새벽에 회사 비상연락망이 숨 가쁘게 요동쳤다. 같이 술을 마시고 집으로 돌아가는 길에 행방불명된 그 동료가 어디서 무엇을 했는지는 알 수 없으나 그 새벽

녘에 황당한 사고를 쳤다. 남의 집 지붕 위로 올라가서 "김○○ 만세! 만세! 만세!"라고 하며 북한 최고 지도자를 찬동하는 소란을 피웠다고 했다. 가히 상상을 초월했다. 그렇게 남의 집 지붕 위에서 소란을 피우자 잠에서 깬 주인이 파출소에 신고한 것이다. 그 동료는 즉시 출동한 경찰관한테 붙잡혀 파출소로 연행되었다. 그 동료의 신상을 취조한 경찰관은 회사 당직한테 이 사실을 통보했다. 당직은 지체 없이 담당 부서장한테 연락을 취했다. 이를 전해 들은 부서장은 담당 계장한테, 계장은 담당 작업장한테, 작업장은 담당 반장한테, 줄줄이 비상연락망이 닿았다. 그리고 부서 내 고참 사원으로 언변이 좋은 한 사람을 더 동원시켰다. 그리고 대여섯 명이 가슴을 조이며 주춤주춤 파출소로 찾아갔다. 파출소에 들어간 직원들은 일렬로 쭉 늘어서서 마치 자기가 죄인인 양 고개를 주억거리며 선처를 호소했다. 절대 그럴만한 사람이 아니며 회사 모범 사원이라고 추켜세웠다. 다만 술 때문에 그런 불미스러운 일이 벌어졌으니 한 번만 용서해 달라며 손바닥에 불이 날 정도로 빌었다. 그럴 만한 이유가 있었다. 그 당시에는 유신정권이 들어서면서 나라가 극도로 혼란한 시기에 맞춰 국가 권력은 시퍼렇게 날이 서 있던 때였다. 자칫 잘못했다가는 사상범으로 몰려 개인은 물론 회사까지 낭패를 당할 수 있기 때문이었다. 훈방 조치는 그날 낮 열두 시가 다 되어서야 떨어졌다. 당사자는 물론 부서장까지 경위서를 쓰고 가까스로 풀려난 것이다. 그때는 국가나 공공기관이 포철 직원에 대해서는 관대한 편이어서 그 정도로 그친 것 같았다. 그런데도 그 난리를 친 당사자는 이번 사건에 대해 묵묵부답이었다. 우리는 그 동료의 돌심보를 도무지 이해할 수 없었다.

　포항에서 근무한 지 딱 십 년 만에 광양제철소로 전출 명령을 받았다. 황량한 갯벌이 드러난 곳곳에 공장들이 한창 건설 중에 있던 시기였다. 그 건설 현장에 투입된 직원들 모두가 뜨내기나 다름없었다. 오직 공장 건설이라는 사명을 안고 모인 그런 직원들이었다. 공장 건설과 더불어 회사 주택단지를 조성하여 집을 짓고, 입주한 직원들이 속속 늘어나기는 했지만 수요를 충족하기에는 턱없이 부족한 환경이었다. 그러니 가족은 포항에 남겨 두고, 광양에서 혼자 생활하며 이중 살림을 꾸렸던 직원이 부지기수였다. 그런 반쪽짜리 생활은 일도 고단하지만 외로움에 더 견딜 수가 없었다. 격주로 한 차례씩 회사에서 제공한 버스를 타고 집에 다녀오곤 했으나 갈증은 풀리지 않았다. 그렇게 힘들고 외로운 마음을 달래려는 헛된 욕구가 빈틈을 노리며 슬그머니 파고들었다. 바로 술이었다. 그때를 같이하여 회사 근처에는 식당과 술집, 포장마차가 줄줄이 들어섰다. '참새가 방앗간을 못 지나간다.'라는 속담이 있듯이 직원들은 일과만 끝나면 술집으로 우르르 몰려갔다. 그리고 밤새도록 술 마시고, 노래를 부르거나 고스톱 치느라 시간 가는 줄 몰랐다. 그런 날은 절인 배추처럼 축 늘어진 모습으로 출근하는 게 왠지 가슴이 찡했다. 그런 한편으로는 숱한 에피소드가 쏟아져 우리들의 웃음을 자아내곤 했다. 어느 누구는 안전화 한쪽을 내팽개치고 뒤뚱거리며 걸어왔다느니, 또 누구는 넘어지는 바람에 아스팔트에 얼굴을 씻겼다느니, 오토바이 한 대에 네 명이 타고 가다가 한꺼번에 나자빠졌다는 등 위험천만한 일들이 무슨 무용담처럼 떠돌았다.

광양만에 건설 붐이 절정을 치닫고 있던 1980년대 중반부터 1990년대 후반 IMF가 덮치기 전까지 회사를 둘러싼 마을 곳곳마다 불야성을 이루었다. 특히 이주민 마을이 대표적이었다. 밤이면 회사 직원들이 식당이며 술집이며 노래방이며, 심지어는 포장마차까지 진을 치고 있었다. 더구나 일본 건설사에서 파견한 기술자들까지 합세해서 거리는 밤마다 출렁거렸다. 어느 곳을 가든지 친분이 있는 직원들을 쉽사리 만날 수 있어서 서로 술을 권하다 보면 술이 술을 마시는 꼴이 되기도 했다.

어느 한 날은 담당 계장과 주임 서너 명이 조직 간의 소통을 핑계 삼아 술자리를 마련했다. 그런데 정작 소통의 실마리는 찾지 못하고 애꿎은 술만 퍼마셨다. 그래도 서로 간의 마음에 쌓인 응어리는 풀리지 않은 채 밤은 깊어만 갔다. 술자리를 두세 차례 옮겨 다녀도, 노래방에서 노래를 불러 봐도 마음속에 담아 두었던 얘기를 끝내 꺼내지 못했다. 격의 없이 소통할 수 있는 관계가 하루 이틀에 해결될 만한 일이 아니라 더 많은 시간이 필요하다는 인식이 뇌리에 박힌 게 아닌가 싶었다. 서로 버티다 보니 새벽이 뿌옇게 밝아오고 있었다. 그날은 부서 체육대회가 있는 일요일이었다. 담당 계장이 "여기서 아침까지 술이나 마시다가 바로 체육대회 하는 운동장으로 갑시다."라고 했다. 동의하지 않은 사람은 아무도 없었다.

모두가 흠뻑 취해서 흐느적거리면서도 누가 이기나 보자 하는 오기가 다분히 깔려 있는 듯했다. 그런 정신 상태로 운동장으로 가긴 갔는데, 몸을 제대로 가눌 수가 없었다. 꼬박 밤을 지새운 데다 술만 퍼마셨으니 사물이 온전히 눈에 들어올 리가 없었다. 한쪽 구석에서 비몽사몽 쭈그려 앉아 있다가 슬그머니 꽁무니를 뺐다. 담당 계장과 주임이 없는 조직은 오합지졸로 흩어져 시합하는 족족 패하기만 했다. 결국 체육대회 성적이 꼴찌라는 치욕적인 결과에 손가락질까지 당하는 수모를 겪었다.

의도치 않게 술을 마시는 날은 무언의 약속된 코스를 밟아가던 때도 있었다. 처음에는 맨 정신으로 식사를 겸해서 한두 잔 술이 돌다가 마칠 때가 되면 얼굴이 불콰해질 정도로 취기가 올라왔다. 술기운이 거나해지면 누군가가 나섰다. 이차로 간단하게 입가심 겸 맥주나 한잔하고 들어가자며 앞장섰다. 어느 정도 술에 취한 상태인지라 맥주는 술술 넘어갔다. 간단하게 한잔만 마시자며 들어간 맥줏집에서 취기는 절정에 달했다. 그러면 또 누군가가 나서서 노래방으로 끌고 갔다. 그곳에서도 또 술을 마신 탓도 있지만 거의 인사불성인 채로 춤을 추거나 목이 터져라 노래를 불렀다. 그러다 보면 밤 열두 시가 훌쩍 넘는 일이 허다했다. 그렇게 노래방에서 뛰고 노래를 부르다 보면 슬슬 지쳐갔다. 그리고 배가 고파오기 시작했다. 그러면 우리가 마지막으로 들러야 할 곳은 정해져 있었다. 바로 야식 가게였다. 그날 늦게까지 술을 마시다가 그곳에 들른 사람들이 줄을 서서 대기하고 있었다. 따끈하고 속 시원한 국수 한 그릇으로 허기를 달래려는 술꾼들이었다. 그렇게 정해진 코스를 돌고 나면 새벽 한두 시 경이었다.

새벽녘에, 술이 흠뻑 취한 몸으로 집에 들어서자마자 아내가 한마디 쏘아붙였다. 아내는 "어디서 그렇게 취하도록 술을 마시고 이제 들어와요? 지금이 몇 시인지나 아세요? 당신을 바래다준 ○ 주임은 멀쩡한데, 당신 혼자 술 다 마셨어요?"라고 했다. 왜냐하면 술을 마신 날은 혼자 집에 들어오는 게 아니라 누군가의 부축을 받아야 할 만큼 취한 채였다. 그런 나를 집까지 바래다 준 후배 주임은 그 술자리에서 "사람은 태어날 때부터 자기가 평생 마실 술의 정량을 타고났기 때문에 지금 많이 마시는 술꾼은 남보다 일찍 끊게 되고, 적당히 마시는 애호가는 더 오래 즐길 수 있는 게 술이지요."라고 하는 들으나 마나한 얘기로 자기주장을 펼쳤다. 그러나 나는 "술을 끊으려면 이 세상 원수 같은 놈의 술을 지금 다 마셔서라도 없애버리는 것이 답이여."라고 하며 얼토당토않은 헛소리를 떠들어대다가 이 지경까지 오게 된 게 아닌가 싶었다. 음주에 대한 그런 생각의 차이에서 오는 것인지는 몰라도 술판만 벌어지는 날이면 나만 술에 흠뻑 취한 나머지 인사불성이 되었다.

그런 아내의 넋두리에 대꾸할 말은 없었다. 겉옷만 벗어 던지고 침대에 벌러덩 나자빠졌다. 아침에 눈을 뜨면 당연하다는 듯 아침밥은 굶은 채 출근을 서둘렀다. 직원들보다 항상 한 시간이나 한 시간 삼십 분 전에는 출근하는 습관이 들어 있었기 때문이다. 출근만 하고 나면 만사형통이었다. 그러나 일이 제대로 손에 잡힐 리가 없었다. 자리에 앉아 있으면 숙취로 인한 고통을 견뎌내기가 더욱 힘들었다. 그렇게 술의 유혹에 호되게 당하고서야 뒤늦게 후회하며 자책했다. 내가 왜 바보처럼 돈과 시간을 낭비해 가며 건강까지 해치는 짓을 하는가 싶었다. 그리고 지금 당장 술을 끊겠다며 수없이 다짐했지만 그때뿐이었다.

아침까지 술에 취한 날은 얼렁뚱땅 미팅을 마치고 곧장 현장으로 나갔다. 설비점검을 한답시고 현장을 돌아다니다 보면 숙취가 어느 정도 해소되는 듯했다. 겨우 점심밥을 챙겨 먹고 나서는 책상머리에 고개를 처박고 쪽잠을 붙였다. 그렇게 잠깐 눈을 붙이고 나면 취기가 말끔히 사라졌다. 그러니 어젯밤에 과하게 술을 마신 탓에 곤욕을 치렀는데도 불구하고, 퇴근 무렵이 되면 또 술 생각에 군침이 돌았다. 누군가 저녁 식사나 하러 가자며 찾는 사람이 없나 싶어서 여기저기 눈치를 살피거나 귀를 쫑긋하게 세웠다. 아니나 다를까, 이심전심이라고 꼭 그런 사람이 나타나기 마련이었다. 안타깝게도 그런 나쁜 습관이 정년퇴직할 무렵까지 지속되고 있었다. 그리고 정년퇴직을 하고 나서도 기회만 줄었을 뿐 술버릇은 크게 달라지지 않았다.

어느 한 날은 동료들과 과하게 술을 마신 적이 있었다. 그리고 만취 상태에서 아무 생각 없이 승용차를 끌고 집으로 돌아왔다. 아침에 일어나서 출근할 때쯤에야 음주운전을 했다는 죄책감에 몸서리를 쳤다. 어렴풋이 떠오르는 거침없는 만용에 가슴이 섬뜩했다. 그 증거는 차를 어디에 주차했는지조차 기억하지 못할 정도로 한참을 헤매고 있는 데서 찾을 수 있었다.

더러, 이러다가는 제 명대로 살 수 없을지도 모른다는 위기의식에 숨이 막힐 지경이었다. 그럴 때마다 나는 입버릇처럼 술을 끊겠노라고 호언장담했지만 어디 그게 말처럼 쉬운 일이겠는가. 사십여년의 세월을 술독에 빠져 허우적거리다시피 했는데, 하루아침에 술을 끊는다는 것은 낙타가 바늘구멍에 들어가는 것보다 어려워 보였다. 그러나 나는 와신상담 그때를 계기로 술을 끊기로 결심했다. 그전에도 몇 차례의 각오가 수포로 돌아간 적이 있기는 하지만 이번에는 달랐다. 몇 가지의 구체적인 장치가 탄탄하게 이를 뒷받침하고 있었기 때문이다. 그 가운데 가장 큰 동기는 신앙을 갖게 되면서 변화된 삶을 소망하고 있었다. 물론 신앙인으로 입문한 뒤에도 바로 술을 끊지는 못했지만 그 동기가 큰 영향을 미친 건 분명했다. 그리고 글을 쓰겠다는 마지막 꿈을 이루기 위한 수단으로 한국방송통신대학교 국문과에 입학한 것이다. 거기에다 결정타를 날린 한 방은 소중한 인생을 아무런 가치도 없는 술의 세계에서 노예처럼 끌려다녀서는 안 된다는 각오였다. 그렇게 나름 비장한 결단을 내리고 내 안에 독기를 품은 것이다. 내 삶 가운데 술을 끊어내지 못한다면 한 인생이 여기서 끝장나고 만다는 간절한 외침이 있었기 때문에 이겨낼 수 있었다. 그 과정은 내가 쓴 다른 책에서도 낱낱이 밝힌 바 있다.

내 인생을 통틀어 사십여 년을 술과 동행한 삶이 무가치하다는 결론을 내리기까지는 일 년 남짓 시간을 끌었지만 행동으로 옮기는 데는 사오 년이 더 걸릴 만큼 더디기만 했다. 그럼에도 불구하고, 기어이 술을 끊고 광명을 되찾았다. 내가 중학교 일이 학년 때쯤 다짐했던 약속도 늦게나마 지킬 수 있었다. 그리고 술의 유혹에 푹 빠져 헤어나질 못하면서도 입버릇처럼 되뇌곤 했던 '언젠가는 술을 끊겠다.'라는 간절한 소원도 이루었다.

되돌아보면 일생일대의 기로에서 자신을 이겨내고 술과 결별했다는 사실이 가슴 벅찬 희열을 느끼게 한다. 그런 마당에 술에 얽힌 희미한 잔상들이 문득문득 떠오를 때면 입가에 잔잔한 미소가 번진다.

울 엄니 하송떡

나의 어머니 조○○ 여사의 다른 호칭, '하송떡'의 생애가 어느 날 문득 궁금해졌다. 한참 늦은 감이 있지만 그 궁금증을 풀어보려는 욕심에 기억을 더듬거리며 몇 자 적다보니 금방 밑천이 드러났다. 고민, 고민하던 끝에 어머니한테 인터뷰를 요청하면 쉽게 풀리겠거니 하고 무릎을 치며 쾌재를 불렀다. 그런 반면에 하마터면 이런 기회를 놓칠 뻔했다는 생각에 미치자 모골이 송연했다. 왜냐하면 올해 팔십구 세의 적잖은 나이로 연로한 데다 기억들마저 희미해져 가고 있기 때문이었다. 그러니 이런 영감이 떠오르지 않았다면 감히 엄두조차 못 냈을 일인데, 늦게나마 어머니의 지난 삶을 들여다볼 수 있는 것만으로도 큰 행운이 아닐 수 없었다. 어떻게 하면 어머니의 삶을 가감 없이 잘 드러낼 수 있을까를 심사숙고하며 한 자 한 자 꾹꾹 눌러 써 내려가고 싶은 마음이 간절하다.

나의 어머니 택호는 '하송떡'이시다. 시골 마을에서는 '하송떡' 하면 다 통하는 그런 분이었다. 흔히 택호는 하송댁으로 부르는 게

표준어인데, 하송떡이라고 호칭하는 건 사투리가 유난히 심한 우리 고장만의 방언이 아닌가 싶었다. 우리 마을에서도 그런 사투리의 영향권에 있는 지역적 특성 탓인지 댁을 떡이라고 거리낌 없이 불렀다. 이렇듯 지방마다 택호를 표현하는 언어가 다르다는 걸 모르고, 나는 떡이 당연한 것처럼 받아들였다. 나도 뒤늦게 느끼게 된 것이지만 댁보다는 떡이라는 어감이 더 감칠맛이 나고, 애틋한 감정이 솔솔 우러나는 것만 같았다. 그리고 택호는 작으나마 여성에 대한 존중의 의미로 이름 대신 부르는 것인 만큼 더욱 친밀감이 드는 호칭임에는 분명했다. 또 한편으로는 결혼하기 전에 살았던 고향을 잊지 말라는 깊은 뜻과 배려가 함축된 것으로 해석할 수도 있었다.

어릴 적 언젠가 하송떡이 왜 어머니의 택호일까 무척 궁금하던 때가 있었다. 그러나 어머니한테 물어볼 수가 없었다. 허구한 날 어머니한테 꾸중만 들었지 칭찬 한번 받아본 적이 없었기 때문이다. 괜한 걸 물었다가는 당장에 '그런 것을 니가 알아서 뭐 할래? 어른들 일인께, 그런데 정신 팔지 말고 니 하던 공부나 해라. 잉.' 이라고 하며 면박을 당하거나 핀잔이라도 들을까 봐 감히 여쭐 수 없었다. 다만 어렴풋이나마 감을 잡을 수 있었던 건 마을 아주머니들의 택호는 친정 동네 이름을 그대로 빌려다 쓴 것으로 짐작했다.

그로부터 한참이나 지난 뒤에 어머니의 다른 별명인 하송떡이라는 호칭의 내력을 알아보고 싶던 차에 말이 잘 통하는 이웃 어른

한 분한테 물어본 적이 있었다. 그분은 "니 엄니 친정 마을이 하송이라 그 이름을 따서 그렇게 부른단다."라고 귀띔해 주었다. 내 예상이 적중한 듯했다. 그런데 최근에 어머니와 단독 인터뷰를 하던 중에 택호가 친정 마을 이름과 다르다는 뜻밖의 말을 들었다. 어머니가 태어나고 자란 마을은 하송이 아니라 화와라고 하셨다. 그 말을 듣고 내 예상이 보기 좋게 빗나갔다고 느끼는 순간 어안이 벙벙했다. 그렇게 말한 어머니는 덧붙여 하송떡 이라는 택호는 시아버지가 지어준 이름이라고 하셨다. 그런데 왜 그렇게 불렀는지 당신도 알 수 없다는 것이었다. 그 순간 대화의 맥이 뚝 끊기는 것처럼 난감했다. 그런데도 궁금증은 자꾸만 커져갔다. 하지만 더 이상 묻는다는 것은 공염불에 그칠 수밖에 없다는 생각에 그만 물음표를 찍고 말았다. 왜냐면 그런 택호를 지어 준 할아버지는 이미 이 세상을 떠났기 때문이다. 다만 내가 추측할 수 있는 것은 큰외삼촌이 사는 마을 이름과 연관성이 있는 것은 아닌가 싶었다. 큰외삼촌이 살림을 차려 분가한 곳으로 하와와 인접해 있는 노송이라는 마을이 있어서였다. 따라서 하와의 첫 글자인 '하'와 노송의 끝 글자인 '송'을 합친 이름으로 하송이라는 택호를 지은 것으로 지레짐작했다. 그럴싸한 추측인데, 만약 할아버지가 그런 의미로 택호를 지었다면 기막힌 우연의 일치가 아닐 수 없다.

　택호는 덕천떡, 화산떡, 장남떡, 봉남떡, 내촌떡 등으로 같은 호칭이 없을 정도로 독특하고 다양했다. 우리 마을에 택호가 같은 아주머니는 한 분도 없었다. 그렇다면 다른 동네에서 우리 마을로 시집 온 여성은 오직 한 사람뿐이라는 말인지 아니면 택호를 달리 지어서 부른 것인지 감을 잡을 수 없었다. 그리고 그런 택호로 불리는 마을이 어디에 있는 것인가는 더욱 아리송했다. 아무튼 나의 어머니의 다른 호칭 하송떡은 우리 마을에서는 대단한 유명세를 떨치고 있었다.

참으로 기이한 것은 어머니의 호칭을 아버지의 애칭인 '박센(박생원, 전라도 말)' 앞에 갖다 붙인다는 점이었다. 아버지가 결혼하기 전에는 이름이나 '총각'하고 부르지 않았을까 싶은데, 가정을 이루고 어른이 된 뒤로는 '하송 박센'으로 호칭했다. 그런데 그 호칭이 듣기에 편하고, 어감에는 다정다감한 정서가 담겨 있었다. 그만큼 어머니의 호칭에서 오는 영향력이 컸다고 할 수밖에 없을 것 같다.

어머니가 나고 자란 고향 하와라는 동네는 행정구역상 시집을 온 도야마을과 면(面) 단위만 다를 뿐 바로 인접 지역이었다. 거리는 대략 삼 킬로미터 남짓, 걸어간다고 하면 어림잡아 사오십 분가량 걸리는 비교적 가까운 곳이었다. 그 길은 우마차가 다니는 신작로가 아니라 방조제나 논둑길로 이어진 지름길이었다.

어릴 적 내가 심심찮게 드나들었던 외가댁이 바로 화와라는 마을이었다. 내가 외가댁을 자주 찾은 까닭은 막내 외삼촌이 알뜰하게 챙겨주는 데다 마음을 달뜨게 하는 마력 때문이었다. 막내 외삼촌은 나보다 일고여덟은 더 많은 나이로 내 얘기라면 고분고분 잘 들어주면서 환심을 사려는 눈치가 다분히 엿보였다(아마 자기 큰누님한테 잘 보이기 위한 사전 포석이 아닐까 하는 의구심이 들 정도로). 그러나 나이가 엇비슷한 또래나 선배들까지도 이해관계가 얽히면 일단 기선부터 제압하는 카리스마가 넘쳤다. 상대방의 기를 한번 꺾고 나면 한 수 아래로 깔아뭉개 버리는 심히 도전적인 성격의 소유자인 건 틀림없는 것 같았다. 그 일대에서는 싸움으로 당해 낼 사람이 없을 정도로 기세가 등등했으니 말이다. 그렇게 이름을 날리던 막내 외삼촌은 나의 든든한 배경이었다.

외가댁 바로 옆에는 고목 한 그루가 자리 잡은 쉼터가 있었는데, 바로 그곳이 막내 외삼촌의 아지트였다. 그곳에 막내 외삼촌이 버티고 있는 날이면 마을에 크고 작은 애들이 에워싸고 있는 게 더러 눈에 띌 때가 있었다. 외삼촌은 고목을 등진 채 팔짱을 끼고, 근엄한 표정을 지으며 마치 장군처럼 행세하곤 했다. 우리 속담에 '망둥이가 뛰면 꼴뚜기도 뛴다.'라는 말이 있듯이 덩달아 나도 막내 외삼촌을 등에 업고 거들먹거리며 외가댁을 찾았는지도 모르겠다. 또 외조부모님이 입꼬리가 귀에 걸린 것처럼 환한 표정으로 안아주고 머리를 쓰다듬는 손길 또한 한몫을 한 게 아닌가 싶기도 하다.

내가 성장해서 초등학교 이삼 학년 무렵부터는 부부 싸움이 잦아진 탓에 때때로 외가댁을 드나들기도 했다. 그때는 외가댁에 지원군을 요청할 의도로 어머니의 특사가 된 셈이었다. 그런 날은 발목에 족쇄를 채운 것처럼 발걸음이 무거웠지만 어머니의 명령을 어길 수가 없었다. 나는 주춤주춤거리며 외가댁에 들어서면 차마 말을 꺼내지 못하고 울먹이기부터 했다. 그런 나를 보고 외조부님은

"또 싸웠구나? 니 엄니, 아부지는 왜 그런다냐?"라는 말과 함께 쩝쩝 입맛을 다셨다. 나는 그런 두 분의 눈치를 살피다가 아무것도 얻을 게 없다는 생각이 들자 설움이 북받쳤다. 외가댁에만 가면 다 해결될 줄 알고 갔다가 그 기대가 한순간에 무너지는 절망 때문이었다. 실의에 빠진 나는 연신 눈물을 훔치며 우두커니 서 있다가 빈손으로 엉거주춤 물러나곤 했다. 그렇게 사연 많은 그곳이 어머니의 택호인 하송떡의 근원이 된 마을이 아닌가 싶었다.

두 분이 결혼하게 된 동기는 외할머니의 영향력이 크게 작용했다. 그때 외할머니는 집에서 재배한 참외를 대바구니에 담아 머리에 이고, 이웃 고을을 드나들며 행상을 다녔다. 그 가운데 우리 마을은 백이십여 가구에 이르는 주민이 살고 있었기에 더 자주 들락거렸다. 그렇게 외할머니는 행상을 하면서도 당신 사윗감을 물색하느라 여념이 없었다. 지성이면 감천이라고 했던가? 어느 날 외할머니는 당신 눈에 띈 한 청년을 은근히 마음에 두고 접근을 시도했다. 외할머니는 우리 마을에 잘 알고 지내는 한 분을 중매쟁이로 앞세워 다리를 놓은 다음 혼담이 오가도록 주선하기에 이르렀다. 그때 아버지는 부농의 셋째 아들로 건강하고 성실한 청년으로 평판이 자자하게 퍼져 있었다. 무엇보다도 잘사는 집안의 셋째 아들이라는 엄연한 현실이 외할머니가 마음을 굳히는 데 결정적인 역할을 하게 되었다. 그런 어머니는 외할머니의 손에 이끌려 정작 맞선 한번 보지 못하고, 박씨 집안의 셋째 며느리로 족보에 올랐다. 그때 어머니의 나이는 열아홉, 아버지는 스물셋이었다.

두 분이 결혼한 이듬해에 한국전쟁이 발발하자 징집명령을 받은 아버지가 군에 입대하는 바람에 생이별의 아픔을 겪어야만 했다. 아버지는 군에 입대한 그해 구월 중순경, 최전선 무명고지에서 적과 전투를 벌이던 중 오른팔에 총상을 입고 육군병원으로 후송되었다. 그리고 그 병원에서 입원 치료를 받고 난 다음 해에 의병 제대를 했다. 그런 탓으로 결혼의 달콤한 꿈이 한창 무르익어 갈 무렵에 어머니는 일 년 남짓 홀몸으로 지냈다. 그렇게 피치 못할 사정 때문이었는지 부모님이 결혼한 지 삼 년 만에 내가 태어났다. 그리고 내가 두 살이 될 무렵까지 오 년 남짓 시가 댁에서 시부모님을 모시고 함께 생활했다. 그런데다 위로 큰 시아주버니 가정과 한 지붕 아래서 불편한 동거를 할 수밖에 없었다. 그때는 부모님이 분가할 수 있을 만큼 집안 형편이 순탄치 못했기 때문이다. 그런데 손위의 두 형님은 막내인 어머니를 보살펴주기는커녕 온갖 홀대와 시기, 질투가 끊이지 않는 시집살이를 톡톡히 시켰다. 시부모님은 막내며느리를 어떻게든 감싸주려고 했지만 그럴수록 두 형님의 험담과 질투는 날로 더 심해졌다. 집안의 궂은일은 죄다 어머니한테 떠넘기고 자칫 잘못하면 윽박지르기 일쑤였다. 근거 없는 얘기를 꾸며서 시부모나 큰 시아주버니한테 이간질을 하는 둥 시시때때로 괴롭힘을 당했다. 그럴 때마다 시부모님은 들은 척도 하지 않았고, 큰 시아주버니는 "허어, 우리 막내 제수씨가 그래요?"라고 하며 웃어넘기고 말았다. 심지어는 끼니때마다 먹는 밥까지도 감추거나 밥을 많이 먹는다며 턱없이 적은 양을 주기도 했다. 그 발단은 주로 손위 형님이 부추기고, 큰형님은 거기에 동조하는 식이었다. 그런 갖은 설움을 당하는 가운데서도 집안 어르신들이 든든한 울타리가 되어 준 덕분에 그나마 참고 견뎌낼 수 있었다고 술회했다. 어머니는 그런 시집살이의 한 맺힌 기억 때문인지 아직까지도 잊지 못하고, "참, 몸서리나게도 그 험한 세상을 살았네라."라고 한 말씀에 나도 모르게 눈시울이 촉촉해졌다.

내가 어린아이일 적에 있었던 끔찍한 한 건의 사고를 어머니가 들려준 적이 있었는데, 또 되풀이했다. 그 얘기인즉슨, 어느 한 날 어머니는 젖먹이인 아들을 재워 놓고 일터로 나갔다. 그런데 자다 깬 아이는 엄마가 보이지 않자 울기 시작했다. 그러다 엉겁결에 부엌으로 난 문을 밀치는 바람에 밑으로 굴러떨어졌다. 하필이면 그때 솥뚜껑 위의 돌출된 손잡이에 이마가 찢기는 사고가 터졌다. 이마에서 피가 흐르고, 까무러칠 듯 울며 나뒹구는 아이를 발견한 분은 큰어머니였다. 놀란 큰어머니는 응급처치를 한답시고 상처 난 이마에 된장을 바른 뒤에 헝겊으로 칭칭 동여매 놓았다. 그 시절에는 몸에 상처가 나면 응급처치로 된장을 바르는 일이 허다했는데, 간단한 민간요법 중에 하나였다. 그런데 문제는 다른 데에 있었다. 일을 마치고 집에 돌아온 어머니는 그런 아이를 보자 깜짝 놀라 머리에 두른 헝겊부터 벗겨냈다. 그리고 이마에 난 상처를 살피던 중 된장 속에 구더기가 꿈틀거리고 있는 것을 목격했다.(흔히들 집에서 담근 재래식 된장은 장독에 보관하는데, 파리가 쉬를 슬어 구더기가 생기는 경우가 더러 있었다.) 그것을 본 어머니는 소스라치게 놀랐을 뿐만 아니라 큰형님을 향한 분노가 들끓었다. 고의적인 것이 아닌가 하고 분통을 터뜨렸지만 돌아오는 것은 질투로 가득한 비웃음과 경멸에 찬 눈초리뿐이었다고 회상했다. 지금도 내 이마 한가운데는 그때 입은 상처가 마치 도장을 찍어 놓은 것처럼 둥그렇게 살짝 파인 흉터로 남아 있다.

그렇게 온갖 억측과 편견에 시달리던 부모님은 마을 외딴곳에 겨우 집 하나를 얻어 분가했다. 분가할 즈음에는 큰아버지가 노름과 여색에 빠져 재산을 탕진해 버린 탓에 가정파탄이 난 뒤였다. 당연히 재산이라고 할 만한 변변한 땅조차 제대로 물려받은 것 없이 빈손이다시피 집을 나왔다.

분가한 집은 낡고 허름한 데다가 산자락에 달랑 한 채, 초가집만 하나 덩그러니 서 있는 외딴곳이었다. 그곳은 집으로 드나들던 길이 가파르다 싶을 정도로 경사진 지대여서 짐을 옮길 때면 여간 힘에 부친 게 아니었다. 더군다나 바람이라도 부는 날이면 지붕의 이엉이 금방 날아갈 것처럼 위태로워 보였다. 특히 겨울철 칼바람은 더욱 매서웠다. 집 뒤에 드문드문 서 있는 키 큰 소나무를 할퀴고 지나가는 앙칼진 바람 소리는 소름이 끼칠 정도였다. 더러 홀로 집에 있을 때 날이 어스름해질 무렵이면 무서워서 벌벌 떨었다. 그런 날은 마을 어귀로 나가 부모님이 들에서 돌아올 때를 기다렸다가 함께 집으로 들어가곤 했다. 또 하나 나를 곤혹스럽게 만든 일은 본채와 떨어져 있는 변소(화장실)에 갈 때였다. 그 변소는 낮고 음침해서 밤에는 혼자 갈 수 없을 정도로 무서웠기 때문이다. 그때는 전기가 들어오지 않던 시절로, 칠흑같은 어둠에 갇힌 변소는 나를 집어삼킬 것처럼 노려보고 있는 듯했다. 그렇다고 누가 같이 가 줄 사람도 없으니 마당 한편에 쌓아 둔 두엄 가장자리를 나만의 은밀한 뒷간으로 삼았다. 거기다가 밤이 깊어지면 부엉이 울음소리에 밤잠을 설치기도 했던 호젓한 그곳이 바로 우리 집이었다. 이러한 집안 형편에도 불구하고, 분가한 그때부터 부모님이 살아갈 수 있는 길은 누구의 도움을 바라는 게 아니라 억척같이 일해서 살림을 불려 나갈 수밖에 다른 방법은 없었다.

어머니는 사시사철 한시도 쉬는 날이 없었다. 농번기 철은 말할 것도 없으려니와 농한기에도 손에서 일을 놓지 않았다. 농한기는 농부들의 방학이나 다름없는 시기인데도 불구하고, 어머니는 예외였다. 거의 모든 마을 사람들이 한가롭게 노닥거리는 겨울 한 철마저도 어머니는 그냥 허투루 보내지 않았다. 그런 어머니는 보리밭을 밟는 일에서부터 텃밭을 일구거나 가마니 짜는 일까지 거들었다. 그리고 마을 공동 샘터에서 손빨래를 한다거나 우물물을 길어다가 밥을 지었다. 하다못해 식구들 옷이나 양말을 수선하는 일까지 손이 미치지 않은 곳이 없었다. 마치 일하기 위해 태어난 사람처럼 늘 동분서주했다. 농번기 철에는 먼동이 트기 전부터 어두워질 때까지 논과 밭에서 살다시피 했다. 그나마 논농사는 일이 적은 편이었다. 논농사는 대부분의 일을 아버지가 감당했기 때문이다. 흙 갈아엎기, 못자리 조성, 물 관리, 잡초 제거, 병충해 방지를 위한 농약 살포 등 벼의 작황과 관련된 일들은 아버지의 몫이었다.

어머니가 하시는 일은 못자리에서 새끼 모를 뽑아 모내기를 하고 나면 수확할 때 벼 베기와 타작을 거들어 주는 수준이었다. 봄이나 가을 한 철이 연중 가장 바쁜 시기인지라 부득이 어머니의 손이 필요하기 때문이었다. 그리고 그때는 품앗이라는 마을 공동체의 힘이 작동하고 있었기 때문에 그만큼은 일이 수월한 편이었다. 그러나 밭농사는 거의 어머니 혼자 힘으로 짓다시피 했다. 밭갈이나 파종, 수확은 두 분이 함께 하긴 해도 김을 매거나 농작물을 솎아내는 등의 굳은일은 죄다 어머니 차지었다. 내가 짐작하기에는 논농사는 아버지, 밭농사는 어머니의 몫인 양 둘로 구별되어 있는 듯했다. 그러니 밭에서 일어나는 크고 작은 일들을 홀로 감당하느라 눈코 뜰 새 없이 분주한 그곳은 어머니의 독무대나 다름없었다. 그런 밭농사는 농한기가 따로 없었다. 밭에서는 일 년 내내 농작물을 재배하고 수확했다. 철 따라 보리, 고구마, 마늘, 고추, 콩, 참깨 등이 밭에 널려 있기 때문에 한시도 눈을 뗄 수가 없었다. 그런 어머니는 집에서 잠자고 밥 먹을 때 이외는 논 아니면 밭이 삶의 터전이 된 것은 당연지사였다.

어머니가 하는 일이 그것으로 끝이 아니라는 게 어쩌면 숙명이라 할 수밖에 달리 표현할 길이 없다. 그런 어머니의 삶의 터전은 한 군데가 더 있었다. 바로 갯벌이었다. 농사만으로도 바쁘고 힘이 벅찬 중노동인데, 갯벌까지 드나들었으니 '손이 열 개라도 모자란다.'라는 넋두리를 늘 입에 달고 살 정도였다. 그 갯벌은 여름 한 철을 제외하고, 잠시라도 틈이 생긴 데다 물때(썰물)만 맞으면 어김없이 달려가는 어머니의 또 다른 삶의 현장이었다.

어머니는 시집오기 전까지 갯벌 근처에도 가 본 적이 없었다고 했다. 당신 아버지가 '다 큰 처녀가 밖으로 나돌면 못 쓴다.'라고 밥 먹듯 타일렀기 때문이다. 그러나 시집온 뒤로 처음 해 본 갯벌 일을 금방 터득한 덕분에 그곳에서 하는 일이라면 능수능란했다. 갯벌에는 특히 참꼬막이 지역 특산물로 귀한 대접을 받았으나 그 밖에도 바지락, 낙지, 키조개, 굴, 게 등의 해산물이 풍부해서 채취하는 양만큼이나 수익이 쏠쏠했다.

갯벌에서도 참꼬막은 특별 보호 대상으로 자산 가치 일 순위였다. 그래서 참꼬막이 집단으로 서식하는 일정 구역은 마을 공동자산으로 설정하고, 어촌계라는 곳에서 도맡아 관리했다. 어촌계에서는 우리의 고유 명절인 설과 추석 전에 갯벌을 개방(마을에서는 '개를 튼다.'라고 했다.)해서 참꼬막을 채취할 수 있도록 허가했다. 그리고 마을 행사 때나 어촌계에서 필요하다고 판단되면 한두 차례 더 개방하는 경우도 있었다. 갯벌을 개방할 때는 가구당 한 명만 참여할 수 있도록 규정하고, 각 개인의 능력껏 참꼬막을 채취하도록 했다. 우리 집 대표 주자는 단연 어머니였다. 어머니는 남다른 감각과 노하우가 차고 넘쳐서 늘 가장 많은 양의 참꼬막을 채취하곤 했다. 특히 갯벌에서 널배(일명 갯벌 썰매)를 타는 솜씨는 타의 추종을 불허했다. 가장 목 좋은 곳을 선점하기 위해서는 빠르기가 필수이기 때문에 그 솜씨를 갈고닦은 듯했다. 특히 속도전에는 널배의 성능이 승패를 좌우하는 만큼 엄격하게 특별 관리했다. 널배는 한번 쓰고 나면 물로 깨끗하게 씻어서 응달에서 말렸다. 널배를 건조할 때는 그 밑면 앞뒤에 고일 목을 놓고, 위에는 늘 맷돌이 올라가 있었다. 널배를 유선형으로 적당하게 굽혀서 갯벌과의 접촉을 줄이는 데 목적이 있었다. 그만큼 저항력을 줄이면서 날렵하게 널배를 지칠 수 있기 때문이었다. 어머니는 널배로 갯벌을 지치기에 가장 알맞은 조건을 아버지한테 일러주면 들은 대로 입맛에 맞게 조정해 주곤 했다. 그런데다 어머니는 참꼬막의 서식지를 감각적으로 찾아내는 안목이 뛰어났다. 참꼬막은 자연의 섭리에 따라 서식지가 수시로 바뀌는데도 불구하고, 어머니는 그 목 좋은 곳을 쉽게 찾아냈다. 마치 참꼬막을 채취하기 위한 모든 능력을 다 갖춘 듯 갯벌은 어머니의 또 다른 세상이나 다름없었다. 갯벌을 개방하는 날은 뒷담화가 무성하기 마련인데, 그 중심에는 늘 어머니가 있었다. 그러한 어머니의 희생과 헌신이 집안 살림을 불려 나가는 데 적잖은 도움이 되었다. 채취한 해산물은 가족이 먹기 위한 것보다는 재래시장에 내다 파는 일을 우선했기 때문이다. 어머니는 해산물을 채취하는 것으로 그치지 않고, 머리에 이고 오일장을 찾아다니는 일까지 겸했다. 그것도 거리가 꽤나 먼 순천, 벌교, 고흥의 재래시장이었다. 가까운 면 소재지에 있는 재래시장에는 얼씬도 하지 않았다고 했다. 혹시라도 친정 마을 사람들과 마주칠까 봐 한사코 피했다는 얘기를 인터뷰 중에 들을 수 있었다. 그 말씀을 들은 나는 가슴이 터질 것 같은 격한 감정을 억누르며 딴청을 부리느라 나름 무진 애를 태웠다.

이렇듯 우리 가족의 생계 수단에 필요한 역할의 상당 부분을 어머니 홀로 감당하다시피 한 것이다.

  이경희 작가의 ≪에미는 괜찮다≫라는 책에서 저자는 당신 어머니의 삶의 파편들을 리얼하게 펼쳐 보이는데, 그 가운데 한 문단이 나의 어머니 생애와 영락없이 닮은꼴이었다. "농사꾼이 논 넓히고 땅 사는 일처럼 기쁘고 행복한 일은 없었단다. 손톱이 까지고 발톱이 나가 떨어져두 땅 사는 재미로 살았었지."라고 말한 어머니의 애달픈 삶이 나의 애간장을 녹이는 듯했다.

  심순덕 시인의 ≪엄마는 그래도 되는 줄 알았습니다≫라는 시집에는 어머니로 하여금 구구절절 애틋한 연민의 정을 불러일으키게 하는 시가 눈길을 끈다. "엄마는 그래도 되는 줄 알았습니다. 하루종일 밭에서 죽어라 힘들게 일해도 (중략) 찬밥 한 덩이로 대충 부뚜막에 앉아 점심을 때워도 (중략) 배부르다 생각 없다 식구들 다 먹이고 굶어도 (중략) 손톱이 깎을 수조차 없이 닳고 문드러져도 (중략)한밤중 자다 깨어 방구석에서 한없이 소리죽여 울던 어머니를 본 후론 아! 엄마는 그러면 안 되는 것이었습니다."라는 시를 접하고 대책 없이 가슴이 먹먹해지는 것은 어쩌면 나의 어머니를 쏙 빼닮은 것 같은 착각 때문이 아닌가 싶었다.

  어머니는 언젠가 한번 양식장에서 꼬막을 채취하는 데 일당 육천 원을 받고, 선장을 포함한 마을 아주머니 예닐곱 명과 함께 동력선을 탄 적이 있었다. 그런데 그 배로 이동하던 중 원동기의 회전체 벨트에 왼발이 휘말리는 끔찍한 안전사고를 당한 것이다. 그

사고로 종아리 살점이 다 떨어져 나갈 정도로 큰 부상을 입고 말았다. 그때 어머니는 몸빼(여성들이 쉽게 통으로 입을 수 있는 고무줄바지)차림이었는데, 바지가 벨트에 휘감기면서 발까지 딸려 들어갔던 것이다. 천만다행으로 원동기가 멈추는 바람에 더 큰 사고로 이어지지는 않았다. 하마터면 다리뼈가 부스러졌거나 생명까지도 위협받을 뻔한 위기를 용케 넘겼다. 그 정도의 부상에 그친 것만으로도 감사해야 할 판국이었다. 그때 어머니 나이 마흔일곱이었다. 그때까지도 병원을 모르고 살았던 분이 종아리가 만신창이로 찢기고 잘린 살점을 바늘로 꿰맨 뒤로 한 달 남짓 병원 신세를 졌다. 내가 병문안을 갔을 때는 수술을 마치고 회복 중이었다. 무더운 여름인 데다 병실이라고 해 봐야 일반 가옥을 개량한 일인실 골방으로, 방바닥에 요 하나를 깔고 누워 있었다. 선풍기는 쉴 새 없이 돌아가고 있었으나 방안에는 열기로 후끈 달아올랐다. 수술한 발은 받침대로 고여 놓고, 또 끈으로 묶인 채 공중에 매달려 있었다. 나는 고통스러워하는 어머니의 얼굴을 차마 마주할 자신이 없어서 시선 둘만한 곳을 찾아 두리번거렸다. 어머니는 그런 나를 보자 "니는 왜 왔냐? 나는 괜찮다. 괜찮아."라고 하면서 애써 고통을 참는 듯했다. 나는 사고 경위만 대충 듣고 곧 낫겠지 하는 막연한 생각을 하다가 병원 문을 나섰다. 어머니는 퇴원한 후에도 통원 치료를 받으러 일 년가량 병원을 들락거렸다. 그 무렵 치료비를 마련하기 위해 논 세 마지기(육백 평)를 내놓을 정도로 집안 살림이 휘청거렸다고 했다. 그때 나는 최소한 치료비 정도는 당연히 선장이 부담하겠지 하고 별 관심을 두지 않고 있었다. 그런데 그런 뜻밖의 말을 듣고 얼른 납득이 가지 않았다. 그러나 어머니는 그런 육체적 정신적 고통에 시달리면서도 당신 실수로 벌어진 사고임을 스스로 인정하고, 치료비에 대해서는 입 밖에 꺼내지도 않았다. 선장이 기꺼이 내놓은 얼마간의 치료비마저도 물리칠 정도로 남에게 피해 주는 것을 싫어하고 배려할 줄 아는 분이었다. 그런데다 선장은 같은 마을에 사는 가까운 이웃으로 지내는 사이고, 집안 살림 또한 넉넉지 못한 형편인 걸 알고 그렇게 마음을 굳힌 듯했다. 훗날 어머니는 "니 아부지도 가지 말라고 하는 것을 그깟 돈이 욕심나서 갔다가 그 끔찍한 사고를 당했다. 이날 이때까지 돈 벌자고 남의 일 간 적이 없었는디, 눈에 뭐가 쓰여도 단단히 쓰였지."라고 한숨 짓거나 더러 눈시울을 붉히는 모습이 비칠 때도 있었다. 넷째 아들이 한 말도 잊지 않았다. "멍청한 우리 엄니가 저 모양이니 그 밑에 똑똑한 자식 한 놈이 날 리가 없제."라는 가시 돋친 말투로 어머니의 속을 박박 긁었다고 했다. 어머니는 그때의 아픈 기억을 두고두고 잊지 못하는 듯 가끔씩 지난날을 회상하며 고개를 절레절레 젓기도 했다. 그런 가운데서도 여태껏 그 선장 가족으로부터 깍듯한 예우를 받으며 사이좋은 이웃으로 지내는 걸 자랑으로 여겼다.

어머니가 하시던 일 가운데 빼놓을 수 없는 게 또 하나 있었다. 바로 길쌈이었다. 길쌈은 무명과 모시로, 밭에서 직접 재배하고 수확해서 방적과 제직 과정을 거쳐 당신 옷은 물론 가족한테도 손수 지어 입혔다. 한 마디로 마이더스의 손이었다. 처음부터 끝까지,

전 공정이 어머니의 손을 거치고 나면 하나의 옷이 완성되었다.

무명의 재료인 목화는 밭에서 재배하고, 하얀 솜털이 되바라진 열매를 수확했다. 수확은 개화 시기에 시차가 있어서 며칠씩 계속되는데, 일손이 부족할 때는 나하고 둘째 동생이 동원되었다. 목화수확이 끝나면 뼈대만 앙상하게 남은 줄기를 뽑아내는 일까지 우리 몫이었다. 그럴 때는 일을 놓고, 서로 떠넘기며 싸우는 일이 더러 있던 터라 처음부터 각자의 몫을 나눈 후에 자기 일만 끝나면 집으로 돌아가곤 했다.

수확한 목화는 햇볕에 말린 다음 목화송이에서 씨를 분리하게 되는데, 이 과정부터는 어머니 혼자 할 수 없는 일이라 품앗이를 붙였다. 목화에서 솜타기(목화송이에서 씨를 분리하는 일)를 하고 나면 그 탄 솜으로 고치말이를 만들었다. 고치말이는 실을 뽑아내기 위한 전 단계였다. 이어 고치에서 실을 뽑아내는 과정을 실잣기라고 하는데, 고치에서 뽑아낸 실은 물레에다 둘둘 감아서 다수의 실타래로 묶어 냈다. 그 일부터는 어머니 혼자 힘으로 해결했다. 이제 직접 뽑아낸 실을 소재로 한 제직하는 과정으로 베틀에 날실을 걸었다. 그 과정 하나하나가 복잡하기 이를 데 없는 일인데도 불구하고, 어머니는 망설임 없이 척척 해결했다. 어떤 매뉴얼이 있는 것도 아니고 누가 가르쳐 주는 사람도 없는데 베를 짜고 있는 모습을 보면 경이로웠다. 어머니는 시간만 있으면 베틀에 앉아 알아들을 수 없는 노래를 흥얼거리며 그 일에 몰입해 있었다. 저녁에는 베틀 가까이에 호롱불을 밝혀 놓고 밤늦게까지 베를 짜는 일도 허다했다. 베를 짤 때 들리는 "삐그덕, 턱, 탁, 삐그덕 턱, 탁, 탁"하는 소리와 어머니가 부른 노랫소리가 어우러져 더러는 자장가처럼, 때로는 한이 서린 애곡 같이 주위를 맴돌았다. 그런 날은 왜 그렇게 처량하면서도 애달픈지 어린 내 가슴을 후벼 파는 듯했다.

여기서 일이 끝난 게 아니었다. 어머니의 최종 목표는 바로 식구들 옷을 지어 입히는 일이었다. 그렇게 어머니가 하고 싶은 일이 있었기에 어떠한 수고와 번거로움도 마다하지 않은 듯했다. 매사에 당신의 안일보다는 가족을 위한 헌신이 남달랐던 분이었다. 그런 어머니는 이 세상에는 단 한 분밖에 없는 개성이 뚜렷한 디자이너로 변신했다. 옷을 지을 때는 식구들의 체형을 감안해서 그 치수를 측정하기보다는 대강 눈대중으로 천 위에 선을 긋고, 마름질을 했다. 그리고 손가락에 골무부터 끼고 나면 바느질을 시작했다. 그렇게 지은 옷이 제대로 몸에 맞을 리가 없었다. 그런 어머니는 옷을 짓는 당신 솜씨를 탓하는 게 아니라 몸매를 물고 늘어졌다. 새가슴이라느니, 한쪽 어깨가 처졌다느니, 윗몸이 구부정해서 볼품이 없다느니 하면서 온갖 불평을 늘어놓았다. 마치 옷에 사람을 맞추려는 듯 이리저리 매만져 봐도 몸과 옷이 따로 놀기는 마찬가지였다. 그런 열성을 지켜보고 있으면 불만스럽긴 해도 어머니의 성화에 못 이겨 입기 싫은 옷을 걸치고 다닐 수밖에 없었다. 그 시기가 언제까지 지속되었는지는 알 수 없지만 아마 초등학교 이삼학년 때까지는 줄곧 어머니가 손수 지어 준 무명옷을 입고 다닌게 아닌가 싶다.

모시도 무명과 마찬가지로 처음부터 끝까지 자급자족했다. 모시는 별도로 재배하는 것이 아니라 마을 군데군데 서식지가 따로 있어서 주민이라면 누구나 필요한 양만큼 수확했다. 수확한 모시는 껍질을 벗겨낸 다음 물통에 담갔다가 햇볕에 건조시키는 일을 반복하면서 표백을 했다. 그리고 모시 째기의 과정을 거치는데, 모시톱을 이용하여 올의 굵기를 가늘게 분리한 후에 한 올씩 모아 묶음으로 정리했다. 그다음 과정은 모시 삶기로, 쩬 모시 묶음에서 한 올씩 뽑아 두 끝을 맞대어 이었다. 잇는 요령은 두 올의 모시 양 끝을 허벅지 위에 올려놓고, 손바닥에 침을 발라가며 비벼대는 것이었다. 그런 방법으로 쩬 모시 끝을 연이어 잇고 나면 어엿한 한 타래의 실로 탄생했다. 한참을 그렇게 손바닥으로 비비고 나면 허벅지가 벌겋게 달아오르고, 피부가 벗겨져서 따끔따끔했다. 그러면 응급처치로 피부가 벗겨진 허벅지에 밀가루를 바른 후에 비비기를 계속했다. 그렇게 만들어진 실은 무명실과 같은 방법으로 베틀에 걸고 나서 베를 짰다.

모시옷은 마치 밤송이 같이 빳빳하고 거칠어서 몸에 닿으면 살갗을 쿡쿡 찔렀다. 모시 바지는 걸음을 뗄 때마다 사타구니를 스치는 바람에 피부가 쓸려서 따가울 때도 있었다. 모시옷은 주로 여름에만 몸에 걸쳤기 때문에 덥다는 핑계로 속옷을 입지 않은 탓이었다. 그러니 무명옷은 모시옷에 비하면 형편이 좀 나은 사람들이나 입을 수 있는 옷감으로 대우를 받았다. 아무튼 어머니의 길쌈은 철따라 계속되었던 까닭에 그때마다 모시와 무명옷은 우리

가족의 의복으로써의 역할을 톡톡히 했다. 오직 가족에 대한 어머니의 헌신과 사랑이 있었기에 가능한 일이었다.

우리 가족은 부모의 슬하에 아들 넷, 딸이 하나인 오 남매로, 장남인 나를 비롯하여 밑으로 남동생 셋과 막내인 여동생까지 모두 일곱 식구였다. 그 가운데 둘째 동생은 이 책 〈삼백만 원의 허상에 홀리다〉에서 소개하기로 하고, 이제 셋째 동생 얘기부터 잠깐 짚고 넘어갈까 한다.

셋째 동생은 네다섯 살 즈음에 소아마비 증상을 앓았다. 후천적인 질병으로, 처음에는 일어서거나 걷는 데 조금씩 불편해하는 모습을 엿볼 수 있었다. 그러다 얼마 지나지 않아 급기야는 걷는 것조차 포기할 정도로 다리에 힘이 빠지고, 급속도로 야위어갔다. 이에 놀란 아버지는, 다리에 힘이 풀린 채 축 늘어진 아이를 들쳐 업고 한의원을 찾아 나섰다. 어머니도 황급히 아버지의 뒤를 따랐다. 부모님은 소문에 용하다는 한의원은 여기저기 두루 찾아다녔다. 그러나 좋아지기는커녕 점점 더 기력이 떨어져 갔다. 그럴 때마다 등에 달라붙은 아이한테 말을 걸어서 반응을 살펴보고 서로 간의 위로를 삼았다. "○○아, 우리가 니를 업고 뎅기면서 병이 낫게 할라고 이렇게 애를 쓰고 있는 것 알지? 니도 다음에 커서 우리가 늙어 기운이 없을 때 업고 뎅기면서 치료해줘야 한다. 잉."라고 하면 아이는 그 말뜻을 알아들었는지 "잉" 하고는 입을 닫아버렸다. 어떻게든 아이가 말을 하도록 미끼를 던져도 대답은 언제나 '잉' 하는 한 마디가 다였다. 그럴 때마다 어머니는 어지간히 속깨나 태웠다고 했다. 그렇게 발품을 팔고 다니던 중 지인의 소개로 순천에 소문난 한의원을 찾아가게 되었다. 그곳에서 맥박을 짚어 보고 내린 한의사의 처방으로 조금씩 회복되는 기미가 보였다. 그로부터 이 년 남짓한 기간 동안 꾸준하게 그 한의원을 드나들며 진료를 받고, 침을 맞거나 한약을 지어 먹인 끝에 기력을 회복할 수 있었다.

그때 한의원은 지금처럼 한의학을 전공한 전문 한의사가 진료하는 게 아니라 선친으로부터 대대로 물려받은 한의술로 맥박을 짚어 보고 침을 놓거나 한약을 처방하던 시절이었다. 하마터면 소아마비라는 장애를 안고 살아갈 뻔한 위기를 발 빠른 대처로 위기에서 벗어났다. 어머니는 가끔 셋째 아들이 앓았던 소아마비를 고친 것은 당신 살아생전에 가장 기쁜 일이라고 흐뭇해하시곤 했다.

넷째 동생은 어머니 가슴에 대못을 박아 놓고, 먼저 세상을 떠났다. 아버지가 소천한 지 겨우 삼 년, 그 상처가 채 아물기도 전에 닥친 비극이었다. 동생이 불현듯 세상을 떠나자 가족은 하나같이 할 말을 잃고 깊은 슬픔에 잠겼다. 모름지기 어머니는 넷째 아들을 잃은 안타까움에 가슴을 쥐어뜯으며 통곡했을 법도 했다. 그런데 어머니는 그 고통을 어떻게 홀로 이겨내신 것일까? 그 시기도 잠깐, 어머니는 눈물을 거둔 뒤로 그런 아들을 가슴에 묻어버렸는지 일절 입 밖에 꺼내지 않았다. 자식들한테서 전화만 뜸해도 안달하는 어머니신데 유독 넷째 아들은 기억 속에서 완전히 지워버린 듯했다. 아니, 아들 잃은 슬픔을 두고두고 되새겨 본들 한 맺힌 가슴에 상처가 되살아날까 아예 외면하는 것은 아닐까 싶었다.

넷째 동생은 나하고 아홉 살 터울로 내가 초등학교에 들어간 해에 태어났다. 그러니 당연히 내가 돌볼 수밖에 없는 넷째 동생이었다. 미혼인 이모가 우리 집을 자주 드나들긴 했으나 초등학교 시절 내내 동생은 내 차지가 되었다. 농번기 철에는 동생을 포대기로 싸서 업고, 들에서 일하는 어머니를 찾아다니며 젖을 물렸다. 그 시절 아이를 업고 다니는 사람은 대부분 내 또래의 여자애들이었는데, 유독 우리 집만 남자인 내가 도맡았다. 그러니 동생을 업고 다닐 때마다 창피하고 부끄러워서 남의 눈을 피하거나 몸을 숨기기에 바빴다. 그럴 때마다 우리 집에도 동생을 돌봐 줄 만한 여자가 있으면 얼마나 좋을까 하는 상상을 하곤 했다. 그러나 나를 대신해 줄 사람은 그 어디에도 없었다. 하물며 친구들하고 놀 때도 동생은 내 등에 달라붙어 있었다.

언젠가부터 겨울 한 철에는 동네 청년들이 때때로 마을회관 공터에 모여 배구 시합하느라 떠들썩했다. 그때는 마을에 청년들이 차고 넘쳐서 구인제 배구 경기를 할 수 있는 여건이 갖춰져 있었다. 더군다나 농한기인지라 날씨가 따뜻한 날이면 으레껏 배구 경기를 할 만큼 눈길을 끌었다. 심지어는 다른 마을에서 원정을 오는 경우가 있을 정도로 배구 경기가 성행했다. 배구 경기가 있는 날은 마을 청년회장이 확성기를 통해 시간과 장소, 팀 구성 등을 공고했다. 그때는 어른 아이 할 것이 없이 하던 일을 제쳐두고 우르르 몰려 나와 자기편을 응원하곤 했는데, 당연히 나도 빠질 수 없었다.

어느 한 날은 동생을 포대기로 싸서 들쳐 업고, 배구 경기에 빠져들었다. 동생은 내 등에서 새록새록 잠이 든 터라 아이를 업고 있다는 사실조차 까마득히 잊은 채 날이 어둑해질 때까지 넋을 놓고 있었다. 어머니가 나를 부르는 소리를 듣고서야 허겁지겁 집으로 돌아갔다. 집에 들어가자마자 포대기를 풀고 동생을 내려놓았는데, 추위에 발이 얼어서인지 벌겋고 푸르뎅뎅한 빛깔을 띠고 있는 게 평상시와 다르다는 것을 금방 알아챘다. 그렇다고 동생이 울거나 보채지는 않았지만 덜컥 겁이 났다. 아니나 다를까 어머니한테 혼쭐이 나고서야 내가 뭘 잘못했는지 감이 잡혔다. 겨울철인데도 불구하고, 동생을 업고 포대기로만 둘렀을 뿐 노출된 발에는 양말이나 별도의 보온 조치를 하지 않은 것이다. 그만큼 동생을 돌보는 데 소홀했다는 증거였다.

그런 동생이 성장하면서 우리 남매 가운데서는 가장 머리가 영리해서 공부를 곧잘 했다. 초등학교는 물론 중학교를 졸업할 때까지 줄곧 전교 일이 등을 다퉜다. 그런 동생은 우수한 학업성적을 앞세워 서슴없이 순천의 명문 고등학교에 응시했다. 그러나 안타깝게도 불합격의 고배를 마시고 말았다. 하지만 동생은 기필코 그 명문 고등학교에 들어가겠다는 마음을 굳히고 재수의 길을 택했다. 부모님도 못내 아쉬웠던지 그 뜻을 받아들였다. 그렇게 일 년을 재수하고 나서야 기어이 그 고등학교에 합격했다. 그런데 고등학교를 다니면서 공부를 등한시했는지 예비고사 성적이 중상위권으로 밀렸다. 그 고등학교는 매년 서울의 명문대학교에 십여 명씩 합격하는 전통을 자랑하는 곳이었는데, 동생은 거기에 못 미치는 성적을 받았다. 그러자 그 성적을 두고 얘기하는 사람이 아무도 없었다. 아마 서울의 명문대학교에 들어갈 수 있는 성적이었다면 무슨 수를 써서라도 보내려고 안간힘을 썼겠지만 성적이 신통치 않으니 부모님은 한 발 뒤로 물러섰다. 그리고 부모님은 우리 형편에 대학교에 보낼 만한 여력이 없다며 지레 쐐기를 박았다. 그런 동생은 부모님만 철석같이 믿고 있다가 그만 코가 쑥 빠진 채 울먹이기 일쑤였다. 나도 이제 막 직장생활을 시작한 때인지라 동생을 대학교에 보내 줄 만한 밑바탕이 허술했다. 고민을 거듭한 끝에 나도 동생을 대학교에 보낼 수 없다는 결론에 이르자 그만 침묵으로 일관했다. 그러자 동생은 대학교에 진학하려고 했던 꿈을 포기하고, 공군사관학교에 응시했다. 그때는 명문대학교에 들어가는 것 못지않게 사관학교를 선호하는 추세였다. 주로 대학교에 다닐 만한 집안 형편이 안 되고, 실력은 어느 정도 갖춘 학생들이 지망하는 곳이기도 했다. 공군사관학교에 응시한 동생은 일차 필기시험은 무난히 합격했다. 그러나 이차 관문인 신체검사에서 불합격 통보를 받고 말았다. 시력이 합격 기준에 못 미친다는 이유에서였다. 동생의 간절한 마지막 소원마저 산산조각 난 결과에 직면하자 가족 모두가 실의에 빠졌다. 그때 동생은 불합격 통보를 받고, 대문을 들어서다가 부모님이 눈에 띄자 "신체검사에서 떨어졌어요. 시력이 나빠서……"라고 하며 울먹였다. 그러나 누구 한 사람이라도 위로해 준 이는 없었다. 동생이 앞으로 걸어가야 할 다른 어떤 출구도 보이지 않았기 때문이다. 그때 어머니는 그런 아들의 짠한 모습을 보고 가슴이 미어지는 듯한 고통을 겪었다며 훗날 회상했다. 아버지 또한 당신이 꾼 꿈 얘기를 되풀이하면서 무척 안타까워했다. 그때 아버지가 털어놓은 얘기인즉슨, "하늘을 날아가던 비행기 한 대가 하필이면 우리 집 대문 바로 앞에 꽝 허니 처박혀버리더라고… 나 원 참!"이라고 하며 마치 생시인 것처럼 진한 아쉬움을 토로하곤 했다.

그 이후로 동생은 한동안 서울에 머물러 있다가 그곳에서 만난 아가씨와 결혼을 했다. 양가 부모님을 모신 자리에서 상견례도 했는데, 궁합이 잘 맞을 것 같고 집안 형편 또한 서로 엇비슷한 것 같아서 맺어진 인연이었다. 그런데 첫째 아들을 낳고 잘 사는가 싶더니 난데없이 이혼을 했다. 그 이유는 속속들이 알 수 없지만 부부간의 소통 문제로, 쌓이고 쌓인 불만에서 촉발된 결과가 아닌가 싶었다. 이혼한 뒤로는 동생 홀로 떠돌아다니면서 어렵게 생활하더니 결국 뇌출혈로 쓰러졌다. 서울의 한 대학교병원 응급실로 실려가 뇌수술을 했으나 끝내 의식을 회복하지 못하고, 쉰셋의 나이에 돌연 세상을 떠났다. 애석하게도 젊디젊은 나이에. 그렇게 동생이 쓰러진 날로부터 장례를 치르기까지 삼 개월 남짓 내가 줄곧 그 곁을 지켰는데, 이게 꿈인지 생시인지 분간할 수 없었다

막내 여동생은 그해 십이월 마지막 날인 삼십일 일에 태어났다. 바로 손위 오빠하고는 여섯 살 터울로 늦둥이인 셈이다. 그때 어머니 연세는 서른일곱이었다. 내가 중학교 졸업을 앞둔 겨울 방학 때

태어났으니까 그때 기억이 생생하다. 어머니는 출산 이틀 전까지 집안의 온갖 궂은일을 해치우느라 일손을 거두지 못했다. 드디어 출산 하루 전 날, 날이 어둑해질 무렵부터 산통이 찾아오기 시작했다. 어머니는 예견이나 한 듯 작은 방에다 출산 준비를 마치고, 아버지더러 산파를 대신할 마을 아주머니 한 분한테 연락을 취하라고 일렀다. 아버지는 어머니가 일러준 대로 아주머니를 모셔오고, 부엌에서 목욕물을 따뜻하게 데우고, 대문에 내다 걸 금줄을 챙기는 등 안절부절못했다. 나 또한 무엇을 해야 할지 모른 채 아버지 뒤를 졸졸 따라다니며 허둥대고 있었다.

어머니는 산통이 올 때마다 숨이 넘어갈 듯 발악을 하며 몸부림쳤다. 그럴 때마다 나도 모르게 온몸에 힘이 잔뜩 들어가곤 했다. 어머니의 산통은 길고 깊었으며 날카로웠다. 마치 멧돼지가 올무에 걸린 채 애처로이 울부짖는 소리처럼 귀청을 파고들었다. 기억이 뚜렷하지 않지만 넷째 동생을 출산할 때는 소리 소문 없이 낳은 것 같았는데, 이번에는 유독 그 출산의 고통이 심했다. 그렇게 하룻밤을 꼬박 지새운 후에야 산고가 끝났으니 어머니는 완전히 탈진상태였다. 아이를 받아 낸 아주머니나 아버지는 물론 나까지 초주검이 되었다. 나는 밤새도록 초조하고 불안한 나머지 잠을 이룰 수가 없었다. 어머니가 저러다가 자칫 숨이 넘어가는 건 아닌가 하는 두려움에 벌벌 떨다가 날을 꼬박 샜다. 어머니는 그렇게 생과 사를 넘나들 듯 엄청난 산통을 겪고 딸을 낳았지만 산후조리조차 제대로 하지 못했다. 딸을 낳은 지 사나흘 만에 자리를 털고 일어나 집안일을 챙기는 등 다시 일을 시작했다. 겨우 미역국 몇 차례 끓여 먹은 것으로 몸을 다 푼 것인 양 시치미를 뚝 뗐다.

어머니는 자녀 다섯을 낳았지만 그때마다 집에서 출산하고, 젖을 물려 키우면서도 손에서 일을 놓지 않았다. 자식들은 낳아 놓기만 하면 저절로 크는 줄만 알고, 오직 일에만 매달리는 그런 어머니였다. 일을 해야 먹고 살 수 있다는 절박한 집안 형편이 어머니를 그렇게 억척스러운 상머슴으로 바꿔버린 것은 아닌가 싶었다. 어쩌면 지나치다 싶을 정도로 일 중독에 빠진 듯 한시도 가만히 있지 못해서 안달하는 어머니였다.

한편 아버지는 그렇게 동분서주하며 일밖에 모르는 어머니를 늘 못마땅하게 여겼다. 일을 할 때는 하더라도 힘이 부칠 때는 일손을 놓고 잠시 쉬어 가며 여유 있게 살기를 원했다. 그런 삶의 가치관에서 오는 조그만 차이가 발단이 되어 의견 충돌이 일어나고, 부부 싸움이 잦아졌다. 심지어는 설이나 추석 명절 때조차 부부 싸움으로 분위기를 망치는 일도 더러 있었다. 명절 때는 마을에서 윷놀이나 농악놀이 등이 어김없이 펼쳐지는데, 그때마다 아버지는 마치 기다렸다는 듯이 뭇사람들과 어울리기를 즐겨 했다. 그러나 어머니는 명절 때만이라도 가족과 함께하는 오붓한 시간을 원했다. 이처럼 상대방은 안중에도 없는 소통의 불협화음은 결국 부부 싸움으로 번질 수밖에 없었다. 두 분은 서로 간의 타협이나 배려에 대해서는 한 치의 양보도 없었다. 오직 부부 싸움으로 문제를 해결하려는 듯 걸핏하면 고성이 오가거나 때리고 물어뜯는 사태마저 불사했다. 아버지는 "니 엄니는 나(내)가 노는 꼴을 못 본다. 사사건건 간섭하고, 조금만 비위가 틀리면 악을 써 대면서 동네 위신 다 시킨다. 하루가 멀다 하고 저러니 나가 어떻게 이 동네에서 낯을 들고 살것냐?"라고 불평을 늘어놓았고, 어머니는 "니 아부지는 허구한 날 밖으로만 싸돌아다니느라 집안 살림에는 안중에도 없다. 나(내)가 성이 가서서 암만해도('아무래도'의 방언, 전남) 못 살것다. 죽어도 더는 같이 못 살것다."라고 넋두리를 했다. 그런 어머니는 아버지가 눈에 안 보이면 나더러 아버지를 모시고 오라며 밖으로 내몰았다. 나는 쭈뼛거리며 아버지가 있을 만한 곳을 눈치껏 찾아갔다. 그때마다 아버지는 그 놀이에 심취해 있었다. 나는 다른 사람들의 눈치를 살펴 가며 "아부지, 엄니가 얼른 집으로 오시랍니다."라고 귓속말로 여쭈었다. 아버지는 그런 나를 힐끗 한번 쳐다보고, 한숨부터 쉬었다. 그런 날은 자칫 한바탕 전쟁을 치르게 되는 일이 십상인데, 그때마다 나는 한없이 울적했다. 아버지가 얄밉고, 어머니가 측은해 보였다가도 그 반대로 어머니가 보기 싫을 정도로 밉다가도 아버지가 불쌍해 보이기도 했다. 약자는 언제나 어머니라고 생각했다가 또 아버지로 바뀌기도 했다. 말싸움에 밀린다 싶으면 아버지는 가차 없이 폭력을 휘둘렀다. 그럴 때면 내가 나서서 어머니의 보호막 역할을 한다고는 하지만 아버지의 힘을 당해낼 재간이 없었다. 더군다나 그런 날은 대개 술에 취해 있던 터라 누가 감히 아버지를 감당할 수 있었겠는가? 힘에서 밀린 어머니는 "저 문둥이 같은 인간하고는 더 이상 같이 못 살것다. 니랑 나랑 이 몸서러나는 집구석에서 나가자."라고 하며 폭탄선언을 했다. 그리고 옷 보따리를 챙겨 들고, 나를 앞장세웠다. 나는 이러지도 저러지도 못한 채 연신 눈물을 훔치며 소리죽여 펑펑 울었다. 그렇게 엄포를 놓은 어머니는 마땅히 갈 곳이 없던 터라 화가 풀리면 슬그머니 주저앉곤 했다.

결국 패자는 어머니였지만 어머니는 끝내 인정하지 않았다. 아버지가 몸져누웠을 때도 어머니의 넋두리는 계속되었으니 그 싸움은 아버지가 패한 싸움이 아닌가 싶었다. 그럼에도 불구하고, 아버지가 소천하기 몇 주 전에 나더러 "니 엄니가 걱정이다. 나 없으면 아무것도 할 줄 모르는 니 엄니를 어쩌면 좋을 거나?"라고 하며 땅이 꺼질 듯이 한숨을 지었다. 여태껏 바깥일은 죄다 아버지가 감당했을뿐더러 집안에 널브러진 큰일은 도맡아 하는데, 어머니는 그저 들러리에 불과했기 때문이다. 더군다나 어머니는 그때까지도 한글을 깨우치지 못한 제약 때문에 아버지의 걱정이 더 컸을 것이다. 결국 그 지긋지긋한 부부 싸움은 아버지가 소천하고 난 이후에야 막이 내렸다. 누가 승자이고, 누가 패자인지도 모른 채 부부 싸움은 그렇게 끝이 나고 말았다.

내가 중학교를 졸업하고 고향을 떠난 지 십칠팔 년 만에 직장을 따라 광양에 터를 잡았다. 그 이전에는 고등학교 유학(遊學)과 군 복무, 포항에서 직장생활이 이어지면서 명절 때나 겨우 부모님을 찾아뵐 정도로 교류가 뜸했다. 그러나 내가 결혼하고 살림을 차린 이후부터는 사는 게 달라졌다. 서로 간의 관심도 높아졌지만 부모님이 우리가 먹을 양식까지 보내준 덕분에 살림을 꾸리는 데 큰 보탬이 되었다. 쌀을 비롯한 콩, 마늘, 고춧가루, 참기름 등의 농산물은 물론 참꼬막, 낙지, 굴, 바지락, 생선 등의 해산물도 철 따라 보내왔다. 그런 가운데 거처를 광양으로 옮기고 나서부터는 부모님과 자주 만날 수 있었는데, 그때마다 챙겨 주신 양식으로 아무 걱정 없이 생활했다. 우리가 부모님을 찾아뵙거나 부모님이 우리 집을 방문하는 경우에도 늘 양식을 앞세웠다. 우리가 부모님을 찾아뵐 때면 온갖 먹거리를 승용차에 가득 실어 주었는데, 트렁크가 넘치면 뒷좌석에까지 밀어 넣었다. 농산물은 부모님이 지은 것으로 무엇이든 풍족했지만 해산물은 더러 귀할 때가 있었다. 그럴 때는 재래시장에서 구입해서라도 냉장고에 차곡차곡 보관했다가 몽땅 꺼내 주었다. 그렇게 귀한 해산물은 정작 두 분이 드셔야 마땅할 식재료인데, 하나도 남김없이 몽땅 차에 실을 때면 그 짐만큼이나 마음도 무거웠다. 그 정성은 나이 들어 홀로 계실 때도 변함없이 계속되고 있으니 참으로 난감하기만 하다. 이제는 내가 되갚아야 할 시기로, 그 어떤 희생을 치르더라도 자식 된 도리를 다하고 싶은데 오히려 누리고만 있으니 가슴이 먹먹해지는 건 당연한 이치가 아닌가 싶다. 그러나 그런 마음은 그냥 다독거릴 수 있다손 치더라도 날로 연로해져 가는 어머니의 모습을 바라볼 때마다 가슴이 타들어 가는 건 내 통제 밖인 성싶다.

아버지가 살아생전에 하시던 말씀이 "어지간히 퍼주고, 우리도 좀 먹고 그러게 남겨 놓고 주제."라고 하며 불편한 심기를 드러내도 어머니는 막무가내였다. 당신이나 아버지보다는 자식을 지극정성으로 챙기는 어머니였다. 그럴 때면 나는 무안한 나머지 어머니께 간청을 해봤지만 듣는 둥 마는 둥 당신 하고 싶은 대로 꺼내 주었다. 그런 어머니는 "우리는 먹고 싶으면 사다 먹으면 되제. 우리 걱정하지 말고, 좋게 말할 때 가져가거라. 잉."이라고 하면서 윽박지르다시피 했다. 하는 수 없이 주는 대로 차에 실긴 하지만 그럴 때마다 마음이 편할 리가 없었다.

그런 어머니의 무한정한 헌신과 사랑을 한 몸에 받은 우리는 무언가 보답해드리고 싶은 마음에 슬그머니 용돈을 내민다거나 과일 또는 육류 등을 사서 드렸다. 그러나 보기 좋게 거절당했다. 그러고 나면 은근히 치민 울분의 화살이 어머니를 향할 때도 있었다. 우리가 드리는 것은 일체 사양하면서도 당신은 자식한테 간까지라도 꺼내 줄 것처럼 퍼주니 참으로 주체하기가 버거웠다. 그런 사연 때문에 이제껏 어머니한테 옷 한 벌, 신발 한 켤레를 사 드리지 못했다. 자식한테 받은 것은 무엇이든 당신 마음에 내키지 않다는 듯이 아예 거들떠보지도 않을뿐더러 다시 가져가라며 역정을 내곤 하는데, 나는 도무지 어머니의 그 깊은 뜻을 헤아릴 수 없었다. 무엇보다도 아버지를 여의고 홀로 되신 어머니를 보살펴드리기 위해 나름 애를 써 봤지만 그때마다 외려 핀잔을 들었다. 행여나 자식한테 부담이 되지 않을까 하는 염려 때문에 보인 반응이라고 짐작은 하지만 그래도 서운한 건 어쩔 수 없었다. 그래서 궁리 끝에 어머니를 찾아뵙고 싶으면 사전에 연락해서 필요하다고 하신 최소

한의 것들만 챙겨가곤 했다. 어머니가 늘 하시는 말씀이 "나(내)가 돈이 없거나 먹을 것이 없다면 모르겠다만 있을 것 다 있고, 아직 펄펄한디 니는 뭐가 걱정이냐?"라고 하면서 최소한의 자식 된 도리마저 물리쳤다. 그러나 내가 짐작하기에는 당치도 않은 말씀이 아닌가 싶었다. 돈 쓰는 것을 무슨 재앙처럼 끔찍하게 여겼던 어머니는 당신을 위해서라면 더욱 엄격한 잣대를 들이댔다. 돈 모으는 재미로 사는 분이라는 사실을 모를 리가 없는 나는 마음이 한없이 무겁고 깊이 있게 아렸다. 명절 때는 어머니를 우리 집으로 모시고 와도 불편해하고 우리가 어머니를 찾아뵈려고 해도 귀찮아할 정도로 연로하신데, 어떻게 어머니를 모셔야 할지 딱히 묘안이 없다는 게 더욱 답답하다.

나를 비롯한 우리 오 남매는 한 부모의 자식으로 태어나 그 슬하에서 성장하여 이제 성인이 다 되었다. 그리고 태어난 순서대로 결혼해서 살림을 차리고, 자식을 둔 어엿한 가장으로 거듭났다. 우리 부모님은 자식 오 남매에 며느리와 사위 그리고 손주들이 즐비한 대가족을 거느린 어른이라고 자부할 수 있었다. 그 대가족의 위력을 유감없이 펼치게 된 자리가 바로 아버지 칠순 잔치 때였다. 그때 잔치에 오신 많은 손님이 부러워할 정도로 우리 가족의 구성은 탄탄했다. 자식들이야 성장 과정이나 성품을 다 아는 사실이지만 며느리나 사위의 면면도 반듯했다. 그리고 손주들이 꼬리를 물고 줄줄이 따르는 자복으로 대가족의 틀을 갖춘 듯했다. 그런데 언젠가부터 고부 간의 갈등이 수면 위로 떠오르기 시작했다. 가족이 서로 만난다고 해 봐야 일 년에 겨우 한두 차례, 명절 때나 얼굴을 마주할 수 있을 정도로 뜸한 편이었지만 그 속사정은 달랐다. 당연히 가족 간의 만남이 반갑고 정이 넘쳐야 할 그때에 오히려 갈등의 골이 깊어졌다. 명절을 함께 보내고 각자 집으로 돌아갈 때면 한두 명의 며느리들이 어머니한테 서운한 감정을 토로하곤 했다. 시어머니가 편애한다거나 듣고 싶지 않은 잔소리를 한다며 대놓고 불만을 터뜨리기도 했다. 자식들은 그런 어머니의 성품을 잘 알기 때문에 대수롭지 않게 받아들이는데, 며느리들은 그게 아니었다. 시어머니의 말 한마디 한마디에 마음의 상처를 받고, 자존심이 짓밟히는 아픔을 겪는 듯했다. 그런 달갑지 않은 일들이 반복되면서 불평불만이 쌓였다가 결국 봇물처럼 터져 나오는 사태가 벌어졌다. 어머니는 어머니대로 서운해하는 것은 마찬가지였다. 편애할 것도 없고, 싫은 소리도 아닌데, 받아들이기를 그렇게 받아들인다며 하소연했다. 나는 어지간히 난감했다. 누구 말이 맞는 것인지 분간할 수 없었다. 어머니 입장에서 보면, 타고난 성품이 원래 그런 걸 어머니한테 바꾸라고 할 수 없는 노릇이었다. 한번은 그런 말을 했다가 나까지 한통속으로 몰릴 뻔했다. 처음에는 어머니의 그런 언행에 뭐 그러려니 했는데, 제수씨한테 얘기를 들어보면 어머니가 그렇게 하시면 안 되겠다 싶었다. 그래서 제수씨한테 들은 얘기를 조심스럽게 꺼냈다. "어머니, 제수씨들이 나한테 얘기하는데, 어머니가 맨날 나무라듯이 언성을 높이시니까 화도 나고 스트레스가 쌓여서 집에 오기가 싫다고 하네요. 자식들이야 아무래도 괜찮지만 제수씨들은 그게 아닌가 봐요. 제수씨들이 서운한 감정을 갖지 않도록 좀 너그럽게 살펴주시면 좋겠네요."라고 했다. 어머니는 대뜸 "나(내)가 뭐라고 했다냐? 나는 잘못한 거 하나도 없다. 아니, 잘못한 것을 잘못했다고 해야제 그걸 나보고 못 본 척 눈 감고 있으란 말이냐? 이것들이 씨엄씨 보고 며느리를 상전 모시듯 하라는 얘긴디, 나는 그렇게는 못 한다. 같잖은 것들이 성깔은 있어 가지고. 나 원 참!"이라고 했다. 나는 샌드위치가 된 채 어느 쪽을 설득해야 앙금을 털어낼 수 있을까 하는 고민에 머리를 감싸 쥐었다.

한 집안의 어른인 어머니는 오직 가족뿐이라는 애틋한 마음에 누구한테나 똑같은 얘기를 하지만 받아들이는 사람이 누구냐에 따라 그 양상이 달라지는 것 같았다. 자녀들이야 허구한 날 어머니한테 꾸중이나 핀잔을 귀에 못이 박히도록 들었던 까닭에 타이른 대로 순종하는 게 자식 된 도리로 알고 따랐다. 그런데 며느리나 사위는 전혀 낯선 시어머니와 장모를 만났으니 말 한마디 한마디에 마음의 상처를 받을 수도 있었을 것이다. 그런 서로 간의 입장 차이를 어머니가 잘 살펴서 헤아릴 수 있다면 금상첨화인데, 그게 통하지 않았다. 그렇지만 어머니는 어머니 나름대로 며느리, 사위도 자식이라는 생각에서 당신 하던 대로 똑같이 한 것뿐이라며 일관되게 밀어붙였다. 다만 사소한 선입견은 가질 수 있었을 것이다. 그것은 나부터 막내에 이르기까지 자기가 좋아하는 짝을 만나 데리고 들어오면 부모님이 허락할 수밖에 없는 결혼을 했다는 것이다. 그러니 어머니는 며느리나 사위의 그 깊은 속내를 속속들이 알 수 있었겠는가? 그런 인식 때문인지는 몰라도 어머니는 당신 자식이 아닌 다른 사람한테는 낯가림을 하는 편으로 며느리나 사위를 얼른 받아들이지 못하는 듯했다. 그러니까 마음속에 잠재된 의식조차 당신 자식만 자식인 양 편애하는 정도가 은연중에 드러나는 것까지 단속하기에는 능력 밖이었을 것으로 짐작케 했다. 어쨌든 처음에는 며느리나 사위가 그런 불만을 참고 견뎠지만 이제 자식을 낳고, 어느 정도 집안 분위기가 파악되니까 서서히 고부간의 갈등이 불거지기 시작하는 양상을 띠었다.

만며느리는 워낙 심성이 고운 데다 시부모를 모시는 정성이 지극해서인지 손아래 동서들에 비해 대우가 다른 것 같았다. 그런 만며느리는 시어머니가 하는 말에 고분고분 순종하는 편이어서 의견 충돌은 있을 수도 없고, 오히려 다정다감하게 이야기하는 모습이 자주 눈에 띄었다. 또 어머니는 당신 주장보다는 만며느리한테 의견을 물어보는 경우도 더러 있었다. 그러니 손아래 동서들이 볼 때 마음 편할 리가 없을 뿐만 아니라 심사도 뒤틀렸을 것이다. 그래서 편애한다는 불만이 쉽게 튀어나온 게 아닌가 싶었다. 그럴 때마다 아내는 동서들의 불만을 달래 보려고 "자네가 이해하소. 원래 그런 분이신데, 그러려니 하고 받아들여야지 어쩌겠는가? 절대로 나만 좋아하고 자네를 미워한다거나 괜히 꾸짖고 그럴 리가 없네."라고 다독거렸다. 그러나 별 약효가 없는 것은 여전했다.

둘째 며느리는 눈치가 빨라서 시어머니가 말을 꺼내기도 전에 척

척 알아서 하는 편인데, 어쩔 때는 너무 앞서가는 나머지 눈총을 살 때도 있었다. 그래도 집안의 어떤 일이든 위아래 따지지 않고, 먼저 나서서 깔끔하게 해치우는 것을 보면 안쓰럽기도 했다. 더러는 제수씨가 하는 수고를 내가 말릴 정도로 가족을 위해 헌신하는 분이었다. 나는 그런 제수씨를 보고 있으면 미안하기도 하고, 한편으로는 고맙기도 했다. 당연히 시어머니에 대한 불만의 목소리도 들을 수 없었다. 그런데도 불구하고, 동생은 그런 제수씨를 늘 못마땅하게 여긴 듯했다. 툭하면 언성을 높이거나 괜한 트집을 잡고 성깔을 부리는 등 구박하기 일쑤였다. 그런 가운데 사소한 불만들이 쌓이고 쌓인 탓으로 부부간의 관계가 순탄치 않은가 싶더니 결국에는 가정폭력으로까지 번졌다.

언젠가 한번은 부모님을 모시고 둘째 동생 집을 찾아간 적이 있었다. 아마 막내 여동생 결혼식 때가 아닌가 싶다. 결혼식 하루 전에 서울로 올라가서 하룻밤을 묵을 계획으로 동생 집을 찾아갔다. 서울에 계시는 이모가 극구 당신 집으로 모시려 했으나 그래도 아들이 있는데 그럴 수가 없다고 해서 찾아간 곳이었다. 그런데 그날따라 동생이 밤늦게 들어오는 인기척에 나는 잠결에 깼다. 동생은 술에 취한 채 무언가 알아들을 수 없는 말로 구시렁구시렁하더니 금방 잠이 들었는지 조용해졌다. 아침이 되자 제수씨는 밥상을 차리느라 분주히 부엌을 들락거리며 부산을 떨었다. 동생은 그때서야 일어났는지 슬그머니 밥상머리에 나타났다. 그런데 뭐가 언짢은지 오만상을 찌푸리고는 한참을 식식거리더니 반찬이 부실하다고 버럭 화를 냈다. 화를 낸 것도 부족해서 제수씨 뺨을 후려갈겼다. 나는 너무 황당한 나머지 들고 있던 숟가락을 놓칠 뻔 했다. 그러자 제수씨는 볼멘소리로 몇 마디 투덜거리다 말고 닭똥 같은 눈물을 훔쳤다. 그리고 부엌문을 박차고 도망치듯 빠져나갔다. 나는 착잡한 마음을 억누를 수 없었다. 이런 꼴을 보려고 부모님을 모시고 이 먼 길을 찾아왔는가 싶을 정도로 비참했다. 그렇게 제수씨한테 손찌검을 한 게 처음이 아닌 듯싶었다. 그런 부부간의 갈등에서 야기된 다툼이 가정 폭력으로 이어지고, 이를 견디지 못한 제수씨는 이혼을 요구했다. 결국에는 그렇게 한 가정이 파국으로 치닫고 말았다.

셋째 며느리는 경상도 사람인 데다 젊어서인지 시어머니와의 소통에 애로가 많은 것 같았다. 그래서 오해하는 일이 잦았고, 말뜻을 곡해해서 서운해하는 경우도 더러 있었다. 그런 제수씨는 시어머니가 하는 말에 민감하게 반응한다거나 눈치를 살피는 데 꽤나 신경을 곤두세우고 있는 듯했다. 그러니 시골집에 한번 찾아오면 꼭 시한폭탄을 안고 있는 것처럼 긴장감이 돌았다. 그러나 나는 마음만 졸일 뿐 그저 서로의 눈치 살피기에 급급했다. 그렇게 제수씨는 속을 끓이다가 자기네 집으로 돌아가면 시어머니로부터 받은 스트레스를 괜한 남편한테 바가지를 긁곤 한 듯했다. 남편의 무능함을 꼬집고, 가난한 살림을 한탄하기도 했을 것이다. 그런 가운데 시아버지가 돌연 세상을 떠나는 바람에 그 실망감이 더 커진 성싶었다. 그나마 시아버지를 의지하며 버텼는데, 그 버팀목이 무너지자 시어머니와의 관계가 더욱 소원해진 것은 아닌가 싶었다. 더군다나 재산 일부를 상속하는 과정에서 자기들이 더 많이 받아야 한다는 그럴듯한 주장을 펴면서 앙금의 골이 깊어졌다. 결정적인 것은 자기네 큰아들 결혼예물을 준비하는 데 그것을 시어머니한테 부탁했다가 거절당하자 아예 발길을 끊어 버렸다. 제수씨는 큰아들이 결혼하는 걸 계기로 시어머니한테 관심을 사고 싶었지만 그마저 수포로 돌아가자 불만이 폭발한 듯했다. 제수씨가 그러자 동생까지 나서서 그동안에 말 못했던 서운한 감정을 어머니한테 죄다 토로했다. 나도 그런 얘기를 듣고 나니 그간 동생 집안 사정을 어느 정도 짐작할 수 있었다. 그러나 어머니도 할 말은 있었다. 여태껏 그런 경우는 없었을뿐더러 나이 들어 거동조차 불편한데 손자 결혼예물까지 떠맡기니 기가 막혔을 것이다. 뭐 대단한 것은 아니지만 햇곡식으로 찹쌀 팥 보리 등의 오곡을, 그것도 가장 품질좋은 것만을 요구하니 유난히도 부산을 떤다고 생각할 법도 했다. 나는 둘 사이에 꽉 낀 채 그 갈등을 어떻게 해소할 수 있을까 고민하다가 아내한테 중재자 역할을 떠맡겼다. 나한테 떠밀리다시피 아내가 나섰지만 소 귀에 경 읽기였다. 제수씨는 "행님, 시어머니는 행님만 좋아하고 나는 미워해요. 맨날 듣기 싫은 잔소리만 하고, 우리는 손톱 밑에 때만큼도 취급 안 해요."라고 했다. 그러나 어머니는 항상 마음을 열어놓고 "나는 아무것도 잘못한 것이 없는디, 참. 나가 뭐라고 서운한 말을 했을 리가 만무한디, 왜 그러는지 몰것다."라고 했다. 그렇게 한동안 소원하게 지내다가 언젠가부터 서로 간의 앙금을 조금씩 헐어내고 극적인 화해를 했다. 그 계기는 동생 큰아들이 아이를 갖고 나서부터 제수씨의 마음이 풀린 게 결정적인 이유가 아닌가 싶었다.

　넷째 며느리는 둘째 며느리와 마찬가지로 남편과의 불편한 관계가 시어머니한테까지 불똥이 튄 성싶었다. 남편이 미운데 시어머니가 곱게 보일 리가 없었다. 그러니 제수씨가 시골집에 내려오면 그 눈치 보느라 마음이 조마조마했다. 시어머니가 하는 말에 꼬투리를 잡아 가정불화를 일으키려는 듯한 낌새에 초조하기까지 했다. 부부 싸움이 벌어지면 바로 시부모한테 항의 전화를 했던 터라 마음이 편할 리가 없었다. 사달이 나고 만 것은 어느 해 추석 명절을 함께 보내고 각자 집으로 돌아가던 때였다. 뜻밖에 제수씨가 눈물을 훔치며 하는 말이 "시어머니가 돼 가지고 잘난 아들만 감싸 돌고, 나는 개밥에 도토리마냥 이 집에서 사람 취급을 안 해요."라고 불만을 터뜨렸다. 그리고 종종걸음을 치며 대문을 박차고 횡하니 나가 버렸다. 별안간 찬물을 끼얹은 듯 집안 분위기가 싸늘해져서 숨이 막힐 지경이었다. 식구 모두가 입을 닫은 채 서로의 눈치를 살피느라 오스스한 기운이 감돌았다. 아버지도 계시는데 그런 말을 들은 나 또한 적잖이 당황했다. 그런 일이 있고 난 후로 나는 동생 가정 걱정으로 한동안 착잡한 마음을 떨쳐낼 수가 없었다. 그 무렵 동생은 잘나가던 중국음식점 운영을 접고 나서 직장을 구하지 못하자 낮에는 하는 일 없이 집에서 빈둥거리며 놀았다. 그리고 밤만 되면 밖에 나가 술 마시고 늦게 귀가하는 일이 잦아졌다.

그러니 가정이 온전할 리가 없었다. 그렇게 부부간의 갈등이 깊어지면서 싸움이 잦았다는 얘기를 한참 뒤에 전해 들을 수 있었다. 그 동생 또한 가정을 오래 지키지 못하고 결국 이혼하고 말았다.

　이제 남은 한 사람, 사위다. 사위는 오랫동안 장모로부터 백년손님의 대접을 받지 못했다. 딸이 결혼할 사람이라며 시골집으로 데리고 올 때부터 사윗감으로 마음에 들지 않는다는 선입견을 버리지 못했기 때문이다. 그 이유로 먼저 나이 차이가 무려 일곱 살이라는 데 가장 큰 거부반응을 보였다. 그리고 키가 작고, 얼굴이 못났다고도 했다. 어머니는 당신 마음에 안 드는 것들만 골라서 조목조목 반대 이유를 들고 나섰다. 아마 딸 하나 키운 것이 제 맘대로 사윗감을 골랐다는 게 괘씸하기도 했을 터였다. 어머니 생각에 당신 자식은 귀한 외동딸로 키웠는데, 사윗감은 눈에 차지 않는다는 편견에 사로잡힌 듯했다. 그런 어머니를 보고 아버지는 "아니, 남자가 그만하면 됐제, 얼마나 더 잘나야 눈에 찰까. 아무렇지도 않은디, 괜히 난리 법석을 떠네. 우리 딸을 봐봐. 어디가 잘 났는가?"라고 했다. 그러자 어머니는 "워머, 환장하겠네. 우리 딸이 어디가 어때서 그래. 애지중지 키운 딸이여. 눈에 넣어도 안 아플 딸인디, 지지리 못난 남자한테 시집을 보내요. 나는 절대 못 보내요."라고 아버지한테 항변하듯이 했다. 그런 어머니의 반대에도 불구하고, 딸이 간곡하게 설득하는 바람에 결혼은 성사되었다. 자식 이기는 부모 없다고, 어머니는 마지못해 한발 물러선 듯했으나 결혼식에 가서도 못마땅한지 벌레 씹은 표정을 짓고 다녔다. 딸이 결혼해서 애 낳고 잘 사는 데도 사위를 달갑지 않게 대하는 것은 여전했다. 손자 돌잔치 때는 부모님이 딸 집을 방문하기 위해 기차를 타고 올라가 용산역에서 내렸다. 딸은 전화 연락을 받고 남편한테 부모님을 모시고 오라며 등을 떠밀었다. 그러자 사위는 "내가 못마땅해서 거들떠보지도 않는 장몬데, 내가 왜 가?"라는 뼈있는 말로 불편한 심기를 드러냈다고 했다. 그러나 사위는 말은 그렇게 하면서도 못 이기는 척 자기 집으로 모셔가는 수고를 마다하지 않았다. 그 얘기는 훗날 이모님한테 전해 들었는데, 어머니는 별로 귀담아 듣지 않았다고 했다. 그때도 어머니는 당당했다. 손자 돌잔치 축하금으로 거금 백만 원을 챙겨갔으니 부모 노릇은 한다 싶었을 것이다.

처갓집에 가면 장모가 사위 몸보신 시킨다며 씨암탉을 잡는다고 하는데, 어머니한테는 얼토당토않은 낭설에 불과했다. 사위는 그런 불쾌한 대접을 받아 가면서도 서운해 하거나 원망하지 않고, 그 자리를 꿋꿋하게 지켰다. 그 깊은 속내는 알 수 없지만 장모가 그러거나 말거나 싫은 소리 한마디 한 적이 없었다. 때로는 내가 듣기에 무안할 정도로 말을 하거나 싫은 표정을 짓기도 하셨지만 그럴 때마다 사위는 별로 내색하지 않는 눈치였다. 그럼에도 불구하고 명절 때나 여름휴가, 그리고 집안에 행사가 있을 때는 빠짐없이 다녀갔다. 그리고 냉장고에 먹거리를 가득 채워 놓고, 용돈까지 챙겨 드릴 만큼 장모한테 정성을 들였다. 그래도 어머니는 딸이 외손자까지 낳고 성장할 때까지 처음 가졌던 선입견을 떨치지 못하고 반신반의했다. 그러다가 외손자가 초등학교에 들어갈 무렵에야 마음을 열기 시작했다. 그때까지도 사위는 예전과 다름없이 장모를 정성스럽게 모시며 묵묵히 자기 몫을 다했다.

그런 어머니는 나이가 들어 늙어가면서도 우리 집안의 어른으로서 품위 있고 의연한 모습으로 그 자리를 변함없이 지켰다.

수년 전 언젠가 한번은 같은 시골 마을에 사는 사촌 형수한테서 전화가 걸려온 적이 있었다. 형수는 가까운 사람한테 들은 얘기라며 자초지종을 털어놓았다. 형수는 조심스러운 말투로 "아재, 작은엄니가 요즘 좀 이상하다는 얘기를 전해 들었는디, 했던 말을 또하고 또 하거나 뭔지 알아들을 수 없는 말을 혼자 중얼중얼한다고그러네요. 그분이 그러면서 혹시 치매 초기 증상이 아닌가 의심을하네요. 또 그분이 나한테 하는 말이 자식들한테 연락해서 병원으로 한번 모시고 가 보라고 하네요. 작은 엄니를 교회에서 가끔 만나기는 해도 나는 잘 모르겠던디…. 아재, 혹시 엄니 뵈러 집에 오면 그런 느낌 안 드셨어요? 아무튼 치매는 얼른 검진을 받아 보고더 나빠지기 전에 치료를 하는 게 좋아요. 내가 시어머니를 모셔보니까 그냥 놔두면 나중에 엄청 고생해요."라고 그간 사정을 구구절절 털어놓았다. 그 얘기를 처음 들은 그 순간 가슴이 쿵 하고 내려앉는 듯했다. 기어이 올 것이 오고야 말았구나, 하는 두려움에 눈앞이 캄캄해졌다. 어머니는 고령인 데다 나이가 들어갈수록 건망증이 심해지고, 우리한테는 별로 관심 없는 옛날 얘기를 줄줄이 늘어놓기는 했었다. 하지만 어머니를 뵙고 온 지가 얼마 되지도 않았는데, 느닷없이 이런 전화를 받고 나니 어안이 벙벙했다. 아내 수발하기도 버거운데 어머니까지 그렇게 된다면 어떻게 감당할 수 있을까 하는 좌절감에 한숨이 절로 쏟아졌다. 그 얘기를 듣고 바로 어머니한테 전화를 걸어 조심스럽게 말을 꺼냈다. "어머니, 별일 없으시죠? 식사는 잘 드시고요? 요즘 육십오 세 이상 어르신들께 무료로 치매 검사를 해 준다고 하는데, 한번 받아 보실래요?"라고 했다. 어머니는 카랑카랑한 목소리로 "아무렇지도 않은 나한테 왜 그런 검사를 받으라고 하냐? 나(내)가 어린 애기냐? 동네 사람들이 더러 그런 검사를 받아 봤다고 하는디, 아무 소용없다고 하더라. 나 안 받을란다."라고 했다. 나는 또 "어머니, 나이 들면 누구나 다 받는 검사인 데다 무료니까 한번 받아 보세요. 어머니가 보건소로 가시는 게 아니고 거기 직원들이 집으로 찾아오는 출장 검사를 한다고 하니까 제 말 한번 들어주세요."라고 간곡히 부탁 말씀을 드렸다. 어머니는 귀찮아하면서도 못 이기는 척 "그러면 한번 오라고 해 봐라."라고 전화를 끊었다. 나는 그 즉시 ○○보건소에 연락을 취해서 방문검사 일정을 잡고, 어머니한테 보건소에서 방문하는 날짜와 시각을 알려 주었다. 그로부터 며칠 후에 ○○보건소에서 어머니가 계신 시골집을 방문했다. 그리고 치매검사를 진행하고, 그 결과를 전화로 연락을 받았다. 그 검사를 담당했던 분은 "어르신께서 검사 자체를 아예 부정적으로 여긴 데다 영 못마땅하게 생각해서 어려움이 많았어요. 인지기능 정도를 간단하고 신속하게 질문하는 형식인데, 제가 묻는 말에 답변은 고사하고 '나가 무슨 애기요? 그런 걸 다 물어보게' 하시면서 외려 저를 나무라는 통에 제대로 검사를 못 했어요. 일단 검사 결과를 보면 아직은 염려할 단계까지는 아닌데, 우선 지정 병원으로 가서 전문의로부터 정밀검진을 받아보는 게 좋을 것 같네요. 원하시면 병원 예약까지 저희가 도와드릴게요."라고 제안했다. 나는 정중하게 "네, 감사합니다. 죄송하지만 오늘 검사한 결과는 좀 알려줄 수 있나요?"라고 물었다. 그분은 "선별검사지가 열다섯 개 문항에 삼십 점 만점인데, 나이와 학력을 감안할 때 어르신은 십육 점이 기준입니다. 그런데 그 기준에 조금 못 미치는 십사 점이 나왔거든요. 이 검사는 치매검사 일 단계인 선별검사에 불과하기 때문에 일단 지정 병원으로 가셔서 전문의로부터 진료를 받아보는 게 좋을 것 같네요."라는 친절하고 자세한 설명을 들을 수 있었다. 나는 일단 한숨을 돌리고 나서 어머니를 모시고 지정해 준 병원으로 가겠다며 예약을 부탁했다. 그리고 시간이 얼마 지나지 않아 ○○종합병원에 진료 예약을 마쳤다는 연락을 받고, 어머니한테 전화를 했다. 어머니는 내 말은 듣는 둥 마는 둥 당신이 하고 싶은 얘기만 장황하게 늘어놓더니 결국에는 병원에 갈 이유가 없다며 딱 잘라 말했다. 그리고 마지막으로 한 말씀이 "야야, 무단한 나를 니가 왜 이렇게 성가시게 해 쌌냐? 인자 그만 좀 해라. 잉. 나(내)가 니 땜세 없던 병이 날라고 해서 당최 못살것다."라고 하소연하듯 했다.

나는 어머니를 더 이상 귀찮게 하는 것은 오히려 화를 자초할까 싶어 두 손 들고 말았다. 그런 어머니는 나이가 들어감에도 지나치다 싶을 정도로 자존심이 강하신 분이라 당신 생각에 아니다 싶으면 결코 뜻을 굽히지 않는 분이었다. 자식들한테는 눈곱만큼도 부담 주는 것을 싫어하는지라 아들로서 처신하기가 난감할 때가 꽤 많았다. 어머니가 하고자 하시는 대로 순종하는 것이 최선의 길이라고 생각하고 묵묵히 지켜볼 따름이다. 그럼에도 불구하고 어머니를 뵐 때마다 한숨만 깊어질 뿐 내가 할 수 있는 게 아무것도 없다는 현실이 막막하기만 하다. 마치 가슴에다 맷돌을 얹어놓은 것 같은 중압감에 은근히 숨이 막힐 정도로 갑갑하다. 더군다나 홀로 계신다는 게 늘 마음이 쓰인다. 내 생각 같아서는 요양병원에라도 모셔서 말년을 편하게 보낼 수 있도록 했으면 좋겠는데, 어머니가 서운해하실까 봐 차마 말을 꺼내지 못하고 있다. 집이 가장 편하다고 입버릇처럼 한 말씀을 그냥 귀로 듣고 흘릴 수만은 없는 노릇이기 때문이다. 아무튼 나의 어머니 하송떡 삶의 긴 여정을 쫓아 인터뷰를 진행하면서 많은 부분을 이해하고 공감하는 기회가 되었다. 그동안에 어렴풋이 알고 있었던 어머니의 생애를 생생한 증언을 통해 접할 수 있었다는 게 큰 보람이었다. 그 가운데서도 가장 의미 있었던 것은 단둘이 마주앉아 진솔한 얘기를 나눌 수 있었다는 점에서 절호의 기회였음은 분명하다.

승진의 기쁨 뒤엔 책임이라는 굴레

　　　　　　　　직장생활 가운데 가장 큰 기쁨 중에 하나는
단연 승진일 것이다. 그러니 어느 직장이든 승진한다는 것은 곧 권
한이 커지는 동시에 권위가 선다. 아울러 급여까지 따라 오른다.
그리고 동기부여는 물론 근무 의욕을 불러일으켜 한층 발전할 수
있는 계기가 된다. 그런데다 잠재능력을 발휘하는 데 기회를 얻을
수 있는 중요한 수단이 되기도 한다. 그러나 그 이면에는 무거운
책임이 따르는 것은 의심할 여지가 없는 것 같다. 그런 까닭에선지
관리감독자들은 이구동성으로 '승진하는 날 딱 하루는 공중에 붕
뜬 것처럼 기분이 최고조에 달했다가 그다음 날부터는 고난의 연
속'이라고 하는 넋두리는 애교가 아니라 경험에서 나오는 솔직한
감정 표현이 아닌가 싶다. 곰곰이 생각해 보면 전혀 근거 없는 말
은 아닌 것 같다. 그리고 경험으로 미루어 볼 때 나 또한 공감하는
부분이 많은 건 사실이다. 하나의 예로 대통령도 대선에 승리하고
나면 당선 축하 카퍼레이드를 벌이며 세상을 다 얻은 것처럼 입꼬
리가 귀에 걸렸다가도 날이 갈수록 얼굴이 일그러지는 모습을 볼

수 있듯이 승진의 기쁨 또한 그런 이치가 아닌가 싶다. 반면에 특별 승호나 공로 표창을 받는 것 또한 빼놓을 수 없는 기쁨이지만 그것은 성과에 대한 보상을 받았다는 심리에선지 잔잔하면서 오래 지속되었다.

나는 국내 대기업인 포철(지금의 포스코)에 입사해서 삼십여 년을 근무하고 정년퇴직했다. 그 세월만큼이나 나도 같이 성장하며 일사불란한 조직문화에 깊숙이 몸을 담근 채 동화되어 갔다. 또 그만큼의 연륜이 쌓여가는 동안 승진할 수 있는 기회가 조금씩 다가오고 있는 낌새에 마음이 들썩일 때도 있었다.

포철은 당연히 초일류기업이라는 위상에 걸맞게 조직체계가 그물망처럼 촘촘히 짜여 있는 데다 그 단위 조직마다의 관리감독자는 선발고시를 통해 임명했다. 따라서 나도 그런 조직체계에 길들여져 가는 길목에서 어느덧 승진의 기쁨과 그에 따른 책임이라는 서로 다른 감정에 얽매인 채 버둥거렸다.

내가 포철에 입사할 당시에 회사의 직급체계는 관리 및 기능적 특성에 따라 구별되어 있었다. 관리 부분은 오급부터 일급까지를 기간직으로, 기능 부분은 기능직과 사무직으로 나눈 직무급제를 도입, 운영하고 있었다. 그러니까 대학교를 졸업하고 입사하면 기간직으로, 중고등학교 과정을 마치고 들어가면 기능직이나 사무직으로 분류되는 직급체계였다. 그러나 기능직이나 사무직 중에서도 본인이 원하면 오급 선발고시를 통해서 기간직으로 전환할 수 있는 길을 터놓은 직무급 체계로, 신분의 벽을 허문 인사제도였다.

그 가운데 나는 공업계 고등학교를 졸업하고, 기능직 공채를 통해 입사했기 때문에 그 신분으로 직장생활을 시작했다.

기간직은 주로 조직 관리나 기술적인 업무를 다룬 반면에 기능직은 생산 라인에 투입되어 제품을 생산하는데, 직간접적으로 관여하는 일을 했다. 따라서 승진 체계 또한 두 갈래로 나누어져 있었다. 기간직은 계장(삼급), 과장(이급), 부장(일급)에 이르기까지 세 계층으로, 그리고 기능직은 반장, 작업장으로 이어지는 두 단계의 승진 체계였다. 특별히 기능직에 한해서는 기술 축적 및 개발을 제도적으로 뒷받침할 수 있는 기성제도(技聖制度)를 창안, 시행함으로써 별도의 승진 기회를 확대하는 인사제도가 뿌리내리고 있었다.

기성은 기능 수준 면에서 성스러운 경지에 도달한 사원을 발탁하는 제도로 기능직 최고의 대우였다. 기성으로 발탁되면 자녀들에게 장학금을 지급하고, 자녀 특별 채용, 정년연장 등의 혜택을 누릴 수 있었다. 회사는 최초로 한 명의 기성 보를 발탁한 후에 추가로 이삼 차에 걸쳐 네 명을 더 선발하는데, 절차상 특별 심의위원회의 심사를 거쳤다.

승진과 그 성격이 다른 호봉 승급은 직무급과 별개의 개념으로 근속 연수와 연계된 인사제도를 시행했다. 정기 승호는 연 2회에 걸쳐 실시하고, 특별 승호는 회사 발전에 공이 큰 자로서 근무 실적 및 훈련 성적이 특히 우수한 사원에 한해 일 년에 2호봉 한도 내에서 시행했다. 그리고 제안 및 특허, 실용신안 등 발명 아이디어가 채택된 사원과 어학 우수자, 특기 소지자 그리고 회사에 중대한 손실을 예방했거나 최소화하는 데 공헌한 사원에게도 확대 실시했다. 호봉이 올라가는 건 곧 급여가 오르는 것과 일맥상통한 것으로 직원들의 높은 관심사였다.

승진에 직접적인 영향을 미치는 사원 근무평가는 일 년에 두 차례 실시했다. 근무평가는 일이 차로 나누어 일차 평정권자는 피평정자의 직위상 차상급자가, 이차 평정권자는 일차 평정자의 직위상 차상급자로 규정했다. 평정항목은 근무실적, 근무능력, 근무태도를 항목별로 배점기준을 달리해서 평가하고, 이를 종합해서 근무성적에 반영했다.

각 부서에서는 관리감독자가 결원이 발생할 경우 근무평가 결과가 우수한 사원을 우선 승진 대상자로 추천하여 주관부서에 통보했다. 이를 넘겨받은 주관부서에서는 그에 따른 선발고시와 면접을 통해 관리감독자를 임명하는 절차를 거쳤다. [3]

내가 입사한 후 처음 배치받은 부서는 포항제철소 일 열연공장의 설비를 관리하는 정비과였다. 그 부서는 과장을 비롯한 계장과 기술직 그리고 사무직은 공장 서브 센터 건물에 배치된 사무실에서 근무하고 있었다. 그리고 작업장과 반장, 일반 사원은 공장건물 한편에 날림으로 덧댄 대기실을 행정업무도 볼 수 있는 공간으로 겸해서 쓰고 있었다. 그 대기실은 철판을 맞대어 벽을 치고, 칸막이를 설치한 게 임시로 쓰기 위한 창고 같은 우중충한 분위기였

---

3) 영일만에서 광양만까지 포항제철 이십오　년사

다. 주로 현장에서 설비점검이나 수리 작업을 하다 보니까 대기실에서 오래 머물 만한 일이 없는 근무 환경 탓이 아닌가 싶었다. 그곳에서 하는 일이 고작 설비점검 보고서 작성이라든지 설비이력 정리 그리고 현장 시트(Sheet, 작업 지시서)나 발행할 정도로 업무가 단순하기 때문이었다. 그 대기실에는 관리감독자와 일반 사원들이 공동으로 사용하는 공간이지만 자리는 따로따로 구별되어 있었다. 사무용 책상과 의자는 흔한 철판을 소재로 자체에서 만들었는데도 불구하고, 작업장과 반장은 개인용이며 일반 사원들은 네 명이 함께 쓸 수 있는 탁자 형태였다.

내가 속한 소그룹의 관리감독자는 반장이라는 직책 보임자인데, 위계질서의 선이 명확하게 그어졌다. 한 마디로 명령에 죽고 명령에 사는 직원들을 거느리는 그런 존재가 바로 반장이라는 직책을 가진 사람이었다. 반장이라는 권한이 하도 막강해서 함부로 말을 붙일 수 없었고, 언제나 쥐죽은 듯 복종해야 하는 그런 상하 관계였다. 반장은 부하 직원의 나이에 불문하고 반말에다가 명령조의 거친 말을 입에 달고 다녔다. 나이 많은 사원한테는 '당신이…' 어쩌고저쩌고했다가 나이가 적은 사람한테는 '야 인마'라는 듣기 거북한 욕설이 먼저 튀어나왔다. 한 마디로 직장이라는 분위기보다는 군 문화가 물씬 풍기는 그런 곳이었다.

반장은 설비 가동 중에 돌발적인 고장이라도 발생하면 서둘러 복구하려는 욕구가 앞선 나머지 부하 직원들을 쥐 잡듯 닦달했다. 설비고장 복구는 노련한 선임들이 처리하지만 나는 반장이 지시하는 대로 자재나 공구를 운반하는 보조 역할만 했다. 그런데도 그게 더 힘들었다. 일이 잘 풀리지 않으면 나만 다그치니 발바닥에서 불꽃이 튈 정도로 뛰어다니는 데도 복구가 끝나고 나면 화살은 나한테로 돌아왔다. 그렇게 막강한 권한을 가진 사람이 반장인데, 하물며 그 위의 상관인 작업장은 눈을 마주치는 것조차 가슴이 떨릴 정도로 소통하기가 어려운 존재였다.

어느 한 날은 점심으로 싸 온 도시락을 먹고 나니 딱히 할 일이 없었다. 그런데 옆에 있던 선임들이 윷놀이를 하면서 흥미를 자극하고 있었다. 그 윷놀이를 유심히 들여다보고 있던 나를 선임 한 분이 "보고만 있지 말고 같이 하지 그래."라고 하며 끌어들였다. 나는 마지못해 엉거주춤한 저자세로 그 윷놀이에 끼어들었다. 그렇게 선임들하고 어울려 한참을 '윷이냐, 모야, 개야' 하며 열을 올리고 있었다. 그런 찰나에 작업장이 대기실로 성큼 들어섰다. 그날은 계획적으로 생산 라인의 가동을 중단하고 예방정비를 하는 중이었다. 그런데 작업장은 하던 일이 잘 풀리지 않았던지 점심시간이 한참 지난 뒤에야 들어왔다. 그리고 우리 곁을 슥 지나가는데, 찬바람이 이는 듯했다. 아니나 다를까 작업장은 대뜸 "귀때기에 피도 안 마른 놈이 윷이야, 모야, 야단법석을 떨고 있네. 그렇게 노닥거릴 시간 있으면… 아이고, 쯧쯧."이라고 하면서 얼굴색이 하얗게 변했다. 나는 몸 둘 바를 몰라 쥐구멍이라도 찾고 싶은 심정이었다. 손에 쥐고 있던 윷을 슬그머니 내려놓고, 죽을죄를 지은 사람처럼 그만 코가 쑥 빠지고 말았다. 아마 신참이면 신참답게 도면이나 취급설명서를 펼쳐 놓고 공부하는 모습을 기대했는데, 그게 빗나가자 화가 폭발한 듯했다. 내가 화풀이의 표적이 되긴 했지만 선임들 또한 마음이 편치 않은 듯 머쓱해진 얼굴 표정이 언뜻 비쳤다.

그때 점심시간에 하는 윷놀이는 진짜 흥미 만점이었다. 네 명이 두 사람씩 편을 나누어 윷놀이를 하고, 지는 팀이 아이스크림이나 음료수를 사는 게임이었다. 점심시간 내내 서너 게임은 할 수 있었기 때문에 그 결과는 매번 달랐다. 그런 윷놀이는 하루의 기분을 좌우할 만큼 기막히게 스릴이 넘쳤다.

윷은 담배꽁초에 붙어 있는 필터를 떼서 만들었다. 분리한 필터 네 개를 모아 납작하게 누른 다음 한쪽 면에 'X'자로 각각 하나, 둘, 셋, 넷을 그렸다. 그중에 한 개는 다른 한쪽에 'B'라는 영문자를 새겨 넣었다. 윷을 위로 높이 던져서 바닥으로 떨어지면 네 개의 윷에 표시된 'X'자가 다 보일 경우 모, 안 보이면 윷이었다. 'X'자로 표시된 윷이 세 개가 보이고, 한 개에 'B'자가 나타나면 한 칸 뒤로 물러가는 '백(Back) 도'라는 게임 규칙을 만들어서 흥미를 더했다.

그런 가운데 흐르는 세월만큼이나 나도 연륜이 쌓이면서 반장으로 승진했다. 근속 연수가 일 년가량 더 선임인 승진 경쟁자가 한 명 있었으나 나이가 두 살 더 많다는 이유로 나를 추천했다. 반장으로 추천되기까지 그 분위기는 설왕설래했다. 하루는 그 사원이 또 하루는 내가 반장으로 추천될 거라는 소문이 끊이질 않았다.

그만큼 반장이라는 직책으로 승진한다는 게 직원들 사이에 초미의 관심사였다. 우리 부서에서는 결국 나를 추천했고, 인사부서에서는 반장 대행 명령을 냈다.

이제 반장으로 승진하는 길목에는 험난한 관문을 통과해야 하는 과제가 남아 있었다. 바로 필기와 면접시험이었다. 우선 필기시험을 치르는 과정이 예사롭지 않았다. 시험 출제범위는 제철설비 일반과 인사노무를 포함한 회사의 전반적인 현황을 총망라한 것이었다. 시험 범위라고 하기에는 너무 광범위했다. 나는 회사에서 발간한 책들을 한 권 한 권 들춰가며 내용을 요약 정리해서 눈에 익혔다. 그리고 회사에서 매월 발행하는 『쇳물』지 중 최근 이 년 치를 모아서 시험문제가 될 만한 것들을 간추렸다. 기출문제도 돌아다녔는데, 그것도 입수해서 출제 성향을 파악했다. 그렇게 한 달가량 공부한 끝에 필기시험은 무난히 통과했다.

그 기쁨도 잠시, 이어 이차 관문인 면접시험이 막다른 길목을 지키고 있었다. 면접시험을 본다는 게 왜 그렇게 긴장되고 떨리는지 나는 일찍이 경험해 본 바가 없었다. 더군다나 호랑이로 소문난 인사부장이 면접시험을 본다는 데 어찌 오금이 저리지 않을 수 있었겠는가?

면접시험 당일에는 하얀 와이셔츠에 넥타이를 매고, 그 위에 회사 출퇴근 복을 깔끔하게 차려입었다. 왼쪽 가슴에 단 이름표 하나까지도 떼었다 붙이기를 수 없이 반복할 정도로 만반의 태세를 갖췄다. 그래도 미심쩍어서 머리에서 발끝까지 훑어보고 매만지기를 면접장에 들어가기 직전까지 부산을 떨었다. 예상 질문도 열 가지 남짓 정리해서 머릿속에 오롯이 각인될 수 있도록 일사천리로 외웠다. 그런데 웬일인지 면접시험을 보는 것보다도 대기하고 있는 시간이 더 긴장되는 데다 온몸이 달달 떨리기까지 했다. 정작 면접시험도 보기 전에 기가 다 빠져버린 듯 기진맥진했다. 그런 가운데서도 메모지에서 눈을 떼지 못하고, 암기한 내용을 복기하느라 마치 신들린 무당이 주문을 외듯 중얼중얼했다. 어쨌든 면접관의 질문에 답변을 잘하려는 욕심에 머리를 쥐어짜면서 같은 내용을 반복해서 읊어 댔다.

드디어 면접시험. 나를 비롯해서 두 명이 동시에 면접실로 들어섰다. 둘 다 공장은 각각 다르지만 같은 기능을 하는 설비에서 반장 직무를 대행하던 중이라 한 조로 묶은 듯했다. 바짝 긴장된 표정으로 들어서는 우리를 지켜보고 있던 인사부장은 강렬한 레이저 눈빛을 발사하며 단숨에 기를 꺾어 버렸다. 발걸음이 휘청거렸다. 눈을 내리깔고 엉거주춤 엉덩이를 의자에 걸치자 잠시 숨 돌릴 겨를도 없이 인사부장의 첫 마디가 "가열로 굴뚝이 왜 날아갔어? 자네는 그 원인이 뭐라고 생각하나?"라고 하며 호통을 치듯이 질문했다. 그 순간 나는 안도의 한숨을 쉬었다. 나한테 묻는 게 아니라 옆에 나란히 앉아 있는 사원을 향한 눈길을 힐끗 훔쳐보았기 때문이다. 그 사원이 설비관리를 하고 있는 공장의 가열로에서 일어난 설비사고로 직접적인 책임은 없다고는 하나 그렇다고 자유로울 수도 없는 상황이었다. 그 사원은 얼굴이 벌겋게 달아오른 채 입술을 달싹거렸으나 말의 앞뒤가 꼬였다. 그러자 인사부장은 "작업표준도 안 지키는 놈들이 뭘 믿고 그따위로 일을 한 거야? 현장에서 일어난 일들이 모두 그 모양 그 꼴 아니야? 작업표준서는 뭐 하러 만들었어. 또 그렇게 만들어 놓고 안 지키는 건 무슨 똥배짱이야?"라고 하며 몰아붙였다. 이건 면접시험이 아니라 핀잔만 잔뜩 늘어놓으며 다그치는 훈계나 다름없었다. 결국 그 사원이나 나나 답변 한마디 제대로 못 하고 쫓겨나듯이 면접실을 빠져나왔다. 참으로 허탈했다. 예상 질문서를 작성해서 달달 외우다시피한 면접시험 준비가 단 한마디 답변도 못 하고 끝났으니 승진의 꿈이 보기 좋게 날아간 듯했다.

그렇게 면접시험이 끝났는데도 불구하고, 노심초사하며 승진에 대한 희망마저 포기할 수 없었다. 면접시험 과정을 돌이켜보며 생각에 몰두했다. 나한테 질문하지 않은 것을 두고 나름 두 가지 해석을 했다. 그중 하나는 물어볼 것도 없이 승진하는 데 충분한 자격이 있다고 판단했을 법한 긍정적인 신호였다. 또 하나는 승진 자격이 없기 때문에 물어보나마나 탈락이라는 틀을 이미 짜 놓은 게 아닐까 하는 부정적인 망상이었다. 이런저런 생각이 생각의 꼬리를 물고 한시도 나를 그냥 놔두지 않았다. 그렇게 뒤숭숭한 가운데 며칠이 지나고, 뜻밖에도 반장 승진 명령이 났다. 나는 그 감격의 순간을 주체할 수 없었다. 그 사원이나 나나 똑같이 대행이라는 꼬리표가 떨어지고, 명실공히 반장으로 승진한 기쁨을 한껏 누렸다.

그때가 1983년 유월 중순경으로, 내가 입사한 지 꼭 육 년 만에 이룬 첫 승진이었다. 비록 일선 관리감독자인 반장이라는 직책일 뿐이지만 가슴 벅찬 감투 하나를 당당하게 썼다.

그때 면접관이었던 인사부장은 그 권위가 하도 막강해서 하늘을 찌를 듯하고, 한번 물면 결코 놓지 않는 천하의 호랑이로 소문난 그런 분이었다. 그분의 눈매는 상대방을 단숨에 제압할 정도로 날카로울뿐더러 얼음장 같이 찬 인상 때문에 얘기만 들어도 간담이 서늘했다. 그런 인사부장은 인사위원회를 주관하는 주체로, 직원의 비위 사실에 대해서는 더욱 엄격한 잣대를 들이댔다. 또 그분은 S대학교 법학과를 나왔다고도 하고, 사장으로부터 신임이 두터운 부장 중에 한 사람이라는 얘기도 들렸다. 그런데다 직원의 인사권을 쥐고 있고, 사규 또한 그분이 총괄한다고 하니 어찌 그 어마어마한 명성에 오금이 저리지 않을 수 있었겠는가?

면접시험 중에 이슈가 되었던 가열로가 폭발한 여파로 굴뚝이 무너진 설비사고의 내막은 이렇다.

면접시험을 십여 일 앞둔 어느 날 가열로 계획수리를 마치고 점화하는 순간 끔찍한 폭발사고가 일어났다. 그 사고로 인명피해는 없었지만 가열로 굴뚝이 와르르 무너져 내리는 대형 설비사고가 발생했다. 그 원인은 가열로의 열원(熱源)인 가스가 새어 나와 노(爐) 안에 잔류해 있는 것을 인지하지 못하고 점화한 게 폭발로 이어졌다. 작업표준서에는 점화하기 전에 노 안의 잔류 가스 농도를 측정하도록 제정되어 있으나 그 과정을 생략해 버린 것이다. 통상 점화할 때는 가열로 앞뒤 문을 개방해 놓은 상태로 진행하기 때문에 폭발에 대한 위험성을 간과한 실수를 저질렀다. 아무튼 일차적인 폭발 원인은 가스 누출이었지만 잔류 가스 농도를 측정하지 않은 게 결정타가 되었다.

그 바람에 무너진 굴뚝을 긴급 복구하느라 회사에 초비상이 걸렸다. 그 굴뚝의 높이는 사십여 미터에 이르고, 밑 부분의 직경이 사 미터는 족히 되는 크기였다. 또 굴뚝 안쪽으로는 내화 벽돌이 빙 둘러 쌓인 형태로 열에 견딜 수 있도록 제작된 구조였다. 그런데 그 굴뚝이 엿가락처럼 꼬인 채 무너져 내린 것이었다. 아무도 상상하지 못했던 설비사고가 터지자 관련 부서 직원들은 너 나 할 것 없이 충격에 휩싸였다. 놀란 입이 벌어진 채 망연자실한 직원들의 눈길이 허공에서 맥없이 흔들리는 듯했다.

그 즉시 비상대책 복구반을 꾸리고, 긴급 복구 작업에 돌입했다. 무너진 굴뚝을 철거하는 한편 새로 설치할 굴뚝은 즉각 제작에 들어갔다. 굴뚝 제작은 임시방편으로 십 밀리미터 정도의 두꺼운 철판을 둥글게 말아서 용접으로 이어 붙이는 방식이었다. 거기에 투입된 작업자들은 열두 시간씩 맞교대로 밀어붙였다. 나와 함께 면접시험을 치렀던 그 사원도 가열로 현장에서 복구 작업하느라 눈코 뜰 새 없이 바쁜 때였다. 그런데 그 자리에서 면접관한테 혼쭐이 나고 만 것이다. 표준작업을 소홀히 한 잘못은 운전부서에 있다고는 하나 설비관리부서 또한 일말의 책임감을 가져야 하는 하나의 공동운명체로 보고 한 말이라고 짐작했다. 비행기라고 치면 조종사와 정비사의 관계라고나 할까 그런 입장이었다. 그나마 다행인 것은 가열로 삼기(三機) 중 일기(一機)만 피해를 입었기 때문에 일일 생산량은 삼분의 일가량 줄어든 셈이었다.

　일반 사원으로 근무할 때는 반장이 지시하는 대로 따라 하면 만사형통인데, 반장이라는 직책을 맡고 보니 어려운 점이 한두 가지가 아니었다. 그 가운데 가장 부담이 되는 건 직원들의 안전이었다. 자신은 물론 직원들의 안전까지 책임져야 하는 직책 보임자라는 굴레가 버겁기만 했다. 안전은 아무리 강조해도 지나치지 않는다고 하지만 그것도 하루 이틀이지 시간이 지날수록 소귀에 경 읽기였다. 안전사고는 우리 주변에서 끊임없이 일어나고 있는데, 나하고는 무관하다는 인식이 뿌리 깊이 박혀 있는 듯했다. 안전사고가 발생하고 나면 회사는 벌집을 쑤셔 놓은 듯 난리 법석을 떨다가도 조금 잠잠해지는가 싶으면 비웃기라도 하듯이 또 일어났다. 그런 악순환이 거듭되고 있었기 때문에 출근만 하면 가시방석에 앉아 있는 것처럼 마음이 늘 조마조마했다. 일주일에 한두 번은 안전교육을 한답시고 들볶아댔지만 마이동풍 격이었다. 그럴 만한 까닭이 있을 법도 했다. 왜냐하면 매번 하는 안전교육이 뜬구름 잡는 식에다 거의 비슷한 내용에 같은 방법이다 보니 귀찮기도 했을 것이다. 반장도 마찬가지로 안전일지에 교육내용을 기록하고, 직원들의 서명을 받는 것으로 위안을 삼았다. 어떻게 생각하면 단 일 프로만이라도 책임을 면해 보려는 얄팍한 속셈이 깔려있는 요식행위에 불과한 게 아닌가 싶었다. 다만 안전은 교육도 중요하지만 '나의 안전은 내가 지킨다.'라는 투철한 안전의식에 기대를 걸어 볼 뿐이었다.

안전관리 하나만으로도 업무가 벅찬데, 설비관리가 또 발목을 잡았다. 이십사 시간 쉴 새 없이 가동되는 설비를 고장 없이 관리한다는 게 말처럼 쉽지 않았다. 회사에서는 한발 앞서가는 예방적 설비관리를 주문하지만 현실은 늘 뒷전이었다. 그런 환경 탓에 설비고장이 끊이질 않고, 꼬리에 꼬리를 물었다. 설비고장이 발생하면 작업자를 비상소집해서 신속하게 복구하는 일이 우선이었다. 거기에 그치지 않고 고장 원인을 밝혀낸 뒤에 같은 고장이 반복되지 않도록 대책을 강구했다. 그리고 더욱 곤혹스러운 건 피해 정도에 따라 다르기는 하지만 책임 소재를 두고 잘잘못을 따졌다. 그 중심에는 늘 반장이라는 직책을 가진 사람이 자리하고 있었다.

또 하나를 덧붙이자면 직원들의 인사관리였다. 반장은 직원들의 근무평가를 하는 일차 평정권자였다. 우리 속담에 자식을 빗대어 열 손가락 깨물어 안 아픈 손가락이 없다고 하는데, 직원들을 평가할 때가 꼭 그런 심정이었다. 평가를 잘 받은 사원은 아무 말이 없었다. 그러나 평가를 못 받은 사원은 노골적으로 불만을 터뜨리기도 하고, 마음속에 꿍하니 담아 놓고 있다가 느닷없이 폭발하는 경우도 종종 있었다. 그런 가운데서도 팀이 하나 될 수 있도록 마음을 한데 모아야 일이 재미있고 성과도 나는 법인데, 그런 재주가 없는 나는 반장이라는 직책이 마치 목을 옥죄는 듯했다. 그런 까닭에선지 승진의 기쁨은 딱 하루로 족하다는 말이 비수처럼 목에 꽂혔다.

포항에서 십여 년을 근무하는 동안 일반 사원의 신분으로 육
년, 반장 직책으로 사 년 남짓 일하다가 광양제철소로 전출명령을
받았다.

광양제철소로 전입한 뒤에도 반장이라는 직책을 그대로 유지한
채 그에 합당한 직무를 수행했다. 그 무렵에는 새로운 조직체계를
구성하고 있던 터라 어수선하긴 했지만 이미 반장 직책을 수행하
고 있었기 때문에 어렵지 않게 한 설비를 맡을 수 있었다.

전입 후 새로운 공장 건설을 끝내고, 상업생산에 돌입한 지 이
년만인 1988년 유월 중순경이었다. 어느 날 뜬금없이 인사부서에
서 나를 호출했다. 그 순간 가슴이 철렁했다. 아무리 궁리를 해봐
도 내가 잘못한 게 없는데, 호출한다는 것이 몹시 신경이 쓰였다.
더군다나 특별나게 잘한 일이라고는 눈을 씻고 찾아봐도 없는데,
나를 부른다는 게 꼭 수풀에 앉은 새처럼 마음이 조마조마했다.
아무리 마음을 진정시키려 해도 온갖 부정적인 생각이 꼬리를 물
고 늘어졌다.

호출 당일 의아한 표정으로 인사부서 담당자를 찾아갔다. 담당
자 한 분이 기다리고 있었다는 듯이 나를 사무실 옆에 마련된 회
의용 탁자로 안내했다. 내가 의자에 앉자마자 그 담당자는 "주임(이
전의 작업장)으로 승진할 대상자로 추천이 올라왔는데, 주임 직무를
수행할 만한 마음의 준비는 돼 있지요?"라고 했다. 나는 뜬금없는
소리에 어안이 벙벙해졌다. 나는 대뜸 "주임이요? 아! 저는 그럴만
한 자격이 없는데요?"라고 손사래를 쳤다. 그 담당자는 "박 반장

부서에서 추천이 올라왔는데, 한번 맡아보세요. 그만한 능력이 충분히 있어 보이네요. 곧 주임대행 명령을 낼 테니까 그렇게 알고 계세요."라고 못을 박았다. 나는 못 이기는 척 한숨을 몰아쉬면서 순순히 그 자리를 물러났다. 그때 나는 반장으로 승진한 지 겨우 오 년 남짓 지난 시기로 경력이 미천한 데다가 나이 또한 서른다섯으로 주임 직무를 수행하기에는 시기상조라고 여겼다. 그런데 뜻밖에 전임자가 다른 부서로 전출하는 계획하에 나를 주임 대상자로 지목한 성싶었다. 현장으로 돌아가는 내내 가슴이 쿵쾅쿵쾅 방망이질을 해댔다. 현장에 도착해서 한참 동안 마음을 진정시킨 후에 부서 사무실로 과장을 찾아갔다. 꾸벅 인사를 한 후에 "과장님, 인사부서 담당자가 저한테 면담을 요청해서 조금 전에 다녀왔습니다."라고 보고했다. 그 정도면 금방 뜻이 통할 것으로 짐작하고 짤막하게 보고했다. 과장은 그때까지도 나한테조차 한마디 귀띔도 없이 인사 비밀을 지킨 듯했다. 과장은 "그래, 내가 추천했으니까 이제 주임을 맡아서 한번 해 봐. 박 주임 축하해."라고 하며 악수를 청했다. 포항에서 근무할 때부터 담당 계장으로 신뢰를 쌓아왔던 분이며 광양으로 전입할 수 있도록 힘쓴 상관도 그분이었다. 그런 인연으로 친분 관계가 두터운 직속상관이었다. 나는 또한 번 고개를 꾸벅 숙여 인사를 하고 "과장님, 감사합니다. 열심히 하겠습니다."라고 하며 그 자리를 주춤주춤 물러났다.

며칠 후에 주임 대행 명령이 났다. 앞으로 대행이라는 꼬리표를 떼고, 명실상부한 주임 명령을 받기까지는 이제 또 남은 과제가 하나 있었다. 승진의 통과 의례인 필기와 면접시험이었다. 필기시험은 반장 승진 시험 때와 마찬가지로 제철 일반상식과 인사노무, 회사의 전반적인 현황을 총망라한 게 출제범위였다. 많은 정보를 수집하는 한편 나름대로 정리해 둔 자료를 중심으로 공부한 끝에 필기시험은 무난히 합격했다. 또 면접시험이 관건이었다. 주임 대행명령을 받고 그 직무를 수행하고 있다고는 하나 자칫 자만하면 나를 추천해 준 과장 얼굴에 먹칠하는 격이라 가슴을 조이지 않을수 없었다. 또 십여 가지에 이르는 예상 질문서를 작성해서 달달외웠다. 그리고 면접 대기석에 앉아서까지 꼭 정신 나간 사람처럼중얼거렸다. 초조하기도 하지만 면접관의 질문에 답변을 잘해서확실하게 눈도장을 찍고 싶은 마음이 간절했다. 그러나 면접시험은 너무 싱겁게 끝났다. 내가 수행하고 있는 업무와 관련된 질문과답변이 몇 차례 오간 끝에 십 분도 채 안 된 시간에 그렇게도 애를태웠던 면접시험이 끝났다. 정말 홀가분했다.

그리고 또 며칠 후에 주임 명령이 났다. 그와 때를 같이해서 거대한 바윗덩어리가 내 어깨를 은근히 짓누르는 듯 부담감이 시시때때로 밀려왔다. 무엇보다도 주임으로서의 직무를 성실하게 수행해서 나를 추천해 준 분한테 누를 끼치지 않도록 해야 한다는 마음이 앞섰다.

주임 직책은 반장보다는 몇 배쯤이나 늘어난 책임 때문에 한시도 마음 편할 날이 없었다. 반장 때와 마찬가지로 안전이 우선이었지만 설비관리 또한 만만치 않았다. 하루가 멀다 하고 설비고장이 발생하다시피 하는데, 배겨낼 재간이 없었다. 주로 거미줄처럼 깔려 있는 배관이 터져서 기름이 새는 설비고장이 잦았다. 그리고 롤러의 베어링이 파손되는 사례, 고압수 펌프가 느닷없이 멈춰서는 사례, 자동으로 제어하는 밸브가 말썽을 부릴 때면 속절없이 좌절할 수밖에 없는 설비고장이 숱하게 벌어졌다. 그럴 때마다 내가 할 수 있는 일은 몸으로 부딪치는 방법밖에 없었다. 야간이나 국공휴일에는 나를 더욱 난처하게 만드는 일들이 비일비재했다. 명절 때도 고향을 못 가고 전전긍긍하며 자택에서 대기할 정도로 주임으로서 책임을 통감하고 있었다. 그렇게 십칠여 년을 모질게 버텼다. 느낌대로 표현하자면 긴장의 끈을 한시도 늦출 수 없을 만큼 민감한 근무 환경에 단단히 묶인 자신을 무심코 지켜볼 수밖에 없는 처지가 아닌가 싶었다. 어쩌면 회피하기보다는 차라리 맞부딪쳐보자는 오기가 발동한 게 아닌가 싶기도 했다. 그런데도 불구하고, 혹자는 '한번 주임이면 영원한 주임이여.'라고 하거나 '우리 회사에서 가장 부러운 직책 가운데 하나가 바로 주임 아닌가.'라고 하며 비꼬기도 했다.

또 한 번 직무급 체계가 바뀌면서 홍역을 치렀다. 직책은 그대로 유지한 채 직급으로 인사체계가 변경되면서 선발고시를 치르는 것이었다. 주임이 그냥 된 것도 아닌데, 그 직책을 맡고 있는 관리감독자까지도 시험을 치러야 하는 인사제도를 도입했다. 일반, 주사, 주무, 대리, 총괄, 과장이라는 단일 직급체계였다. 그때 계장 직책이 폐지되고, 총괄이라는 직급이 새롭게 등장했다. 나는 주임 승진 때 치렀던 선발고시와 같은 절차에 따라 대리 직급에 맞춰 또 시험을 보는 불편을 감수했다. 그리고 무난히 대리 직급을 받았다. 그러니까 직급은 대리, 직책은 주임 그대로였다. 업무도 종전과 다름없이 하던 대로 수행했다. 따라서 그때는 달라진 게 하나도 없는 것 같았다. 하지만 시간이 흐르면서 새로 도입된 직급체계가 빛을 발하기 시작했다. 이 직급체계를 도입한 이후로 대리급 주임에서 총괄급 주임으로 승급할 수 있는 길을 열어준 파격적인 인사제도였다. 감히 과장까지도 승진할 수 있는 문이 열려 있는 직급체계는 꿈에 부풀게 하는 매우 고무적인 인사 혁신이었다.

새로운 직급체계가 도입된 지 일 년이 지난 2004년 초 정기 승진 시기와 때를 같이하여 나는 총괄직으로 승급했다. 총괄직은 이전 두 차례의 승진보다 더 값진 성취감은 물론 직장생활 최고의 보람이요, 가문의 영광이었다. '박 주임'이 아니라 '박 총괄' 또는 '박 과장'이라고 불러주는 호칭에 감동했다. 더군다나 부장이 박 과장이라고 부르며 부서장 이상 회식 자리에까지 불러주는 호강을 누렸다.

총괄직 승급 명령을 받기까지 나는 괄목할 만한 성과를 차곡차곡 쌓았다. 특히 자주관리와 제안활동에서 두드러진 성과를 내면서 직원들로부터 부러움이 가득한 시선을 한 몸에 받았다. 자주관리활동은 광양제철소 발표대회에서 대상을 받았고, 제안활동은 제철소 소그룹 단위에서 단연 최고의 위치를 구축했다. 제철소 제안왕 세 명 중 두 명이 우리 소그룹에서 탄생할 만큼 회사 발전에 기여도가 컸다. 개인적으로는 특허와 실용신안 등의 직무발명 여덟 건을 등록하여 제철 산업의 고유 기술력 확보와 회사 이미지를 높이는 데 일조했다.

설비 또한 제철소 핵심 공장답게 밀착 관리하여 생산성을 높이는데, 그 역할을 충실히 수행했다. 그리고 중요한 건 안전 활동이었다. 작업표준을 준수하며 작업 전 툴 박스 미팅(Tool Box Meeting, 작업을 시작하기 전에 공구 통을 앞에 놓고, 관련자가 한 자리에 모여 작업 내용과 안전 사항을 협의하는 행위)을 실천하는 등 빈틈없는 안전 활동을 펼쳐 직원은 물론 외주 파트너사의 작업자에 이르기까지 단 한 건의 안전사고도 일어난 일이 없었다.

그러한 성과를 발판 삼아 부서 내 육십여 명의 주임 근무평가에서 당당히 일등을 차지했다. 그리고 드디어 총괄이라는 직급으로 승급하는 인사명령을 받았다. 총괄직 승급은 우리 부서에서 단 한 명뿐이었다. 그런 나는 뭇사람들의 스포트라이트를 받아선지 양어깨에 힘이 잔뜩 들어간 듯했다. 그 기쁨이 한동안 지속될 만큼 총괄직급이라는 신선한 이미지에 들떠 있었다.

그리고 또 한 번 큰 파고가 들이닥쳤다. 반장 주임제도를 폐지하고, 난생처음 들어보는 '슈퍼바이저(Supervisor)'라는 하나의 직책으로 통합하는 인사제도를 단행했다. 다행인 것은 선발고시를 통해 임명하는 게 아니고, 부서장의 재량으로 발탁하는 인사제도였다. 회사에서는 한 마디로 시대의 변화에 따른 일대 혁신이라고 자평하고 있었다. 그때 나를 비롯한 반장 주임들이 수십 년 동안 자존심을 걸고 지켜왔던 직책이 모조리 강탈당하듯이 한순간에 무너졌다. 직책 보임자들은 불만을 토로하며 저항했지만 회사의 개혁 방침에는 속수무책이었다. 그렇게 직책을 내려놓은 관리감독자 예닐곱 명이 갈 곳이 없던 터라 비좁은 부서 사무실에 진을 쳤다. 분위기가 뒤숭숭했다. 나는 한발 뒤로 물러서서 한순간에 불어 닥친 변화를 관망하고 있었다. 정년퇴직이 사 년 남짓 남아 있던 시기라 직책에 대한 애착은 별로 없었다. 오히려 반기는 입장이었다. 이제 무거운 짐을 내려놓고 쉬고 싶다는 마음이 간절했다. 그런데 뜻밖에도 '세이프티 슈퍼바이저(Safety Supervisor)'라는 전 직책과 비교하면 안전주임에 해당하는 자리에 나를 임명했다. 극구 사양했지만 내가 아니면 할 사람이 없다는 핑계로 강하게 밀어붙였다. 무엇보다도 안전이라고 하면 앞으로 해야 할 일이 첩첩산중 인데다 작업환경까지 열악하다는 현실에 마치 천장 위에 구렁이가 든 것처럼 마음이 편치 않았다. 더군다나 그전에 우리 부서에는 없던 직책이라 더욱 거부반응이 일었다. 그것은 우리 부서에 안전관리의 토대가 전혀 없는 상태에서 새로운 길을 개척해 나가야 하는 심적 부담이 크기 때문이었다. 그것도 혼자서 감당해야 하는 세이프티 슈퍼바이저라는 위치였다. 그러나 인사 명령이 났으니 울며 겨자 먹기식으로 떠안을 수밖에 없었다.

　제철소 전체가 안전 활동에 대한 새로운 변화를 꾀하고자 난리법석을 피우던 시기라 나 또한 그 보조에 맞추느라 허겁지겁했다.

　우선 안전 활동을 체계적으로 관리할 수 있는 '부서 안전관리 시스템'을 구축했다. 다른 부서들의 안전관리 시스템을 학습하고 참고하여 우리 부서 실정에 맞게 재구성했다. 그리고 가장 시급한 것이 현장 안전관리였다. 작업 현장은 일 이 삼 열연공장으로 각각 위치가 다르고 그 규모가 방대해서 안전순찰 활동이 제대로 미치지 못했다. 직원 또한 백삼십여 명에 이르는 데다 뿔뿔이 흩어져 자기가 맡은 일에 몰두하고 있는데, 안전 활동은 거기에 한참 못 미쳤다. 그러니 행정 업무보다는 직원의 안전에 온 신경을 곤두세울 수밖에 없는 처지라 한시도 발 뻗고 노닥거릴 여가가 없었다. 그래서 행정 업무는 일과 후에나 처리하고, 근무시간에는 현장 곳곳을 들쑤시고 다녔다. 그런데도 제철소 각 현장에서의 안전사고는 끊임없이 일어나고 있었다.

더욱 기가 막힌 것은 공장에 계획된 수리작업이 있는 날이었다. 일주일에 한 차례는 생산을 중단하고, 조정이나 교체, 수리작업을 통해 생산 중에 발생할 수 있는 설비고장을 사전에 예방하기 위한 활동이었다. 그런 날은 삼사백 명가량의 작업자들이 설비 곳곳에 달라붙을 수밖에 없는 작업 조건으로 질서가 없는 데다가 서두르기까지 했다. 그런 상황인데도 안전을 챙길 만한 틈이 없었다. 그래서 수리작업 전에 작업자들을 한곳에 모아 놓고 안전교육을 한답시고 목청껏 소리를 질러봤자 그게 제대로 먹히지 않았다. 오직 주어진 시간 안에 자기들이 맡은 일을 하자 없이 처리하는 데만 온 신경이 쏠려 있었다. 그런 날은 당연히 살얼음판을 걷고 있는 듯 콩닥콩닥 뛰는 가슴을 진정시킬 수 없었다. 그러니 수리작업이 끝나고 공장이 가동될 때까지 긴장의 끈을 늦출 수 없는 처지였다. 참으로 안전을 담당하는 직책이라는 것이 어떤 것인가를 퇴직할 무렵에야 절실하게 깨달았다.

한 술 더 떠 무슨 '안전인증 제도'라는 것을 도입하여 각 부서간의 경쟁을 부추겼다. 안전인증 제도는 물적으로 안전한 작업환경이 조성되어 있는가를 점검하고, 인적으로 투철한 안전의식을 바탕으로 한 제 규정과 작업표준을 제대로 이행하는가를 종합적으로 평가하는 것이다. 평가 결과 제철소가 요구하는 기준에 합당하면 안전한 작업장으로 인정하고 안전인증 패를 하달했다. 실질적인 안전 활동을 작업현장에 정착시키려는 제도인 것은 분명한데, 부서간의 우열을 가린다는 것은 심적 고통이었다. 그리고 주관부서에서 매월 각 부서의 안전관리 실태 점검결과를 공지하는 것은 한 부서의 안전 책임자인 내가 감당하기 어려울 정도로 압박해 왔다.

나는 부서 안전관리 시스템에 따라 매월 안전 활동 계획을 수립하고, 실행과 평가를 거쳐 부족한 부분은 다음 달에 반영했다. 특히 전에 없던 작업표준서 백오십여 건을 제정했다. 농사짓다 온 사람이라 할지라도 작업표준서만 보고 일을 처리할 수 있도록 알기 쉽게 작성했다. 구체적인 설명이 필요하면 사진이나 도면에 작업순서를 표시해서 넣을 만큼 정성을 들였다. 그리고 작업현장에 불안전한 안전시설물을 꾸준하게 보완해 나갔다. 아울러 직원들이 꼭 알아야 할 산업안전보건법에 관련된 교육을 실시한 다음 평가하고 피드백하는 수고를 기꺼이 감당했다. 또한 안전사고가 날 뻔한 사례들을 모아서 전파 교육을 하고, 대책을 강구했다. 수리작업 전에는 반드시 관련자끼리 툴 박스 미팅을 실시하고, 잠재된 위험요인을 제거한 후에 일할 수 있도록 참여하고 감독했다. 그러한 안전 활동이 몸에 배이도록 의식을 바꾸는 데 힘을 쏟았고, 정착 단계에 이르렀다고 판단해서 관련 부서에 심사를 요청했다. 사전에 부서 안전 활동 관련 자료를 제출하고, 하루가 꼬박 걸리는 현장 안전관리 전반에 대한 심사를 받았다. 그 심사 결과 안전한 작업장이라는 안전인증 패를 획득했다.

그것은 직장생활을 하는 가운데 빼놓을 수 없을 만큼 대단한 성취감을 만끽하기에 충분했다. 그때 나는 흥분을 감추지 못한 채 "내 아들이 대학교에 합격한 것보다 더 큰 기쁨인 데다 꼭 하늘을 나는 것만 같은 기분이네."라고 소리쳤다.

담당 부장이 우리 부서를 방문하여 안전인증 패 현판식을 열었다. 안전인증 패가 부서 사무실 입구에 의젓하게 내걸리는 걸 보니 코끝이 연신 시큰거렸다. 우리 모두가 자부심을 갖기에 충분한 안전인증 패였다. 그 어느 현판식보다 가슴 벅찬 이벤트가 진행되는 내내 참으로 감개무량했다. "박 총괄, 수고했어!" 부장의 그 말 한마디에 그동안의 수고와 쌓인 스트레스가 한꺼번에 날아간 듯했다.

나 혼자만의 힘으로 얻은 성과가 아니라 구성원 모두가 합심해서 이룬 쾌거였다. 안전인증을 획득하는 과정에서 내 의도와는 다르게 상처받은 직원들한테 미안한 마음을 감출 수가 없었다. 현장 직원들의 어려운 형편을 감안하지 않고, 오직 안전인증서를 획득해서 안전한 작업 현장이라는 인정을 받으려는 욕심이 앞선 것은 분명했다. 때로는 무리한 요구를 하거나 언짢은 표정을 짓고 언성을 높이는 등 해서는 안 될 일들이 비일비재했다. 결과는 좋았지만 과정은 매끄럽지 못한 점 반성하고 마음으로 용서를 빌었다. 그 직책은 다른 승진과는 다르게 처음에는 거부 반응이 일었던 자리였지만 그 끝은 화려했다. 나는 이 년간 이룬 성과물을 후임자에게 물려주고 그 자리를 홀가분하게 벗어날 수 있었다.

이렇듯 삼십여 년의 직장생활을 하는 동안 승진 두 차례, 승급과 보직 변경이 각각 한 차례씩 있었지만 그때마다 기쁨은 잠시뿐이요, 돌아서면 무거운 책임이 따를 수밖에 없는 거추장스러운 굴레가 씌워졌다. 그러나 이를 회피하기보다는 당당히 맞서 돌파해 나가는 그 무엇이 있었기에 마지막까지 유종의 미를 거둘 수 있었다. 아울러 자신에게 주어진 직책에 따라 책임을 다할 수 있었다는 게 내가 감히 자부할 수 있는 이유다.

상과 벌

　　　　　　어느 사회나 단체 그리고 조직이건 간에 사람들이 집단으로 생활하는 곳에는 행위의 잘잘못에 따라 상과 벌이 공존하는 제도를 만들어 엄격하게 적용하고 있다. 그래야 사회나 단체, 조직이 건전한 방향으로 유지·발전할 수 있기 때문이다. 하물며 조그만 시골 마을에서도 시부모를 잘 섬기는 며느리한테는 그 공로에 보답한다는 차원에서 수여하는 효부상이란 게 있지 않은가?

　여기서 감히 한비자의 핵심 사상인 법치주의에 관해 잠깐 언급하고자 한다. 중국 전국시대 말기의 정치사상가인 한비자는 상과 벌이라는 두 개의 칼자루를 쥐고 기강과 부국강병을 도모하고자 했던 그의 핵심 사상이 《한비자가 들려주는 상과 벌 이야기》라는 책에 명쾌하게 드러나 있다. 그것이 곧 법(法), 술(術), 세(勢)라는 국가 경영 철학을 확립한 한비자의 법치주의 사상이다. 여기서 법은 신상필벌을 말하고 술은 용인술이며 세는 권위를 뜻하는데, 법과 술을 통해서 나라를 다스리기 위한 세를 펼치고자 했던 것이다.

이것은 현실주의에 기반한 치세의 가르침으로 바르게 행동하는 삶의 방법을 제시한 것이기도 하다. 이처럼 상과 벌을 공정하게 적용해서 기강과 부국강병을 꾀하고자 했다는 한비자의 사상은 오늘날 우리에게 시사하는 바가 크다.

나는 학교에서 그리고 직장생활을 통해서 상은 몇 차례 받은 기억이 또렷하지만 벌을 받은 사례는 실토할 만한 얘깃거리가 없다. 그래서 이 책을 읽는 흥미가 반감되지 않을까 하는 우려가 앞선다. 어떻게 생각하면 자기 자랑일 수도 있지만 그 이전에 필자의 삶 가운데 한 단면을 엿볼 수 있는 또 한 번의 기회로 삼았으면 하는 마음 굴뚝같다. 그래서 이 얘기를 꺼내려고 한다.

내가 초등학교에 다닐 때 상이라고는 우등상과 개근상이 전부였다. 그것도 일 년에 한 차례, 학년 말에나 받을 수 있는 상이었다. 다만 졸업할 때만은 우등상, 개근상 외에 학교장, 면장, 파출소장 상 등을 추가하면서 수상자가 더 늘었다. 심지어 무슨 저축이니 선행이니 발전이니 하는 명목으로 상을 제정해서 두루두루 안겨줄 정도였다.

내가 처음 상을 받은 건 초등학교 이 학년 때 받은 개근상이었다. 개근상도 상은 분명한데, 그 가치는 우등상에 비해 한참 뒤떨어졌다. 육십여 명이나 되는 한 반에서 개근상을 못 받은 학생은 손가락을 꼽을 수 있을 만큼 소수에 불과했기 때문이다. 아무튼 그때 받은 개근상이 동기부여가 되었던지 초등학교는 물론 중고등학교를 졸업할 때까지 쭉 이어졌다. 그리고 늦은 나이에 입학한 한

국방송통신대학교에서도 출석 수업, 중간고사, 기말고사 등 학교에 가는 날은 지각 한번 해 본 적이 없었다. 그만큼 학교 다니는 일은 마치 시계추처럼 시종일관 변함이 없었다. 그런데 그 시절 우리에게 가장 자랑스러운 상은 단연 우등상이었다. 한 반에 네다섯 명만이 받을 수 있는 상으로 누구나 받고 싶어 하는 그런 상이었다. 우등상을 받은 학생들은 담임선생님이 그 실력을 인정해 줄 뿐만 아니라 친구들이 부러운 시선으로 우러러보는 그런 존재였기 때문이다. 나도 마찬가지였다. 우등상 한번 받아보는 게 소원일 만큼 학수고대했지만 내 이름은 없었다. 나름 공부는 열심히 하는 편이어서 반에서 십 위권 안에는 들어갈 만한 위치에 있었으나 우등상을 받을 만큼의 성적에는 미치지 못했다. 학업성적이 하루아침에 중상위에서 상위권으로 치고 올라갈 수 없듯이 한번 우등상을 받은 친구들이 그 상을 독점하다시피 했다. 통상 학업성적이 최상위권에 있는 극소수의 학생들만이 누리는 특권으로 그 가운데 한 사람이라도 바뀌는 경우는 희귀할 정도로 뜸했다. 그렇게 오 년이 흐르고 졸업하는 육 학년 말에, 내가 애타게 갈망했던 우등상을 당당하게 거머쥐었다. 그런 나는 공부를 잘해서 우등상을 받았다는 자긍심으로 목에 힘이 잔뜩 들어간 나머지 행동이 몹시 거북스러웠다.

그런데 그 우등상이 마지막이 될 줄이야 어찌 알았겠는가? 중고등학교는 물론 대학교를 졸업할 때까지 단 한 차례도 학업성적이 우수해서 상을 받아 본 적이 없었다. 곰곰이 생각해 보면 당연한 귀결이 아닌가 싶다. 나는 내성적인 성격에다 자신감마저 잃은 탓인지 매사에 소극적인 태도로 일관했던 것 같다. 그러니까 자신을 당당하게 드러내기는커녕 꽁무니를 쑥 뺀 채 어정쩡한 자세로 임했던 것이 아닌가 싶다. 하나의 예로, 수업 중에 이해 못한 게 있으면 질문을 해서라도 습득하는 것이 마땅한 일인데, 그냥 구렁이 담 넘어가듯 하지 않았나 싶다. 괜한 질문을 했다가 '가만히 있으면 중간이라도 가지.'라고 하는 빈축을 사거나 '아이고, 그걸 질문이라고 해.'라고 손가락질 당할까 봐 감히 나설 수가 없었다. 그러한 어설픈 행동 때문에 뭇사람들의 눈에 잘 띄지 않은 것도 우등생이라는 한계를 뛰어넘지 못한 것이 아닌가 싶다. 그렇게 학창 시절에 받아 본 우등상이라고는 고작 초등학교 육 학년말, 그때 단 한 번으로 그 인연은 끊어지고 말았다.

군 복무 또한 마찬가지였다. 군 복무 중에 개인적으로 무슨 포상을 받는다는 건 하늘의 별 따기였다. 군에서의 포상이라고는 주로 중대나 대대 등 부대 단위로만 주어졌을 뿐 개인적으로는 뚜렷하게 큰 공을 세운 일이 없으면 그림에 떡이었다.

이제 인생의 절반가량을 직장이라는 울타리 안에서 한 조직의 일원으로 일을 했으니 하고 싶은 얘기가 많을 것 같다. 내가 몸담은 포철은 국가 기간산업체인 데다 초일류기업에 걸맞은 투명한 인사관리로 상벌 제도가 명확했다. 회사에서는 상벌위원회를 구성해 두고 모든 상과 벌은 그곳에서 심의했다. 물론 부서나 팀 단위는 그 조직의 장이 재량껏 상과 벌을 내렸지만 회사 차원은 반드시 상벌위원회를 거치도록 제도화했다. 그리고 포상은 분기 또는 년 단위로 시행하고, 벌은 직원의 비위 사실이 드러나는 즉시 별도의 상벌위원회를 소집하여 처리했다. 그러니 상이 벌보다는 훨씬 많았다. 그것도 단체보다는 개인 위주였다. 그 시행 주체 또한 회사 차원보다는 부서장 재량으로 주는 상이 압도적으로 많았다. 현장에서 열심히 일하는 직원들한테는 돌아가면서 상을 줄 정도로 흔했다. 그럼에도 불구하고 나는 상 받을 복이 없었던 탓인지 입사하고 한동안 기회가 닿지 않았다. 성격 탓도 어지간히 한몫하고 있는 것으로 짐작했다. 자신을 당당하게 드러내지 못하고, 그저 주어진 일에만 고집스럽게 매달린 탓이 아닌가 싶었다. 그 대신 근무성적은 늘 상위권에 머물러 있었다. 그것으로 만족했다.

그런 가운데 입사한 지 사오 년가량이 지난 1980년대 초반의 어느 해 연말에 부장 표창을 받았다. 워낙 오랜만에 받아 본 상이라 얼떨떨했다. 거기다가 포상금까지 들어 있었다. 아마 포상금이 십만 원 정도 되지 않았을까 싶은데, 이 또한 월급 말고는 처음 받아 본 돈이었다. 그 표창의 공적은 '근무성적이 우수하고 타의 모범이 된다.'라는 여느 표창장과 다름없었다. 초등학교 육 학년 말에 우등상을 받은 이후로 두 번째 받은 상이었다. 아무리 흔한 상이라고는 하지만 내가 일한 만큼 인정을 받았다고 생각하니 의욕이 절로 넘쳤다. 그 표창이 직장생활을 하는 데 동기부여가 되는 것은 분명했다. 그래서 상이라는 게 직원들이 한층 더 분발할 수 있도록 불쏘시개 역할을 하는 것은 물론 조직 활성화에 큰 영향력을 끼치고 있다는 점에 깊은 인상을 받았다.

그리고 상 받을 기회는 한동안 뜸했다. 포항에서 광양으로 전입하면서 건설과 조업에 눈코 뜰 새 없이 바쁜 시기와 맞물려 있었다. 그래서 그런지 상도 줄어든 듯 주위에서 상 받는 사원을 찾아보기 힘들었다. 그래도 상을 전혀 안 준 것은 아닐 터인데, 처음 부장 표창을 받은 뒤로 십여 년이 흘렀지만 상에는 거리가 먼 듯했다. 가뭄에 콩 나듯 어떤 기회가 있을 때마다 기대만 잔뜩 부풀었을 뿐 정녕 상 받을 만큼의 위치에는 미치지 못했다. 상 받을 목적으로 일을 한 건 아니지만 내 주변에서 수상하는 사원들을 간혹 볼 때면 서운한 감정을 떨쳐버릴 수가 없었다. 하지만 그때뿐이었다.

그런 까닭에 나는 상을 받고자 안달하거나 업무실적 쌓기에 열을 올리지 않았다. 누가 인정하든 안 하든 내가 해야 할 일에 집중했다. 왜냐하면 내 뜻대로 할 수 있는 범주에서 벗어난 일로 승인권자의 권한이기 때문이었다. 그런데 상 받을 기회가 불현듯이 찾아왔다. 광양제철소 '제1회 지역 봉사상'으로 제철소장 표창 가운데 개인상이었다. 단체상도 한 팀이 선정되어 같은 날 한 자리에서 수상했다. 그 표창장에는 이러한 공적 사항이 적혀있었다. "자매결연마을과의 적극적인 교류 활동을 통한 인적 유대관계 증진으로 회사의 대외 이미지 제고에 크게 기여하여 제1회 개인부문 지역봉사상 수상자로 선정되었기에 이에 표창합니다."라는 내용이었다.

표창장 수여식은 새해 일월 십칠 일 오전 아홉 시에 광양제철소 본부 대회의실에서 전년도 성과분석회의를 하기 전에 열렸다. 앞서 그날 대회의실에는 회의용 테이블이 'U'자 형으로 쭉 이어진 양쪽 자리에 삼십 명가량의 부장 이상 간부들이 빙 둘러앉아서 회의가 시작되기를 기다리는 눈치였다. 그리고 좌장은 제철소장으로 그 자리는 비어 있었다. 따라서 그 회의 실황은 사내 방송 팀에서 녹화하여 오후 여섯 시경 사내 뉴스 시간에 방영할 예정이었다. 그 방송은 사내는 물론 사원 주택단지에서도 시청할 수 있도록 채널을 구성해 놓은 터라 제철 가족의 눈길을 끌고 있었다. 나는 그 회의에 앞서 상을 받기 위한 리허설을 마쳤다. 그리고 제철소장의 자리 맞은편에 대기하고 있었다. 잠시 후에 제철소장이 입장해서 좌장의 자리에 앉자 소름이 끼칠 정도의 긴장감이 대회의실을 덮쳤다. 그와 동시에 개회를 알리는 진행자의 안내 멘트가 정적을 깨뜨린 데 이어 "수상자 앞으로."라는 말이 떨어지자마자 나는 제철소장 앞으로 걸어 나갔다. 나는 앞서 리허설했던 자세 그대로 상체를 꼿꼿이 세우고, 턱을 당겨 정면을 응시한 채 마치 제식 훈련하듯 걸어갔다. 모든 시선이 나한테 집중되는 데다 카메라의 눈부신 조명에 발걸음이 꼬이는 듯 어색했다. 예정된 시상식 시나리오에 따라 행동하는 데도 몸은 마치 나무토막처럼 경직된 느낌이었다. 아무튼 그날 시상식 장면이 사내 방송을 타면서 내 이름이 뜨기 시작했다. 나는 한동안 저절로 어깨가 으쓱해져서 행동이 부자연스러울 정도였다. 나는 그런 마음을 다독거리며 평상심을 되찾는 데 한참 애를 먹었다.

아이러니하게도 십여 년 전에 포항제철소에서 근무할 때 그분한테 처음 부장 표창을 받았는데, 그동안 승진을 거듭해서 광양제철소장으로 부임한 이후에 받은 것이 나의 두 번째 상이었다. 참으로 인연이 깊은 상이 아닐 수 없었다.

나는 그 상을 받기까지 지역사회를 섬기며 자매마을과 신뢰관계를 쌓는 데 궂은일을 마다하지 않고 헌신했다.

그 상을 받기까지 전후 사정은 이렇게 전개되었다. 광양제철소의 공장 부지가 확정되고 지반공사에 들어가면서부터 지역 주민과 갈등의 골이 깊어갔다. 회사의 임직원들은 중차대한 국책사업을 완수하기 위해 밤낮없이 건설 현장을 누비고 있는 데 반해 주민들은 연일 제철소 건설을 반대하는 시위와 업무방해 그리고 폭력으로 일관했다. 끝내는 직원들의 통근버스를 가로막고, 똥물을 퍼다 끼얹기 시작했다. 출근길이 마치 전쟁터를 방불케 하는 아수라장으로 변한 건 불 보듯 뻔한 일이었다. 당연히 공장 건설은 물론 이를 관리 감독하는 직원들이 속수무책으로 피해를 입는 처지로 내몰렸다. 제철소 인근에 거주하는 일부 직원들이긴 하지만 업무에 차질을 빚을 수밖에 없었다. 그렇게 출근길이 막히자 궁여지책으로 바다에 배를 띄웠다. 그리고 뱃길을 따라 여수에서 묘도를 거쳐 제품부두 사이를 오가는 불편을 감수했다. 이성을 잃은 주민들은 그런 불법 행위에도 아랑곳하지 않고, 끝장을 보려는 듯 시위는 날로 격해졌다. 급기야는 제철소 본부까지 밀고 들어와서 기물을 부수고 폭력을 휘둘렀다. 그런 대치 과정에서 주민들의 무차별적인 폭행으로 두세 명의 직원들이 피를 흘리며 고꾸라졌다. 그 가운데 한 명은 팔이 골절되고 머리를 크게 다쳐 119 구조 헬기로 긴급 후송되는 불상사까지 벌어졌다. 결국에는 주민들의 무절제한 비방과 폭력에 직원들도 수수방관하지 않고 맞섰다. 궁지에 몰린 직원들은 한 손에 쇠파이프를 거머쥐고 방어선을 구축한 채 겁박을 했다. 불법이 난무하는 현장에는 무장 경찰병력이 동원되긴 했으나 제철소 출입문에 방어벽만 구축했을 뿐 그저 지켜보고만 있었다. 우리가 기댈 데라고는 경찰관들밖에 없는데, 그 기대마저도 무너져 내렸다. 나는 하도 답답하고 조급한 마음에 괜한 경찰관들한테 하소연이라도 하고 싶은 충동이 일기도 했다.

갈등 해결의 실마리는 눈곱만큼도 보이지 않는 양상을 띠면서 앞뒤가 꽉 막혔다. 서로 간의 불신과 악감정이 꼬일 대로 꼬여 무슨 철천지원수 대하듯 했다. 더 답답한 건 이러한 대치 상황이 언제까지 지속될지 예측할 수 없다는 현실이었다. 물론 삶의 터전을 잃은 주민들의 처지를 이해하지 못한 건 아니었다. 금호도는 태곳적부터 청정해역으로 해산물이 풍부하고, 김 양식으로 호황을 누리는 부촌으로 널리 알려져 있었다. 더러 우스갯소리로 하는 말이 '길가에 돈이 떨어져 있다고 한들 지나가는 개도 거들떠보지 않는다.'라고 할 만큼 부자가 많이 사는 고장이라고 했다. 또 그곳 주민들을 가리켜 '고춧가루 서 말을 먹고 뻘 속 삼십 리를 긴다.'라는 농담이 공공연하게 나돌 정도로 생활력이 억척같은 사람들이었다. 그러한 민심에 한껏 움츠러들었지만 폭력 앞에서는 맞대응할 수밖에 없었다. 아무리 민심이 그렇다손 치더라도 법 위에 폭력이 군림할 수는 없는 노릇 아닌가? 그래서 우리는 법과 양심에 따라 당당하게 처신하면 결국에는 정의가 바로 선다는 신념으로 버텼다. 그런데 그게 통한 것일까, 천만다행으로 양측 대표가 만나 서로 머리를 맞댄 채 밤낮없이 협상을 이어가고 있었다. 꺼져가는 불씨를 어떻게든 살려내야 하는 묘안 찾기에 머리를 싸맨 것이다. 그러한 극한 대치 상황 속에서도 파국은 면해 보려는 여린 양심이 꿈틀대고 있었는지도 모를 일이었다. 그렇게 숱한 우여곡절 끝에 상생할 수 있는 협상을 이끌어 내고 서로를 얼싸안았다. 그리고 그동안에 불거졌던 서로 간의 불신과 갈등의 골을 메우고, 마음에 깊은 상처도 싸맸다.

이를 계기로 회사 차원의 대대적인 지역 봉사 활동이 시작되었다. 회사에서 정책적으로 지원하는 사업 외에 직원들의 힘을 모아야 할 수 있는 일을 중심으로 했다. 먼저 부서 단위로 인근지역 마을과 자매결연을 했다. 그것은 지역 주민의 상대적 박탈감이나 소외감을 달래기 위한 일방적이며 불가피한 수단이었다.

봉사 활동은 농번기 철에 일손 돕기가 대표적인 사례였다. 모내기, 벼 베기, 타작하기, 밤 줍기, 매실 따기, 재첩 채취하기, 마을 휴식 공간 만들기, 농기계 수리 등 농촌에 일손이 필요한 곳이라면 마다하지 않았다. 그 가운데는 섬진강에서 재첩을 채취하던 체험은 두고두고 자랑할 만한 소재거리였다. 옷을 입은 채로 물속에 뛰어들어 거랭이(삼태기)를 끌면서 강바닥 여기저기를 훑고 다녔다.

그리고 어느 정도 훑었다 싶을 때 거랭이를 들어 올리면 재첩과 재첩 크기만 한 자갈이 한꺼번에 따라왔다. 눈을 번뜩이며 자갈을 하나하나 골라내고 나면 통통하고 매끌매끌한 재첩이 모습을 드러냈다. 재첩은 보기만 해도 입 안 가득 군침이 돌았다. 조갯살이 부드럽고, 속 시원한 국물이 먼저 입맛부터 다시게 했다.

매월 셋째 주 토요일을 지역 봉사 활동의 날로 정했다. 봉사 활동을 나가기 전에 지원자를 모집하는 한편 자매마을 이장과 마을 현황 전반에 걸쳐 사전 논의를 했다. 마을에 당장 해야 할 일은 어떤 것들이 있고, 거기에 필요한 적정 인원은 몇 명이나 되며 몇 팀을 구성해야 다 처리할 수 있는지를 가늠했다. 나는 그때부터 바빠졌다. 봉사 활동에 참여할 수 있는 직원들을 파악해서 팀을 구성하고, 이동 차량의 배차와 일회용 작업복, 면장갑 등의 소모품을 챙기느라 분주했다. 가끔은 일에 비해 지원자가 적을 때가 있는데, 그럴 경우 부서장의 힘을 빌려 강제 동원하기도 했다. 그렇게 일이 끝나고 나면 회사에서는 그 후속조치로 봉사 활동 시간을 개인별, 부서별로 누적 관리하며 직원들을 독려했다. 그리고 그 시간에 따라 회사로부터 봉사 활동 인증서를 받았다. 백 시간, 삼백 시간, 오백 시간, 천 시간 등의 봉사 활동 실적을 시간 단위로 구분하고 그 격을 달리했다.

그 무렵 나도 소속 부서의 지역 봉사 활동 담당자로 임명을 받았다. 나는 연간 봉사 활동 계획을 수립하고, 그 일정에 따라 꼼꼼하게 챙겼다. 봉사 활동은 물론 마을 주민과 매월 한두 차례는 소통하는 시간을 가졌다. 나는 '마을 이장'이라는 기분 좋은 별명까지 들어가며 그에 걸맞은 활동을 펼쳤다. 우선 마을 주민을 회사로 초청해서 전반적인 제철소 현황을 소개하고 공장을 견학했다. 주민들의 교통 편의를 위해 회사 버스를 지원하고 점심식사도 제공했다. 그리고 매년 마을 청년들을 초청해서 친선 축구경기를 치렀다. 또 우리가 마을로 찾아가 초등학교 운동장에서 공을 차기도 했다. 그렇게 회사와 마을을 오가며 일 년에 두 차례씩 친선경기를 통해 화합을 다졌다. 자매마을에는 귀농한 젊은이들로 축구선수 한 팀은 꾸릴 수 있어서 가능한 일이었다. 마을에 젊은이들이 많은 까닭은 주로 비닐하우스에서 사시사철 농작물을 재배하는 노동 집약적 구조이기 때문이었다. 프로축구 경기가 있는 날은 축구전용구장으로 초청해서 함께 응원하며 서로를 격려했다. 회사의 ○○아트홀에서 영화 상영이 있는 날은 사전에 연락해서 안내하고 함께 감상하기도 했다.

또 자매마을에 친목 행사가 열리는 날은 직원들이 하던 일을 접어놓고 동참하여 주민과 함께 어울렸다. 더러는 직원 부부가 같이 와서 게임을 하다 말고 웃느라 배꼽을 잡을 때도 있었다. 낮에는 줄다리기, 제기차기, 낚시놀이, 닭싸움 등의 게임으로 온 마을이 떠들썩했다. 날이 어두워지면 술 한 잔에 서로 어깨동무하고 노래하며 덩실덩실 춤을 췄다. 무엇보다도 서로 마음을 열고 신뢰를 쌓는 일이 급선무였다. 그것은 마을 주민이 원하는 대로 협력하고 배려하는 마음이었다. 바로 술 취하는 일이 그 첫 번째 섬김(?)이었다. 내가 먼저 속내를 낱낱이 까발려야 어색한 관계를 털어낼 수 있다는 생각에 대책 없이 술을 마시곤 했다. '마을의 날 행사'가 그랬고, 정월 대보름 '볏짚 태우기'도 마찬가지였다. 그런 날은 마을이 온통 축제 분위기에 휩싸였다.

자매결연 첫 번째 사업으로 마을회관에 TV와 노래방 기기를 기증했다. 아울러 마을회관 증축 공사에 들어간 공사비 일부를 지원하는 한편 최신형인 대형 냉장고 한 대를 선물했다. 그때 서로 간에 자주 회자되고 있던 말이 '우리가 남이가?'였다. 마을에 애경사도 일일이 챙기면서 자연스럽게 신뢰하는 분위기가 무르익어 갔다. 마을 주민들과 사적으로도 친분 관계를 쌓고 서로 오가며 이해의 폭을 넓혀 나갔다.

나는 그렇게 회사와 자매마을이 스스럼없이 하나의 공동체로 발전해 갈 수 있도록 기틀을 마련하는 데 기여했다.

그리고 그 상을 받은 지 일 년 남짓 지난 후에 제철소 모범사원으로 선정되었다. 회사에서는 매년 말에 그해 모범사원을 선발하고, 그 이듬해에 부부동반 동남아 여행 패키지를 포상으로 보답했다. 일주일간의 일정으로 태국을 비롯한 싱가포르 등의 아시아 국가들을 두루 관광할 수 있는 혜택을 받았다. 모두 일곱 가정으로, 만나자마자 가족 같은 분위기에 마음이 들떠서 형님, 아우, 언니, 동생으로 통하며 시끌벅적했다. 그리고 제철소 모범사원이라는데, 그 긍지가 하늘을 찌를 듯했다. 그만큼 회사에서도 정성껏 예우하고 불편 없이 챙겨준 덕분에 포상 치고는 과분할 정도의 특혜를 톡톡히 누렸다. 그때 우리 부부는 해외 나들이가 처음이었고, 이십여 년이 넘도록 바깥 구경을 못 했으니 하마터면 그런 해외여행마저도 놓칠 뻔했다. 그 당시는 우리나라에 IMF가 닥치기 직전이었는데, 우리 부부가 해외여행을 다녀온 뒤로 이 포상제도는 유명무실해졌기 때문이다.

그 뒤로 상이 뜸하다가 이 년이 지난 후에 포철 최고의 명예로운 상 중의 하나인 회장 표창을 받았다. 포철 사반세기 대역사 종합준공에 기여한 공로 표창이었다. 그 표창장에는 "이 사람은 입사 이래 투철한 사명감과 헌신적인 노력으로 담당분야에서 탁월한 실적을 시현함으로써 사반세기 대역사 종합준공에 크게 기여하였기에 이에 표창함."이라고 궁서체로 선명하게 박혀 있었다. 그 과정을 돌이켜 보면 감회가 남다르다.

광양제철소 사기(四期) 준공을 끝으로 포철 건설 역사에 종지부를 찍었다. 1992년 시월 이일 거행된 포철 사반세기 대역사 종합준공식이 상징적인 한 획을 그은 것이다.

그 행사가 열린 곳은 광양제철소 종합운동장 한편에 마련된 야외 종합준공식장이었다. 대통령을 비롯한 세계철강협회장, 국내외 귀빈, 직원과 가족, 건설사가 함께한 자리였다. 그날은 가을이 절정을 향해 치닫던 맑고 화창한 날씨였다. 행사장은 종합준공식에 걸맞게 웅장하고 화려하게 꾸며졌다. 애드벌룬을 띄우고, 대형 현수막을 군데군데 내걸었다. 포철 직원들은 쇳물을 상징한 황금색의 회사 유니폼을 갖춰 입었다. 그리고 같은 색깔의 안전모를 쓰고, 안전화를 착용했다. 한편 건설사 직원들은 진청색 근무복에 흰색 안전모를 쓰고, 남색 안전화를 신었다. 그렇게 두 그룹이 단상 앞에 나란히 도열했는데, 너 나 할 것 없이 꿀 먹은 벙어리마냥 입이 굳게 닫혀 있었다. 그 행사장에는 은은한 음악 소리만 귓가에 맴돌 뿐 면면은 숙연했다. 수많은 시선이 허공에서 엇갈리며 단상위에 있는 회장의 일거수일투족을 쫓는 듯했다. 대통령보다는 회장을 향한 눈길이 더 분주하게 움직이는 게 아닌가 싶었다. 축제 분위기여야 할 종합준공식장에는 싸늘한 기운이 감돌 뿐만 아니라 분간할 수 없는 무거운 침묵으로 푹 가라앉아 있었다.

이날이 있기까지 포항과 광양 양대 제철소에 각각 사기를 성공적으로 준공하고, 연간 이천백만 톤 생산체제를 완성했다. 포철이 첫 준공을 시작으로 한 기씩 늘어날 때마다 대통령이 참석해서 관계자들의 노고를 치하하곤 했다. 그리고 태양열에서 채화한 불씨로 고로에 불을 지폈다. 그 신성한 제의는 앞으로 십 년을 내다보고, 그동안 고로가 아무 탈 없이 쇳물을 토해낼 수 있도록 생명력을 불어넣는 최초의 의식이었다.

포항제철소 일기(一期) 준공 때는 고로에서 첫 쇳물이 쏟아지자 일제히 환호성을 터뜨렸다. 임직원 모두가 만세 삼창을 불렀다. 황금빛 쇳물 앞에서 넋을 잃은 채 감격의 눈물을 흘리기도 했다. 사장은 임직원들과 서로 부둥켜안고, 그동안의 노고를 치하하며 눈시울을 붉혔다. 난생처음 쇳물과 마주하는 그 순간은 평생 잊지 못할 신선한 충격으로 모든 이의 가슴을 뭉클하게 한 광경이었다.

그 장면이 포철 역사 속에 몇 장의 사진과 기록으로 남아 있는 것을 볼 수 있었다.

이렇게 우리나라가 사·오·육 공화국을 거치면서 한 기씩 준공할 때마다 대통령은 경축사를 낭독하고 관계자들을 격려했다. 그때마다 힘들다는 생각보다는 자긍심이 앞섰다. 포철이 우리나라 산업발전에 미치는 영향력이 막대하기 때문에 대통령께서 직접 챙기는 국책사업 중 하나가 아닐까 싶었다. 이러한 포철 준공 역사를 최종적으로 아우르는, 사반세기 대역사종합 준공식은 그 어느 때보다 의미가 클 수밖에 없었다. 그것은 광양제철소 사기 준공을 끝으로, 양대 제철소 건설을 마무리한다는 걸 대내외적으로 선포하는 자리나 다름없었다. 먼저 대통령의 경축사가 있었다. "어려운 여건 속에서도 사반세기 만에 연간 이천백만 톤 생산체제의 세계 삼위 철강회사로 성장한 포철의 위업은 길이 빛날 금자탑이 될 것." 이라고 치하했다. 다음은 회장이 나설 차례였다. 마이크 앞에 선 회장은 감당하기에 벅찬 감회에 젖은 듯했다. 그러나 그분의 목소리는 어느 때와 다르지 않았다.

"오랜 대역사 속에서 민족경제의 초석을 다진다는 일념으로 몸 바쳐 일하다가 유명을 달리하신 동지들의 혼령이 오늘 이 자리를 지켜보고 계실 것을 생각하니 실로 만감이 교차합니다. 제철보국의 정신 아래 '민족기업, 인간존중, 세계지향'의 기업이념을 더욱 착실히 펼쳐나가는 한편, 이십일 세기를 지향하는 새로운 기업상을 정립할 것입니다. 그리고 국민 여러분의 끊임없는 사랑을 바탕으로 어떤 어려움이라도 헤쳐 나가면서 기필코 세기의 번영과 다음 세대의 행복을 창조하는 국민기업의 지평을 열어갈 것입니다."라고 담담하게 축사를 끝냈다.

포철 창업 역사와 함께했던 대통령은 그 어디에서도 찾을 수 없었다. '나는 임자를 알아. 이건 아무나 할 수 있는 일이 아니야. 어떤 고통을 당해도 국가와 민족을 위해 자기 한 몸 희생할 수 있는 인물만이 이 일을 할 수 있어. 아무 소리 말고 맡아.'라고 말씀하셨던 대통령은 그 자리에 없었다. 아마 회장의 눈길은 그분을 찾아 헤매고 있었는지도 모를 일이었다. 회장의 내면에는 연민의 정으로 가득 찬 듯한데, 그런 착잡한 심경을 드러내지 못한 채 심적 고통에 짓눌린 듯한 표정이 언뜻 내 눈에 비쳤다. 억장이 무너져 내리는 아픔을 달래며 속울음을 삼키느라 애깨나 태웠을 것은 분명해 보였다. 나도 모르게 울컥하면서 쏟아지는 눈물이 앞을 가려 회장의 모습이 어른어른했다.

그 무렵 국내 정치적 상황이 요동치면서 회장이 자리에서 물러난다는 소문에 안팎이 시끌시끌했다. 직원은 물론 가족까지 나서서 온몸으로 막아보려 했지만 헛수고였다. 그분의 마음을 되돌릴 수 있는 그 어떤 장치도 우리에게는 없었다. 그날따라 우리 앞에 놓인 암담한 현실에 온몸에서 기운이 다 빠져나간 듯 축 늘어졌다. 마음 또한 한없이 착잡한 데다가 어느 한군데 정 붙일 만한 곳이 없었다. 내가 포철에 몸담은 지 십오 년 남짓한 세월을 동고동락하면서 일구어 낸 포철 성공 신화의 주인공이 아니던가. 그런 분이 홀연히 우리 곁을 떠난다고 생각한 그 순간부터 망연자실, 넋이 나간 꼴이 되고 말았다. 우리만 덩그러니 남겨진 듯한 공허함에 허기가 졌다. 머리가 지끈거렸다. 마치 사공 잃은 배가 거센 풍랑 속에서 좌초 위기에 처한 형국이었다. 여태껏 온갖 회유와 시기, 모함과 권력 앞에 굴하지 않고 꿋꿋하게 버텨 온 큰 산이 속절없이 무너져 내리는 아픔을 고스란히 떠안았다. 이렇듯 포철이 처한 냉혹한 현실 앞에 가슴만 새까맣게 타들어 갔다. 국가 기간산업인 포철이 정치적인 이유로 흔들리는 모습을 볼 때마다 힘이 빠지고 화가 치밀었다. 종합준공식이 바로 그런 날이었다.

그럼에도 불구하고, 나한테는 꽤 의미 있는 날이었다. 사반세기 대역사 종합준공의 공로를 인정받은 나는 회장 표창과 포상으로 기념 메달을 받았다. 만감이 교차한 날이었다. 그 수상을 기념하여 포상 메달을 목에 걸고, 표창장을 안은 채 가족사진을 찍었다. 회장으로부터 받은 처음이자 마지막이 될지 모를 표창이었다. 그 뜻깊은 자리에서 내 생애에 포철인으로서의 가장 영광스러운 업적 하나를 남겼다. 가문의 영광이었다.

회장 표창을 받은 해 말에 광양제철소 모범사원으로 제철소장 표창을 받았다. 무려 세 번째였다. 그런데다 회장 표창을 받고 나니 간이 배 밖으로 나왔는지 시큰둥해졌다. 이제 회장 표창까지 받았으니 내심 사장 표창을 바라는 가당찮은 욕심꾸러기 심보 때문에 드러난 반응이 아닐까 싶었다. 그런 못된 탐욕 때문인지는 몰라도 사장 표창은 거리가 먼 듯 대상자 물망에도 오르지 못했다.

매년 회사 창립기념일에만 사장 표창을 줄 정도로 귀한 상인 데다 뚜렷한 업적이 없었기 때문에 번번이 밀리고 말았다. 내가 사장 표창을 바란 건 그 상만 받으면 포철에서 포상에 관한 트리플 크라운(제철소장, 사장, 회장)을 달성할 수 있다는 과욕을 부렸기 때문이다. 그렇지만 마냥 아쉬운 건 내가 감당해야 할 몫이었다.

특히 매년 회사에서 선발하는 '올해의 포철인' 상을 놓친 게 마치 목에 가시가 걸린 것처럼 은근히 신경이 쓰일 정도로 성가셨다. 우리 부서에서는 선발 시기에 맞춰 내가 쌓은 업무실적과 역량을 중심으로 두 차례나 공적조서를 써 놓고 기회를 노렸지만 번번이 미끄러졌기 때문이다. 뒤에 들리는 얘기로는 업무실적도 중요하지만 대외 인지도가 결정적으로 작용한다는 말이 떠돌았다. 그러니까 표창 대상자 이름만 대면 '아! 그분, ○○부서에서 ○○일을 하는 사원인데, 성실한 데다가 일처리가 깔끔하고, 그 분야에서는 누구나 인정하는 전문가인 셈이지요. 그런데다 남다른 창의력을 바탕으로 한 개선 실적이 뛰어나 회사 발전에 기여도가 큰 분입니다. 그리고 해당 부서는 물론 관련 부서 직원과의 관계도 원만하다는 평을 듣고 있지요. 나하고도 친분이 두터운 분이기도 하고요.'라고 할 만큼 잘 알려진 것은 당연하고, 누구한테나 격에 어울리는 호평을 받아야 한다는 얘기였다. 그 가운데는 부서장들한테 눈도장을 찍어 놔야 보다 유리한 위치에 설 수 있는 건 당연지사인 성싶었다. 다분히 정치성이 따라야 가능하다는 얘기와도 같았다. 그런 나는 우물 안 개구리 신세에 불과했다. 오직 나한테 주어진 일에만 충실했고, 그 밖에 개인의 업무실적 쌓는 데만 최선을 다했다. 그래서 업무 외적으로 제안, 자주관리 활동에서 괄목할 만한 실적을 쌓았고, 직무발명을 네 건이나 출원했다. 그리고 어학으로 일본어를 선택하여 시급 수준(C級, 천 점 만점에 오백이십 점)을 유지하고 있었다. 어쩌면 노골적으로 올해의 포철인 상을 염두에 두고 차근차근 실적을 쌓지 않았을까 싶었다. 그러나 그 문턱을 넘지 못하고 좌초하고 말았다. 내 욕심은 거기까지였다.

'올해의 포철인' 선발 제도는 1991년에 재정, 1992년 사월 일 일 처음 시행되었다. 그리고 매년 사월 일 일 창립기념일 식장에서 회장 표창을 수여하는데, 포철인 최고 명예의 상이었다. 그 취지는 회사의 기업이념 구현에 크게 기여한 인물을 발굴, 시상함으로써 바람직한 포철인상을 확립하고, 동시에 직장 활성화 및 직원들 간의 일체감에도 기여하는 데 목적을 두고 이 제도를 제정한 것이다. 추천기준은 도전과 창의적 정신이 투철한 사원 외에 다섯 항목의 선발 요건이 매우 까다롭고, 심사기준 또한 엄격했다. 그 상의 심사위원은 부사장 급 다섯 분에다 사외 인사 다섯 분을 추천하여 구성할 정도로 관심을 끌었다. 첫해 올해의 포철인으로 선정된 직원은 두 명으로 상패, 포상금 삼백만 원, 특별 승호 1호봉, 부부동반 해외여행 등의 특전을 누렸다.[4]

상 받은 얘기만 늘어놓다 보니까 내 자랑만 한 게 아닌가 싶어서

---

4) 영일만에서 광양만까지 포항제철 이십오년사, 포항제철 사사 편찬위원회, 1993.3월, 북. 아뜨리에(주)

되게 쑥스럽다. 이제 벌 받은 얘기를 하고 싶은데, 그게 없는 것이 흠(?)이라면 흠이다.

　부모님 슬하에 있을 때의 체벌은 어머니한테 회초리로 종아리를 두들겨 맞거나 꾸중 듣는 일들이 밥 먹듯 했다. 그 이유는 허구한 날 둘째 동생과 싸우는 일이 허다할 뿐만 아니라 밖에서 친구들하고 놀다가 늦게 집에 들어온 날이면 체벌의 표적이 되었다. 체벌 가운데 가장 무서운 건 어머니한테 거짓말을 했다가 들통 나서 혼쭐이 날 때였다. 그럴 때면 어디에다 몸 둘 바를 몰라 쥐구멍이라도 찾고 싶은 심정이었다. 반면에 아버지는 꾸중을 하거나 매를 들기보다는 집을 중심으로 뺑뺑이를 돌리듯 선착순을 시키는 것으로 체벌을 가하는 일이 더러 있었다. 초등학교 시절에도 마찬가지로 회초리로 손바닥이나 종아리를 맞는 일은 비일비재했다. 그때 담임선생님은 출석부와 회초리를 늘 옆구리에 끼고 다닐 만큼 그 매는 권위의 상징이었다. 더러는 교실 뒤쪽으로 쫓겨나 무릎 꿇고 두 손을 들게 하는 체벌을 가하는 일도 있었다. 점차 몸집이 커지면서 들어 올린 두 손에는 걸상이 올라가기도 했다. 고등학교 때부터는 머리가 커져서 그런지 체벌을 받아 본 적이 없었던 것 같다. 그 대신 말로 기를 죽이는 핀잔은 간혹 들었다. 특히 삼 학년 때 들은 담임선생님의 핀잔은 가슴에 대못을 박은 듯했다. 시험만 보고 나면 다른 반에 비해 성적이 떨어졌다고 "아이고, 이 모질이들하고는…. 쯧쯧. 하여간에 싹수가 노랗다 노래."라고 하며 한심하다는 듯 일그러진 표정으로 우리들의 자존심을 박박 긁어대는 게 비근한 예였다.

단체로 받은 체벌은 학창 시절 내내 끊이지 않았지만 학칙을 어겨 정학이라든지 퇴학을 당하는 징계를 받은 적이 없었다. 그러한 불명예는 무척 보기 드문 일이어서 학창 시절 내내 한두 차례 본 기억밖에 없다. 더러는 친구하고 싸웠다거나 무단결석을 해서 그 벌칙으로 교무실에 불려 다니며 반성문을 쓰는 사례가 있었는데, 그런 불미스러운 일조차도 경험해 본 바가 없었다. 어떻게 생각하면 지나치게 얌전하고, 학교 규칙을 잘 지키는 그저 평범한 학생으로 생활하지 않았을까 싶다.

군 복무 중에도 단체 기합은 시도 때도 없이 받았을지언정 군법에 어긋나는 개인적인 일탈로 체벌을 당했다거나 영창에 들어간 적은 없었다. 군법은 엄격하기로 소문이 나 있는데, 그걸 지키지 않으면 그 대가는 가혹했다. 가차 없이 영창에 집어넣었다. 사단 내 자대 영창이란 곳도 있어서 죄가 가벼운 경우에는 일주일 또는 열흘씩 감금하기도 했다. 그 죄목도 가지가지였다. 상관 명령에 불복종했다느니 근무지를 무단이탈했다느니 총기를 잃어버렸다느니 술에 취해 행패를 부렸다는 등 다양했다. 어떤 간 큰 놈은 군수물자를 몰래 빼내 팔아먹다 적발되는 경우도 있었다. 체벌은 개인보다는 단체로 받았기 때문에 그때그때 적절하게 대처하고 나면 또 풀리기도 했다. 나는 다행스럽게도 이 년 십 개월이라는 군 복무 동안 불미스러운 사건 하나 없이 국방의 의무를 다할 수 있었다.

직장생활 또한 크게 다르지 않았다. 벌칙의 유형도 경고에서부터

견책, 감봉, 권고사직, 징계면직 등이 있으나 그러한 벌을 받아 본 적이 없었다. 나는 열연공장 설비관리 업무를 맡고 있었는데, 그곳에서는 크고 작은 돌발고장이 때를 가리지 않고 발생했다. 돌발고장은 곧 그날 목표로 하는 생산량에 차질을 빚을 수밖에 없기 때문에 직간접적으로 회사 경영에 악영향을 끼치는 암초나 다름없었다. 돌발고장이 발생하고 나면 어김없이 고장 반성회를 소집하고 재발방지 대책을 세웠다. 그리고 마지막에는 책임소재를 가렸지만 그때마다 관리 부재라는 말은 없었다.

그 밖에도 현장 관리감독자로서 정년퇴직을 하기까지는 숱한 불미스러운 일 때문에 벌 받는 것을 대수롭지 않게 받아들일 정도로 심심치 않게 터졌다. 특히 시간과 다투며 제품을 생산하는 열악한 환경에서 경미한 안전사고라도 발생하면 여지없이 책임을 떠안아야 하는 게 관리감독자의 위치였다. 하지만 나한테 그런 일은 결코 없었다.

흔히들 벌을 받게 되면 '별 달았다.'라는 은어를 사용했다. 그래서 어떤 벌을 받게 되면 '별이 몇 개야?'라고 묻는 게 직원들 사이에 통념화되었다. 그러나 나는 천만다행으로 별 한번 못 달아보고 정년퇴직을 했다.

한 차례 혹독한 시련의 시기가 예고 없이 찾아온 적이 있었다. 1990년대 중반쯤인 성싶다. 사내에서 심심찮게 부조리가 불거지면서 분위기가 어수선할 때가 있었다. 대부분 관련 업체로부터 금품 수수나 향응을 제공받은 경우였다. 그 무렵 우리 부서에서도 연달아 두 명이나 부조리에 연루된 사건으로 곤욕을 치르고 있던 때였다. 그것을 빌미로 우리 소그룹에도 내부 감사가 들이닥쳤다. 감사실 계장과 반장 두 직원이 보란 듯이 나를 찾아와서 면담을 요청했다. 여태껏 감사 한번 받아 본 적이 없던 터라 적잖이 당황했다. 그것도 공장을 준공한 지 이 년 남짓한 시기에 돌발고장으로 불철주야 동분서주하고 있는 나를 취조하듯이 물고 늘어졌다. 하루가 멀다 하고 찾아와서 내가 추진한 일들이 사규에 어긋난 점은 없는지를 무려 한 달 가까이 파헤쳤다. 그 가운데 내가 구매한 자재 중에 밸브 사양이 바뀐 사유에 대해 색안경을 끼고 꼬치꼬치 따져 물었다. 나는 사전에 기안 문서를 작성해서 부서장 결재를 받은 후에 실행한 사실을 당당하게 제시하고, 깔끔하게 오해를 풀었다. 또 하나는 유압 작동유의 성상 결함으로 시스템에 문제를 일으키자 공급업체에서 무상으로 교체하는 일이 있었다.

그런데 무상이 아니라 구매를 했다느니, 폐유를 반출해야 하는데 신유를 싣고 나갔다느니 하면서 마치 절도범 취급하듯이 했다. 이 또한 반출입 서류와 현물, 회의록 등의 근거를 제출하고 그 과정을 해명했다. 그 외에도 사사건건 나를 물고 늘어지다가 결국 소득 하나 없이 시간만 낭비하는 결과를 초래했다. 그러자 그 직원들은 어지간히 난감했던지 현재 공장에 이슈가 되는 것 가운데 하나만 귀띔해 달라고 간청했다. 하는 수 없이 나는 일본에서 수입한 제품 중에 하나를 미끼로 던졌다. 그것은 롤(Roll)인데, 새로 개발된 품목으로 표면에 흠이 발생하는 현상 때문에 관련자 모두가 골머리를 싸매고 있던 참이었다. 롤에 대한 그동안의 진행 과정을 상세하게 정리한 자료를 몽땅 건네주었다. 그리고 제발 이 문제 좀 해결해 달라고 신신당부를 했다. 그런데 어찌된 일인지 그 뒤로는 감감무소식이었다.

언젠가 한번은 내가 설비관리를 하고 있는 공장에 예방정비를 하는 날이었다. 그날은 삼사십 건의 단위 작업 가운데, 전기 집진기의 내부 필러를 교체하는 작업이 포함되어 있었다. 공장건설 이후 거의 이십여 년 만에 처음 하는 작업이었다. 전기 집진기의 필러는 소재가 플라스틱으로 화재의 위험성이 큰 자재였다. 그래서 필러를 교체하기 전에 화기 사용을 절대 금한다는 안전사항을 워크 오더(Work Order)에 명기를 했고, 툴 박스 미팅을 마친 후 안전작업계획서에 서명까지 했다.

그런데 필러 철거 작업 중에 불티가 튀어가면서 화재가 발생한 것이다. 그 소식을 전해 듣고, 허겁지겁 달려갔더니 검은 연기가 하늘 높이 치솟는 것과 동시에 시뻘건 불길이 독사의 혀처럼 날름거렸다. 즉시 사내 소방과에 화재 신고를 하고, 소방차가 출동한 후에야 불길을 잡을 수 있었다. 폐자재를 철거 중에 일어난 불로 비록 피해는 없었지만 화재가 발생한 것에 대한 책임을 물었다. 나는 그 화재사고로 현장 관리감독자로서의 관리를 소홀히 했다는 이유로 부서장 경고를 받은 적이 한 차례 있었다. 그 경고 조치의 유효기간은 삼 개월로 금방 소멸되었고, 회사 차원에서 받은 벌이 아니기 때문에 하등에 신경 쓸 이유가 없었다.

바람 잘 날 없는 열악한 생산 현장에서 큰 잘못 없이 무사히 정년퇴직을 할 수 있었다는 게 개인적으로 엄청난 행운이었다. 아울러 내가 속한 소그룹 구성원들 또한 각종 포상은 많이 받았을지언정 벌을 받은 적이 없었다는 게 더 큰 보람이었다.

특별교육이 남긴 흔적

        내가 국내 대기업에서 삼십여 년을 재직하는 동안 이런저런 교육을 헤아릴 수 없을 정도로 받았다. 교육의 시작은 입사한 그날로부터 일주일간의 신입 사원 도입교육부터였다. 이후 부서 배치를 받고 난 다음부터는 현장 직무교육이라고 해서 거의 육 년 동안을 받았다. 일반 사원을 대상으로 기초부터 현장 실무 감각을 익히는 과정인데, 멘토는 선배 사원이었다. 그리고 정비 기초니 능력개발이니 무슨 양성이니 하며 일 년에 한두 차례는 집합교육을 이수했다. 그럴 때마다 교육성과에 대한 개인별 성취도 평가는 빼놓지 않았다. 그리고 평가결과 성적 우수자에 한에서는 포상을 하는 것으로 그 가치를 인정했다. 그 성적 또한 인사기록부에 등재해서 인사에 반영하는 기초자료로 활용했다. 더러는 사외 위탁교육을 받은 적도 있었다. 전문분야 아니면 인성교육 위주였다. 여러 목적의 교육 가운데서 선호도가 높은 교육과정은 해외 연수가 단연 으뜸이었다. 주로 새로운 설비가 회사에 도입되면 그 설비의 관리 또는 운전 방법에 대한 전문교육으로 핵심 사원을 위주로 선발해서 연수를 보내곤 했다.

그렇게 수많은 교육을 받았지만 유별나게 기억 속에 남아 있는 하나가 설핏 떠오른다. 다른 교육들은 세월이 흘러감에 따라 가물가물 멀어져 가는 데 유독 그 과정만은 내 마음 한가운데 똬리를 튼 채 기웃거리고 있다. 그만큼 자신이나 회사가 절박한 상황에 처해 있던 시기의 교육 때문이 아닌가 싶다. 더군다나 그 교육과정 중 왼발을 접질렀을 때의 영향인지 은근히 무릎이 시큰거리기도 하고, 교육을 통해서 얻은 교훈이 몸에 배어 있어서 그런 게 아닌가 싶기도 하다.

때는 1991년 한여름으로, 기온이 연일 삼십 도를 웃도는 찜통더위가 한창 기승을 부리던 시기였다. 그리고 유난히 비가 자주 내렸던 여름이 아닌가 하는 기억이 어렴풋이 떠오른다. 그 교육은 포항에 위치한 포철 인재개발원에서 받았던 '주임 능력개발 특별교육'이었다. 여기에서 특별이라는 단어가 눈에 확 띈 게 예사롭지 않다는 걸 직감했다.

이제부터 그 교육이 왜 특별인가에 대한 배경을 설명하려고 한다. 그 시작점은 1987년 육이구 민주화 선언이었다. 그 민주화 요구에 대한 돌풍이 소용돌이치는 가운데 포철에도 결국 노동조합이 설립되었다. 민주화 선언 이후로부터 꼭 일 년 뒤인 1988년 유월 이십구 일이었다. 일찍이 상상도 못 했던 노동조합이 포철에 설립됨에 따라 격랑의 파고를 예고하는 듯했다. 포철에 노동조합이 들어섰다는 건 어느 누구보다도 회사 경영층이 긴장하지 않을 수 없었을 것이다. 왜냐하면 직원들이 노동조합법(지금의 노동법)에 대한 지식이 전혀 없는 데다가 노조원 신분이라는 이유로 집행부의 무분별한 투쟁을 맹목적으로 따를 수밖에 없는 분위기 때문이다. 그리고 일관 제철소의 구조적 특성을 고려하지 않고, 투쟁만 일삼을 경우 국민기업이라는 역사적 사명에 치명적인 파장을 몰고 올 공산이 클 것으로 예측했을 것이다. 그러니 다른 산업체에서 몸살을 앓고 있던 노동운동의 과격한 투쟁 현장과 판박이가 되지 않을까 노심초사하는 건 분명했다. 그때 회장은 만사를 제쳐놓고, 포항으로 내려갔다. 그리고 총무이사를 필두로 여러 임원들을 대동하고 노측 대표들과 마주 앉았다. 회장은 자리에 앉자마자 "프롤레타리아 혁명을 쟁취하기 위해 맑스레닌주의를 추구하자는 목표는 아니지 않느냐?"고 반문했다. 그리고 자신의 심경을 호심탄회하게 털어놓았다. 요약하면 이런 내용이었다. 우리 회사는 벌써부터 빈곤의 시대를 극복했고, 직원들의 복지를 회사경영의 가장 중요한 원칙으로 삼고 있다. 그것은 우선 직원의 의식주가 안정되고, 근로기준법에 합당한 근무조건을 보장받는 것이다. 그 일환으로 우리 회사는 일찍부터 직원의 두 자녀에 한해 대학 졸업 때까지 학비를 지원하는 등 복지와 근로조건에 대해서는 자부심을 가져왔다. 그리고 우리가 왜 회사를 만들었으며 어떻게 키워왔는가를 노측에 물었다. 이어서 우리 회사마저 노사대립으로 갈등을 겪게 된다면 국민과 조상에 대한 도리가 아니라고 호소했다. 그리고 앞으로 노사가 논의해 가면서 부실한 점은 보완해 나가자며 협조를 당부했다.

아울러 회사의 미래에 대한 새로운 비전도 밝히면서 노사가 서로 협력해서 그 목표를 하나하나 달성해 나가자고 등을 다독거렸다.

노동조합이 설립되기 이전의 포철은 노사협의회와 고충처리위원회에서 노사관계를 다뤄 왔다. 노사협의회는 1981년부터 노동조합이 설립되기 전까지 칠 년여 동안 수백 건의 안건을 수렴하여 노사가 합의를 이루어 냈다. 그리고 개인의 불만이나 애로사항을 사전에 해소하기 위해 노사 공동으로 구성한 고충처리위원회에서도 수많은 안건을 처리해 왔다. 그런 가운데 민주화의 거센 역풍을 빗겨가지 못하고, 포철에도 기어이 노동조합이 들어선 것이다. 그리고 그해 팔월 중순경에 출범한 이 대 집행부는 그나마 경제적 조합주의 노선에 기초하여 협조적인 노사관계를 유지했다. 그러나 삼 대 집행부에서는 정치적 조합주의 노선에 따라 급진 노동권의 논리를 광범위하게 수용했다. 그러니까 계급투쟁 성격을 띤 극단적 노동운동을 표방하고 나선 것이었다.[5]

1990년 하반기에 출범한 삼 대 집행부의 출정식을 광양제철소 본부 앞에서 치렀는데, 마치 광란의 도가니처럼 들끓었다. 그날의 충격은 세월과 함께 무디어지기는커녕 더욱 또렷하게 되살아난다. 노조 집행부와 조합원들로 구성된 농악놀이 패가 징과 꽹과리, 북을 신나게 치면서 입이 찢어질 듯이 함성을 질러 댔다. 농악놀이 패 앞에는 오색 깃발을 하늘 높이 치켜세운 노조원들이 덩실덩실

---

5) 『세계 초일류 기업 포스코의 신화를 이룩한 세계 최고의 철강인 박태준』 (이대한 지음, 현암사, 2004.12)

춤을 췄다. 그 깃발에는 선명한 글씨로 '○○○ 회장은 물러나라.', '포철은 근로자를 탄압하지 말라.', '동지들이여 우리의 권리를 쟁취하기 위해 단결하자.'라는 등의 온갖 과격한 문구가 섬뜩하게 눈에 띄었다. 어느 노동운동의 집회 현장과 다를 바가 없었다. 더러 TV에서 보고 눈살을 찌푸렸던 기억이 생생하게 떠오르던 바로 그 장면이었다. 나는 여태껏 그런 현장을 본 적이 없었던 터라 낯설기도 하거니와 돌연 딴 세상으로 떠밀려 온 듯한 착각에 빠졌다. 그와 때를 같이하여 직원들은 준법투쟁을 한답시고 사복을 입고 출근했다. 그때까지도 직원들은 규정된 유니폼에 안전화를 신고, 회사 로고가 붙은 모자를 쓰도록 규정하고 있었다. 그런데 그런 꼴불견을 지켜보고 있으려니 회사밖에 모르는 나는 속이 부글부글 끓어올랐다. 그때 나는 태산 같이 쌓인 업무는 제쳐놓고, 그런 직원들을 설득하거나 동향을 살피고, 보고하느라 진땀을 흘렸다. 이러한 사태가 곳곳에서 벌어지자 하루가 다르게 노사 간에 불신의 골이 깊어 갔다. 그러니 제아무리 현장 관리감독자라고 한들 노동조합 앞에서는 일말의 존재 이유조차 소멸되어 버린 듯 허수아비에 불과했다. 그러나 경영층에서 보기에는 주임이라는 현장 관리감독자가 소속 직원을 제대로 관리하지 못한다고 판단했을 법했다.

아나나 다를까 회사에서는 전 주임을 대상으로 한 '주임 능력개발 특별교육'이라는 프로그램을 고안해서 시달했다. 포항, 광양 제철소에서는 교육 대상자를 파악하고, 부서 내에서 서로 겹치지 않도록 조정한 후 조를 편성했다. 나는 그때 주임 직책을 맡은 지 삼 년 남짓한 시기로 내 나이 서른아홉이었다. 주임으로는 젊은 편에 속했다. 나이가 많은 선배 주임의 경우는 쉰 서넛까지도 교육 대상자로 편성되어 있었다. 그런 위치에 있던 나는 젊다는 이유 하나만으로 더없이 좋은 기회로 받아들였다. 따라서 본 특별교육 과정에서 우수한 성적을 올려 상을 한번 받아 보겠다는 당찬 포부를 가졌다. 그 상은 교육 성적이 우수한 일이 등한테만 주어지는 것으로 자신은 물론 부서의 명예를 높이는 데 큰 역할을 했다. 그러니 욕심을 한번 내볼 만한 주임 특별교육인 것을 더없이 좋은 기회로 여겼다. 그래서 나는 학습을 꾸준하게 이어가는 한편 과제물 또한 빈틈없이 챙겼다. 매주 월요일에 치르는 중간시험 성적도 늘 상위권에 올라 있을 정도로 집중해서 반복적으로 공부했다. 숙식은 연수원 기숙사에서 해결했기 때문에 공부할 수 있는 시간은 넉넉했다. 다만 주말에 한번 광양 자택을 다녀올 때 어려움이 있었지만 그럴 때는 과제물이나 시험 치를 준비를 사전에 끝냈다. 때로는 집에 돌아와서까지도 공부한답시고 두문불출하기도 했다.

그 무렵 여름휴가가 절정인 칠월 마지막 주말에 광양 자택을 다녀간 적이 있었다. 포항에서 광양으로 갈 때는 교통이 원활한 편이었다. 그런데 포항으로 다시 돌아갈 때는 도로가 마치 거대한 주차장으로 돌변하기라도 한 듯 차량들로 빼곡했다. 그 광경을 본 순간 한숨이 절로 나오고, 거북이걸음으로 포항까지 갈 생각을 하니 기가 막혔다. 이미 고속도로에 들어섰는데, 내가 예측한 도로 사정이 급변한데는 다른 어떤 대안이 없었다. 그렇게 나는 꼼짝없이 남해안 고속도로에 갇혀 고스란히 열 시간가량 발이 묶였다. 더군다나 김해에서 길을 잘못 들어 부산 시내로 들어가는 바람에 거의 삼사십 분가량을 또 헤맸다. 설상가상으로 양산 통도사 부근 도로에서 또 한 차례 길을 잃고 방황했다. 한번 꼬이기 시작한 계획이 뒤죽박죽 엉키면서 혼란이 또 다른 혼란을 불러일으킨 것이다. 겨우 길을 찾아 포항 인재개발원에 도착한 시각이 자정 무렵이었다. 광양 자택에서 오전 열 시경에 출발했으니 무려 열네 시간을 도로에 갇혀 있었던 꼴이었다. 평상시 같으면 세 시간 반이면 충분한 거리인데, 그날따라 도로에서 발목이 붙잡힌 채 황금 같은 시간을 마냥 허비하고 말았다. 점심, 저녁밥까지 탈탈 굶은 채.

내일이 월요일인 데다 중간시험을 치르는 날이었다. 나는 학습을 제대로 못 한 게 못내 마음에 걸렸지만 그보다는 쌓인 피로가 물고 늘어졌다. 몸과 마음이 지칠 대로 지친 데다 밤늦은 시각에 졸음이 쏟아지자 도저히 견뎌 낼 재간이 없었다. 시시각각 뼛속까지 파고드는 피로감에 만사 제쳐놓고, 침대에 벌러덩 드러눕고 말았다. 비몽사몽간에 왜 하필이면 월요일에 시험을 치를까 하는 의구심이 일었지만 거기서 생각이 끊겼다. 이것도 주임능력개발 특별교육 중 하나의 과정이려거니 해서 보인 반응이었을 것이다.

그 특별교육 과정을 돌이켜 보면 그 정점에는 뚜렷한 교육목표가 짓누르고 있었다. 그 목표는 '감독자로서의 기본 기능과 현장 일선 감독자로서의 갖추어야 할 관리 능력을 배양하고 익혀야 할 신기술을 습득하는 주임 능력개발 특별교육'이라는 전제가 붙어 있었다. 그 교육에 따른 교제는 무려 육백오십여 페이지에 달하는 분량의 책이 세 권이나 되었다. 그 두꺼운 책을 보는 것만으로도 교육생들의 기를 단숨에 꺾어버리기에 손색이 없었다. 제일 권은 직장윤리, 포철 기업문화, 감독자의 역할과 기능 등이며, 제이 권은 계장일반의 이론과 실습, 윤활, 유압, 설비진단 등 전문 분야였다. 그리고 제삼 권은 프로세스 컴퓨터, 직무발명, 열관리, 전산일반, 품질관리 등이었다. 그 가운데는 어학도 하나의 교육 과정으로 편성되어 있었다. 대부분 유럽이나 일본으로 연수를 다녀온 경험이 있어서인지 불어나 영어, 아니면 일어를 선택했다. 그러니 공부를 열심히 하지 않으면 수상은커녕 수료조차 못할 지경이었다. 당연히 수업시간에는 공부하는 열기로 뜨거웠고, 일과가 끝난 후에는 과제물을 수행하거나 학습하느라 눈에 불을 켰다. 주말 또한 마찬가지였다. 광양 자택에 가지 않은 주말에는 온종일 공부하느라 여념이 없었다. 포항에 거주하는 주임들은 각자 집으로 돌아가고 난 뒤라 절간처럼 조용해서 학습하는 데 절호의 기회였다. 오직 학습하는 데만 매달리다 보니 외출할 일도 별로 없었다. 그렇게 공부하기에 적합한 주변 환경 덕분에 수상에 대한 기대가 더욱 부풀었다.

숨 돌릴 겨를도 없이 빡빡한 교육 일정 가운데서도 현장 견학 프로그램이 옥죄였던 숨통을 트이게 했다. 이박 삼일간의 일정으로 국내 대기업이며 우리 회사의 고객사인 자동차 회사와 조선소를 견학했다. 회사의 현황 소개를 받고, 생산현장을 둘러보니 눈에 띄는 건 온통 우리 회사가 생산한 제품뿐이었다. 그 제품이 날렵한 자동차로, 육중한 선박으로 재탄생하는 과정을 보고 '철이 곧 산업의 쌀'이라고 불릴 만큼 소중하다는 것을 실감했다. 나도 모르게 어깨가 으쓱해지는 반면에 더 좋은 품질의 제품을 생산해야겠다는 의무감 같은 게 일었다.

현장 견학을 마치고, 강원도 양구로 이동했다. 제사땅굴 체험에 나서는 길이었다. 이색적인 교육 프로그램 중 하나로, 땅굴을 따라 발걸음을 떼는 순간마다 북한의 남침 야욕에 혀를 내둘렀다. 그 땅굴 끝에는 벽 하나를 사이에 두고 남과 북이 대치하고 있다는 말에 온몸에 오스스 소름이 돋았다. 달뜬 마음을 진정하고 고성으로 이동, 통일전망대에 올랐다. 망원경으로 북녘 땅을 훔쳐보는 눈길에는 긴장감보다는 야릇한 호기심이 일기도 했다. 그 가운데는 전쟁기념관도 빼놓을 수 없는 우리의 현장 체험 교육장이었다. 혼자서는 감히 엄두조차 낼 수 없는 그런 현장을 이 특별교육을 통해서 몸소 체험한 건 좀처럼 잊혀지지 않을 것 같다는 예감이 들었다.

본 특별교육 과정 중의 압권은 '핵심 사원 양성을 위한 의식고도화 훈련'이었다. 경기도 안성에 위치한 한국공업표준협회(현, 한국표준협회) 인재개발원에서 주관한 위탁교육이었다. 때는 1991년 칠월 중순으로, 오박 육일간의 일정이었다. 한여름인 데다 비가 오락가락하는 탓에 습도까지 높은 후덥지근한 날씨가 심술을 부리던 때였다.

입소한 첫날 오전 열 시 반쯤 인재개발원에 도착했다. 그리고 간단하게 교육과정 소개를 받은 것으로 오전 일정을 마쳤다. 오후에는 교육 프로그램 별 진행방법과 초빙강사의 특강을 끝으로 하루 일정을 소화했다. 그때까지도 다른 교육과정은 귀에 들어오지 않았고, 오직 교육 마지막 날 치를 예정인 발표력 평가에 온통 신경이 쏠렸다. 왜냐하면 이 과정을 먼저 수료했던 선배 주임들이 호들갑을 떨며 자랑 삼아 하던 얘기를 심심찮게 들었기 때문이다. 그리고 교육 프로그램을 소개할 때 암기해야 할 행동강령과 발표력 등의 원고를 손에 받아 들었기 때문에 촉각이 곤두설 수밖에 없었다. 나는 발표력 원고를 받아들자마자 무턱대고 암기하기 시작했다. 암기해야 할 분량이 자그마치 A4 크기의 용지 한 장에 앞뒤로 빼곡했다. 발표할 원고 제목은 '최선'이라는 단 한 단어였다.

그 밖에도 행동강령이라든지, 가창(발성), 삼 분 스피치, 야간산행이 편성되어 있었지만 그다지 걱정할 게 없었다. 그 가운데 행동강령 또한 암기한 후에 지도위원 앞에서 발표하는 것으로 비교적 간단하게 구성된 열 항목의 교훈은 그렇게 어렵지 않을 성싶었다. 물론 전 교육과정이 하나도 쉬운 게 없을 터이지만 발표력 과정과 비교했을 때 그렇다는 얘기다.

입소 첫날 교육 일정이 끝난 이후부터 발표력 원고를 암기하느라 머리를 쥐어짰다. 나만 그런 게 아니라 전 교육생이 한결같았다. 장소가 따로 없었다. 아무데서나 암기하는 목소리가 신들린 무당이 시부렁거리는 소리와 흡사했다. 암기하기에 가장 적합한 장소가 건물 옥상이라도 된 듯 그곳에는 교육생들로 발 디딜 틈이 없을 정도였다. 시간도 따로 정해진 게 없었다. 교육을 받거나 잠 자고 밥 먹는 시간 외에는 죄다 암기하느라 옆에서 난리가 나도 모를 정도였다. 그렇게 온통 발표력에만 관심이 집중된 건 어쩌면 당연한 이치가 아닌가 싶었다. 이 교육 과정을 이수하느냐 못하느냐가 그 발표력 평가에 달려 있기 때문이었다.

그런 와중에 교육생답지 않은 일탈로 한바탕 소동이 벌어졌다. 포항제철소에 근무하는 한 선배 주임이 교육에 들어오기 전에 앞서 본 교육을 수료했던 동료로부터 발표력 원고를 입수했다. 그리고 그 원고를 무턱대고 달달 외웠다. 그런데 정작 교육에 들어와서 받은 원고는 내용이 약간씩 달랐다. 당황할 수밖에 없었다. 그분은 그러한 속사정을 숨기고, 새로 받은 발표력 원고를 암기하려고 애를 써 봤지만 그게 쉽게 고쳐지지 않았다. 그러니 두 차례에 걸쳐 예비심사를 받았는데도 그 때마다 불합격이었다. 불합격을 받은 사실에 화가 난 그 주임은 얼토당토않은 괴변을 들이대며 항의하는 사태가 벌어졌다. 그 교육기관 측에 '왜 꼭 발표력 원고대로만 해야 하는가? 내용이 비슷하고 뜻이 통하면 되는 것 아닌가? 그리고 왜 사전 공지도 없이 발표력 원고의 내용을 바꿨냐?'는 등 소란을 피웠다. 교육기관도 당황하기는 마찬가지였다. 그런 꼼수를 미연에 방지하기 위해 매 차수마다 암기하고 발표할 원고를 달리 제시하는 게 당연한 규정이기 때문이었다. 이런 뜬금없는 사태로 갈등이 일자 양측 교육 책임자들끼리 긴급 협의를 통해 원만한 선에서 한 발씩 뒤로 물러서는 것으로 그 일은 일단락되었다. 하지만 항의했던 분을 비롯한 대여섯 명의 교육생이 마지막 관문인 발표력의 벽에 막혀 해당 교육을 수료하지 못한 채 그 일정이 끝났다.

둘째 날은 교육을 마치고, 저녁 식사 후인 여섯 시 사오십 분경에 야간산행에 돌입했다. 그 교육의 목적은 극기력과 협동심, 팀워크를 높이고 문제해결 능력을 배양한다는 취지의 훈련 과정이었다. 담당 지도위원은 오류 명씩 조를 편성한 다음 지도를 한 장씩 나눠 줬다. 그리고 그 지도에서 지시한 대로 루트를 개척하는 임무를 완수하고, 다시 이 자리로 돌아오면 본 교육과정이 종료된다고 안내했다. 곧이어 각 조마다의 간격을 십여 분의 시차를 두고 출발시켰다. 그 산행의 경로는 조마다 달랐다. 따라서 지도에서 요구한 대로 길을 찾아가려면 팀원들이 서로 머리를 맞대고 협력하는 것은 당연한 의무였다. 그럼에도 불구하고, 나는 들러리마냥 맨 뒤에 처져서 앞사람 발자국만 보고 따라갔다. 나름 야간산행 중에 발표력 원고의 암기를 다 끝내겠다는 강한 욕구를 절제할 수 없었기 때문이다. 그렇게 온 정신이 발표력 원고에 쏙 빨려 들어간 채 어정어정 걷다가 잠깐 한눈을 판 사이 그만 웅덩이에 왼발을 헛디뎠다. 그 바람에 무릎이 접질리는 부상을 입은 어처구니없는 일이 벌어졌다. 그 뒤로 왼발을 땅에 디딜 때마다 송곳으로 오금을 쿡쿡 찌르는 것 같은 통증에 어금니를 깨물었다. 당연히 왼발에 힘을 제대로 실을 수 없는 처지라 다리를 질질 끌다시피 했다. 그런 와중에 장대비가 억수같이 쏟아졌다. 우의를 뒤집어쓰기는 했으나 무용지물이었다. 그때는 옷이 젖는 게 문제가 아니라 신발에 빗물이 고이면서 질컥거리는 것이 고역이었다. 신발도 등산화인데, 딱 한 차례 신고 놔뒀다가 그날 두 번째 신은 것이었다. 맨 처음 그 등산화를 신고 설악산에 올랐을 때도 발이 불편해서 애깨나 먹었는데, 그걸 또 신었다. 그러니 발이 편할 리가 없었다. 발뒤축은 살갗이 다 벗겨지고, 발바닥은 물집이 잡혔다가 터진 탓인지 따끔따끔했다. 더욱 기가 막힌 건 길마저 잃어버린 어처구니없는 과오를 저질렀다. 공교롭게도 우리 팀만 그런 게 아니었다. 몇 개 팀이 똑같은 처지에 놓여 갈팡질팡하는 꼴이 참으로 한심했다. 수많은 교육생들이 한군데 뒤엉켜 누가 우리 팀인지조차 분간할 수 없는 지경에 이르렀다. 뜻하지 않게 철저히 삼중고에 시달린 셈이었다. 그러니까 발바닥과 무릎에서 전해오는 통증에 걷는 것조차 죽을 맛인데, 장대비가 쏟아지는 불순한 일기에다 엎친 데 덮친 격으로 길까지 잃어버린 것이다. 그야말로 진퇴양난이었다.

그런 나를 측은하게 여긴 팀원들이 힐끗힐끗 쳐다보고는 후송차를 불러 타고 가라며 부추겼다. 후송차를 타는 건 낙오를 의미하는 것인데, 나는 여기서 죽는 한이 있더라도 그건 싫다는 오기가 발동했다. 이 훈련 과정에서 낙오한다면 수료는 물 건너 갈 것이고, 특별교육에 까지 영향이 미칠 수 있다는 생각에 고개를 절레절레 흔들었다. 더군다나 그 특별교육 과정을 우수한 성적으로 수료해서 상 받을 목표를 세운 내가 아니었던가?

그렇게 우왕좌왕하고 있는데, 해당 교육 지도위원로부터 연락이 닿았다. 그분이 안내해 준 길을 따라 어기적어기적 끌려간 끝에 겨우 인재개발원에 도착할 수 있었다. 마치 비 맞은 닭처럼 후줄근해진 모양새가 꼴불견이었다. 영락없는 패잔병 수준에 버금가는 꼬락서니라고 보면 딱 맞을 성싶었다. 인재개발원에 도착한 시각은 다음 날 아침 여섯 시경으로 하룻밤을 꼬박 길에서 뜬눈으로 새운 것이다. 그러니까 무려 열두 시간가량을 장대비를 맞아가며 밤새 길을 헤맨 꼴이었다.

야간 산행을 제대로 마치고 돌아온 팀은 두세 개 조에 불과했지만 자정 무렵에야 도착했다는 믿기지 않은 얘기를 전해 듣고, 걱정이 태산 같았다. 왜냐하면 야간 산행에서의 시간 차이가 고스란히 발표력에 영향을 미칠 수 있기 때문에 그만큼의 격차는 이미 벌어진 셈이었다.

어찌 되었든 야간산행의 거리도 차이가 날 수밖에 없었다. 팀별 산행 코스에 따라 거리의 차이는 있겠지만 먼저 도착한 교육생들을 보면 십여 킬로미터나 되지 않을까 싶었다. 그러나 우리 팀 같은 경우는 밤을 새워 엉뚱한 길에서 헤맸으니 이십여 킬로미터는 족히 될 성싶었다. 그러니 먼저 도착한 팀과 나중에 들어온 팀의 피로도는 두서너 배는 되지 않을까 하고 넘겨짚었다.

인재개발원으로 돌아온 뒤에서야 내 몸 상태가 그 지경인 것을 새삼 알아차렸다. 우선 샤워부터 하고, 새 옷으로 갈아입었다. 그리고 발바닥과 무릎에 간단한 치료를 하고 나니 어느 정도 정신을 차릴 수 있었다. 그런 상황 속에서도 발표력 원고는 거의 다 암기할 수 있었다. 하지만 잠시 숨 돌릴 겨를도 없이 삼 일째 교육을 받고, 다른 과정을 이수하느라 몸과 마음이 지칠 대로 지친 상태여서 온전히 숙달되지는 않았다. 그날 점심식사 시간에 잠시 쪽잠을 붙인 이후로 저녁 늦게까지 발표력 암기하기를 수없이 반복했다. 그런 가운데서도 나머지 과정들은 그때그때 적절히 대처함에 따라 무난히 합격했다. 열 항목의 행동강령은 물론 삼 분 스피치, 가창력까지 줄줄이 합격하자마자 머리에서 말끔히 지웠다.

그 가운데 행동강령은 열 개의 항목으로 "제일 조 시간은 흐른다. 목표달성을 위해서는 오늘 하루가 짧다는 것을 알아라."라고 하는 교훈이 첫 번째였다. 그리고 제이 조부터 제구 조까지 이와 유사한 내용들로 쭉 이어지고, 그 마지막은 "제십 조 행동은 결과로 완료된다. 도중에 중단하면 처음부터 하지 않는 것보다 못하다. 끝까지 최선을 다하라."라고 하는 교훈이었다. 그 열 개 항목을 다 암기한 다음에 지도위원 앞에서 발표하는데, 교육생 대부분이 단숨에 합격했다. 그 가운데 "시작 오 분 전에 준비하라…(?)" 그다음으로 이어진 문장은 기억할 수 없으나 그 교훈이 교육 과정 내내 그림자처럼 따라다녔다. 그때 그 교훈이 습관이 된 덕분에 평생 무슨 일을 하던 시작 오 분전에는 준비를 마쳤다. 마치 시각이 설정된 모닝콜이 제때가 되면 어김없이 울리는 것처럼. 그리고 가창력은 ≪청산리 벽계수야≫라고 하는 황진희가 지은 시조를 음의 높낮이와 장단음을 구별하여 목을 트는 것이었다. "청산-리이 / 벼(역)계 / 수-야- / 수이-가암 / 으(을)자(아)랑 / 마아 / 아(아)라 /"라고 하는 식이었다. 여기에 발성도 포함되어 있었다. 왜 그런 교육을 하는지는 알 수 없으나 처음 읊어 보는 가창으로는 쉽지 않은 반면에 긴장 해소에는 만점이었다. 아울러 발성 또한 초중학교 시절 음악시간에 목을 터 본 이후로 다시 시도해 보는 목소리라 왠지 어색하긴 했지만 이 또한 무난하게 통과했다. 그리고 삼 분 스피치는 식은 죽 먹기였다. 회사에서 직원들한테 교육하던 경험을 살려 그대로 지껄이고 나니 만사형통이었다. 단 한 번에 합격한 것으로 미루어 보아 전 과정 중에 가장 쉬운 부분이 아닌가 싶었다.

이제 마지막 과정인 발표력에 내가 가진 역량을 몽땅 쏟아부울 차례였다. 단지 외우는 것으로만 그치지 않고, 온몸을 쥐어짜는 제스처까지 겸해서 몸에 익혔다. 목소리는 목청껏 고함을 질러댔는데, 흡사 귀청을 찢어발기듯 요란하게 울려 퍼지는 뇌성과도 같았다. 그러니 누구라 할 것 없이 목이 쉴 대로 쉬어 있었다.

그런 가운데 결전의 날이 돌아왔다. 바로 발표력을 평가하는 교육 과정의 육일 차 마지막 날이었다. 아침부터 긴장감이 팽팽했다. 순번대로 복도에 쭉 늘어서서 대기하고 있다가 자기 차례가 돌아오면 심사위원 앞으로 불려갔다. 그리고 심사위원을 정면으로 응시한 채 암기한 대로 지껄이기 시작했다. 그런데 복도에 길게 늘어선 교육생들까지 암기한 걸 되풀이하느라 마치 개구리가 합창이나 하듯이 와글와글했다. 그런 어수선한 가운데 발표한다는 게 정신이 산만해질 수밖에 없었다. 그래서 온전히 몰입하지 않으면 불합격을 받기 일쑤였다. 나 또한 한 차례 불합격을 받은 바람에 맨 뒤로 밀려났다. 그런데 합격자가 점점 늘어나면서 조급해지기 시작하는 찰나에 다시 내 차례가 돌아왔다. 이제는 사생결단하고, 굶주린 맹수처럼 달려들었다. 심사위원 앞에 서자마자 건물 지붕이 날아갈 듯이 고함을 지르기 시작했다. 그 순간부터 강의실 밖의 소리는 하나도 들리지 않았다. 오직 내 목소리만 강의실 안에 쩌렁쩌렁 울려 퍼졌다. 암기했던 내용을 일사천리로 토해 내면서 온몸을 쥐어짜기 시작했다. 두 주먹으로 가슴을 치며 발을 동동 굴렀다. 무릎을 꿇고 손으로 바닥을 내리치다 못해 발버둥을 치기도 했다. 심지어 바닥에 나뒹굴기까지 했다. 어느덧 눈물이 쏟아지는가 싶더니 덩달아 콧물까지 흐르면서 얼굴에 뒤범벅이 되었다. 마치 정신 나간 사람처럼 울부짖으며 망나니처럼 길길이 날뛰었다.

발표력 원고의 주제가 '최선'이라는데, 말로만 할 게 아니라 행동으로 최선을 다하는 모습을 보여주기 위해서는 그 방법밖에 없었다. 발표를 마치고 "이상"이라고 우레와 같은 목소리로 외치자 "합격"이라는 말이 그 뒤를 따랐다. 나는 순간 다리에 힘이 쫙 풀리면서 그 자리에 털썩 주저앉고 말았다. 그리고 다시 벌떡 일어나서 쏜살같이 밖으로 뛰쳐나갔다.

그 발표력 원고는 대강 이런 내용이었다. "최선을 말씀드리겠습니다. 여러분은 학창시절에 최선을 다했습니까? 가정이나 직장에서 최선을 다하고 있습니까? 자신이 하는 일에 말로만 최선을 다하지 않습니까? 우리가 모든 일에 최선을 다하지 않으면 어떤 결과가 오겠습니까? 첫째로, 인생을 후회하게 됩니다. (중략) 둘째로, 회사가 발전할 수 없습니다. (중략)"라는 현상과 함께 그 원인과 대책, 그리고 결론에 이르는 내용으로 구성되어 있었다. 그 결론에는 "여러분, 최선의 중요성을 다시 한번 인식하십시오. 게으른 사람의 백년보다 최선을 다하는 사람의 하루가 훨씬 더 귀중하고 가치 있는 삶이라는 것을 명심하십시오. 우리 모두 매사에 최선을 다합시다."라고 하는 장문으로 최선의 중요성을 다시 한번 강조했다. 나는 그 원고를 무턱대고 암기할 때까지는 거기에 숨은 깊은 뜻을 미처 깨닫지 못했다. 그런데 막상 발표를 한답시고 심사위원 앞에서 '최선'이라는 주제를 토해 내고 있는데, 내가 과연 최선을 다해 살아왔는가라는 질문 앞에 자신도 모르게 격정에 북받친 게 아닌가 싶었다.

그렇게 핵심 사원 양성을 위한 의식고도화 훈련은 나를 다시 돌아보게 하는 기회를 제공한 채 그 막이 내렸다.

그 교육 과정을 통해서 파급된 영향력이 내 삶에 큰 교훈이 된 것은 의심할 여지가 없다. 그 흔적 또한 뚜렷하게 남아 있다. 야간 산행할 때 왼쪽 무릎에 부상을 입었던 후유증이 아련히 남아 있는 걸 보면 알 수 있다. 걷는데 불편하거나 아프지는 않지만 연골이 튀어나와 있는 것이 손으로 만지만 시큰시큰거린다. 그리고 마음속으로 나는 늘 최선을 다하고 있는가를 반문하면서 흐트러진 자신을 다잡곤 한다. 또한 시작 오 분 전에 준비하라고 하는 메시지가 오롯이 몸에 배었으니 말이다.

특별교육은 이러한 교육과정을 다 포함해서 육 주 동안의 일정이었다. 아마 한 기수(其數)에 오십여 명의 교육생을 편성했고, 전체 기수는 십여 개 정도나 되지 않았을까 싶다. 그 가운데 나는 육기(六其)로 전체 기수의 중간쯤의 위치에 있었다. 이러한 특별교육 과정은 현장 관리감독자를 육 주 동안이나 공석으로 둘 만큼 과감한 투자였다. 그만큼 현장 관리감독자의 역할이 중요하다는 방증이었을 것이다. 그러니 매사에 긴장하지 않을 수 없었고, 기왕에 받아야 하는 교육이라면 좋은 성적을 올려서 상을 받고 싶은 마음이 굴뚝같았다. 그 특별교육이 나한테는 더없이 좋은 기회라고 생각하고 한번 해보자는 의욕이 넘쳐났기 때문이다. 그러나 그 결과는 아쉬움만 가득한 채 허무하게 끝이 나고 말았다. 되돌아보니 여름 휴가철인 주말에 광양 자택을 다녀오면서 장시간 동안 도로에 발이 묶인 게 결정적인 치명타가 되었다. 그다음 날 치른 중간시험이 평균점수에 적지 않은 영향을 끼쳤기 때문이다. 단 영점 몇 점 차이로 그 상을 놓치고 말았다. 하지만 특별교육 과정이 상을 받는 데 목적이 있는 게 아니라 현장 관리감독자로서 거듭나는 계기가 되었음은 물론 내 삶속에도 적잖은 영향을 미친 건 분명하다.

주임 능력개발 특별교육의 발단이 되었던 노동조합은 회사와 상생하지 못하고, 설립한 지 삼여 년 만에 자멸하는 자충수를 두고 말았다. 그것은 노동조합이 설립된 이후 삼 대 집행부에 이르러 다분히 계급투쟁의 성격을 띤 정책을 노골적으로 표방한데서 초래된 결과였다.

노동조합의 왜곡된 선동이 한창 득세하던 때를 같이하여 회사 경영층에서 느끼는 위기의식은 클 수밖에 없었을 것이다. 그 타개책의 하나로 첫 번째가 일선 관리감독자에게 관리능력을 갖출 수 있도록 하는 특별교육이었다. 그 특별교육은 대상자인 주임들뿐만 아니라 전 직원이 그러한 회사의 교육지책에 관심이 쏠린 이슈 중의 하나였다. 그런 와중에서도 노조집행부가 일방적으로 강경한 투쟁노선을 걷게 되면서 회사 경영에 적잖은 피해가 속출했다. 무엇보다도 생산과 품질에 전 직원이 힘을 합쳐도 모자랄 판에 노동조합의 무분별한 투쟁으로 회사가 뿌리째 흔들리는 초유의 사태가 벌어졌다. 그러자 노조원들이 하나둘씩 등을 돌리기 시작한 때를 같이하여 회사 경영층에서도 이에 동조하는 눈치가 엿보였다. 그 이유는 협상 이전에 투쟁을 위한 투쟁을 일삼는 노동조합 집행부의 행태를 그냥 지켜볼 수만은 없는 지경에 이르렀기 때문이다.

일관 제철소의 특성상 원료에서부터 제품 생산에 이르기까지 하나의 라인이 물 흐르듯 흘러가야 하는데, 그 중간 공정을 강제로 차단하는 사태를 자행한 게 비근한 예였다. 가히 상상을 초월한 강경 투쟁이었다. 거기다가 노동조합 집행부의 미숙한 운영과 비리가 불거지면서 발목이 잡히고 말았다. 그런 무모한 일련의 사태가 봇물 터지듯 밀어닥치면서 자멸하는 결과를 초래한 포철 노동조합은 결국 조합원이 없는 집행부만 덩그러니 남은 꼴이 되고 말았다. 그렇게 노동조합이 몰고 온 위기 가운데 특별교육을 받은 나는 일선 감독자로서 갖추어야 할 관리능력을 배웠고, 자신을 돌아보며 회사가 짊어진 사회적 책임과 비전을 골똘히 되새겨 보는 기회가 된 것을 큰 보람으로 여겼다.

일기를 쓰다

　　나는 어느 날 대뜸 일기를 쓰기로 작정했다. 그것도 정년퇴직을 하고 나서 일 년이 지난 뒤였다. 그러니까 내가 일기를 처음 써 본 적이라고는 아마 초등학교 저학년 때가 아닌가 싶기도 하고, 고등학교 다닐 때 몇 차례 끄적거리다가 그만둔 기억밖에 없는데 뜬금없이 일기를 꺼내든 동기는 바로 여기에 있었다.

　내가 직장에 다닐 때는 오로지 회사에서 추구하는 운영 목표에 합당한 수익을 창출하는 데 계획을 세워서 실행하고, 그 성과에 성취감을 만끽했다. 그런데 정년퇴직을 하고 나니 모든 게 물거품처럼 사라졌다. 당연히 생활 자체가 무미건조해지는 것과 동시에 삶의 좌표마저 상실한 채 혼돈의 세계로 빠져드는 듯했다. 단지 정년퇴직을 했을 뿐인데 삶이 공허하기 이를 데 없고, 내세울 것 하나 없는 일상을 돌아볼 때마다 무력감에 사로잡힌 채 허우적거렸다. 그것은 바로 내가 계획하고 추진하던 목표가 사라진 뒤부터라고 할 수 있었다. 따라서 그렇게 무기력해진 생활의 돌파구는 오직 목표가 있는 삶을 되찾는 길밖에 없다는 것을 반증한 셈이었다. 그

해법의 하나로 꾸준한 자기 성찰을 통해서 변화된 삶을 살고자 하는 소망이 곧 일기를 쓰기로 작정한 계기가 되지 않았나 싶다.

내가 맨 처음 일기를 쓰게 된 까닭은 초등학교 시절 방학 숙제 중 하나였기 때문이다. 학기 중에는 없던 일기쓰기가 왜 하필이면 방학 숙제일까 하고 문득 의구심이 들고 짜증스럽기도 했지만 그렇다고 토를 단다거나 불편한 심기를 표출할 만한 근거가 없었다. 그냥 덮어놓고, 방학 숙제 중의 하나로 일기를 쓰고 그 결과물을 제출하라고 하니까 서둘러 공책부터 샀다. 그 공책은 정규 교과목별로 필기하는 것과 다를 바 없지만 표지의 제목 란에다 '일기장'이라고 썼다. 그리고 또박또박 정성스레 일기를 쓰기 시작했다. 그런데 방학 첫날 일기를 쓰고 사나흘 지나고 나면 쓸 만한 얘깃거리가 그만 동이 났다. 어떤 일이나 행동, 사실을 중심으로 아침부터 저녁까지 쭉 나열하는 식으로 쓰다 보니까 단조로운 일상에서 일어나는 것들이 어제와 비슷했다. 이런 식이었다. '아침에 일어나 세수하고 밥을 먹었다. 친구가 우리 집에 찾아와서 같이 놀다가 점심 때쯤 돌아갔다. 오후에는 어머니가 시키는 심부름을 한 뒤에 방학 숙제 좀 하는데, 그새 밤이 되었다. 이제 잠잘 시간이다. 오늘 일기 끝.'이라고 쓴 정도가 아닌가 싶다. 그러니 무슨 일기라고 할 수 있겠는가? 이렇듯 일상이 하나같이 엇비슷한데, 똑같은 얘기를 반복해서 쓸 수 없는 노릇이었다. 그러니 일기 쓰기가 방학 숙제 치고는 꽤 골치 아픈 과제 중에 하나일 수밖에 없었다. 그 정도면 일기 쓰는 일에 슬슬 싫증이 나는 건 당연지사고, 그러다가 차일피일 미루다 보면 개학일이 성큼 다가왔다. 그때서야 며칠씩 몰아서 허겁지겁 일기를 썼다. 당연히 거짓말이 태반이었다. 어제와 똑같은 내용을 반복해서 쓸 수 없기 때문이었다. 그러니까 매일 쓰는 일기가 어제와는 뭔가 다른 내용을 쓸 수 있다면 괜찮은데, 나는 그렇게 표현할 수 있는 재주가 도무지 없었다. 돌이켜 보면 방학 동안의 생활 패턴이 다람쥐 쳇바퀴 돌듯 뻔한 마당에 일기 쓰는 숙제로 전전긍긍할 수밖에 없었던 게 초등학교 시절의 고충가운데 하나가 아니었을까 싶다.

개학하는 날은 방학 숙제 결과물을 담임선생님한테 제출했다. 담임선생님은 학생들이 제출한 숙제들을 꼼꼼히 살펴보고 평가를 내렸다. 주로 잘해 온 몇몇 친구들의 숙제만 골라서 보여주고 격려했다. 일기 같은 경우는 잘 쓴 학생의 일기를 직접 읽어주며 칭찬을 아끼지 않았다. 내가 들어봐도 그 친구는 어쩜 그렇게 일기를 잘 쓸 수 있을까 하는 부러운 마음에 고개가 절로 끄덕일 정도였다. 내가 쓴 일기처럼 그날에 있었던 일을 나열하듯 쓴 게 아니었다. 그날 가장 인상 깊은 일 가운데 하나를 골라 쓰면서 자기가 느낀 감정이나 생각을 곁들여 이야기하듯 쓴 것이다. 그 일기를 선생님의 음성으로 듣고 있던 나는 얼굴이 화끈화끈 달아오르면서 오금이 저렸다. 혹시 내가 쓴 일기장을 들춰내면 한바탕 조롱거리가 되지 않을까 노심초사했기 때문이다. 그러나 천만다행인 것은 내가 쓴 것처럼 형편없는 일기는 공개하지 않았다. 안도의 한숨 속에 선생님의 사려 깊은 마음이 스며드는 듯했다. 그러나 그 친구처럼 나도 일기를 잘 써야지 하는 생각은 추호도 없었다. 일기의 가치를 깨닫지 못하고, 방학 숙제로만 여겼기 때문이다. 그리고 누구 한 사람 스스로 일기를 쓰고 있다는 얘기를 들어 본 적이 없는 것도 영향을 미쳤을 것이다. 그리고 고학년으로 올라가면서 일기쓰기 방학 숙제는 그럭저럭 자취를 감춘 게 아닌가 싶다. 당연히 중고등 학교에서도 일기를 쓰도록 숙제를 내거나 권장하는 일은 없었다. 다만 나 스스로 일기를 쓰기로 작정하고 일기장을 산 적은 있었다. 교과서보다는 작은 크기로, 아담하고 예쁜 디자인에다가 자물쇠까지 달린 값비싼 일기장이었다. 아무래도 비싼 일기장을 사면 쓴 돈이 아까워서라도 일기를 쓰게 되지 않을까 해서였다. 거기다가 일기를 써 보기도 전에 무슨 비밀이 그리 많다고 자물쇠가 달린 일기장만 찾았는지 알 수가 없다. 그 자물쇠는 꼭 어른 엄지손가락 윗마디만큼의 크기여서 생김새가 앙증맞았다. 그런데 그렇게 공들여 일기장을 구입했는데도 불구하고 일기는 정작 며칠 쓰지 못하고, 그냥 덮어버린 게 두세 차례는 되지 않았을까 싶다.

일기라고는 할 수 없으나 포철에 입사한 첫 해부터 매년 회사에서 제공한 한 권의 노트에 필기를 했다. 그 날에 있었던 중요한 사항을 기록하는 나만의 작업일지 수준이었다. 그러니 사적인 내용보다는 거의 회사 일 중심의 메모장이었다.

나는 날마다 회사에서 일어나는 일 가운데 메모할 만한 가치가 있는가를 살펴본 후에 노트에 구체적으로 쓰고, 관리했다. 그렇게 매년 쓴 노트를 삼십이 년 동안 차곡차곡 모았다. 그 노트에 기록된 내용들이 언젠가는 중요한 지적 자산이 되지 않을까 하는 기대를 갖고 정성껏 보관했는지도 모르겠다. 왜냐하면 회사와 관련된 큰 틀에서의 각종 자료는 많이 출간되었는데, 현장 경험을 바탕으로 한 생생한 교육 자료는 찾아볼 수가 없었기 때문이다. 설령 있다고 한들 자기만의 노하우인 양 남한테 보여주기를 꺼려했다. 그러니 생산 현장에서 일하는 데 늘 아쉬운 부분 중에 하나가 많은 경험이 축적된 설비관리 매뉴얼을 보고 배울 수 없다는 점이었다. 그러한 안타까운 실정에 나는 늘 목말라 있었다. 물론 도면이나 일본어로 된 취급설명서가 있기는 하지만 나한테는 수박 겉 핥기일 뿐 그 깊이를 이해할 수 없었다. 그런데 일본에서 파견된 기술자들을 보면 기록하는 데 혈안이 된 사람처럼 늘 무언가를 쓰고 있었다. 공사나 시운전이 먼저가 아니라 메모하는 것이 우선인양 글 쓰는 게 몸에 깊이 배어 있었다. 그렇게 메모한 자료들을 모아서 일목요연하게 정리한 후에 제출한 보고서를 보면 그들이 한없이 부러웠다. 그런 보고서는 준공 이후 설비를 관리하는 데 많은 도움이 될 것이라는 기대치가 높았기 때문이다. 나도 그렇게 하고 싶은데, 설비에 대한 지식이 미천한 데다가 사물을 보고 판단하는 능력이 거기에 한참 못 미쳤다. 그래도 단편적이나마 쓰는 습관이라도 들이자는 욕심으로 그들이 메모하는 버릇을 흉내 내기 시작했다. 기록으로 남기는 일이 얼마나 중요한지를 깨닫기 시작하면서부터였다.

  나도 그런 것들을 염두에 두고, 현장 경험을 단지 경험으로만 묻어 버리지 않으려고 그 내용만큼은 노트에 꼼꼼하게 기록했다. 현장에서는 노트 대신 수첩을 늘 몸에 지니고 다니면서 기록할 만한 내용이 있으면 간략하게 바로 메모했다. 그리고 그 내용을 노트에 구체적으로 옮겨 쓰고, 지난 기록들을 들춰보기도 했다. 그런 기록하는 습관 덕분이었든지 전사 현장 관리감독자를 대상으로 한 기술 리포트 평가 결과 두 차례에 걸쳐 장려상을 수상한 바도 있다.

어느 날 우연히 시청하게 된 사내 방송에서 포스코 역사박물관 건립을 홍보하는데, 그곳에 비치할 각종 자료를 수집하고 있다는 뜻밖의 소식을 접했다. 그 소식을 듣자 내가 여태껏 쌓아 놓고 있던 노트가 문득 떠올랐다. 나는 자료 수집 담당자한테 전화를 걸어 현장에서 쓴 노트하고 수첩을 보관하고 있는데, 그것도 해당되느냐고 물었다. 그 담당자는 무척 반기는 듯한 들뜬 목소리로 즉시 응답했다. 나는 조금도 망설이지 않고, 보관하고 있던 노트를 몽땅 기증했다. 그때까지 기록했던 노트를 먼저 기증하고, 그 이후에 쓴 것들은 퇴직 무렵에 남김없이 다 보냈다. 아울러 매년 몸에 지니고 다니며 메모했던 개인 수첩마저도 미련 없이 내놓았다. 훗날 한 사원 개인의 발자취이자 포스코 역사 자료로써의 가치가 있기를 기대하는 마음으로 기꺼이 동참했다. 그렇게 한 사람이 삼십여 년 동안이나 쓰고 보관한 기록물을 역사박물관에 기증한다는 사실이 마냥 뿌듯했다.

일종의 일기 형식이라고 해도 어색하지 않을 그런 글쓰기를 직장 생활 내내 이어왔다. 그런 습관이 들게 된 이유가 또 하나 있었다.

회사에서 매년 새로운 노트를 지급하고 메모할 것을 권장하기 때문이었다. 때로는 개인이 쓴 노트를 점검하는 일도 있었는데, 그럴 때마다 나는 많은 직원들 앞에서 칭찬을 들었던 게 큰 동기부여가 되기도 했다. 담당 계장은 오십여 명의 직원들 앞에서 내가 쓴 노트를 펼쳐 보이며 "여러분, 여기 한번 보세요? 노트는 이렇게 쓰는 겁니다. 여러분도 노트에 메모할 때 한 눈에 알아볼 수 있도록 구체적으로 정리하는 습관을 들이세요. 앞으로 이 노트를 참고해서 기록하되 각자 나름대로의 개성을 살려 적어보세요."라고 했다. 그와 때를 같이하여 '적는 자만이 살아남는다.'라는 문장을 줄여 '적자생존'이라는 사자성어에 빗댄 신조어가 나돌기까지 했다. 그런데다가 나는 메모하는 것을 워낙 좋아하는 습관 때문일 수도 있지만, 그날 있었던 일 가운데 중요하다고 생각하는 것들을 기록하지 않고 그냥 지나친다는 건 꼭 뭔가를 빠뜨린 듯 두리번댔다.

그런 가운데 세월이 흘러 정년퇴직을 했다. 이어 계열사에 재취업을 했는데, 근무 환경의 차이는 하늘과 땅만큼이나 확연히 드러났다. 그 가운데 하나가 이전의 현직에 있을 때는 노트를 옆구리에 끼고 다닐 정도로 메모를 중시하던 습관이 재취업을 한 순간부터 슬그머니 사라졌다. 현장에서 시시각각 일어나는 일들이 예측 불허였기 때문이다. 그러니까 모든 일 하나하나가 몸으로 부딪쳐야만 해결할 수 있는 것들뿐이었다. 그런 근무 환경에서 노트에 메모한다는 것이 무의미하다는 결론을 내리기까지는 오랜 시간이 걸리지 않았다. 그런데다 근로 계약이 언제 해지될지도 모르는 상황에서 기록하는 건 더더욱 의미가 없어 보였다. 그런 반면에 퇴근하고 나면 피로가 뼛속까지 파고드는 것 같은데, 일한 만큼 머리에 남은 건 아무것도 없었다. 그러니 소중한 하루하루의 삶의 질이 속절없이 추락하는 현실에 부딪칠 때마다 사는 게 빈손인 듯 허전했다. 그렇게 나를 둘러싼 환경의 변화에 처음에는 어리둥절했지만 시간이 흐를수록 오히려 익숙해졌다. 출근하면 엉덩이를 의자에 붙이고 있을 시간이 없을 만큼 분주하게 건설 현장을 누비고 다니는 게 흔한 일상이었으니 당연한 게 아닌가 싶었다. 그렇게 이 년 남짓 시간이 흘렀다.

그때부터 고민하기 시작했다. 몇 날 며칠을 두고 심사숙고한 끝에 이제부터는 우유부단한 현실에 안주하려는 틀에서 벗어나 변화된 삶을 살기로 작정했다.

그때가 2009년 십이월 초였다. 2010년 계획을 세우고, 십 년 후의 자화상을 꼼꼼하게 그렸다. 첫해 계획은 이런 내용이었다. 신앙생활, 자기 계발, 건강관리, 봉사 활동, 가정생활, 자산관리 등으로 각 항목에 따라 구체적인 실천 사항을 수립했다. 자기 계발 가운데는 삼·삼·삼(매월 세 권, 권당 삼 회, 하루 세 시간) 독서하기, 일기 쓰기, 한국방송통신대학교 국문과 입학이 포함되어 있었다. 십 년 후를 내다본 자화상에는 믿음이 강한 그리스도인으로서의 삶의 추구 등 다섯 항목이 연간 계획의 연장선상에 있었다. 그 가운데 자기 계발은 한국방송통신대학교 국문과 정규 과정 졸업과 책 출간이 가장 큰 이슈로 떠올랐다. 독서와 일기쓰기, 국문과 졸업을 아우르는 최종 목표는 책을 출간하려는 꿈을 실현하기 위한 수단이었다.

그 가운데 일기를 다시 쓰기 시작한 해는 2009년 삼월 초순으로 내 나이 쉰일곱이었다. 일기라고는 초등학교 때 써 본 게 최초의 일이었고, 고등학교 때 두세 차례 쓰다 만 게 전부인 나였음에도 불구하고, 무려 사십여 년의 세월을 건너뛴 뒤에 다시 일기를 쓰기로 마음을 단단히 고쳐먹었다.

그 다짐에 따라 일기를 다시 쓰기 시작할 때부터는 별도의 일기장을 구입하지 않고, 여분의 회사 노트에 썼다. 일기를 쓰기로 작정해 놓고, 일기장부터 찾다 보면 또 차일피일 미루게 되지 않을까 하는 염려에서였다.

회사 다닐 때 메모하던 습관을 되찾는 데는 많은 시간이 걸리지 않았다. 우선 날마다 일기 쓰는 습관을 들이는 게 급선무였다. 왜냐하면 한두 번 건너뛰기 버릇하면 얼마 못 가서 본래의 모습으로 되돌아갈 공산이 크기 때문이었다. 그래서 처음 한동안은 날마다 일기 쓰는 습관을 들이는 데 치중했다. 매일 저녁 아홉 시 전후로 일기를 썼다. 피치 못할 사정이 있는 경우에는 밤 열두 시 전후에도 쓴 적이 있었다. 그러나 정해진 시각에는 으레껏 책상에 앉아 일기를 쓰는 습관들이기에 매달렸다. 출장을 간다거나 타 지역의 모임에 참석하는 등 집을 비울 일이 있으면 일기장과 성경책을 먼저 챙겼다. 일기 쓸 만한 공간이 없으면 승용차 안에서도 쓴 적이 있었다. 그리고 자녀들 집을 방문할 때면 밤 아홉 시 전후에는 슬그머니 작은 방으로 자리를 옮겨 일기를 썼다. 그만큼 일기장을 나의 분신처럼 몸에 지니고 다닐 정도로 소중하게 여겼다. 그렇게 일 년 동안 단 하루도 일기 쓰는 일을 건너뛰는 날은 없었다. 그렇다고 그날 못 쓴 일기를 다음 날 쓰는 일조차도 없었다. 다만 밤늦게 쓰다가 다음 날 새벽까지 이어진 경우는 많아야 서너 차례는 있었을 것이다. 하물며 아버지를 잃은 슬픔 속에서도 일기 쓰는 성찰의 시간은 거르지 않았다. 그렇게 일 년 삼백육십오 일을 꼬박 쓰고, 십여 년을 줄곧 그런 패턴으로 일기를 썼다. 일기는 해당된 날의 일기장 한 페이지를 가득 채우고도 모자라 밑에 빈 칸까지 빼곡하게 썼다. 단 한 번도 페이지를 다 채우지 않고, 은근슬쩍 넘어간 적이 없었다. 글씨도 깨알 만해서 이백 자 원고지에 옮겨 쓰면 적어도 대여섯 장은 되지 않을까 싶을 정도였다. 글쓰기의 도구는 잉크가 충전된 펜을 사용하기 때문에 한번 쓰고 나면 수정하기 곤란할 때가 간혹 있었다. 그러나 한번 손에 익은 그 펜만을 고집했다. 다 쓰고 나서 대충 읽어보면 글이 꼬여있거나 앞뒤가 바뀌는 등 어수선한 경우가 부지기수였다. 하지만 의미만 제대로 드러난다면 크게 개의치 않았다. 책을 쓴다고 가정하면 초고 수준이기 때문에 일기는 일기일 뿐이라는 생각으로 그냥 너그럽게 넘어갔다. 그러나 일기를 쓸 때마다 잘 써야지 하면서도 쓰다 보면 감정에 치우친다거나 욕심이 끼어들면 또 엉망이 되고 마는 경우가 일기쓰기가 아닌가 싶었다. 더러는 회의를 느낄 때도 있었다. 그러나 자신을 돌아보며 정도를 벗어나지 않도록 고삐를 단단히 쥘 수 있는 것이 일기라는 사실을 깨달았기 때문에 일관되게 밀어 붙였다. 그래서 지금까지 계속되고 있는지도 모르겠다. 그리고 내가 스스로 한 약속을 깨뜨릴 수 없다는 양심이 지금껏 버틸 수 있는 힘이 되지 않았을까 싶다.

딱 한 번 나흘이나 못 쓴 일기를 이틀에 걸쳐 나눠 쓴 적이 있었다. 2019년 팔월 말에 S대학교병원에서 귀 수술을 받고, 회복 중에 있을 때였다. 내 몸을 가눌 수 없을 정도로 비몽사몽간에도 수술하는 날을 제외하고는 순간순간 상황이 바뀔 때마다 스마트폰에 짤막하게 입력했다. 그리고 그 내용을 다시 편집하고, 기억을 더듬어 가며 일기장에 옮겨 쓴 일이 있었다.

여러 날 똑같은 일이 반복되는 경우에는 내가 읽고 있는 책 가운데 마음에 와닿는 문장만을 골라 필사하기도 했다. 그리고 하루 일과 중 한두 개의 주제를 두고 산문 쓰듯이 생각이 미치는 대로 썼다. 어쩌면 책을 쓰는 데 적지 않은 도움이 될 것 같다는 기대를 하고 있었지만 꼭 그렇지만은 않다는 생각이 들 때도 있었다. 일기를 다시 쓰려고 마음속으로 다짐할 때부터 그러한 기대를 갖고 시작했지만 아직은 확인할 길이 없다.

이제 내가 쓴 일기 가운데 일부를 독자에게 제공하려고 한다. 한 사람의 사생활을 공개한다는 게 부끄럽고 창피한 일이지만 잘 썼든 못 썼든 공들여 쓴 일기를 그냥 묵혀둔다는 게 썩 유쾌하지만은 않다는 생각에서다. 의미는 그대로 살리되 내용은 독자가 읽기 편하게 편집해서 제공해 드리려고 한다. 주사위는 던져졌다. 이제부터는 독자가 판단할 몫이 아닐까 싶다.

2009.3.9(월)

사십여 년의 세월을 뒤로하고, 첫 일기를 쓰는 날이다. 일기를 써 본 기억이라고는 초등학교 때 방학 숙제로 그리고 고등학교 시절에 두세 차례 쓰다만 정도인데, 새삼 일기를 쓴다는 게 낯설기는 하다. 그러나 직장생활을 하면서 매일 노트에 메모하는 습관이 몸에 밴 것인지 뭔가 쓰지 않고서는 하루가 허전하다. 비록 재취업 중에는 메모하는 것을 소홀히 했지만 글을 쓰고 싶은 마음은 한결같았다. 그래서 그런지 일기를 쓰는 것에 대한 부담감은 없다. 오히려 일기를 통해서 성찰의 시간을 갖게 된 것을 내 삶의 전환점이라고 생각한다. 이제부터는 가급적 꾸준하게 일기를 쓰고 싶다.

오늘은 WBC(World Baseball Classic) 국제야구대회 일 라운드 결승전에서 우리나라가 일본을 일 대 영으로 물리치고 우승을 차지했다. 엊그제는 일본에 십사 대 이로 대패한 치욕적인 날이었는데, 오늘은 우리 선수들이 심기일전해서 끝내 설욕했다. 특히 우리나라 대표팀이 일본 야구의 내로라하는 선수들의 타선을 완봉으로 잠재우고 값진 승리를 일궈냈다. 요즘처럼 불황인 데다 웃을 일이 별로 없는 고단한 생활 가운데 숙적 일본 대표팀을 꺾고, 그 승리의 기쁨을 국민들과 함께 나눈 감격스러운 날이다. 이 승리로 다시 한번 대한민국의 국민임을 자랑스럽게 생각한다.

오후에는 일 열연공장 신예화 사업 가운데 핫 레벨러(Hot Leveller) 기초 토목공사 검토회의를 했다. 새로운 설비를 도입하는 프로젝트인데, 거기에 관련된 도면을 찾을 수 없어서였다. 그래서 다음 주 계획휴지 때 설비 일부를 해체한 뒤에 현장 스케치하는 것으로 결론을 내렸다. 어떤 어려움이 있더라도 관련자들끼리 서로 머리를 맞대고 방법을 찾아보면 반드시 해결할 수 있을 것이라 확신한다.

2010년 1월 1일(금)

송구영신 예배(서울 ○○교회), 아버지 병문안(이모 부부)

흐림 "강추위가 맹위를 떨치다."

경인년 새해 송구영신 예배를 서울 ○○교회에서 담임목사님의 인도로 가족과 함께 드렸다. 목사님이 우리에게 전한 하나님의 말씀은 창세기 십삼 장 십사 절부터 십팔 절로 "눈을 들어 바라보라"는 주제였다. "가슴을 활짝 열고, 우주를 가슴에 품고, 눈을 똑바로 들고 멀리 바라보라."고 하는 새해 꿈과 희망의 메시지를 성경에서 풀어 설교했다.

성찬식을 겸한 송구영신 예배를 드리며 하나님께서 아브람에게 명령하신 말씀을 묵상했다. 그리고 이 예배를 온 가족이 함께 드릴 수 있도록 인도해 주신 하나님께 감사하며 기도했다. 올해는 온 가족이 건강하고, 하나님의 말씀 안에서 믿음이 더욱 성장하는 한 해가 되기를 다짐했다. 아울러 올해 계획한 모든 일이 순조롭게 이루어질 수 있기를 소망하는 송구영신 예배의 자리였다.

올해의 계획은 매일 아침 여섯 시에 일어나 성경말씀을 묵상하고 기도하는 아침 예배 드리기, 아침 예배는 단 하루도 거르지 않기, 성경책 두 차례 완독하기, 그리고 삼, 삼, 삼 독서하기(한 달에 세 권, 책 한 권당 세 차례, 하루에 세 시간 책읽기), 일기 쓰기, 한국방송통신대학교 입학, 봉사 활동, 건강관리, 재취업 등으로 각각의 세부 실천 사항이 이를 뒷받침하고 있다. 처음으로 한 해의 계획을 세우고, 십 년 후의 자화상을 그려본 것도 일기를 쓰기 시작하면서부터 생긴 일이다.

오늘도 아버지 병문안을 다녀왔다. 날마다 건강이 회복되는 모습을 보고 마음이 한결 가벼워졌다. 오후에는 이모, 이모부가 친히 방문하여 위로의 말씀을 전하며 쾌유를 빌었다. 두 분과 함께 저녁식사 하는 자리에서 부모님의 거취에 대해 잠시 의견을 나누었는데, 왠지 머리가 복잡하게 얽혔다. 아무튼 송구영신 예배로 숙면을 취하지 못한 탓에 몸이 피곤하긴 해도 새해 첫 날을 의미 있게 보낸 것 같다.

2010년 3월 7일(일)

주일 낮예배(○○교회), 한국방송통신대학교 입학식과 오리엔테이

선(한국방송통신대학교 순천 학습관)

흐림 "비온 후 닥친 꽃샘추위가 몸을 한껏 움츠리게 한다."

주일낮예배는 ○○교회에서 담임 목사님의 인도로 아내와 함께 드렸다. 목사님이 우리에게 전한 성경 말씀은 로마서 팔 장 일 절에서 이 절로 "죄 사함의 확신이 있습니까?"라는 주제였다. "예수님께서 피 흘리심으로 우리는 죄 사함을 받았으므로 하나님을 믿고, 하나님의 명령을 따라 행하며 예수님을 만나는 기쁨이 있을 때 진정한 자유를 얻을 수 있다."라고 성경을 풀어 설교했다. 이 말씀을 통해서 하나님께서 우리에게 주신 큰 은혜에 감사하며 기도했다. 오늘 하나님께서 우리에게 주신 성경 본문에는 "그러므로 이제 그리스도 예수 안에 있는 자에게는 결코 정죄함이 없나니 이는 그리스도 안에 있는 생명의 성령의 법이 죄와 사망의 법에서 너를 해방하였음이라"라고 기록되어 있다.

나는 하나님께서 우리에게 주신 진리의 말씀을 매일 묵상하고 예배드리며 한 걸음 더 가까이 다가가는 기쁨을 누릴 수 있음에 감사가 넘쳤다.

오후에는 한국방신통신대학교 순천 학습관에서 열린 입학식과 오리엔테이션에 참석했다. 입학식은 순천시장과 광주전남지역대학장 그리고 여러 귀빈이 참석한 가운데 조촐하게 열렸다. 학우들의 면면을 속속들이 알 수는 없지만 각계각층에서 다양한 삶을 사는 분들이 배움에 대한 열정 하나로 행사 분위기는 들끓었다. 일약 대학생이 된 설렘으로 가득한 초롱초롱한 눈빛들이 예사롭지 않게 번뜩이는데, 오히려 나는 주눅이 드는 것만 같았다. 때로는 늦은 나이에 도전한다는 게 왠지 나를 주춤거리게 하거나 자신감이 바닥을 치는 바람에 난감하던 터였기 때문이다. 늦었다고 생각할 때가 빠르다고 하는 긍정적인 마인드도 별 도움이 되지 않은 듯했다. 그러나 도전은 이미 시작되었다. 앞만 보고 뛰자. 적잖은 나이에 공부한다는 자부심과 용기 그리고 목표를 가지고…

2010년 10월 16일(토)

아들 결혼식(○○호텔)

맑음 "천고마비의 계절이 무르익어간다."

하나님의 은혜 가운데 아들 결혼식을 성대히 치렀다. 그 가운데는 내외귀빈들의 축하도 빼놓을 수 없다. 웅장한 호텔 예식장에서의 결혼식은 우아하고 질서정연한 분위기여서 마음이 들었고, 손님들도 만족스러운 듯했다. 특히 축가 부를 유명 탤런트 한 분을 초청했는데, 그 연예인의 격조 높은 열창으로 장내의 분위기는 한층 달아올랐다. 그런데 나는 난생처음 그런 결혼식 분위기에 혼주라는 자리에 앉은 것만으로도 기가 꺾였다. 게다가 신랑 측 손님은 불과 사오십 명가량으로 턱없이 적은 인원이었다. 결혼식 전에 광양에서 피로연할 때 이백오십여 명의 손님으로부터 축하를 받은 뒤였기 때문이다. 그렇지만 모든 게 다 하나님께서 우리에게 주신 은혜인 것을 감사하며 기도했다. 아울러 함께 자리해 주신 소중한 분들께 공(功)을 돌렸다. 오늘에 이르기까지 나는 바쁘다는 핑계로 뒷바라지를 제대로 못 해 준 탓에 아들, 며느리한테 미안한 마음 그지없었다. 이제 신랑 신부가 신혼여행을 떠날 시간이다. 인생에 단 한 번뿐인 신혼여행을 가족의 축복 속에 마음껏 즐기며 행복한 시간이 되었으면 좋겠다. 앞으로 믿음 안에서 서로 사랑하고 배려하며 행복한 가정을 꾸려나가길 바라는 마음 간절하다. 다만 기분이 좀 언짢았던 건 둘째 동생의 럭비공 같은 행동 때문에 좌불안석했다. 결혼식에 참석하지 않겠다고 해 놓고, 언제 왔는지 가족석에 턱 버티고 앉아서 시종일관 궁시렁거리는 소리가 말초신경을 툭툭 건드렸다. 나는 그 고약한 심보를 도대체 이해할 수 없었다. 그러나 피를 나눈 형제인데, 어쩌랴. 조용히 나를 돌아보고 동생이 뭘 원하는지를 잘 살펴서 관계가 좋아질 수 있다면 더 이상 바랄 게 없다. 기쁘고 행복한 결혼식에 옥에 티가 동생과의 불협화음이다.

2011년 11월 9일(금)

아버지 소천(○○보훈병원)

눈물만 하염없이 흘러내렸다. 아버지는 영안실 침대에 누워 깊은 잠에 빠진 듯 말이 없었고, 체온은 이미 싸늘하게 식어 있었다. 나는 아버지와 이마를 맞대고 나무토막 같은 몸을 어루만지며 통곡했다. 아버지의 두 눈에는 왠지 모를 눈물이 고였는데, 내가 쏟은 것인지 아버지가 흘린 것인지 분간할 수 없었다. 왜 이다지도 가슴이 먹먹하고 허허로운가. 눈물이 마를 새가 없다. 머리가 지끈거린다. 끼니를 굶어도 배고픈 줄 모르겠다.

아버지가 갑자기 심장이 멎어 심폐소생술을 하고 있다는 전화를 받고, 손이 달달 떨리면서 머릿속이 하얘졌다. 청천벽력 같은 비보에 끝없는 심연의 나락으로 추락하는 듯했다. 이미 각오는 했는데도 안타까운 마음 그지없었다. 지금은 때가 아니라고 수없이 울부짖었건만 결과를 돌이킬 수 없는 현실 앞에 망연자실했다. 혼미한 정신을 겨우 가다듬고 하나님 앞에 무릎 꿇고 기도했다.

아버지는 ○○보훈병원에서 심폐소생술에도 불구하고, 십팔 시 십팔 분에 끝내 별세했다. 그 즉시 운구하여 ○○장례식장 영안실에 안치했다. 장례식장 측과 장례 절차에 대해서 협의를 끝내고, 아버지 영정 앞에 무릎 꿇고 두 손을 모았다.

○○교회 담임 목사님과 전도사의 조문을 받고 함께 예배드렸다. 그리고 두 분은 따뜻한 위로의 말씀도 아끼지 않았다. 그 위로에 큰 힘을 얻고, 조금이나마 마음을 추스를 수 있었다. 모든 친지들과 지인들한테 연락을 취하고, 국립대전현충원 묘지에 안장 신청도 마쳤다. 내일 다소 변수가 있을지 모르겠지만 하나님께서 인도

해 주심으로 모든 절차가 주님의 뜻 안에서 합당한 장례가 되었으면 하는 바람이다. 홀로 되신 어머니가 걱정이다. 애써 평온한 척하시지만 누구보다도 가슴이 미어지는 아픔과 고통 가운데 있을 거라 생각하니 또 눈물이 난다. 이제 내가 어머니를 돌봐 드려야 할 차례다. 아버지가 소천하기 얼마 전에 하던 말씀이 귓가에 쟁쟁하다. "니 엄니가 걱정이다. 나 없으면 아무것도 할 줄 모르는 니엄니를 어쩌면 좋을 거나?"라고 하면서 한숨짓던 그 모습이 선명하다.

2012년 9월 17일(월)

포스코 계열회사 재취업

비, 강한 바람 "태풍 '산바'의 영향으로 가옥침수와 농작물 피해 큼."

포스코 계열사 엔지니어링 팀에 첫 출근했다. 네 번째 직장을 얻은 셈이다. 그날따라 첫 출근을 환영이라도 하듯 아침부터 장대비가 쏟아졌다. 하필 태풍 '산바'가 할퀴고 지나가는 그 중심에 놓인 시간대였다. 내 삶에 오래 기억될 만한 한 소절의 얘깃거리가 될 것 같다는 예감이 들었다. 그런 가운데 기대 반 두려움 반으로 첫 출근을 하고 나니 왠지 서먹서먹하고 얼떨떨했다. 업무를 바로 시작할 단계는 아니지만 어디서부터 손을 데야 할지 아직은 까마득하고 암담하기만 했다. 그래도 시간이 지나면 해소되리라는 희망이 있기에 담담하게 받아들일 수 있었다. 삼십 여 년을 줄곧 같은 설비를 관리했던 경험에 비춰볼 때 금방 익숙해지지 않을까 하는 기대가 자못 컸다.

오늘은 주로 관련 부서 직원들과 인사를 나누고, 업무 감각을 익히며 입사에 필요한 서류 등을 준비하느라 하루가 다 갔다. 앞으로 나한테 주어질 업무를 얼마만큼 무리 없이 잘 소화할 수 있을까를 스스로 짚어 봤다. 그리고 선배 사원들의 얘기를 들어보고, 업무 형태를 간접적으로 보고 느낀 점은 역시 일장일단이 있겠구나 하는 생각이 언뜻 스쳤다. 이제는 상사나 나를 추천해 주신 분들을 실망시키지 않도록 잘해야 하는 숙제를 안은 건 틀림없다. 아울러 선후배, 동료 간에도 원만한 관계를 유지할 수 있도록 나를 내려놓을 수만 있다면 금상첨화일 것 같다. 여러 가지 생각들이 수시로 그 의미를 달리하며 무수히 뇌리를 스쳐간다. 주위를 의식하게 되고, 앞으로 나에게 주어질 긍정적 또는 부정적인 것들에 대한 생각이 수시로 자리를 바꿔가며 소용돌이친다. 이제 나한테는 마지막 직장이 될지도 모르는데, 성실하게 일하고 보람 있게 마무리할 수 있도록 힘쓰자.

2012년 12월 1일(토)

손녀 돌잔치(○○호텔)

맑음 "기온이 급강하하면서 내의를 꺼내 입고, 코트를 걸치게 한 혹한기의 서막"

사랑하는 손녀 돌잔치에 가족과 친지들을 모시고, 서울 ○○호텔에서 알뜰하게 치렀다. 귀엽고, 예쁘고, 사랑스럽고…. 이루 말로 다 표현할 수 없는 감동의 순간들이었다. 동영상을 통해서 손녀의 성장 과정을 보면서 더욱 가슴 뭉클한 감동을 받았다. 하나님께서 값없이 주신 은혜요 복인 것을 고백하지 않을 수 없는 시간이었다. 아담하고 깔끔한 호텔 분위기는 돌잔치와 잘 어울렸다. 훈훈한 정이 흘러넘치는 공간에서 기쁘고 즐거운 오후 한나절을 손녀를 중심으로 이야기꽃을 피웠다. 그동안 어려운 여건 속에서도 아이를 낳아 헌신과 사랑으로 돌본 아들이나 며느리, 사돈댁에 감사한 마음 가득하다. 나는 멀리 떨어져 있다는 핑계로 소홀히 했던 게 마음에 켕겼다. 더군다나 아들이 군복무 중이라 힘들고 어려운 점이 한두 가지가 아닐진대 헤아리지 못한 자신이 한없이 부끄럽고 미안한 마음에 진땀을 뺐다. 조금이나마 부모의 형편을 이해해 주었으면 하는 마음 간절하다. 사랑스러운 손녀의 첫돌을 맞이하여 온 가족이 함께 축하하고 기쁨을 나누는 자리로 인도해 주신 하나님께 감사하며 기도했다. '우리 손녀 ○○이를 하나님의 은혜 안에서 세상의 빛과 소금 같은 자녀로 붙들어 주시옵소서. 장차 이 나라의 큰 일꾼으로 자라 하나님을 섬기며 쓰임 받는 자녀가 되기까지 인도해 주옵소서. 예수님의 이름으로 기도합니다. 아멘!' 할아버지의 기도문을 방명록에 남겼다.

몸이 불편하신 어머니를 모시고 온 것도 큰 의미를 갖게 한다. 언제 또 서울 땅을 밟아볼지 모르는데, 증손녀 돌잔치에 참석한 게 얼마나 뜻깊은 일인지 모르겠다. 그러나 한편으로는 무척 힘들고 불편해하는 모습이 안쓰러웠다. 잘 모셔야 할 텐데 쉽지가 않다. 자식한테 부담 주기 싫어서 당신이 받아 마땅한 최소한의 손길마저 거절하시는 모습을 볼 때마다 마음 한구석이 아려온다. 하지만 어머니의 뜻인 만큼 그 말씀대로 순종하는 게 마음 편할 성싶다.

2013년 11월 10일(일)

조카 ○○이 결혼식 참석(부산 ○○웨딩홀)

맑음 "기온이 뚝 떨어졌다. 귀가 시릴 정도라니, 초겨울이 성큼 다가온 듯하다."

조카의 결혼식이 여러 하객의 축하와 함께 성대하게 치러졌다. 조카며느리가 귀엽고 예쁜 데다가 사돈댁도 한 가족같이 부담이 없을 정도로 편해서 시종일관 함께 했다. 결혼식 내내 기분이 들떠 있었는데, 폐백 자리에서도 내 자식을 결혼시키는 것마냥 흐뭇해서 벌어진 입이 닫히지 않았다.

결혼한 조카는 가정이 경제적으로 어려운 가운데서도 건강하고 착하게 자랐다. 공부도 제법 해서 지방의 한 국립 대학교에 합격했다. 그때 내가 입학금을 내줄 만큼 관심을 가졌던 조카였다. 대학교에서도 나름 공부를 열심히 했던지 졸업하자마자 공채로 조선회사에 들어갔다. 조카가 직장에 들어간 건 가진 게 없는 집안 형편으로 볼 때 가뭄 끝에 단비나 다름없었다. 그러니 더욱 관심을 가질 수밖에 없는 조카와 나의 관계였다. 이렇게 경사스러운 날 문득 아버지 생각이 스쳤다. 아버지가 손자 결혼식에 오셨더라면 정말 좋은 자리가 되었을 텐데… 마음 한구석이 허전했다.

결혼식을 마치고, 형제들끼리 김해 동생 집으로 자리를 옮겨 후일담을 나누는데, 또 아버지 얘기가 회자되면서 마음이 더욱 울적했다. 이렇게 기쁜 날 불쑥 아버지가 그리워지는 건 살아생전에 못다 나눈 애틋한 정 때문이 아닐까 싶었다. '아버지! 앞으로도 손주들이 하나둘씩 결혼하고 증손주가 태어날 텐데, 그 애들이 건강하고 행복하게 잘살 수 있도록 도와주세요. 하늘나라에서 마음껏 기뻐하시고 평안을 누리세요.'라고 하며 마치 아버지가 앞에 계신 것처럼 중얼거렸다. 아버지를 대신해 집안 어른으로서의 역할을 다하는 무거운 책임감 같은 게 은근히 마음 깊은 곳에 똬리를 틀었다. 힘들고 어려운 것은 물론 경사스러운 일까지 형제간의 우애와 질서를 지키는 데 중심을 잃지 않는 장자의 역할이 무엇인가를 생각하게 하는 하루였다. 이제 결혼을 했으니 양가 부모를 공경하고 부부가 서로 사랑하며 경제적으로 안정된 가정을 꾸려가기를 응원한다.

<u>2014년 2월 22일(토)</u>

한국방송통신대학교 학위수여식 참석(광주전남 지역대학교)

맑음 "아침, 저녁으론 추위가 매섭지만 한낮에는 봄의 소리가 들리는 듯하다."

한국방송통신대학교 광주전남 지역대학에서 열린 2013년도 학위 수여식에 참석했다. 사 년의 학사 일정이 부지불식간에 스쳐간 듯 한동안 만감이 교차했다. 학사 일정 내내 먼저 졸업한 선배들의 열정에 감동을 받았고, 나도 줄곧 그 길을 따라 묵묵히 걸어왔다. 그런데 정작 내가 졸업하는 학위 수여식에 참석하고 보니 그런 기대는 감쪽같이 꼬리를 감추고 말았다. 그동안 각고의 노력 끝에 오늘에 이르렀는데, 막상 그 자리에서 되돌아보니 달라진 게 아무것도 없었다. 뭔가에 홀린 듯 그저 멍했다.

입학한 순간부터 졸업하기까지 꿈을 이루기 위해 나는 모든 것을 희생했다. 그리고 오직 학사 일정에 따라 생활 리듬을 맞춰 왔다. 그런데 졸업하는 날인데도 불구하고 어떤 보람이나 성취감은 물론 학업을 마쳤다는 홀가분한 감정도 일지 않았다. 자신도 이해할 수 없는, 빈손인 듯 허전한 졸업식이 된 것 같은 착잡한 마음을 달랠 길이 없었다. 학사 과정을 통해서 마지막 꿈을 이루고자 했던 바람이 구체화 되지 못한 채 표류하고 있는 게 이유일 수도 있었다. 학장도 축사를 통해서 대학 졸업이 종착역이 아니라 지금부터 다시 시작한다는 마음으로, 한 차원 높은 학문을 갈고닦으며 더욱 정진해 줄 것을 당부했다. 본 학문을 기반으로 재도약하는 계기를 마련할 수 있도록 목표를 수정하는 것이 이제부터 내가 또 해야 할 일이다. 대학원에 진학할 것인지 아니면 직장을 다니면서 창작 활동을 병행할 것인지에 대해서는 빠른 결단이 필요할 때다. 문제는 직장에 다니면서 창작 활동이나 전문적인 학문을 연구하는 데는 분명 한계가 있다. 그렇다고 직장을 그만둔다면 당장 생활에 좋지 않은 영향이 미칠 수 있기 때문에 이 또한 쉽지 않은 일이다. 이제는 양자택일의 기로에 서 있는 건 틀림없는 사실이다. 때로는 마음이 걷잡을 수 없이 갈팡질팡하지만 심사숙고해야 할 때다. 두 마리의 토끼를 다 잡으려다 한 마리도 못 잡는 우를 범하지 않도록 말이다.

2014년 12월 17일(수)

넷째 동생 ○○ 사망(○○요양병원)

맑음 "추위가 매섭다. 겁에 질려 몸이 움츠러든다. 길이 꽁꽁 얼어붙었다."

넷째 동생이 뇌출혈로 쓰러진 지 삼 개월여 만에 세상을 떠났다. 동생 나이 이제 겨우 쉰셋의 젊은 나이다.

새벽 다섯 시 반경에 요양병원으로부터 동생이 위급하다는 연락을 받고 급히 달려갔다. 그러나 이미 세상을 떠난 뒤였다. 침대 위에 덮여 있던 하얀 천을 걷어내며 신원을 확인하라는데, 차마 얼굴을 마주칠 수 없었다. 곁눈질로 힐끗거리다 그만 고개를 떨구고 말았다. 바로 퇴원 수속을 밟아 ○○병원 장례식장으로 후송했다. 동생이 뇌출혈로 쓰러진 뒤 삼 개월 동안 세 번째 구급차를 타고 서울 시내를 누볐다. 그런 오늘은 동생의 싸늘한 시신을 구급차에 실었다. 그리고 장례식장으로 이동하는데, 사지가 덜덜 떨리는 게 몸조차 지탱할 수 없을 정도였다. 엄연한 현실에 눈앞이 캄캄했다. 혼자 힘으로는 도저히 감당할 수 없을 만큼 심신이 무너져 내렸다. 하지만 정작 나를 붙들어 줄 동생은 말이 없었다. 나는 머리를 감싼 채 하나님 앞에 무릎 꿇고 기도했다. '무거운 짐 다 내려놓고, 하늘나라에서 편히 잠들 수 있도록 인도해 주옵소서. 아멘!'. 달리 내가 할 수 있는 일이 없었다. 눈물은 메말라 버렸는지 목울대에서 그저 '꺼억꺼억'거리는 괴성만 흘러나왔다. 어떤 날은 가위에 눌린 것처럼 악몽에 시달리기도 했다. 그런 동생의 부재로 나는 허공에 붕 떠 있는 듯한 헐거움에 치를 떨었다.

동생 장례를 치르기 전날 아내의 건강이 생각했던 것보다 심각하다는 진단 결과가 나왔다. 유방암이 재발해서 뼈로 전이 되었다는 충격적인 소식이었다. 수술은 불가능하고, 항암에다 표적치료를 병행해야 할 만큼 끔찍한 상황에 직면하게 된 것이다.

어찌해야 할 것인가? 내가 감당하기에는 짐이 너무 무겁다. 왜 이렇게 큰 고통이 한꺼번에 몰려오는지, 온통 절망뿐이다. 하나님께 매달리며 쉬지 않고 기도하는 수밖에 다른 방법은 없다. '하나님 아버지! 저의 아내 ○○○ 집사 강하신 팔로 붙들어 주시옵소서. 하나님께서 베풀어 주신 은혜 가운데 건강을 회복할 수 있는 복을 허락하여 주옵소서. 예수님의 이름으로 기도합니다. 아멘!'

2015년 5월 4일(월)

○○무역 재취업

맑음 "약간 구름 낀 날씨에 황사까지 덮쳐 시야가 흐릿한 봄날이다."

재취업 회사인 ○○무역에 첫 출근을 했다. 아직은 구체적으로 정해진 업무가 없기 때문에 느슨할 수밖에 없는 하루였다. 정상적인 업무에 들어가기 전 준비 운동이라고 하면 맞을 것 같다.

내가 포스코 계열사 두 군데에서 오 년간의 재취업을 끝내고 팔개월 남짓 쉬고 있을 때 이 회사 사장한테 전화를 받았다. 지금 하는 일이 없으면 같이 일할 의향은 없느냐고 물었다. 나는 의아했다. 경기가 불황인 탓에 직원을 줄여야 할 판국에 신규 채용을 한다는 게 선뜻 이해가 안 됐다. 그리고 반신반의하며 고민하고 있을 때 사장이 면담을 요청했다. 약속한 날 사장을 만나 저녁식사를 겸한 자리에서 회사의 비전을 듣고 나서 흔쾌히 같이 하기로 한 회사다. 일본 제품을 취급하는 회사로 주로 포스코에 납품하는 업체인데, 내가 현직에 있을 때 거래실적이 있었던 곳이다.

첫 업무가 자료 정리부터라고 했다. 사장이 건강상의 이유로 한 동안 공백이 생긴 탓에 우리가 먼저 해야 할 일이라는 것이다. 그 동안에 어지럽게 널려 있던 사업 관련 자료들을 아이템별로 분류해서 전자 파일화하는 작업인데, 그런 것들을 잘 정리하게 되면 업무가 어떤 형태로 흘러왔으며 무슨 일들이 성사되고 추진되어 왔는가를 금방 알 수 있을 것 같았다. 그런데 섣부른 추측인지는 몰라도 일감을 찾는 일이 우선 아닐까 싶은데, 자료 정리라니 얼른 와닿지 않았다. 그렇지만 회사 운영 방침에 따라 참여하되 참신한 아이디어를 모아 협의할 수 있는 열린 사고로 접근하는 것이 필요한 시점이 아닌가 싶다. 비록 수익성은 없다손 치더라도 지금 체계적으로 정리하지 않으면 더 어려워질 수 있기 때문이다. 그리고 업무의 특성상 일본어가 어느 정도 소통이 가능해야 하는 까닭에 틈틈이 공부도 해야 한다. 현 상황에서 달리 방법이 없다. 주어진 여건하에서 스스로 노력하는 길밖에 다른 꼼수는 통하지 않을 것 같다. 항상 깨어 기도하며 회사의 수익 창출에 기여할 수 있도록 명확한 목표를 설정해서 매사에 성실한 자세로 임하자.

2016년 5월 10일(수)

섬진강 변 산책(201호 부부와 함께)

맑음 "비가 온 뒤로 미세먼지가 말끔히 걷히고 싱그러운 봄을 품에 안았다. 섬진강 변에서."

○○빌라 같은 동에 사는 아래층 부부의 권유로 섬진강 변을 따라 나들이를 했다. 모처럼 맑은 날씨에 미세먼지도 깔끔하게 걷힌 싱그러운 봄날이었다. 그런 한때를 무심코 지나쳐서는 안 된다는 듯 유혹의 눈길이 부추기는 데 따라 나서지 않을 수 없었다. 강변에는 초록 바탕에 빨간 물감을 뿌려놓은 듯 양귀비꽃이 산들바람에 출렁이고 있었다. 꽃잎을 만져 보니 금방이라도 녹아내릴 듯 여리고 살가운 촉감에 온몸이 짜릿했다. 느낌이 뭐랄까, 비단보다 더 부드럽고 고운 색깔에 소름이 돋는 것 같았다. 행여 놓칠세라 연신 사진을 찍고, 이리저리 매만지는 재미에 푹 빠져들었다. 보면 볼수록 초록과 빨강이 어우러진 그림 같은 장관에 기어이 넋을 잃고 말았다. 이처럼 아름다운 자연이 지척에 있는데도 불구하고, 이제야 마주한다는 게 참으로 무심하기 짝이 없었다. 양비귀꽃이 한껏 드러낸 아름다운 자태마저 외면한다면 유죄라는 생각이 들 정도였다. 아내도 만족스러운 듯 연신 감탄사를 쏟아냈다.

양귀비꽃을 자세히 살펴보니 안쪽과 바깥쪽에 각각 두 개의 꽃잎이 서로 마주보며 대칭으로 균형을 이룬 형태였다. 그리고 한 가운데는 십자 모양의 까만 꽃술이 선명하게 도드라져 있었다. 꽃잎 색깔은 빨강이라고 해야 할 것 같은데, 드물게는 흰색도 보이고 연한 황색도 섞여 있었다. 꽃잎은 연달아 바통을 이어가듯 그저 피고 지며 자연에 순응하는 생명력에 자신이 한껏 숙연해 졌다. 나는 일찍이 강물이 도도히 흐르는 섬진강과 조화를 이룬 양귀비꽃의 눈부신 맵시를 본 적이 없었다. 어쩌면 인간이 경계해야 할 소유욕 때문인 듯 화려한 꽃의 향연에 심취한 나는 그곳에 보금자리라도 꾸미고 싶은 유혹을 뿌리치기가 버거웠다.

그동안 도서관에만 처박혀 있다가 진정한 봄의 향취를 외면하지 않았나 하는 의문을 죄다 털어내는 나들이였다. 아랫집 아저씨가 섬진강 지킴이로 활동하면서 혼자만 보고 지나치기가 아쉬운 나머지 우리 부부까지 초청해준 덕분이다. 강변이라는 깨끗한 자연 환경 속에서 숱한 시름을 잠시나마 내려놓을 수 있어서 더욱 유익한 하루가 되었다. 저녁식사까지 대접받고 기분 좋게 집으로 돌아왔다.

2017년 10월 8일(일)

평창 리조트 ○○호텔에서 일박, 대관령 하늘목장 관광, 강릉 테라로사 커피 전문점 체험, 강릉 정동진 관광.

맑음 "야외활동하기에 적합한 날씨다. 맑은 하늘엔 뭉게구름이 한가로이 걸쳐 있다."

가족 여행 이틀째다. 어제는 가족 여행 첫날로 이동하느라 바빴다. 또 소중한 하루가 아쉬움만 남긴 채 스멀스멀 소멸되어 간다. 순간순간이 다른 날보다 유별나게 의미 있고 즐거운 시간들로 채워졌다. 우리가 첫 번째로 찾아간 곳이 대관령 하늘목장이었다. 평창에서 차로 한 시간가량 이동한 후에 다다른 곳이었다. 제일 먼저 눈에 띄는 것이 풍력 발전 단지였다. 가까이에서는 볼 수 없지만 대관령 능선에 파란 하늘과 맞닿아 한가로이 돌아가는 풍경이 인상적이었다. 무공해 전력 생산의 일환으로 점차 늘어나는 추세에 강원도가 그 선두 주자가 아닌가 싶었다. 관심이 부족해서 에너지 자원에 별로 지식이 없지만 원자력이나 석탄에 의존하다가 자연 에너지를 선호하는 추세인 것만은 분명하다. 풍력보다는 태양광 발전이 더 늘어나는 것이 아닌지 모르겠다. 깨끗한 자연 환경에서 에너지를 얻는다는 것은 매우 긍정적이다.

하늘목장은 오래전부터 양이나 소를 사육하는 목장으로 유용하게 활용하다가 수익성이 떨어지자 관광 명소로 개발한 성싶었다. 지금은 드넓은 푸른 목초지에 울타리를 치고 양떼를 방목하면서 관광객의 체험 교육장으로 바꿔 놓았다. 숲속 여울길이라든지 산책로가 피로를 말끔히 씻어주는 휴식공간으로 넉넉했다. 아쉬운 발걸음을 뒤로하고 찾은 곳이 강릉에 있는 테라로사 커피 전문점인데, 그곳에서 또 다른 체험을 했다. 커피 애호가들이 그렇게 많은 줄을 난생처음 목격했다. 건물은 커피 전문점다운 공간이 아니라 무슨 공장을 세우려고 건축한 듯한 모양새였다. 그런 건물의 내부를 이국풍으로 꾸며 놓은 게 꽤나 특이했다. 그런 커피 전문점에 수많은 인파가 몰려 술렁거렸다. 가족끼리, 연인끼리, 친구끼리 여기저기 무질서하게 배치된 장소에는 손님들로 가득했다. 커피 향은 코를 자극하고 바리스타 분들의 손놀림은 바쁘게 움직였다. 나는 달랑 주스 한 잔 마시고, 강릉 정동진으로 향했다. 새해 첫날 해돋이를 보려는 관광객이 구름처럼 몰려온다는 그런 곳이다. 해맞이는 못하더라도 정동진이라는 곳을 찾아온 것만 해도 행운이 아닐 수 없었다. 바닷가 언덕 위에 유람선을 띄워 놓은 풍경은 또 다른 세계였다. 생선회를 곁들인 저녁 식사를 마지막으로 이박 삼 일간의 가족 여행을 마쳤다.

2018년 10월 17일(수)

평촌 ○○오피스텔 입주

맑음 "싱그러운 가을 햇살이 온 들에 가득하다. 들에 황금물결이 출렁인다. 가을이 깊어간다."

평촌 ○○오피스텔 ○○호에서 첫날밤을 맞이한다. 오후 다섯 시쯤 도착해서 살림살이를 대충 정리하고 저녁밥까지 지어 먹었다. 아직 식탁을 들여놓지 않은 터라 방바닥에 신문지를 깔고 식사를 했지만 조금도 어색하지 않았다. 모든 것이 갖춰지기까지는 시간이 필요하기 때문에 조금 불편한 것들은 문제가 되지 않는다. 방

한편에 매트리스를 깔고 이불을 펴놓으니 꼭 신방 같은 분위기에 신혼 첫날밤을 맞이하는 것마냥 마음이 설렌다. 이곳에 오기까지 많은 시간이 걸리지 않았지만 꽤 오래된 느낌이 들기도 한다. 지난주에도 두 차례나 들렀는데, 어쩌면 오늘이 입주한 날이라고 해도 이상할 게 없을 것 같다. 오늘부터 새로운 삶이 시작되었다는 사실에 들뜬 마음이 촐랑댄다. 그런 한편으로는 앞으로 또 어떤 삶이 펼쳐질지 사뭇 궁금하기도 하다. 지금 당장은 아내랑 병원에 다니는 일이 편하기도 하거니와 생활하는 데 심적 부담은 없다. 오피스텔을 구입하기로 마음을 굳힌 순간부터 숨통이 터진 것 같은 홀가분한 기분 때문일 것이다. 자녀들이 가까이 있다는 것만으로도 만족한다. 그리고 무엇보다도 우리가 자유롭게 활동할 수 있다는 것이 가장 큰 장점이다. 물론 그 이면에는 많은 돈이 들어갔고, 앞으로도 소비가 늘어나겠지만 이 또한 내가 감당해야 할 몫이다. 조금 더 절약하면서 버텨보기로 하자. 언제까지라고 결정된 것은 없다.

앞으로 생활하면서 우리 체질에 맞게 바꾸거나 이곳에 익숙해지는 과정이 필요하다. 이제 은퇴의 기로에 서서 아내와 함께하는 삶이면 무난할 성싶다. 다만 내가 이루고 싶은 꿈이 잠시 뒤로 밀려난 것밖에. 이 또한 하나님의 뜻이라고 믿고 묵묵히 걸어갈 것이다. 아무튼 이사 첫날밤에 느끼는 감정을 무어라 딱히 표현할 길이 없다. 편하다는 생각, 자녀들과의 관계 그리고 투자한 돈이 복잡하게 얽힌다. 오직 하나, 아내의 건강회복을 위한 하나의 과정이

라고 생각하면 좋을 것 같다. '하나님 감사합니다. 평촌 ○○○ 오
피스텔 ○○호에 하나님의 은혜를 가득하게 부어주옵소서. 저의
아내 ○○○ 집사 건강이 회복되는 복을 내려주옵소서. 예수님의
이름으로 기도합니다. 아멘!'

2019년 4월 10일(수)

생애사 쓰기 프로젝트 수강(○○도서관)

흐림 "때때로 가랑비가 흩날리며 봄을 재촉하고 있다. 낮 최고기
온이 팔℃가량으로 쌀쌀하다."

○○도서관 문화교실에서 생애사 쓰기 프로젝트의 첫 강의를 들
었다. 안양시에서 주관하는 육십오 세 이상 어르신을 대상으로 하
는 글쓰기 프로젝트다. 이 글쓰기 프로젝트에 참가하게 된 계기는
내가 ○○도서관을 드나들면서 본 수강생 모집 광고 덕분이었다.
매주 수요일마다 두 시간씩 팔 주 과정으로 진행한다는 그 광고를
본 순간 마음이 몹시 설렜다. 나는 망설이지 않고 바로 담당자를 찾
아가 수강 신청을 했다. 오늘이 바로 그날이며 생애사 쓰기 과정이
본격적으로 시작된 셈이다. 첫 강의라 그런지 분위기가 서먹서먹했
는데, 먼저 자기소개부터 하고 나니 자연스레 말문이 열리면서 서
로 간의 마음을 텄다. 이어 강사가 생애사 쓰기 사례와 과정을 소

개하는 한편 앞으로 강의 진행 방식을 간략하게 설명했다. 주로 글쓰기 과제를 통해서 수강생들이 써 온 글을 발표하고, 토론하고, 첨삭 지도하는 형태로 진행하지 않을까 싶었다. '나 자신의 생애와 맞닥뜨린다는 것이 쉽지는 않겠구나' 하는 생각이 먼저 떠올랐다. 그러나 이것을 이겨내야 글쓰기에 도전할 수 있지 않을까 해서 이 프로그램을 수강하기로 마음을 굳혔다.

이 글쓰기 프로젝트에 신청하신 분 가운데 오늘은 아홉 명 출석했고, 그 가운데 남자는 두 명이었다. 역시 여성분들이 하고 싶은 얘기가 많은 것이 아닌가 하고 나름 지레짐작했다. 나이는 육십에서 칠십 대였다. 놀라운 사실은 거의 고학력을 가진 분들이었다. 그 가운데는 대학교 교수를 지낸 분이 있었고, 박사 학위를 받은 사람도 이 강의에 참석했다. 그런데 글쓰기가 어렵다는 그분들의 얘기를 듣고 보니 나만 그런 게 아니구나 싶어 쾌재를 불렀다. 또한 글쓰기에 남녀가 따로 없고, 누구나 자기 생애에 대해서 하고 싶은 얘기는 많지만 그것을 글로 표현한다는 게 아무나 할 수 있는 일이 아니라는 걸 깨달았다. 나 또한 글쓰기를 간절히 원하고 있지만 마음뿐 실천을 못 하고 있으니 쉽지 않은 건 당연한 것이 아닌가 싶었다. 그러나 이젠 더 이상 물러설 곳이 없다. 여태껏 나 편한 대로 미루고 또 미루어 왔는데, 이제 망설이기보다는 일단 부딪쳐보자. 아내를 챙기는 일에는 한순간의 방심도 허용해서는 안 되겠지만 그 외에는 잠시 접어두자. 오직 글쓰기 프로젝트 과정에 따라 모든 역량을 쏟아부울 각오로 임하자. 어쩌면 나한테는 마지막 도전이 아닌가 싶다. 절박한 심정으로 한걸음 더 앞으로 나아가자.

　윤태규 작가가 쓴 책 ≪일기쓰기 어떻게 시작할까≫에서 일기쓰기의 참된 의미를 이렇게 표현하고 있다. "일기는 삶 바로 그것이다. 곁에서 바라보는 삶이 아니라 끊임없이 숨 쉬며 살아가는 모습을 조금도 보태지 않고 글자로 옮겨 놓은 것이 일기다. 그래서 일기는 살아 있는 글이다. 살아서 펄펄 숨을 쉬고 있는 글이다. 일기 문학은 가장 감동적인 문학이요, 힘이 있는 문학이요, 살아 있는 문학이다."라고.

　일기쓰기가 어떤 것인가를 구체적으로 기술하고 있는데, 일기가 우리의 삶에 생동감을 불어넣는 문학이라는 논리가 정곡을 찌르는 것 같다. 그리고 일기가 어떤 문학인가를 명확하게 짚어 준 메시지로 하여금 내 마음이 걷잡을 수 없이 요동쳤다.

　내가 일기를 쓰게 된 동기는 하루하루 나의 삶을 되돌아보며 성찰의 시간을 갖게 된다는 점에 방점을 찍었다. 그렇게 하지 않으면 어제가 오늘 같고 오늘이 내일 같은 무의미한 삶에 익숙해지기 마련일 될 테고, 내 인생은 아무 보잘것없는 무의 세계로 돌아갈 수밖에 없다는 자성 때문이었다. 그리고 머릿속으로만 생각하고 있는 계획을 구체적으로 펼쳐 놓고, 이를 실천할 수 있도록 나침판 역할을 하는 게 곧 일기쓰기가 아닌가 싶다. 그런 계획 있는 삶은 분명한 목표의식이 발현되기 마련이고 그 꿈을 이루기 위해 묵묵히 걸어갈 수 있는 힘이 되는 게 바로 일기쓰기라고 생각한다. 또

한 내가 소망했던 것 가운데 하나로, 일기를 꾸준히 쓰게 되면 글쓰기에 도움이 될 거라는 확신을 갖고 십여 년의 세월을 쉼 없이 달려온 이유가 여기에 있다. 그것은 곧 내가 살아있음을 증명하는 신앙과도 같은 것일지도 모를 일이다.

삼백만 원의 허상에 홀리다

　　　　나는 딸 결혼식을 마치고, 옷가지며 선물이며 축의금이 들어 있는 종이가방을 챙겨 들고 신혼집으로 갔다. 집에 들어서자마자 거실에 자리를 펴고 축의금 종이가방부터 풀어헤쳤다. 그리고 축의금 겉봉투에 기록된 숫자와 봉투 안에 있는 현금을 대조해 가면서 결산을 했다. 축의금 받을 때 별도로 마련한 장부에 기록하지 않고, 겉봉투에 숫자를 적은 대로 건네주었기 때문이다. 그런데다가 축의금 중 일부를 빼내 예식 비용으로 지불하고 난 뒤라 다소 혼선이 빚어졌던 터였다. 그래서 하는 수 없이 축의금의 입출금 내역을 확인한 뒤에 남은 돈이 얼마인지를 헤아려 봤다.

　아뿔싸! 축의금 가운데 큰돈이 축났다. 그 총액 중에서 자그마치 삼백만 원이라는 돈이 모자란 게 아닌가. 수차례 반복해서 확인했는데도 마찬가지였다. 그때부터 혼란에 빠져들기 시작했다.

　그 당시 내 형편에 삼백만 원이라는 돈의 가치는 그보다 몇 배, 몇십 배는 더 높다고 할 만큼 큰 액수였다. 그때는 내가 재취업을 해서 회사에 몸담고 있었는데, 한 달간 뼈 빠지게 일해 봐야 삼백만 원에도 못 미치는 월급에 비하면 알 수 있을 것 같다. 더 안타까운 건 아내가 삼 주에 한 차례씩 항암치료를 받는데, 그때마다 삼백만 원이 웃도는 치료비가 들어가는, 그야말로 살얼음판을 걷는 것 같은 위기에 처해 있던 시기였다.

결혼식이 끝나고, 나는 예식장 지하에 마련된 피로연장에서 식사 자리에 함께 하신 분들을 찾아다니며 답례하느라 제정신이 아니었다. 관심을 갖고 대접해야 할 분들이 한둘이 아닌지라 내 능력으로는 다 미치지 못했기 때문이다. 특히 아들 장인 가족에 대한 예우에 각별한 관심이 쏠렸다. 사돈 관계란 게 참 조심스럽고도 어려운데, 이럴 때 자칫 대접이 소홀해질까 봐 신경이 곤두설 수밖에 없었다. 더군다나 손톱 밑에 가시가 박힌 것처럼 마음이 쓰였던 게 아내였다. 하필이면 그때 아내가 항암치료를 받고 있던 터라 혹시라도 무리할까 봐 불안, 불안했다. 거기다가 엎친 데 덮친 격으로 둘째 동생의 꼬락서니가 무척 마음에 거슬렸다. 집안에 무슨 일이 있을 때마다 어디로 튈지 모르는 동생의 행동거지에 안절부절 못했던 기억 때문이다. 그날 또한 예외는 아니었다. 그러니 결혼식은 물론 피로연 내내 조마조마한 마음에 바짝 긴장된 데다 조급하기까지 했다. 그렇게 어찌할 바를 모르고 허둥지둥하는 데도 불구하고, 누구 한 사람 도움받을 만한 데가 없었다. 아들 가족도 손님이고, 동생들 가족도 하객 노릇을 하는 마당에 속이 타는 건 나밖에 없었다. 그래도 혼주인 내가 감당해야 할 몫이거니 하고 그냥 체념하고 말았다.

둘째 동생 얘기가 나왔으니 이참에 자랑부터 좀 해야겠다. 우리 가족은 부모님 슬하에 오남 매다. 장남인 내 밑으로 쭈르륵 남동생 셋에 막내 여동생이 한 명 더 있다. 나이는 세 살 터울이지만 막내만 늦둥이로 태어난 까닭에 넷째하고는 여섯 살이나 차이가 난다. 그 가운데 둘째 동생은 어릴 적부터 말썽꾸러기였다. 몸집이 나보다 커서 그런지 사사건건 간섭하고, 미운 짓만 골라 하는 데다 시도 때도 없이 시비를 걸어왔다. 초등학교 때부터 공부는 안 하고 동네 또래들하고 어울려 다니면서 싸움질하느라 한시도 조용한 날이 없었다. 그러니 학교에서 통신표를 받아 오는 날이면 성적은 늘 꼴찌를 면치 못했다. 당연히 학교에서나 가정으로부터 손가락질 당하고, 멸시를 받는 등 천덕꾸러기 신세로 뭇사람들의 눈 밖에 났다. 결국은 중학교에 진학하지 못한 채 겉돌다가 외톨이가 되어 갔다. 부모님도 말썽만 부린 둘째를 미워하고 구박을 일삼았지만 나 또한 고등학생 신분으로 해 줄 수 있는 게 아무것도 없었다. 동생은 그러한 주변 환경에 자신의 처지를 극복하지 못하고, 급기야 가출하고 말았다. 가족으로부터 홀대받고, 주변 사람들한테 인정받지 못한 동생은 자기 나름대로 불만이 쌓이고 쌓인 게 아닌가 싶었다. 동생은 가출 후 서울에서 얼마간은 나이트클럽 웨이터로, 그리고 공사판 인부로 잔뼈가 굵었다. 그런 가운데 한동안 중동에 건설 붐이 일던 시기에 사우디아라비아에서 건설 노동자로 이 년 남짓 일했다.

동생이 그곳에서 일을 마치고 돌아왔을 때는 얼마간의 돈을 모았는지 양복을 깔끔하게 차려입은 데다 공공칠가방을 들고 다닐 정도로 의젓해 보였다. 그러나 그동안 모은 돈에 대해서는 동생은 물론 부모님도 일체 언급을 회피했다. 부모님은 아마 자식이 그 정도만 돼도 속을 차린 게 아닐까 하고 걱정을 덜었을 성싶었다. 그리고 동생은 귀국한 지 이 년쯤 지난 후에 결혼했다. 배우자도 스스로 골랐고, 결혼 날짜와 장소를 잡아 놓은 다음에 가족한테 알렸다. 결혼 전에 거쳐야 할 양측 부모님의 상견례도 없었다. 그런 동생은, 신부는 경북 울진군 후포가 고향인데, 서울에서 만나 알게 되었고, 결혼식은 처가댁이 있는 지방에서 올린다고 알려 왔다. 그때는 내가 포철에 근무하고 있을 때였다. 부모님은 하루 전에 포항으로 왔다가 우리 집에서 하룻밤을 주무시고, 다음 날 가족이 함께 후포로 갔다. 부모님은 결혼식에 쓸 떡과 음식을 정성껏 장만해서 대바구니에다 바리바리 싸 들고 오셨다. 두 분은 말이 없었지만 아들이 결혼하는데, 마치 딸을 시집보내는 것인양 음식을 싸 들고 먼 길을 왔으니 그 시절에는 보기 드문 결혼식이 아닌가 싶었다.

　결혼식은 후포에 있는 한 예식장에서 올리고, 피로연은 사장어른 댁 마당에 자리를 폈다. 그 자리에는 동네 주민들이 한데 어우러져 흥겨운 잔치가 벌어졌다. 신랑 측 하객이라고는 부모님과 우리 식구뿐이었다. 왠지 낯선 집안에 데릴사위로 장가보내는 것같은 야릇한 기류가 흐르는 듯했다. 우리 가족은 꿔다 놓은 보릿자

루마냥 그저 그분들이 하는 대로 멍하니 바라볼 따름이었다. 그런 나는 이 눈치 저 눈치 보느라 어디다 시선 둘지를 모르고 두리번 거리다 못해 먼 바다를 향해 눈길을 돌렸다.

그곳은 바닷가라 그런지 잔칫상에는 온통 생선 요리로 빈틈이 없을 만큼 빼곡했다. 먹음직스럽게 요리하기도 했지만 생선이 고소하고 담백해서 은근히 입맛을 돋우었다. 나는 그 맛에 반해 가시를 발라가며 실컷 먹었다. 피로연을 마치고 돌아오는 길에는 사장어른 댁에서 싸 준 생선이 하도 푸짐해서 부모님과 나눠 먹었던 그때의 기억이 새록새록 하다. 그 이후로 동생은 서울에 신혼살림을 차려서 아들 낳고, 한동안은 잘 사는 듯했다. 그런데 무슨 이유인지는 모르겠으나 부부 싸움이 잦아지는가 싶더니 결국 이혼하고 말았다. 그 무렵부터 동생은 허구한 날 술을 마시고 취했다 하면 부모님은 물론 나한테까지 전화로 협박하거나 폭언을 일삼았다. 마치 우리가 이혼하도록 부추기라도 한 것처럼 하루가 멀다 하고 들볶아 대기 일쑤였다.

아버지 칠순 잔치 때의 일이었다. 잔치에 필요한 모든 준비는 여러 날 공을 들여가며 내가 도맡다시피 했다. 부모님 또한 나 못지 않게 손님들한테 대접할 음식을 장만하느라 눈코 뜰 새 없이 바쁜 나날을 보냈다. 잔칫날, 동생들은 그저 강 건너 불구경 하듯 관심 밖에 머물러 있다가 손님처럼 하나둘씩 모여들었다. 그래도 장남인 내가 감당해야 할 몫이라고 생각해서 불평 한마디 없이 동생들을 맞이했다. 그리고 마당에 잔칫상을 차려 놓고, 마을 주민들을 초청해서 정성껏 대접했다. 마을 이장님이 사회자를 자청해서 아버지 칠순을 축하하는 메시지를 전했다. 아울러 자식들 소개까지 덧붙였다. 그 가운데서도 장남인 나를 치켜세워주는 멘트로 분에 넘치는 호평을 받기도 했다.

아버지 칠순 잔치에 오신 손님들한테 대접하려고 큰 암소 한 마리를 도축했다. 칠순 잔치의 자리인 만큼 함께 하신 분들께 좋은 평을 받고 싶은 마음에 통 큰 결정을 했다. 그 암소 한 마리의 효과에 대한 반응은 바로 나타났다. 잔치에 오신 손님들은 이구동성으로, 여태껏 치른 마을 잔치 중에 이런 대접을 받아 본 적이 없었다며 입을 모았다. 먹거리가 풍족할뿐더러 잔치 분위기 또한 훈훈해서 마을 주민 대부분이 다녀갔다. 손님들이 각자 집으로 돌아갈 때는 우리가 봉지에 담아 준 음식을 손에 들고 대문을 나섰다. 마당에서는 춤과 노래로 온 동네가 들썩들썩할 정도로 칠순 잔치는 흥에 겨웠다. 내가 근무하는 회사에서도 부서장을 비롯한 직원 십여 명이 방문한 덕분에 함께 어우러져 기타 치며 노래 부르고, 축하의 박수를 보냈다.

어느덧 칠순 잔치는 끝이 나고, 손님들마저 자리를 뜨자 술에 취한 둘째 동생이 설쳐대기 시작했다. 언제 그렇게 술이 취했는지, 마치 군기(군의 기강) 잡듯 손아래 동생한테 손찌검을 하는 등 소란을 피우기 시작했다. 나는 정신이 번쩍 들었다. 이대로 있다가는 통제가 불가능하다는 결론에 이르자 도망치고 싶은 마음에 다급해졌다. 아니다 다를까 밥을 먹고 있는 나를 한쪽으로 밀쳐내며 끼어

들었다. 그리고 빈 유리컵을 밥상에다 냅다 내리치다시피 놓더니 나더러 술을 따르라고 강요했다. 그 꼬락서니를 보는 순간 눈에서 불꽃이 튀는 것 같았다. 그러나 애써 감정을 억누르며 구슬리고 타이르다 슬그머니 그 자리를 빠져나왔다. 그때를 놓치지 않고, 아내를 불러내 차에 태운 뒤 잽싸게 우리 집(광양)으로 도망쳤다. 애들을 남겨 놓은 채. 그때 아들이 중학생, 딸은 초등학생이었다. 아무렴 조카들한테까지 행패를 부리지 않겠지 하는 생각과 부모님과 동생들이 있으니까 무슨 일이 있겠냐 싶어 재빠르게 행동했다. 얼마나 서둘렀는지 아무것도 챙기지 못하고, 그냥 몸만 빠져나왔다. 내일 동생들이 돌아가고 나면 애들을 데려오려고 생각했기 때문이다. 아내는 아이들 걱정에 노심초사하는 눈치였지만 또 한편으로는 그곳에서 벗어남으로써 일촉즉발의 위기를 모면했다는 안도감에 가슴을 쓸어내리는 듯했다.

또 하나 기억에 남는 사건은, 아버지가 불의의 사고로 ○○대학교병원 응급실에 입원하면서 생긴 일이다. 아버지의 생명이 위급한 상황이라 나는 동생들한테 급히 연락을 취했다. 그러자 둘째 동생이 서울에서 출발, 오후 두 시경에 병원에 도착했다. 그런데 놀랍게도 동생은 술이 엄청 취한 상태였다. 눈동자가 풀려 있고, 몸을 제대로 가누지 못할 정도로 비틀거렸다. 동생은 응급실에서 피투성이인 채 신음하고 있는 아버지를 보자 격한 감정을 억누르지 못하고 펑펑 울었다. 곧 까무러칠 것처럼 울었다. 한참을 그렇게 울며불며 난리 법석을 떨면서 안절부절못했다. 나는 동생이 술에 만취한 채

하는 짓거리가 왠지 눈에 거슬렸다. 그러더니 웬걸, 응급실 의사하고 실랑이를 벌이며 옥신각신하는 게 내 눈에 띄었다. 왜 그런가 싶어 쫓아갔더니 아버지를 당장 서울 ○○병원으로 모셔가겠다며 의사한테 앙탈을 부리고 있었다. 나는 하도 어이가 없고 기가 막힌지 머릿속이 하얘졌다. 동생을 끌고 밖으로 나가려하자 외려 나를 떠밀면서 성난 멧돼지마냥 난동을 부렸다. 화가 머리끝에서 폭발 직전인데, 힘으로는 상대가 안 될뿐더러 말까지 먹히지 않자 나는 발만 동동 굴렀다. 한 마디로 눈앞이 캄캄하고, 말문이 꽉 막혔다. 그래도 나는 사태를 얼른 수습하려는 마음에 동생을 붙들고, 정신 좀 차리라고 울부짖다가 타이르기도 했지만 막무가내였다. 어머니가 애원하며 붙들고 늘어져도 소용이 없었다. 완전히 이성을 잃어버린 망나니 같았다. 겨우겨우 구슬리고 설득해서 진정시킨 후에야 어머니와 셋째 동생한테 떠밀어 놓고, 나는 광양 집으로 내려갔다. 다음 날 직장에 출근해서 하던 일을 마무리하고 또 휴가를 신청하기 위해서였다. 결국 사고는 그날 밤에 터졌다. 어머니와 두 동생이 저녁밥을 먹으러 식당에 들어갔는데, 그 자리에서도 둘째는 술을 마셨다고 했다. 술이 취할 대로 취한 상태에서 또 술을 마시던 중에 식당 주인하고 시비가 붙었다. 서로 말다툼 끝에 화를 참지 못한 동생이 그릇을 내팽개친 바람에 박살이 나고 말았다. 그것을 본 식당 주인은 바로 파출소에 피해 사실을 신고한 것이다. 신고를 받고 출동한 경찰관들이 동생을 붙잡고 조사하는 과정에서 그들에게까지 행패를 부리다 파출소로 연행되었다. 그리고 파출소에서 조사를 마치자마자 경찰서로 이첩되었다. 경찰서까지 따라간 어머니는 아버지의 위급한 상황과 집안의 딱한 사정을 호소하며 선처해 줄 것을 간곡하게 부탁했다. 그 덕분에 겨우 불구속 입건 상태로 풀려났다. 그런 동생은 날이 밝자마자 흔적도 없이 사라졌다. 쥐도 새도 모르게 서울로 줄행랑을 친 것이다. 아버지가 세상을 떠난 뒤로 한동안 경찰서에 불려 다녔는데, 다행히 집행유예로 사건이 마무리되었다고 들었다.

또 둘째 동생과 얽힌 기막힌 사연이 하나 더 있다. 우리는 큰아들 결혼식 날짜를 잡아 놓고, 그 소식을 동생한테 알렸다. 그리고 결혼식에 참석하라고 당부했는데, 딱 잘라 바빠서 못 온다고 했다. 나는 예단 비용으로 백만 원을 보내야 하는데, 어떻게 하면 좋겠냐며 반응을 살폈더니 대신 아들을 보내겠다고 했다. 아니나 다를까 결혼식 날 조카는 양복을 깔끔하게 차려입고 예식장에 나타났다. 그 조카는 "아버지가 큰아버지께 갖다 드리라고 해서 축의금을 가져왔습니다."라고 하며 두툼한 봉투를 내밀었다. 나는 봉투를 받아 들고, 서운한 척 "고맙다. 너희 아버지는 바빠서 못 오신데?"라고 마음에도 없는 말을 했다. 그랬더니 조카는 "네, 그런가 봐요. 큰아버지, 저도 바쁜 일이 있어서 결혼식을 보지 못할 것 같습니다."라고 하며 바쁘다는 듯 서둘렀다. 나는 지갑에서 이십만 원을 꺼내 조카 손에 쥐어 주며 "차비나 해라. 바쁜데 와줘서 고맙다."라고 하며 돌려보냈다. 그런 가운데 손님을 맞이하고 나서 예식이 진행되었다. 그런데 동생이 언제 나타났는지 이모 내외분을 모신 가족석에 앉아 있는 게 아닌가. 무척 황당하기도 하고, 눈에 거슬렸지만 애써 태연한 척 예식에 집중하려고 애를 썼다. 그때 나한테까지는 안 들렸지만 그 뒤에 이모부한테 들은 얘기로는, 식탁에 따라 놓은 포도주를 혼자 다 마시고, 더 달라고 해서 또 마시더니 왜 소주는 없느냐고 따지듯이 언성을 높였다고 했다. 또 신부가 신랑한테 훨씬 못 미친다는 둥 그 수위를 점차 높여 가며 떠들어 대는 걸 겨우 말렸다고 했다. 나는 전혀 눈치채지 못했지만 그 얘기를 듣고 나니 불쾌하기 짝이 없었다. 언뜻 이모님이 그 자리에 없었더라면 무슨 난리를 피웠을까 하는 데 생각이 미치자 등골이 오싹했다. 그렇게 결혼식을 마치고 손님들이 떠난 뒤에 우리도 집으로 돌아가려고 주차장으로 나왔다. 그런데 난데없이 동생이 우리 뒤를 따라와서 하는 말이 '왜, 예단비는 안 주고 그냥 가느냐?'며 당장 내놓으라고 했다. 너무나 어처구니없는 말을 듣고, 나는 이것도 인간의 탈을 쓰고 나온 놈인가 싶어 울화통이 터졌다. 당장 그 돈을 돌려주고 싶었지만 축의금으로 받아 놓은 종이가방을 그 자리에서 풀어헤치기가 곤란했기 때문에 참으로 난감했다. 그래서 사정을 이야기하고 내일 바로 송금하겠다고 했더니 집에 돌아갈 차비도 없다며 또 성깔을 부렸다. 하는 수 없이 지갑에서 오만 원을 꺼내 얼굴을 돌린 채 돈을 내밀었다. 그러자 동생은 그 돈을 받아 들고 슬그머니 사라졌다. 아마 예단비용 백만 원을 받아갈 걸 예상하고, 축의금을 가져온 게 아닌가 싶었다. 그런 작자가 내 동생이라는 사실이 기가 막혔다. 이런 일련의 속 터지는 행태 말고도 숱하게 숨

겨진 스토리가 있지만 다 털어놓기에는 지면이 부족하다.

　그런 가운데 또다시 동생과 마주쳤으니 신경이 쓰이지 않을 수 없었다. 딸 결혼식 또한 마찬가지였다. 딸 결혼을 앞두고 그 소식을 전했는데, 무슨 심사가 뒤틀렸는지 참석하지 않겠다고 했다. 나는 차라리 잘 됐다는 생각에 쌍수를 들고 환영할 정도로 보기 싫은 동생이었다. 그런데 느닷없이 피로연장에 나타나서 여동생과 매제, 조카들과 어울려 술을 마시면서 내 눈치를 살피고 있었다. 술이 취하면 또 무슨 트집을 잡고 나를 괴롭힐까를 생각하니 한시도 마음이 편치 않았다.

　그렇게 심란하고 혼란스러운 가운데 피로연이 끝나갈 무렵이었다. 그런데 예상보다 빠른 시각에 예식장 측으로부터 예식 비용을 정산하라는 전갈을 받았다. 밥을 먹은 둥 만 둥 허둥대다가 황급히 사무실을 찾아갔다. 예식장 측에서 식비와 예식에 따른 부대비용이 포함된 일련의 정산 청구서를 나한테 건네주었다. 그 청구금액은 사백삼십만 원가량이었다. 나는 망설이지 않고, 신용 카드를 들이밀었다. 그런데 "신용 카드는 안 되는데요? 계약할 때 현금으로 정산하기로 하고 예식 비용을 깎아 드렸거든요."라고 했다. 나는 순간 당황했다. 그런 사실을 전혀 모르고 있던 데다가 당장 내 수중에 현금이 없으니까 어찌할 바를 모르고 허둥대고 있었다. 그러다 번뜩 축의금이 떠올랐다. 나는 한걸음에 피로연장으로 달려갔다. 축의금은 매제가 받아서 보관하고 있었기 때문이다. 매제는 둘째 처남과 어울려 술을 꽤나 마셨는지 얼굴이 홍당무가 되어 있었다. 모처럼 처남하고 술을 마셨으니 오죽하랴 싶었지만 내색하지 않고, 축의금을 넣어 둔 종이가방만 건네받았다. 그리고 그 종이가방을 든 채로 아내를 앞세우고, 사무실에 옆에 마련된 정산실로 들어갔다. 그리고 축의금 봉투를 탁자 위에 몽땅 쏟아 놓고, 돈을 세려고 보니 암담했다. 그래도 현금으로 정산하려면 그 방법밖에 없었다. 수북이 쌓인 봉투에서 돈을 꺼내 일일이 센다는 게 왠지 짜증스러울 뿐만 아니라 조급한 마음이 앞서서인지 헷갈리기도 했다. 그렇게 난감해하고 있던 차에 예식장 측에서 옆방에 있는 지폐계수기를 사용하라며 귀띔했다. 다시 현금과 축의금 봉투를 종이가방에 넣고 옆방으로 자리를 옮겼다. 아뿔싸! 일이 한번 꼬이기 시작하니까 점점 더 꼬여갔다. 지폐계수기를 잘못 다루는 바람에 제대로 한번 써 보지도 못하고 그만 고장이 나고 말았다. 긴 한숨이 절로 새어 나왔다. 또다시 현금과 종이가방을 챙겨 들고 정산실로 자리를 옮겼다. 다른 가족들도 방을 쓰기 위해서 대기하고 있는 상황인지라 마음은 조급하고 초조한 데다 왔다 갔다 하다보니 모든 게 뒤죽박죽이었다. 그런 가운데서도 정신을 가다듬고, 우선 오만 원권 지폐만 골라 백만 원 단위로 묶었다. 그런 와중에 문득 두툼한 봉투 하나가 눈에 띄었다. 사돈이 보낸 축의금이었다. 겉봉투에는 '60'이라는 숫자가 기록되어 있는데, 돈은 오만 원권으로 삼백만 원이었다. 다른 봉투는 겉에 기록된 숫자와 돈이 일치했는데, 유독 사돈이 보낸 축의금 겉봉투의 '60'하고 현금 삼백만 원은 아무런 인과관계가 없는 것 같았다. 그래서 나는 돈이 육십만 원이 아닌 삼백만 원이라면 '60'에서 '0'이 하나 빠진 '600'으로 넘겨짚었다. 그리고 그 삼백만 원을 먼저 묶어 놓은 현금과 합쳐서 정산할 수 있는 금액을 맞췄다. 따라서 사돈이 보낸 축의금은 육백만 원으로, 그 봉투에는 나머지 삼백만 원이 당연히 남아 있는 것으로 착각한 것이다. 그렇게 혼란스럽고 뒤숭숭한 가운데 돈 보따리를 들고 사무실을 찾아가서 어렵사리 정산을 마쳤다. 그리고 남은 현금과 축의금 봉투가 든 종이가방을 들고 딸 신혼집으로 들어갔다. 나도 피곤하지만 아내를 쳐다보니 무척 힘들어 하는 기색이 역력했다. 그런 아내의 모습을 보자 안쓰럽고 측은한 마음에 또 안절부절못했다. 그래도 축의금이 들어오고 나간 금액을 확인하고, 하루를 마무리하고 싶었다. 축의금 장부에 기록이라도 제대로 해 놓았으면 또 모르겠는데, 정리를 하다가 중간에 덮어 놓은 상태여서 왠지 꺼림칙하기도 했다. 그렇게 될 수밖에 없었던 까닭이 있었다.

우리는 딸 결혼식 날짜와 예식장을 정해 놓고, 축하객을 맞이할 사람을 이리저리 물색해 봐도 매제밖에 없다는 결론을 내렸다. 그래서 결혼식 한 달 전쯤에 전화로 매제한테 부탁했더니 망설이지 않고 응했다. 나는 확답을 받고, 결혼식 한 시간 전에는 도착해서 손님을 맞이했으면 좋겠다고 신신당부를 했다. 그런데 정작 예식 시각이 가까워 오는 데도 불구하고, 매제는 나타나지 않았다. 시간은 자꾸만 흘러가는데, 매제가 안 보이니까 당연히 초조할 수밖에 없었다. 나는 더 이상 지체할 수가 없었던 터라 궁여지책으로 먼저 온 처조카를 그 자리에 세웠다. 그러자 처조카는 되게 뜻밖이라는 얼떨떨한 표정으로 어찌할 바를 몰라 했다. 그런 당혹스러운 모습으로 오가는 사람들을 멀뚱멀뚱 쳐다보며 축의금 봉투만 받아 챙겼다. 그로부터 삼십 분쯤 후에나 도착한 매제한테 축의금 봉투를 건네주고는 마치 이방인처럼 서 있었다. 뒤늦게 나타난 매제는 그 모양새가 허겁지겁 했다. 축의금 봉투 받으랴, 현금을 확인하랴, 장부에 기록하랴 허둥대다 그냥 덮어버리고, 겉봉투에다 그 금액만 기록한 것 같았다. 그러니 축의금 봉투를 하나하나 확인해 볼 수밖에 없었다.

축의금 겉봉투에는 아라비아 숫자로 이렇게 적혀 있었다. '10, 20, 30, 60'으로, 10이면 십만 원, 30이면 삼십만 원이라는 걸 알 수 있었다. 그런데 사돈이 보낸 축의금 겉봉투에는 '60'이라는 숫자가 적혀 있는 게 아닌가. 예식장에서 정산할 때 본 숫자 그대로였다. 그래서 그때 생각했던 바대로 육백만 원이라는 걸 당연시 하고 있었다. 돌이켜보면 '60'이라는 숫자가 육십만 원이 아닌 삼백만 원이라면, '600'에서 '0'을 하나 빠뜨린 게 아닌가 하고 넘겨짚을 수 있는 일이 아니겠는가? 나름대로 생각하기에 '600'을 '60'으로 잘못 쓴 것으로 짐작하고 결산을 하다 보니까 축의금으로 받은 총액에서 삼백만 원이 부족한 것 인양 착각을 불러일으킨 것이었다.

그 순간부터 소동이 벌어졌다. 예식장 정산실 아니면 지폐계수기가 있는 방에다 돈을 놓고, 그냥 나온 것으로 기정사실화했다. 그 즉시 예식장으로 전화를 했다. "오늘 열한 시 삼십 분에 ○○○실에서 결혼식을 올린 혼주 ○○○입니다. 예식 비용을 정산하는 과정에서 정산실 아니면 지폐계수기가 있는 방에다 돈을 놓고, 그냥 나와 버린 것 같습니다."라고 했다. 예식장 측에서는 "아, 그러세요? 잃어버린 돈이 얼마나 됩니까?"라고 물었다. 나는 "삼백만 원입니다. 그 돈을 탁자 위에 놓고, 방에서 그냥 나온 것 같습니다."라고 떨리는 목소리로, 돈을 놓고 나왔다는 말을 반복했다. 예식장 측에서는 "그럼, 한번 확인해 보고 전화 드리겠습니다."라고 했다. 잠시 후에 예식장 측에서 걸려온 전화는 "두 군데 다 확인해 봤는데, 돈은 아무데도 없습니다. 하지만 CCTV(Closed-Circuit Television, 폐쇄회로 텔레비전)가 설치되어 있으니까 담당자를 불러내서 확인해 보겠습니다."라고 했다. 나는 그 돈을 찾을 수 있겠다 싶은 실낱같은 희망으로 긴 한숨을 돌렸다. 그런 다음 "그럼, 제가 지금 그곳으로 가겠습니다. 그리고 일단 경찰서에 분실 신고를 하는 게 좋겠습니다."라고 단도직입적으로 말을 꺼내 놓고, 예식장 측의 양해를 구한 다음 경찰서에 분실 신고부터 했다. 그리고 사위를 앞세우고 급히 차를 몰아 예식장으로 허겁지겁 달려갔다. 도착한 즉시 두 군데 다 둘러보았으나 돈은커녕 그 흔적조차 찾을 수 없었다. 돈을 정산실 탁자 위에 그대로 두고 나온 것처럼 눈앞에 아른아른한데 그 정체는 온데간데없었다. 얼마나 허망하고 기가 막힌 노릇인지 말로 다 표현할 수가 없었다. 군이 표현하자면 마치 실체 없는 신기루를 쫓는 듯했다.

그때는 아내가 항암치료를 받고 있던 시기로 한 달에 치료비가 사백만 원에 육박하는 돈이 빠져나가는 터라 단돈 한 푼이 아쉬울 만큼 절박한 처지에 놓여 있었다. 그런데다가 언제 치료가 끝날지 모르는 상황 속에서 어쩌면 밑 빠진 독에 물 붓기 식이 아닌가 싶을 정도로 위기감은 최고조에 달해 있었다. 그러니 돈 삼백만 원에 눈이 뒤집히지 않을 수 있었겠는가? CCTV에 큰 희망을 걸었던 것도 바로 그런 이유 때문이었다. 잠시 후에 예식장 측에서는 CCTV가 정산실이나 지폐계수기가 있는 방에 설치된 게 아니고 그곳을 드나드는 통로에 설치되어 있다며 말을 바꿨다. 그리고 CCTV를 확인해 본 결과 돈을 들고 나가거나 수상쩍게 행동하는 사람은 화면에 잡히지 않았다고 했다. 그 말을 듣고, 실낱같았던 희망이 절망으로 급변했다. 누군들 남의 돈을 가지고 나가는데, 그런 어리숙한 모습으로 행동하겠는가? 나는 점점 패닉상태로 빠져들었다. 뼈아픈 자책을 하다가 서서히 다른 사람들을 향해 원망의 화살을 돌렸다. 나를 도와주지 않은 동생이, 매제가, 아들이 얄미웠다. 또 함께 있었으면서도 세심하게 살펴보지 못한 아내를 탓했다. 그렇게 망연자실 앉아 있는데, 경찰관 두 분이 결혼식장 로비로 들어왔다. 그분들보다 앞서 내가 분실 신고한 사람이라고 소개하고 정산실로 안내했다. 그분들은 나한테 사건의 자초지종을 듣고는 예식장 로비와 정산실 그리고 지폐계수기가 있는 방을 둘러보며 동선을 살펴보았다. 그리고 정산실에서 탁자를 사이에 두고 앉자 나더러 사건 경위를 진술하라며 분실 신고서를 내밀었다. 나는 머릿속이 뒤죽박죽인 데다 어떻게 써야 할 줄을 몰라서 고개를 갸웃거리며 그들의 눈치를 살폈다. 그랬더니 두 분 중에 선임으로 보이는 한 분이 "제가 불러줄 테니 그대로 받아 적으세요."라고 했다. 그분은 마치 소설책을 읽듯이 줄줄 토해 냈다. 내가 앞서 두서없이 했던 말이지만 어쩜 그렇게 간결하게 정리해서 구술하는지 놀랄 정도였다. 다 써 놓고 읽어보니 한 마디도 틀리거나 어색한 부분 없이 육하원칙에 따라 일목요연하게 정리되었다. 그것으로 분실 신고는 경찰관의 도움을 받아 얼떨결에 마쳤다. 그분들은 사건을 접수하고 돌아가기 전에 선임으로 보이는 한 분이 "적잖은 돈을 잃어버려서 마음이 아프겠지만 좋은 날이고 그러니 마음을 추스르고, 가급적 빨리 잊어버리는 것도 좋을 것 같네요."라고 하며 긴 여운을 남겼다. 덧붙여 "이런 일들이 종종 일어나곤 하는데, 잃어버린 돈을 찾는다는 것은 극히 어려운 일입니다."라고 했다. 그리고 수사를 해 보고 그 결과를 다시 연락드리겠다는 말을 남기고 떠났다. 삼백만 원이라는 돈이 내 눈앞에서 순식간에 사라진 듯 무척 허망했다. 허탈한 심정으로 딸 신혼집으로 되돌아가는 길이 한없이 공허하기만 했다.

집에 도착하자마자 또 축의금 봉투를 뒤적거리며 현금과 겉봉투에 적혀 있는 숫자를 대조하느라 눈이 쥐가 날 정도였다. 하지만 돈이 정확히 삼백만 원이 부족하다는 게 뭔가 이상한 느낌이 들었다. 다시 '60'이라는 숫자에 눈길이 멈췄다. 나를 지켜보고 있던 아내와 딸은 축의금을 받은 매제한테 확인해 보라고 재촉했다. 사돈이 보낸 축의금 겉봉투에 쓴 '60'이라는 숫자가 어떤 의미인지를 알아보라는 것이었다. 봉투에는 삼백만 원이 들어 있는데, 육십만 원보다는 훨씬 많고, 육백만 원보다는 한참 못 미치는데, 어떻게 된 거냐고 물어보면 알 수 있을 것 같다고 했다. 하는 수 없이 저녁 늦은 시간인데도 불구하고, 매제한테 전화로 축의금에 얽힌 얘기를 꺼냈다. 매제는 피로연 때 술을 거나하게 마신 탓도 있었겠지만 심신의 피로 때문에 곯아떨어졌다가 일어났는지 횡설수설한 말투였다. 매제는 "저는 잘 모르겠고요, 아무튼 봉투에 적어 놓은 대로 돈은 맞을 겁니다."라고 했다. 매제는 봉투를 받아서 돈을 확인하고, 그대로 기록했을 뿐 어떤 오류도 있을 수 없다는 듯 귀찮아하는 목소리가 역력했다. 혼자서 축의금 챙기느라 고생한 것을 생각하면 더 이상 캐묻는다는 게 매제한테 실례가 될 것 같아 편히 쉬라고 해 놓고, 전화를 끊었다. 이제는 아들한테 물어볼 수밖에 없었다. 밤은 깊어 가는데, 그냥 덮어두면 잠을 이루지 못할 것 같은 예감에 좀이 쑤셨기 때문이다. 나는 아들한테 전화를 걸어 "아들, 오늘 축의금으로 들어온 돈을 결산해 보니까 삼백만 원이 부족한데, 혹시 사돈께서 얼마나 했는지 알고 있냐?"라고 물었다. 아들은 대뜸 "제가 그걸 어떻게 알아요? 저는 모르죠?"라고 했다 그래서 내가 "혹시 좀 알아볼 수 없을까?"라고 조심스럽게 말을 꺼냈다. 아들은 "아, 제가 그걸 어떻게 물어봐요?"라고 하며 싫은 속내를 드러냈다. 그래도 나는 그것을 확인하지 않고서는 잠을 청하지 못할 정도로 애가 바싹바싹 타들어 갔다. 그래서 재차, 한번 알아봐 달라고 애원하다시피 했다. 그랬더니 시간이 조금 지난 후에 아들이 "삼백만 원이라는데요."라고 하며 퉁명스럽게 전화를 끊었다.

그때서야 내가 착각했다는 사실에 온몸에서 힘이 쭉 빠져 나간 듯했다. '60'이라는 숫자가 오만 원권으로 육십 장이라는 그 깊은 내막을 뒤늦게 알아차렸다. 너무 허탈하고, 얼떨떨하고, 신중하지 못한 자신이 한없이 부끄러웠다. 식구들 볼 면목이 없었지만 그 누구보다도 사위 앞에서는 쥐구멍이라도 찾고 싶은 심정이었다. 그러나 한편으로는 나를 꽉 조이고 있던 쇠사슬에서 풀려난 것처럼 홀가분했다. 정말 하늘을 훨훨 날 것만 같았다.

착각이란 과연 무엇이며 왜 일어나는가를 책을 통해 살펴보고 곰곰이 되짚어 봤다. 착각은 국어사전적 의미로 "어떤 사물이나 사실을 실제와 다르게 지각하거나 생각함."이라고 해석하고 있다. 그러니까 사물이나 사실의 본질을 제대로 파악하지 못하고, 다른 방향으로 인식하거나 생각하는 것이다. 사전적 의미는 간단명료하지만 그 깊이를 헤아리기에는 쉽지 않다. 따라서 그 실체를 직시하며 착각을 주제로 한 책들을 살펴봤다.

먼저 독일의 뇌 과학자이자 칼럼리스트인 프리트헬름 슈바르츠가 쓴 책 『뇌에서 벌어지는 생각의 시소게임 착각의 과학』에서 저자는 착각에 대한 개념을 새로운 시각에서 명쾌하게 정의를 내리고 있는데, 착각은 뇌의 일상적인 활동이라는 것이다. 다시 표현하자면 뇌의 일상적인 활동의 범주에 착각이 들어 있다는 말과 같다. 아울러 "착시 현상에서부터 판단의 착오, 잘못된 결정 혹은 세상의 오류에 휘둘리는 것까지도 모두 뇌가 만들어 내는 착각 현상"에서 비롯된 것이라고 했다. 그리고 "우리는 의도하지 않았지만 뇌에게는 지극히 자연스러운 활동이 바로 착각"이라고 덧붙였다. 그러니 자연스러운 뇌의 활동 영역인 착각을 부정적인 의미로만 해석할 게 아닌 것 같다. 저자에 따르면 '뇌가 원하는 것'과 '내가 원하는 것' 사이에는 차이가 있다고 한다. 나는 지금 내가 하고 싶은 것을 원하지만 뇌는 기억과 체험을 통해 알고 있는 것만 원한다는 것이다. 이런 차이를 신경과학에서는 의식과 무의식의 차이라고도 설명하고 있다. 그리고 착각의 가장 주된 요인은 바로 의식과 무의식간의 불일치에서 일어나는 것이라고 했다.

또 미국의 저널리스트이자 심리학 블로그 운영자인 데이비드 멕레이니가 쓴 책 『당신의 감정, 판단 행동을 지배하는 착각의 심리학』의 저자에 의하면 우리가 똑똑하다고 하는 착각을 교정하고자 한다는 것이다. 물론 착각에는 나름의 이유가 있겠지만 우리의 사고를 구성하는 '인지적 편견'과 '발견적 학습', 그리고 '논리적 오류'가 끊임없는 착각의 동력이라고 했다. 가령 당신은 "나의 행복은 오직 이 순간을 만족하는 데 달려 있다."고 생각하는가? 그렇지 않다. 그건 바로 착각에서 비롯된 것이라고 했다. 한편 우리의 자아는 '현재의 자아' 곧 실시간으로 인생을 '경험하는 자아' 외에 '기억하는 자아'로 구성되기 때문이라고도 했다. 우리는 감각상의 기억이 지속되는 삼 초 정도의 순간만을 사는 것이 아니라 기억 속에서 의미를 길어 올리면서 살기 때문에 시간의 흐름 속에서 행복해야 할뿐더러, 나중에 되돌아볼 기억을 만들어 내야만 행복할 수 있다는 점에서 초점이 다소 다르다는 것이다.

마지막으로 세 명의 신경과학자가 쓴 책『왜 뇌는 착각에 빠질까』에서 저자들은 "마술의 신경과학을 다룬 최초의 책"으로 마술의 눈속임을 가능하게 하는 우리의 착각과 착시를 본격적으로 해부하고 있다. 저자들이 폭로하는 착각 가운데 하나는 우리가 자유롭게 선택한다고 믿는 착각인데, 서로 상충하는 두 가지 생각, 행동, 사실, 믿음 등이 갈등할 때 우리의 뇌는 그 갈등을 해소하기 위해 이들 가운데 하나를 부각시키는 방법을 택한다는 것이다. 그들은 또 "착각하는 뇌가 인간의 본질"이라고 정의했다. 그러니까 "의식이 탄탄하고, 확고하며, 풍부한 사실에 근거를 두고 충실하게 현실을 재현한다고 느껴지는 것 역시 뇌가 스스로 만들어 내는 또 하나의 착각"이라는 것이다. 또 한편으로 착각이 미치는 영역은 "실제 감각적 입력을 해석하는 신경장치가 꿈, 환각, 건망증에도 관여하기 때문에 실제와 상상의 세계가 뇌 안에서 동일한 물리적 근원을 공유하는 것"이라고 기술하고 있다. 이렇게 다양한 시각에서 나타나는 착각의 또 다른 의미를 곰곰이 되새겨 보는 시간을 가졌다.

　나는 한참을 머뭇거리다가 내가 저지른 착각에서 온 실수를 더 두고 있기가 겸연쩍어서 사위한테 슬그머니 말을 꺼냈다. "박 서방, 내 실수로 빚어진 사실 관계를 경찰서에 얘기해야 되는 것 아닌가?"라고 하며 눈치를 살폈더니 "그냥 놔둬도 일 년 후면 자동으로 사건이 종료되기 때문에 얘기 안 해도 됩니다."라고 했다. 나는 그래도 되겠다 싶어 일체 함구하기로 하고, 입을 단단히 봉했다.

돈을 잃어버렸다고 착각한 순간부터 세상이 온통 그 착각 속으로 빠져드는 건 내가 감당할 몫이 아닌 성싶었다. 차근차근 되돌아보니 사건의 발단은 소통의 문제였다. 예식장을 정하고 계약까지 죄다 사돈댁에서 추진했는데, 그러한 과정에 나는 빠져 있었다. 아마 서로 미룬 듯했다. 사돈댁은 며느리가 전해주겠거니 하고, 딸은 시아버지가 다 알아서 해 줄 거라고 생각하지 않았나 싶었다. 그러나 지나고 난 다음에 이런 얘기를 꺼낸다는 것이 무슨 의미가 있겠는가 싶어 입을 닫았다.

세상을 살아오면서 크고 작은 착각에 빠진 적은 더러 있었지만 이렇게 뭔가 뒤끝이 석연치 않은 소동은 난생처음 겪었다. 앞으로 다시 이런 착각에 빠지지 않기를 바라는 마음에선지 그 기억이 오랫동안 뇌리에서 맴돌며 떠날 줄을 모른다. 그리고 분실 신고한 날로부터 정확히 일 년 후에 경찰서로부터 사건 종료를 알리는 문자 메지를 받았다. 그것으로 삼백만 원의 허상에 홀릴 수밖에 없었던 한 편의 에피소드는 그렇게 막을 내렸다. 그것은 바로 착각에서 비롯된 것이었다.

내 손에 차표 한 장

　　어느 날 나는 광양에서 시외고속버스를 타고 안양으로 올라가는 도중에 일어난 일화 한 토막을 또렷하게 기억하고 있다. 그것은 착오에서 촉발된 에피소드로 언젠가는 누군가에게 들려주고 싶은 욕구가 앞선 까닭에 안달이 난 건 참을 수 없는 수다 심리 때문이 아닌가 싶다. 이제 내가 하고 싶은 그 한 토막의 일화를 이 장에다 멍석을 깔아 놓고, 속 시원하게 털어놓으려고 한다. 그 내막은 이렇다.

　　아내가 서울에 있는 한 대학교병원을 자주 들락거리면서 두 집 살림을 차렸다. 그중 한 곳은 삼십여 년의 세월을 훌쩍 뛰어넘은 삶의 터전으로, 고향이나 다름없는 광양 금호동이다. 그리고 다른 한 곳은 이제 막 새롭게 거처를 마련한 안양의 평촌동이다. 따라서 우리 부부의 동선은 광양과 안양, 서울의 대학교병원으로 운명처럼 이어졌다. 그 동선에 따라 우리 부부가 주로 이용하는 교통편은 광양과 안양을 오르내릴 때는 시외고속버스를, 안양에서 서울의 대학교병원을 오갈 때는 지하철 사 호선이었다. 그렇게 우리가 하나의 동선으로 묶일 수밖에 없었던 사연을 되짚어 보면 만감이 교차하곤 한다.

　때는 2005년 시월 말로 거슬러 올라간다. 그때 아내 나이는 사십 대 후반이었다. 그런데 뜻밖에 아내의 건강에 적신호가 켜진 것이다. 그 무렵 아내는 자가진단을 통해 젖가슴에 이상 징후가 있다는 것을 직감했다. 그리고 가까운 종합병원에서 진료를 받고, 유방 조직검사를 했다. 그 검사 결과 뜬금없는 유방암이라는 판정을 받고 충격에 휩싸였다. 부랴부랴 서울의 한 대학교병원에 진료를 예약한 후에 재검진을 받았다. 그 검진 결과도 마찬가지였다. 우리는 앞뒤 가리지 않고, 바로 수술 예약을 했다. 그리고 십이 월 초에 네 시간여에 걸친 유방 절제 수술을 받았다. 한 마디로 아닌 밤중에 홍두깨라더니, 툭 불거진 암의 정체에 속수무책으로 당한 것이다. 그때 나는 아내를 수술실에 보내 놓고, 기다리는 내내 초조하고 긴장된 나머지 온 몸이 오들오들 떨렸다. 게다가 숨까지 가빠지는 게 마치 깊은 수렁으로 빠져드는 듯했다. 수술실 주위가 술렁거리며 긴박하게 돌아가는 그 순간을 진정시키는데, 나름 무진 애를 태우며 보호자 대기실을 시계추처럼 들락거렸다. 그렇게 초주검이 다 되어갈 즈음에 담당 의사로부터 수술이 잘 되었다는 기쁜 소식을 전해 듣고, 긴장이 확 풀리는가 싶더니 전신이 축 늘어지는 무력감에 빠져들었다. 한편 아내는 자기 의지대로 몸을 움직일 수 없을뿐더러 내상이 깊은 통증으로 끙끙 앓고 있었다. 그런 힘겨운 상황 속에서도 시간이 흘러감에 따라 우리는 그 고통의 정점에서 차츰 평상심을 되찾을 수 있었다. 그렇게 아내는 일주일간의 입원 치료를 받고 회복한 후에 퇴원했다. 그리고 삼 주에 한 번씩, 여섯 차례에 걸친 항암치료를 끝으로 암 퇴치에 마침표를 찍었다.

그 이후로 육 개월마다 정기 검진과 진료를 받고, 개인 건강관리를 통해서 수술한 지 꼭 칠 년 만에 완치 판정을 받았다. 그때 그 감격은 암으로부터 해방된 기쁨은 말할 것도 없으려니와 그동안 쌓인 스트레스와 심적 고통에서 벗어났다는 안도감에 세상 부러울 게 없는 것 같았다. 그리고 예전과 다름없는 일상을 회복할 수 있었다.

완치 판정을 받은 후에 정기 검진과 진료는 유방내과에서 가정의학과로 전환됨에 따라 그 주기도 일 년으로 연장되었다. 그리고 가정의학과에서 한 차례 진료를 받고, 다음 진료 예약일보다 한두 달 전의 일이었다. 그때 아내는 예전에 수술했던 가슴 쪽을 매만지며 이따금 쿡쿡 쑤시는 통증이 올라온다며 왜 그런지 모르겠다고 했다. 그때만 해도 이미 완치 판정을 받았는데, 무슨 별일이야 있을까 싶어 대수롭지 않게 여겼다. 그런 가운데서도 한발 앞서 진료 예약 날짜를 앞당겼다. 그리고 변경된 예약 날짜에 진료 받고, 조직 검사를 한 결과 유방암이 재발한 것이었다. 완치 판정 후 이 년 남짓한 시점이었다. 그 충격은 가히 상상을 초월했다. 처음 발병했을 때의 충격과 비교하는 것조차 무의미할 만큼 가히 공포의 수준이었다. 마치 쇠망치로 뒤통수를 얻어맞은 것처럼 천지를 분간할 수 없을뿐더러 세상이 왈칵 뒤집힌 것 같았다. 그 치료 방법은 암 덩어리를 제거하는 수술이 아니라 항암치료밖에 없다는 현실 앞에 우리는 또 다시 절망했다. 아내는 설명 간호사 앞에서 눈물을 훔치며 "완치 판정을 받고 난 뒤로 가정의학과에서 한 차례 진료까지 받았는데…"라고 하며 말을 잇지 못한 채 울먹였다. 그러나 우리가 할 수 있는 것은 현실을 인정하고 순순히 받아들이는 길밖에 선택의 여지가 없었다.

그렇게 항암치료는 시작되었고, 삼 주에 한 차례씩 진료와 치료를 받기 위해 서울과 광양을 오르내렸다. 그 일 또한 만만치 않았다. 그렇다고 우리가 서울에 마땅히 거처할 만한 곳은 없었다. 한참을 궁리한 끝에 딸이 직장에 다니면서 혼자 생활하고 있는 원룸을 같이 쓰기로 했다. 그 원룸은 세 사람이 나란히 누우면 꽉 들어찰 만큼 비좁은 공간이었다. 그래서 처음부터 고민하고 망설인 것이지만 그때 우리의 형편으로써는 그나마도 감지덕지했다. 다소 불편한 점이 더러 있긴 하지만 그런 것들을 감수해 가며 한동안 함께 생활했다.

그 기간도 잠깐, 딸이 시집갈 무렵 안양에 신혼집을 마련해 놓고, 결혼하기 전에 이삿짐을 하나씩 옮기고 있었다. 딸마저 우리 곁을 빠져나가려 하자 참으로 난감했다. 원룸을 재계약하자니 삼 주에 한 번씩 치료차 서울에 올라갔다가 하루나 이틀 쉬고 내려가는데, 전세 칠천만 원은 우리 형편에 맞지 않은 듯했다. 관리비 또한 매월 칠팔만 원가량을 부담해야 하는 것이 아무래도 낭비인 것만 같았다. 그러나 그런 어려운 형편에도 불구하고, 우리는 장고를 거듭한 끝에 원룸을 재계약하기로 마음을 굳혔다. 물론 딸하고의 사전 논의는 없었다. 그런데 뒤늦게 우리 사정을 눈치 챈 딸은 극구 자기 집으로 모시겠다며 간청을 했다. 딸은 신혼집으로 이사를 가더라도 부모는 당연히 자기가 모시기로 이미 작정한 듯싶었다. 우리는 그 간청을 뿌리치지 못하고, 못 이기는 척 딸 신혼집으로 거처를 옮겼다. 그리고 한동안 불편 없이 함께 생활했다. 그런데 딸집을 자주 들락거리게 되면서부터 사위 눈치 보기에 민망하고, 행동거지도 자연스럽지 못한 데다가 왠지 부담스럽기만 했다. 그러던 차에 아들이 마침 평촌에 있는 한 오피스텔에 방이 하나 났다며 우리의 거처로 쓸 것을 권했다. 하지만 우리는 망설이고 또 망설이며 결단을 내리지 못한 채 꾸물거리고 있었다. 당장 이억 원가량이나 되는 돈을 마련하려면 정기예금을 해약해야 하는 등의 일들이 그지없이 번거롭기 때문이었다. 그 밖에도 살림을 차리려면 적지 않은 돈이 들어갈 텐데 어찌 감당할 수 있을까 하는 걱정으로 멈칫거리고만 있었다. 그렇게 버티고 또 버티다가 결국에는 아들한테 떠밀리다시피 평촌에 오피스텔 방 한 칸을 매입하게 되었다.

아들은 부모 모실 형편은 안 되고, 제 여동생 집에 얹혀사는 게 마음에 걸렸던지 어떻게든 우리의 거처를 마련해 보려고 애쓴 흔적이 역력했다. 그런 사실을 사돈댁에서도 익히 알고 있던 터라 그분들 또한 몹시 신경이 쓰인 모양이었다. 그러던 중 안사돈이 친정어머니를 모시려고 오피스텔에 방 하나를 매입한 것이 우리의 사정과 맞아떨어지는 계기가 되었다.

그 내막을 슬쩍 넘겨짚어 보니 그간 사정은 이렇게 귀결되었다. 안사돈은 친정어머니를 모실 계획으로 오피스텔에 방 한 칸을 마련했는데, 아들이 결혼해서 집을 나가자 방 하나가 남아돌게 된 것이다. 그러자 매입한 오피스텔은 일단 제쳐두고, 친정어머니를 사돈댁으로 모시게 되었다. 그렇게 집안 사정이 바뀌자 더 이상 오피스텔을 갖고 있을 이유가 없어진 것이다. 그 무렵 안사돈은 우리한테 관심을 갖고 있던 터라 당신 사위를 향해 넌지시 미끼를 던진 듯했다. 아들 또한 장모의 제안에 귀가 솔깃해져서 팔을 걷어붙이고 나선 성싶었다. 아들은 그렇게 기회가 온 오피스텔을 권하며 부모가 편하게 지낼 수 있기를 바라는데, 차마 외면할 수가 없었다. 또 한편으론 우리 둘만의 아담한 공간으로 마음 편히 지낼 수 있겠다는 생각이 들기도 했다. 아무튼 좀 이상한 느낌이 들기는 해도 결국 안사돈으로부터 오피스텔을 매입한 셈이 되었다. 마침 방도 깔끔하게 인테리어를 마친 상태라 마음에 쏙 들었다.

주변 환경 또한 광양에 있는 우리 집과 사뭇 다르긴 해도 생활하기에 편리하게끔 나름 구색은 갖추고 있었다. 우선 서울의 대학교 병원이 가까울뿐더러 교통편도 이용하기가 수월했다. 오피스텔에서 지하철역까지 걸어서 십 분 안팎에, 서울의 대학병원까지는 지하철 한 노선으로 오십 분가량이, 하차한 역에서 병원까지 걸어서 십여 분 정도 소요되는 거리였다. 그리고 오피스텔 가까이에 산책을 즐길 수 있는 공원이 자리 잡고 있는 것도 매력적이었다. 창밖으로 시원스레 펼쳐져 있는 안양시청 광장이 한 눈에 내려다보이는 그곳은 푸른 숲으로 가득했다. 그 옆으로 정갈하게 펼쳐진 네 면의 테니스 코트는 가슴을 확 트이게 하는 구실을 했다. 게다가 오피스텔 근처에 한 대학교병원이 자리 잡고 있는 것 또한 나무랄 데 없는 주거 환경이었다. 문득 고개를 들어 더 멀리 눈길이 머무는 그곳에는 우뚝 솟은 푸른 산이 늠름하게 버티고 있는 게 인상적이었다. 그 산은 눈에 비친 그대로 공기의 질이 좋고 나쁨을 분간할 수 있을 만큼 일기예보의 바로미터 역할을 했다. 다만 한 가지 흠이 있다면 오피스텔 위치가 시내 한복판으로 차량들이 쉴 새 없이 지나다니는 게 신경에 거슬릴 정도였다. 그러나 이 정도 환경이면 우리가 생활하기에는 무난한 게 아닌가 하는 마음에 위안을 얻었다.

나는 그렇게 안양 시민으로 거주지가 바뀌면서 자연스레 두 집 살림이 꾸려졌다. 그러면서 광양과 안양을 오르내리는 횟수가 늘어났다. 어림잡아 두 달에 세 차례 정도는 오르내릴 만큼 자주 대중교통을 이용했다. 그런데 교통편이라고는 선택의 여지가 없는 시외고속버스를 이용해야만 하는 형편이었다. 다른 교통편을 이용하기에는 더 많은 시간이 걸릴 뿐만 아니라 접근성이 불편하기 때문이었다. 서울에서도 광양을 오갈 수는 있으나 안양에서 서울까지, 서울에서 안양까지 이동하는데, 그 수고로움이 만만치 않았다. 또하나의 이동 수단인 승용차를 운전하기에는 삼백삼사십 킬로미터에 이르는 거리가 멀기도 하거니와 피로감에서 오는 졸음운전 때문에 엄두조차 나지 않았다. 또 KTX(Korea Train Express) 열차가 있기는 하나 그림의 떡이었다. 광양에서 순천역을, 평촌에서 광명역을 오가는 번거로움이 상당했다. 딱 한 번, 설 명절을 앞두고 어렵사리 열차표를 구해 광양으로 내려가는데, 기가 막혔다. 평촌역에서 지하철을 타고 광명역을 찾아가기까지 한 시간 반 남짓, 순천역에서 동광양까지 시내버스, 택시, 시외버스를 갈아타며 두 시간가량을 도로에서 허비한 그때의 귀향길은 다시는 떠올리고 싶지 않을 만큼 끔찍했다.

그런 사정 때문에 울며 겨자 먹기 식으로 광양과 안양을 오가는 교통편은 시외고속버스를 이용할 수밖에 없었다. 우리가 이 버스를 처음 탔을 때는 일반 시외고속으로 요금이 이만 원대였다. 그런데 언제부턴가 고속버스를 일반에서 우등으로 격을 높이던 때를 같이하여 이 회사마저도 서슴없이 그런 시류에 편승했다. 그 후로부터 버스요금이 삼만 원대로 치솟았다. 우등이라는 개념이 똑같은 차량을 내부 좌석만 재배치해서 공간을 넓게 개조한 게 전부였다. 짐작컨대, 일반 시외고속버스를 운행하면서 좌석을 다 채우지 못할 바에야 차라리 우등으로 개조해서 잇속을 챙기려는 게 아닌가 싶었다. 그것도 부족해서 승객이 감소했다는 핑계 삼아 운행 횟수마저 점진적으로 줄여 나갔다. 거기다가 시외고속버스라는 명목하에 두 군데의 정류소를 거쳐 가는 노선을 고집하고 있었다. 한술 더 떠 차량 운행 시간도 들쑥날쑥 제 마음대로였다. 이런 일들은 회사의 경영 여건에서만 보면 경기불황에 따른 자구책의 일환으로 해석할 수 있을 것이다. 그러나 승객의 입장에서 생각하면 불편하고 불쾌하기 짝이 없는 오만한 행태의 민낯을 대할 수밖에 없는 처지였다. 그런 온갖 불편 사항을 고스란히 떠안을 수밖에 없는 우리는 다른 대안이라곤 없었다. 그렇게 불평과 불만이 쌓여갔지만 마음속으로만 투덜거렸을 뿐 부정적인 감정을 꾹꾹 눌러가며 다독거렸다.

언젠가 한번은 중간 정류소에서 예정 시각보다 일찍 출발하는 바람에 승객 한 분이 버스를 놓친 일이 벌어졌다. 국도를 이십 분가량 달리다가 고속도로에 진입할 즈음, 운전기사가 전화를 받고 하는 말이 "정류소에서 연락이 왔는데, 차를 못 탄 승객이 한 분 있다고 하네요?"라고 하며 꼭 남 얘기 하듯 했다. 그리고 지체 없이 차를 되돌렸다. 나는 이게 무슨 마을버스도 아니고 명색이 고속버스인데 이럴 수가 있나 싶었다. 그럼에도 불구하고, 우리가 이용할 수 있는 노선 중에는 그나마 나은 편이라는 사실을 오히려 고맙게 받아들여야 할 형편이었다. 이러한 여러 가지의 부정적인 감정들이 뒤얽히면서 곱지 않은 시선은 늘 그 운송회사를 향하고 있었다. 또한 이 시외고속버스를 자주 이용하게 되면서부터 소소한 일들이 심심치 않게 일어났다.

어느 한 날은 간식거리로 가득 들어 있는 종이가방을 차에 두고 내린 적도 있었고, 현관 열쇠를 좌석에 빠뜨린 채 하차한 때도 있었다. 그리고 결정적인 실수는 참기름 한 병을 잃어버린 내 잘못이었다. 그것을 잃어버린 심적 타격은 두고두고 마음 한구석을 바늘로 찌르듯 깊이 있게 아렸다. 왜냐하면 어머니가 정성을 다해 참기름을 짜서 건네준 귀한 양념이기 때문이었다. 그런 참기름 병을 나한테 건네주던 어머니는 "아야, 깨질까 무섭다. 조심해서 잘 챙겨라. 잉."라고 하며 신신당부하던 말씀이 귓가에 맴도는데, 그 참기름 병은 온데간데없었다. 우리 어머니는 거동이 몹시 불편하고 연로함에도 불구하고, 당신보다는 오히려 자식을 먼저 챙기는 지극정성이 남다른 분이었다. 그런 어머니는 시골 마을에서 품질 좋은 참깨만을 골라 구입한 다음에 불순물을 걸러내고 씻고 말리는 수고를 아끼지 않았다. 그리고 발품을 팔아가며 온 정성을 들여 짜준 참기름인데, 그것을 잃어버렸으니 안타깝기 그지없었다. 그 참기름의 가치는 돈으로 환산할 수 없는 어머니의 애틋한 사랑이 듬뿍 담긴 귀한 보물이나 다름없었다. 나는 곰곰이 기억을 더듬어가며 그 참기름 병을 되찾을 수 있기를 학수고대했다. 그 기억은 기억의 꼬리를 물고 선명하게 이어졌다. 평촌으로 올라가기 위해 집에서 짐을 챙겨 나올 때부터 참기름 병은 귀한 양념 중 하나로 공들여 챙겼다. 그래서 등에 맨 가방 포켓에 별개로 끼워 넣었다. 참기름 병은 2홉들이 소주병으로, 겉에는 완충 완화 에어(일명 뽁뽁이)로 칭칭 감은 다음 가방 포켓에 넣고 나니 약간 헐렁했다. 그리고 다른 짐과 가방을 승용차 트렁크에 싣고 고속버스터미널에 도착한 후에 버스에 옮겨 실었다. 그 고속버스는 광양을 출발한 지 네 시간여 만에 안양 호계 정류소에 도착했다. 그런데 버스에서 내릴 때는 선반에 올려놓았던 가방만 덜렁 챙겼을 뿐 그 포켓에 참기름 병을 꽂아 놓았다는 사실을 까맣게 잊고 있었다. 오피스텔에 들어와서 짐을 정리하는데, 참기름 병이 꽂혀 있어야 할 가방 포켓은 텅 빈 채였다. 그 참기름 병이 눈에 선한데, 정작 그 흔적조차 찾을 수 없었다. 허망하기 이를 데 없었다. 짐작컨대, 참기름 병을 고속버스 선반에 흘린 채 그냥 가방만 둘러메고 차에서 내린 성싶었다. 다음 날 고속버스 해당 영업소의 전화번호를 수소문해서 분실물 신고를 했다. 분실물 접수를 받은 직원은 오후에 그 고속버스가 들어오는 대로 확인해서 연락을 드리겠다고 했다. 행여나 하고 연락을 기다리고 있었는데, 실망스럽게도 그런 분실물은 찾지 못했다는 퉁명스러운 목소리만 귓가에 맴돌 뿐이었다.

또 하나는 돈에 얽힌 사연으로 상, 하행선의 버스요금이 차이가 났다. 안양에서 내려갈 때는 이만구천 원대인데, 광양에서 올라갈 때는 삼만천 원가량으로 버스요금이 달랐다. 이 노선의 고속버스를 자주 이용하는 우리로서는 당연히 이의를 제기할 수밖에 없었다. 그래서 ○○고속버스터미널 해당 영업소에 들러 따져 물었다. 그랬더니 그 영업소 직원은, 처음에는 얼버무리다가 기껏 하는 말이 "그게 아마 경유지를 거치고 안 거치고의 문제일 겁니다."라고 하며 얼렁뚱땅 넘어가려 했다. 이해가 안 되는 나는 "아니, 무슨 그런 얼토당토않은 경우가 다 있어요. 올라가고 내려오는 도로가 똑같은데, 경유지하고 무슨 상관이 있지요? 아니, 한번 생각해 보세요. 목적지가 동일한데, 차비가 다르다는 게 이상하지 않나요?"라고 하며 더 강력하게 어필했다. 그때서야 그 직원은 슬그머니 꼬리를 내리더니 본사에 전화를 했다. 그 직원은 "민원이 들어왔는데,

버스요금이 상행선과 하행선이 차이가 난다고 하네요. 확인해 보고 바로 조정해 주세요. 민원이 들어 왔어요."라고 하며 민원이라는 말을 한 번 더 강조하고 나서 전화를 끊었다. 나는 '참, 후안무치하고, 허술하기 짝이 없구나.' 싶어 한숨이 절로 나왔다. 그럴 만한 이유가 있었다. 그때도 마찬가지로 나는 일할 수 있는 형편이 안 되었기 때문에 단돈 한 푼이 아쉬울 정도로 궁한 시기였다. 또 한편으로는 버스요금 체계를 바로 잡고 싶은 마음도 일었다.

결정적으로 꼬여버린 사건은 이제 이 한 토막의 에피소드로 충분할 것 같다. 내가 안양에 머물고 있을 때였다. 광양에서 급히 처리해야 할 일을 목전에 두고 있었던 터라 그 시기를 틈타 일박 이일 일정으로 나 홀로 내려갔다. 그렇게 바쁘게 움직인 것도 아내 곁에 내가 늘 함께 있어야 하는 형편 때문이었다.

광양에 도착하자마자 내가 해야 할 일들을 메모해 온 대로 꼼꼼하게 살펴가며 서둘러 마무리했다. 그리고 내려온 다음 날, 안양행 막차인 오후 다섯 시 사십 분 고속버스에 올랐다. 그 노선의 고속버스는 하루에 세 차례 운행하는데, 그날 안양으로 올라갈 고속버스 가운데 막차였다. 우리가 자주 이용하는 배차 시간대의 고속버스이기도 했다. 그 막차는 중간 정류소 한 군데를 거치지 않는다는 점 때문에 우리가 이용하기에 호재로 작용했다. 때문에 다른 배차 시간대의 고속버스보다 사십 분가량 빠른 네 시간이면 안양 호계 정류소에 도착할 수 있었다. 그런 사정 때문에 그 날도 예외 없이 나는 막차를 탔다. 그 막차는 고속버스터미널의 대기 장소에 정차해 있다가 출발 오 분 전쯤에 플랫폼으로 들어섰다. 내가 제일 먼저 고속버스 출입문 앞으로 다가섰다. 그와 동시에 운전기사가 차 문을 열고 내려왔다. 그리고 고속버스 화물칸 문을 열기 위해 뒤쪽으로 가는 듯했다. 나는 망설이지 않고, 승객 중에 제일 먼저 탑승했다. 그리고 내 뒤를 이어 승객들이 하나둘씩 승차하기 시작했다. 맨 나중에 운전기사가 탑승하면서 버스 내부를 휙 한번 둘러보더니 바로 출발했다. 그때까지도 나는 승차권을 손에 들고 있었다. 그런데 운전기사는 승차권을 확인하지도 않고 출발하는 게 아닌가? 여태껏 이런 경우는 없었던 터라 나는 마음이 꺼림칙하고 의아스럽기도 했다. 그 고속버스에는 탑승자를 확인하는 자동인식기가 있는 것도 아닌데, 아무런 말 한마디 없이 그냥 출발하는 게 미심쩍었다. 첫 정류소에 들리면 그때 받아가려나 했다가, 요즘은 승차권을 확인하지 않은 추세라 그러는가 했다가, 몹시 신경이 쓰였다. 그러나 내가 나서서 승차권을 건네주고 싶은 마음보다는 운전기사가 받아가기만을 바랐다. 다른 승객들 또한 아무런 반응이 없는데 굳이 내가 나설 필요가 있을까 하는 생각에서였다. 그런데 처음 출발할 때부터 느릿느릿 운전하더니 주유소에 들러 차에 기름을 넣는 여유를 부렸다. 한 술 더 떠 그 운전기사는 주유원을 향해 싱글거리면서 "서두르지 말고 천천히 넣으세요?"라고 하며 능청을 떨기까지 했다. 그 운전기사는 승객은 안중에도 없다는 듯 자기 하고 싶은 건 다 하는 것처럼 보였다. 그렇게 여유를 부린 탓에 중간 정류소에 십 분 남짓 늦게 도착했다. 그래도 전혀 미안한 기색 하나 없이 유유자적했다. 답답한 마음에 속에서 울화가 부글부글 끓었지만 체념하고 말았다.

어느덧 ○○휴게소에 도착했다. 그러나 운전기사는 휴식시간이 몇 분인지에 대한 안내도 없었다. 나는 곧장 화장실만 다녀온 뒤에 바로 차에 올랐다. 다른 승객 또한 각자 볼일을 보고 줄줄이 차에 탑승했다. 그 휴식시간은 십 분 남짓했다. 그때도 운전기사는 승객들을 향해 쓱 한번 훑어보고는 곧바로 출발했다. 창밖은 이미 저물어 칠흑 같은 정적만이 쉼 없이 스치듯 비껴갔다. 고속버스 안의 분위기 또한 창밖의 세상과 다름없이 쥐 죽은 듯 고요하기만 했다. 그렇게 한참을 달리는가 싶었는데, 난데없이 실내등이 켜지더니 버스가 고속도로 갓길에 멈춰서는 게 아닌가? 나는 이게 무슨 일인가 싶어 고개를 쑥 빼고 운전석을 노려보았다. 그때 운전기사는 무언가 알아들을 수 없는 말을 구시렁거리며 운전석에서 밍기적밍기적 일어섰다. 그리고 승객을 향해 "열두 분이 틀림없는데…. 손님 한 분이 휴게소에서 차를 놓쳤다고 연락이 왔거든요."라고 하며 당혹스러운 표정을 지었다. 그러면서 "혹시 차를 잘못 타신 분은 안 계세요? 이 차는 안양으로 가는데요. 틀림없이 열두 분을 모시고 왔는데. 승차권도 분명 열두 장이고…."라고 말끝을 흐리며 고개를 갸웃거렸다. 그리고 운전기사는 엉거주춤한 자세로 "죄송합니다. 죄송합니다."라는 말만 되풀이하면서 허리를 깊이 숙여 주억거리더니 이내 고개를 떨궜다. 순간 나는 아차 싶었다. 내가 승차권을 건네주지 못한 게 빌미가 되어 이런 사태가 빚어졌다는 것을 직감적으로 깨달았다. 아마 그 운전기사는 내가 다른 승객들보다 먼저 버스에 탑승한 사실을 모르고 있었던 듯싶었다. 그러니까 출입문 입구에서 나 뒤를 이어 차에 오른 승객들한테서만 승차권을 받은 것으로 짐작했다. 그리고 그 승차권 매수에 따라 승객 또한 열두 명으로 인지하게 된 게 아닌가 싶었다. 그때까지도 나는 그런 상황을 전혀 눈치 채지 못하고, 제 시각에 출발하기만을 기다리고 있었다. 더군다나 운전기사는 첫 번째 정류소에서 단 한 사람도 더 탑승한 승객이 없었기 때문에 더욱 확신을 갖게 된 것이 아닌가 싶었다. 이러한 불미스러운 상황 속에서 나 또한 자유로울 수가 없었다. 이유 불문하고 운전기사에게 승차권을 건네주지 않은 내 잘못이 있기 때문이었다. 그러나 선뜻 나서서 이실직고할 수가 없었다. 승객은 물론 운전기사한테 원성살 일이 두려웠기 때문이다. 또 이런 상황에서 누구의 잘잘못을 따진다는 것이 시간만 지체될 뿐 얻을 게 없다는 생각에 입을 닫았다. 그런데 운전기사의 거침없는 행동에 또 울화통이 터졌다. 운전기사는 버스를 놓친 그 승객을 안내하려면 이 차를 몰고, 앞서 쉬었던 그 휴게소로 되돌아가야 한다는 것이었다. 고속도로에서 차를 몰고 삼십 분가량 올라왔는데, 되돌아간다니 기가 막혔다. 그것도 한참을 더 올라가다가 톨게이트를 거쳐 국도로 간다고 하니 더욱 기가 찼다. 나는 화가 머리끝까지 치민 나머지 운전기사한테 한 마디 쏘아 붙이고는 영업소로 연락을 취했다. 그동안에도 운송회사에 대한 불만이 많았는데, 잘 됐다 싶어 따지듯 항의했다. 거두절미하고 "여보세요? ○○고속이죠? 오늘 광양에서 막차를 타고 안양으로 올라가는 승객인데요, 운전기사가 휴게소에서 손님 한 분을 안 태웠다고 모시러 간다며 되돌아가고 있는데, 세상에 이런 일이 다 있어요? 참 기가 막히네요. 아니, 버스를 놓친 분이 있으면 다른 차로 안내를 하든지 해야지 바쁜 사람 열두 명을 태운 채 휴게소로 되돌아가는 것이 말이나 되는 건가요?"라고 하며 불편한 심기를 토로했다. 내가 한 말의 자초지종을 듣고 난 뒤에 그분은 "나도 영업소에 근무하는 직원이라 어떻게 조치할 수 있는 방법이 없습니다. 그것도 밤인 데다 막차라…. 지금 어디쯤인가요? 운전기사는 어떻게 생겼어요?"라고 하며 엉뚱한 말만 늘어놓다가 마지막에는 "본사에 한번 연락해보세요."라는 말로 전화를 끊었다. 본사 전화는 불통이었다. ARS(Automatic Response System, 자동응답시스템)를 통해 어렵사리 전화가 연결되기는 했지만 전화를 받는 사람은 아무도 없었다. 그렇게 나 혼자만 애를 태우다 슬그머니 주위를 둘러보았더니 승객들은 하나같이 입을 봉한 채 묵묵히 앉아 있었다. 문득 나만 안달이 나서 떠들어댄 게 아닌가 싶어서 멋쩍었다. 하는 수 없이 나도 자포자기하는 심정으로 입을 굳게 닫은 채 우두커니 앉아 있었다. 곰곰이 생각해 보니 나 또한 잘한 게 하나도 없다는 데 생각이 미치자 저절로 고개가 수그러졌다.

그렇게 고속버스가 국도를 타고 덜덜거리며 휴게소로 되돌아가고 있는 그 시간이 하세월 같았다. 오늘 밤 안에는 집에 들어갈 수 있으려나 하는 생각 끝에 또 안절부절못했다. 마음이 뒤숭숭한 가운데, 어느덧 앞서 쉬어 갔던 그 휴게소로 되돌아갔다. 휴게소에서 잠시 기다리고 있는 가운데 오십 대 후반쯤으로 보이는 남자 한 분이 차에 올랐다. 차에 오른 그분은 얼떨떨한 표정에 약간 상기된 얼굴색을 띠고 있었다. 그리고 일언반구도 없이 자기 자리에 앉았다. 바로 내 앞 좌석의 우측에 있는 일인석이었다. 운전기사가 한 사람이 안 탔다고 난감해할 때 내 눈에 들어온 그 좌석에는 까만 색 가방 하나가 놓여 있던 자리였다. 그 건너편에는 칠십 대 초반쯤으로 보이는 할머니 한 분이 앉아 있었는데, 그분도 자기는 잘 모르는 사람이라고 투덜거렸던 빈 자리였다. 엉거주춤 좌석에 앉은 그분은 자기도 피해자라는 듯 얼굴이 다소 상기되어 있었으나 가타부타 말이 없었다. 그러자 건너편에 앉아 있던 할머니가 "아니, 젊은 양반이 왜 차를 안 탔어요?"라고 면박을 주듯이 나무랐다. 그분은 "아니, 차를 안 탄 게 아니라 탈라고 거의 다 왔는디, 그냥 가버리잖요!"라고 퉁명스럽게 쏘아붙였다. 시선이 곱지 않던 그 할머니는 할 말이 잃었는지 물끄러미 쳐다보며 눈을 흘겼다. 그러더니 운전기사를 향해 포문을 열었다. 할머니는 "기사 양반, 나를 도로 광양으로 데려다주고 차비를 내놓으세요."라고 하며 넋두리를 늘어놓았다. 운전기사는 그런 말을 듣고도 그러거나 말거나 한 마디 대꾸도 없이 운전에 열중하는 것 같았다.

안양 호계 정류소에 저녁 아홉 시 반경에 도착해야 할 버스가 밤늦은 열한 시 경에 차에서 내릴 수 있었다. 내 손에 차표 한 장은 끝끝내 숨긴 채 운전기사한테 딱 한 마디만 건네고 순순히 집으로 향했다. "기사님! 감사합니다."라고.

어쨌든 무사히 목적지에 도착할 수 있었다는 것만으로 위안을 삼고 싶은 마음에서였다. 하지만 일박 이일의 고향 방문길이 엄청 고달픈 하루가 되었음은 분명했다.

나는 오피스텔에 도착하자마자 우선 짐부터 정리했다. 그리고 샤워를 하고 나서 마지막으로 일기를 썼다. 십여 년의 세월을 단 하루도 거르지 않고 써 온 습관이 들어 있던 터라 그날도 예외 없이 일기를 썼다. 내용의 핵심은 역시 착오에서 야기된 일화로 안양으로 올라가는 길이 험난했음을 회상하며 쓴 얘기가 전부일 만큼 빼곡했다. 승객과 승차권을 확인하지 않은 운전기사의 실수도 있었지만 나 또한 잘한 게 없다는 사실을 인정하고 반성하는 마음으로 일기를 마무리했다. 결국 하루해를 꼬박 채우고도 삼십 분가량이 지난 새벽 영 시 삼십 분경에 잠자리에 들었다. 차를 타고 다니면서 벌어진 황당한 얘기들이 떠올랐다.

여기저기서 전해 들은 소문으로 사실 관계를 확인할 길은 없지만 굳이 이 얘기를 꺼낸 것은 어쩌면 내가 겪은 일화와 유사한 것이 아닌가 싶어서다.

어느 한 쌍의 신혼부부가 관광버스를 타고 이박 삼일간의 일정으로 신혼여행을 떠났다. 그 신혼부부가 탄 차는 여행의 분위기에 걸맞게 단장해서 관계 기관의 허가를 받은 대형 관광버스였다. 여행은 관광업체의 알선으로 성사되었는데, 신혼부부를 실은 관광버스는 좌석제로 빈자리가 없었다. 차를 타고 이동할 때는 가이드의

사회로 노래자랑을 하거나 부부 게임 등의 흥에 넘친 열기로 분위기가 후끈 달아오르곤 했다. 그러한 신혼여행은 1980년대 우리나라 국민의 성인 대다수가 경험한 결혼 풍속도였다. 그 신혼부부는 다른 짝들과 어울려 여행지를 두루 다니며 관광을 마치고 집으로 돌아가는 길이었다. 그때 가이드는 신혼부부들을 위한답시고 고속도로 휴게소에 들러 잠시 쉬어 가는 시간을 제공했다. 신혼부부들은 차에서 내려 볼일을 보거나 바깥바람을 쐬다가 다시 승차했다. 그런데 그 신혼부부는 달랑 신랑 혼자만 타고 신부는 차에 오르지도 않았는데, 관광버스가 출발해 버린 불상사가 벌어졌다. 차가 출발하기 전에 수차례 확인했을 법도 한데, 신랑은 '어딘가 탔겠지?' 하고 수수방관하고 있었던 게 아닌가 싶었다. 그 속내를 속속들이 알 수는 없으나 아무튼 신부가 차에 오르지 못한 것은 분명했다. 신부가 볼일을 마치고 차를 타러 왔을 때는 버스가 이미 떠난 뒤라 그 자리는 텅 비어 있었다. 신부는 집으로 돌아가는 길에 신랑을 잃어버렸고, 함께 타고 가야 할 차까지 사라졌으니 황당했을 것이다. 그런 신부는 하도 기가 막히고 분한 나머지 혼자 식식거리다가 급히 택시를 불러 탔다. 그리고 집으로 돌아가는 내내 화를 삭이지 못하고 이를 득득 갈기까지 했다. 그게 불씨가 되어 예측 불허의 갈등이 빚어지지 않을까 하는 긴장감이 팽팽한 가운데, 그 후폭풍을 예고하고 있는 듯했다.

이쯤 되면 더 이상 얘기할 가치가 있겠는가 하는 의문이 들어 여기에서 덮고, 독자의 상상에 맡기는 게 나을 것 같다는 생각이 든다. 아무튼 그날 밤은 집안에서 전쟁을 방불케 하는 소동이 벌어 졌다는 얘기를 전해 들은 것을 끝으로 관심에서 멀어졌다. 어쩌면 착각일 수도 있는, 아니 착각이기를 바라는 그런 불미스러운 일이 결국 부부 싸움으로 번지게 된 것은 물론 부부간의 신뢰를 저버리 는 결과를 낳고 말았다.

또 하나의 얘기는 어느 한 가족이 야외 나들이를 갔다 돌아오는 길에 고속도로 휴게소에 들렀다. 자녀들은 갓 초등학교와 유치원 에나 다닐 법한 나이의 아이들이었다. 휴게소에서 함께 먹거리도 사 먹고, 서로 간에 이야기꽃을 피우며 한가로운 시간을 보냈다. 그런데 정작 집으로 돌아갈 때는 부부만 차를 타고 가는, 감히 상 상할 수 없는 일이 벌어졌다. 그 부부는 고속도로를 한참 달리다가 문득 아이들이 생각나서 뒤를 돌아보았는데, 그때 눈에 들어온 것 은 텅 빈 좌석뿐이었다. 그제서야 휴게소에서 아이들을 태우지 않 고 출발했다는 사실을 뒤늦게 알아챘다. 그 즉시 헐레벌떡 차를 되돌렸다. 그리고 조금 전에 쉬었던 휴게소로 되돌아와서야 울고 있는 아이들을 데려갔다고 하는 어처구니없는 얘기도 들었다.

이렇듯 착오나 착각이라는 현상은 결국 뇌의 활동 영역 안에서 시시각각 되풀이 되는 것은 분명한 것 같다. 이런 달갑지 않은 현 상이 우리의 삶에 갖가지 형상으로 변신을 꾀하며 호시탐탐 빈틈 을 노리고 있는 게 아닌가 하는 생각에 미치자 왠지 씁쓸한 뒷맛 이 영 개운치가 않았다. 운전기사가 갖고 있어야 할 차표 한 장이 승객인 내 손안에 들어 있는 것처럼.

아버님! 간증하시죠?

나는 일종의 뇌종양 제거 수술을 S대학교병원에서 받았다. 끔찍하게도 무려 열두 시간에 걸친 수술이었다. 때는 2019년 팔월 말경으로 더위가 시나브로 누그러지는 늦여름인 데다 추석 명절을 십여 일 앞둔 시점이었다. 서두에 일종의 뇌종양이라고 표현한 것은 뇌에 종양이 있는 게 아니라 안면근육신경과 청신경에 달라붙어 자생하던 물혹이 뇌간 근처에 터를 잡은 모양새였다. 그래서 그런지 병원에서는 그런 유형을 따로 분류하지 않고, 뇌종양으로 명명했다. 그 물혹은 세력을 점점 넓혀가며 뇌간 영역을 침범하는 양상을 띠고 있는 형태로, 이를 치료할 수 있는 최선의 방법은 종양을 제거하는 수술밖에 없었다.

딱히 언제부터라고 단정하기는 어렵지만 직장을 다니면서 매년 한 차례씩 건강 검진을 하고 나면 오른쪽 귀의 청력이 정상 범위를 벗어나 있었다. 그러나 청력 검사 결과에 대한 후속조치로 다른 어떤 정밀 검진이나 예방 대책은 일러 주지 않았다. 해를 거듭할수록 청력은 점점 나빠지는데, 검사만 했을 뿐 그에 대한 적절한 대안은 내놓지 않은 것이다. 나 또한 대수롭지 않게 생각하고 그저 그러려니 했다.

정년퇴직을 하고 난 이후에도 청력에 대해서는 별로 관심을 갖지 않았다. 습관 때문인지 모르겠지만 듣는 것에 대해 거의 의식하지 못한 채 생활했다. 그런데 일이 년 전부터 오른쪽 귀에 전에 없던 이명(耳鳴)으로 다른 소리가 잘 들리지 않는다는 것을 알게 되었다. 누군가가 내 오른편에서 무슨 말을 하는데도 전혀 알아듣지 못하거나 듣는다고 해도 제대로 듣지 못해서 동문서답하는 일이 종종 있었다. 더러는 상대방이 하는 말에 제때 반응하지 못한 탓에 오해를 사는 일도 있었다. 그럴 때는 상대방의 말을 쫓아 왼쪽 귀를 얼른 갖다 대기도 했다. 왼쪽 귀의 청력은 양호한 상태로 듣는 데 장애가 없었기 때문이다. 그렇게 어정쩡한 가운데 더러 불편하긴 하지만 병원 갈 생각은 안 하고 버텼다. 더 심해진다고 한들 언제든 보청기를 끼면 되겠거니 하고 차일피일 뒤로 미뤘다. 그런데 시간이 지날수록 점점 더 소리가 들리지 않아서 답답하기도 하지만 귀에서 '위잉' 하는 이명이, 그 정도는 다를지라도 끊임없이 소란을 피웠다. 이명을 의식하게 되면 더욱 드세게 윙윙댄다 싶을 정도로 그 소리는 날카롭고, 깊고, 길었다. 한여름 대낮을 찢어발기듯 발악하는 매미 소리와 흡사할 정도로.

이쯤 되면 더 이상 미룰 게 아니라 병원에 가서 진료를 받아보는 게 낫겠다는 생각에 마음이 다급해졌다. 우선 동네의 가까운 이비인후과 의원을 찾아갔다. 진료용 의자에 앉자마자 의사가 먼저 "어떻게 오셨어요?"라고 물었다. 나는 "오른쪽 귀가 잘 안 들리고 이명이…"라고 말끝을 흐렸다. 의사는 의료용 손전등을 켜고 귓속을 들여다보더니 "고막은 이상 없고…. 청력 검사를 받아 보시고 다시 오세요."라고 했다. 곧바로 간호사의 안내에 따라 진료실 건너편 방에서 청력 검사를 했다. 그 의원도 내가 직장에 다닐 때 받았던 청력 검사 방법하고 다를 게 없었다. 밀폐된 공간에서 귀에 이어폰을 덮어쓴 채 전기신호의 음향을 듣고 반응하는 방식이었다. 역시 짐작했던 대로 왼쪽에 비해 오른쪽 귀에 들리는 소리의 감도는 사분의 일 수준이었다.

그 의사는 청력 검사 결과를 보고 나서 하는 말이 "왜 이렇게 귀가 나빠지도록 놔두셨어요? 다른 치료 방법은 없고, 약을 지어드릴 테니 처방전을 받아 가세요. 그리고 일주일 후에 한 번 더 들르세요."라고 했다. 나는 왜 이 지경에 이르기까지 어떤 요인이 작용해서 그런 것인지에 대해서는 묻지 않았다. 이 정도 되면 대학교병원에서 재진료를 받아 보고, 치료할 생각을 먼저 떠올렸다. 그리고 약은 처방해 준 대로 지어서 사나흘인가 먹다가 아무런 반응이 없자 그냥 팽개치고 말았다.

나는 아내가 치료차 S대학교병원에 가는 날 같이 간 김에 이비인후과 진료 예약을 하러 갔다. 예약을 하려는데, 진료받기까지 기다려야 하는 기간이 네 단계로 구분되어 있었다. 전공의는 일 개월, 전문의는 삼 개월, 일반 교수는 오 개월, 권위 있는 교수의 진료는 무려 팔 개월이었다. 나는 잠시 망설이다가 그래도 대학교병원에서 진료를 받아야 할 정도면 교수한테는 맡겨야 하는 것이 아닌가 싶어서 일반 교수의 진료를 선택했다. 그러니까 그날로부터 오 개월 후에나 가능한 진료를 예약했다. 그때가 2018년 십이월 중순경이었다. 그런데 공교롭게도 예약한 그날이 아내 치료 일정과 겹치고 말았다. 나는 지체 없이 진료를 한 차례 연기했다. 정확하게 오 개월이 뒤로 밀린 2019년 오월 말경으로 진료 일정이 잡혔다. 그러니까 처음 예약하고 진료받기까지 무려 십 개월이나 걸리는 셈이었다. 그리고 예약을 변경한 바로 그날 S대학교병원 이비인후과를 찾아갔다. 몹시 긴장되는 순간이었지만 애써 마음을 진정시키려는 처방은 기도밖에 없었다.

담당 교수의 첫 질문이 "어떻게 오셨어요?"라고 물었다. 나는 "오른쪽 귀가 잘 안 들려서 왔습니다. 이명도 있고요."라고 했다. 그 교수는 "언제부터 안 들리기 시작했어요? 왼쪽 귀는 잘 들려요? 이명은 어떤 소리죠?"라고 하면서 의료용 손전등으로 귓속을 헤집었다. 그 교수는 "고막은 이상 없고…"라고 하는데, 그 말이 얼마나 위로가 되던지 긴장했던 마음이 잠시 누그러졌다. 왜냐하면 그때까지도 보청기만 끼우면 간단히 해결되는 것 아닌가 해서 잔뜩 기대를 하고 있었기 때문이다. 그 교수는 말을 이어 "양쪽 귀가 다 안 들리면 모르겠는데, 한쪽 귀만 안 들린다면 다른데 문제가 있을 수 있으니까 청력 검사부터 하고 다시 오세요."라고 했다. 나는 바로 건너편에 있는 청력 검사실로 성큼 들어갔다. 그곳은 대학교병원이라는 이미지에 걸맞게 소음이 완벽하게 차단된 고즈넉하고 깔끔한 공간이었다. 그곳도 마찬가지로 양쪽 귀에 전달되는 전기 신호의 크기에 따라 반응하는 방식으로 청력 검사를 했다.

청력 검사가 끝난 후에 다시 진료실을 찾아갔다. 그 교수는 모니터 화면에 띄워 놓은 청력 검사 결과를 주시하며 하는 말이 "오른쪽 귀가 완전히 안 들리네? 왼쪽 귀는 괜찮은데, 오른쪽 귀만 안 들린다는 게 무슨 문제가 있으니 먼저 MRI 검사를 하고 난 후에 진료할 수 있도록 간호사의 안내를 받으세요."라고 했다. 그 교수는 덧붙여 "의료보험이 적용된다고 해도 MRI 검사 비용이 육십만 원 가까이 될 텐데…. 하시겠어요?"라고 했다. 나는 문득 '아니, 자기가 방금 MRI 검사를 하라고 해 놓고, 왜 저런 엉뚱한 소리를 할까?' 되게 의아했다. 그리고 진료실을 나서는데, 왠지 불안한 마음과 불길한 예감이 전신으로 파고드는 것과 동시에 한숨이 절로 쏟아졌다. 나 자신보다는 아내가 먼저 떠올랐다. 아내의 지병을 치료하는데, 내가 보호자로서 많은 부분을 감당해야 할 시기에 나까지 건강상에 무슨 문제라도 드러난다면 이를 어떡하지 하는 걱정이 스멀스멀 엄습해 왔다.

바로 그날 MRI 검사까지 마치고, 일주일 후로 진료 예약을 한 다음에 집으로 돌아왔다. 진료를 기다리는 그 일주일은 어쩜 일 년만큼이나 길다 싶을 정도로 지루한 나날이었다. 그러나 버티고 견딜수 있는 힘, 그것은 하나님께 쉬지 않고 기도하는 일이었다. 나는 십여 년 전부터 단 하루도 거르지 않고, 성경 말씀을 묵상하며 기도하고 있지만 그때는 더욱 간절한 마음으로 하나님께 매달렸다.

첫 진료를 받고 난 일주일 후에 MRI 검사 결과를 놓고, 이비인후과에서 두 번째 진료를 받았다. 진료실에 들어서자마자 내 눈에 띈 것은 모니터 화면에 펼쳐진 한 장의 사진이었다. 담당 교수는 보이지 않았다. 아마 옆방에서 다른 환자를 진료하고 있는 듯했다. 전공의로 보이는 젊은 의사가 내 이름을 묻고 나서는 난감한 표정으로 모니터 화면을 물끄러미 바라보고 있었다. 내 눈을 사로잡은 것도 뇌간 근처에 까맣고 커다랗게 보이는 하나의 점에 대한 정체였다. '저게 누구 사진일까? 난가?'하면서 모니터 화면을 유심히 들여다보았다. 그 사진 상단에 기록된 정보가 나의 신상과 정확하게 일치했다. 그러니까 진료 카드 번호, 생년월일, 환자 이름이 똑같았다. 유독 그 까만 점만 도드라져 보이는 게 어쩐지 불길한 예감이 엄습하면서 눈앞이 캄캄해졌다. 담당 교수는 옆 진료실에서 성큼 건너와 모니터 화면에 띄워 놓은 사진을 보더니 전공의로 보이는 의사한테 "크기가 얼마나 돼요?"라고 물었다. 전공의로 보이는 그 의사는 "약 삼 점 삼 센티미터 정도…"라고 하면서 얼버무렸다. 담당 교수는 단도직입적으로 "방법은 세 가집니다. 첫째는 수술, 둘째는 방사선 치료, 셋째는 더 지켜보는 것. 그 가운데 수술이 가장 확실한 방법입니다. 방사선 치료는 종양의 크기가 이미 커질 대로 커져서 완전한 치료가 쉽지 않습니다. 그리고 더 지켜보는 것도 하나의 방법이긴 하지만 만약 종양이 커질 경우 뇌간을 압박하게 되는데, 그때는 심각한 문제가 발생할 수 있습니다."라고 했다. 나는 깊이 생각해 볼 여지도 없이 "수술하겠습니다!"라고 했다. 그리고 애써 담담한 표정으로 "교수님, 그런데 수술하게 되면 청력은 회복될 수 있을까요?"라고 물었다. 그 교수는 고개를 저었다. 수술을 한다고 해서 청력이 원상태로 회복되는 것은 불가능한 일이라고 했다. 아마 청력을 회복시키기 위한 것보다는 종양을 제거하는 수술을 더 심각하게 받아들인 듯했다. 이어 그 교수는 "수술은 신경외과하고 협진을 하게 되는데, 서로 일정을 맞춰야 하는 것 때문에 설명 간호사실에 들러서 상담을 하고 예약 날짜를 확인하고 가세요."라는 말로 진료를 마쳤다. 진료를 마치고 걸어 나오려는데, 진료실 바닥이 출렁다리를 건너는 것마냥 울렁거렸다. 그런데다 나는 걷는다고 발걸음을 떼는데, 마치 허공을 딛는 것처럼 헐거웠다. 나는 진료실 밖 통로에 즐비하게 놓인 의자에 주저앉아 격한 감정을 추스르며 한참을 하나님께 기도하며 매달렸다.

'우리의 생사화복을 주관하시는 성령 하나님 아버지! 오늘 이 대학교병원에서 진료받은 결과 오른쪽 귓속에 종양이 발견되어 수술하기로 결정했습니다. 이 시간 이후의 모든 과정 하나하나를 하나님께서 주장하여 주시고, 주께서 우리에게 하신 말씀 따라 담대하게 임할 수 있도록 은혜를 베풀어 주시옵소서. 아내의 병간호에 제가 꼭 필요한 때입니다. 온전히 치료해 주시고 빠른 쾌유로 하나님께 영광 올려드리는 믿음이 충만한 자녀로 붙들어 주시옵소서. 우리를 죄에서 구원하여 주신 예수 그리스도의 이름으로 간절히 기도합니다. 아멘!'

기도를 마치고 마음이 어느 정도 안정되자 아들한테 문자 메시지를 보냈다. '아들, 진료하느라 고생한다. 오늘 이비인후과 진료 결과 귀 안쪽에 종양이 발견돼서 수술하기로 결정했다.'라고. 그 즉시 아들한테서 걸려온 전화를 받았다. 아들은 깜짝 놀라는 음성으로 "아버지, 종양 크기가 얼마나 된다고 해요?"라고 물었다. 나는 전공의로 보이는 의사한테 들었던 대로 "삼 점 삼 센티미터 정도의 크기라고 하던데."라고 했다. 아들은 "아! 진즉 좀 종합 검진을 받으시라고 했는데, 그렇게 되도록 뭘 하셨어요? 안 들리는 쪽이 오른쪽이죠? 수술은 진료하신 교수님이 한대요? 제가 확인 좀 해 볼게요."라고 하면서 전화를 끊었다. 시간이 조금 지난 후에 또 아들한테서 전화가 왔다. "아버지, 종양이 생각보다 크네요. 제 친구가 ○○S대학교병원 이비인후과 교수인데, 거기 수술 잘하시는 교수님이 계시니까 그 병원으로 옮길까요?"라고 물었다. 벌써 친구를 통해서 MRI 검사 결과를 받아 보고, 의견을 나눈 뒤에 한 말인 성싶었다. 나는 "교통편도 불편하고, 네 어머니도 여기서 치료를 받고 있는데, 그냥 진료받은 데서 수술했으면 좋겠다."라고 했다. 아들은 "그럼, 수술은 권위 있는 교수님으로 바꿀 수 있는지 알아볼 게요."라고 전화를 끊었다. 아들은 이미 그 분야에 어떠어떠한 분이 권위 있는 교수인지를 알고 있던 터라 그게 가능한지 알고 싶어 했다. 그리고 이틀쯤 지난 후에 S대학교병원 측으로부터 먼저 전화 연락이 왔다.

"S대학병교원인데요, 이비인후과 진료 담당 교수님이 ○○○ 교수님에서 ○○○ 교수님으로 바뀌게 됐습니다. 그래서 연락드리는

데, 팔월 십팔 일 오후 두 시 사십오 분에 ○○○ 교수님 진료를 받아보세요."라고 했다. 며칠 전에 아들이 귀띔했던 가장 권위 있다는 교수로, 엄청 신뢰가 가는 분이었다. 아마 진료 결과를 놓고, 이비인후과 내부의 협의를 거쳐 담당 교수가 바뀐 게 아닌가 싶었다. 아들한테 그 소식을 전했더니 "아주 잘 됐네요. 이비인후과 내부에서 MRI 검사 결과를 보고 협의해서 그렇게 하는 경우가 있어요."라고 했다. 내가 짐작한 대로였다. 담당 교수가 바뀌면서 예약한 날짜에 한 차례 더 진료를 받았다.

그 담당 교수는 느긋한 표정으로 "수술은 신경외과와 협진을 하게 됩니다. 이비인후과에서는 종양을 제거할 수 있도록 준비를 해주고, 수술은 신경외과에서 합니다. 물론 수술이 끝날 때까지 저도 같이 있을 겁니다. 그건 염려하지 않아도 되고, 걱정하지 마세요. 수술날짜는 신경외과와 협의해서 결정하도록 하겠습니다."라고 했다.

그 진료를 마치고 나서 담당 교수가 요청한 '중증 환자'라는 동의서에 서명했다. 그리고 국민 건강보험공단의 승인을 받아 중증 환자라는 꼬리표를 달았다. 그 유예기간은 오 년이라고 했다. 이로써 나는 뜻밖에도 멀쩡하던 사람이 환자로, 환자에서 중증 환자라는 신분으로 분류되었다. 끝 모를 나락으로 추락하는 듯한 두려움에 사로잡혔지만 의료 혜택이 늘어나는 점을 유일한 위안거리로 삼았다.

그 이후로 신경외과 첫 진료를 받았다. 그 담당 교수 또한 그 분야에서 권위 있는 의사로 입소문이 나 있었고, 나 또한 든든한 지원군을 만난 것처럼 안심이 되는 그런 분이었다. 그 담당 교수도 이비인후과와 같은 얘기를 했는데, 수술 방법에 대해서는 더 상세하게 설명했다. 담담한 표정으로 "종양이 안면근육신경과 청신경을 감싸고 있기 때문에 그것을 완전히 제거하기에는 상당한 위험이 따릅니다. 그렇다고 죽고 사는 문제는 아니지만, 종양을 무리하게 제거하다가 신경을 잘못 건드리게 되면 안면근육이 마비되거나 심하면 전신 마비가 올 수도 있습니다. 그래서 종양을 최대한 안전하게 그리고 많은 양을 제거한 후에 남은 부분은 '감마 나이프'라고 하는 일종에 방사선 치료를 한 차례 더 하게 됩니다. 그리고 나면 완전히 치료가 되기 때문에 걱정할 필요까지는 없습니다."라고 했다. 나는 모든 것을 그 교수한테 맡긴다는 심정으로 "교수님, 감사합니다! 감사합니다!"라는 말만 연발 쏟아냈다. 그리고 기도하고 또 기도했다. 마음이 걷잡을 수 없이 흔들릴 때면 그 무엇보다도 기도가 가장 큰 위로가 되기 때문이었다. 기도만큼 좋은 특효약이 없다는 걸 심적 고통을 경험하고 나서부터 절실하게 깨닫게 되었다.

그렇게 신경외과 진료를 마치고 나서 수술 날짜는 팔월 말로 정해졌다. 나는 수술을 앞두고 예전과 다름없이 아침에 일어나면 성경말씀을 묵상한 후에 기도하며 심적 고통을 달랬다. 그리고 내 몸 어디가 심하게 아파서 병원에 갔다면 모르겠지만 단지 귀에 소리가 안 들려서 진료 받으러 갔다가 이 지경까지 왔으니 수술하는 것 외에는 건강상에 아무런 문제가 없다는 것만으로 마음에 위로가 되었다. 그 사실만으로도 나는 이미 하나님께 큰 복을 받은 주님의 자녀라는 믿음으로 감사하며 기도했다. 참으로 나 홀로 감당하기가 버거운 데다 순간순간 몰려오는 수술에 대한 두려움과 초조한 기다림의 나날이었지만 하나님께 예배드리며 마음을 다잡았다. 그런 가운데서도 사월부터는 글쓰기를 시작하면서 작문에 집중하느라 수술을 앞둔 시기에 올 법한 초조하고 불안한 마음은 잠시 잊고 지낼 수 있었다.

수술하기 한 달 전쯤에 이비인후과에서 평형기능 검사를 한 차례 더 받았다. 간호사가 안내한 대로 원통형 부스 안으로 들어가서 의자에 앉은 다음 벨트로 몸을 고정했다. 그러자 좌우로 빙글빙글 회전하는데, 내가 돌아가는 것인지 부스가 돌고 있는 것인지 분간할 수 없었다. 눈앞에서 빨강과 초록 불빛들이 무수히 스쳐가는 낯선 풍경에 우주선을 탄 기분이 이런 느낌일까 싶었다. 또 좌우 시력이 미치는 범위를 측정하거나 머리에 자석 같은 것을 붙여 놓고, 뭔지 알 수 없는 검사를 진행하기도 했다. 그렇게 난생처음 체험하는 평형기능 검사를 받았다. 그러나 나는 왜 이런 검사를 하는지는 묻지 않았다. 그저 병원에서 하라는 대로 따를 뿐이었다. 다만 내가 추측하기로는 몸의 균형이 어느 정도 잡혀 있는가를 측정하는 게 아닌가 싶었다.

어느덧 수술 일정이 코앞으로 다가왔다. S대학교병원에서 안내하는 대로 수술 이틀 전인 팔월 이십팔 일에 입원했다. 성경책과 일기장 세면도구 속옷 등을 챙겨 들고, 입원 수속을 마친 후에 지정된 병실에 짐을 풀었다. 그리고 환자복으로 갈아입고 나니 일반인이 아닌 중증 환자로 신분이 백팔십도 바뀌었다. 나는 '정기적인 건강 검진을 받을 때 외에는 환자용 침대에 누워 본 적이 없었는데…'하는 생각에 마음이 울컥했다. 그날 저녁에는 아들이 병원으로 찾아와서 나를 위로했다. 아들은 나를 안심시키려는 듯 "제 후배가 중환자실 교수로 있는데, 인사도 할 겸 아버지께 소개시켜 드릴게요."라고 했다. 잠시 후에 아들 후배 교수와 인사를 나눈 자리에서 그 교수는 "담당 교수님이 워낙 수술을 잘하시고, 또 위험한 수술이 아니니까 걱정하지 마세요."라고 위로했다. 그 말을 듣고 나니 마치 수술이 잘 끝난 것처럼 염려가 한층 가벼워졌다. 나는 입원한 첫날밤을 환자용 침대에서 편하지도 그렇다고 불편하지도 않은 잠을 잤다. 다음 날 아침에 일어나자마자 나는 환자용 침대에 앉아 어김없이 성경말씀을 묵상하며 하나님께 첫 예배를 드렸다. 그리고 아침밥을 먹고 나자 오전 열시쯤 담당교수가 주치의와 레지던트로 보이는 의사를 대동하고 회진을 왔다. 이른 아침부터 간호사와 주치의가 차례로 병실을 찾아와 담당 교수가 회진을 온다고 예고한 뒤였다. 그들은 환자용 침대 앞에 나란히 서더니 담당교수가 먼저 말문을 열었다. "네에, 아들이 우리 병원 비뇨기과? 주위에서 하도 얘기를 많이 들어가지고…. 네, 아무튼 지난 번 진료할 때 말씀 드렸듯이 종양이 신경을 감싸고 있어서 다 떼 내기는 어렵고 최대한 제거한 다음에 감마 나이프 치료를 한 차례 더 하는 것으로 할게요."라고 했다. 나는 애절하고 짠한 표정을 지으며 "교수님, 감사합니다. 감사합니다."라고 하며 연신 머리를 조아렸다. 이 또한 하나님께서 보내 주신 담당 교수라는 믿음이 심란한 마음을 휘어잡는 듯했다.

오후부터는 CT(Computed tomography, 컴퓨터 단층촬영)와 MRI(Magnetic resonance image, 자기공명영상) 검사를 받았다. 또 마취과와 이비인후과 상담을 했다. 마취과는 전공의로 보이는 의사가 병실로 찾아와서 상담을 요청했다. 그 의사는 "마취는 호흡기를 통해서 하게 되는데, 입으로 들어간 마취제는 오른쪽 가슴 위쪽에 구멍을 뚫은 다음 관을 연결해서 뽑아냅니다. 그중에 일부를 채취해서 연구용으로 활용하게 되는데 환자의 동의가 필요합니다."라고 했다. 그 의사는 덧붙여 "어차피 흘러나오는 마취제의 일부이기 때문에 연구목적에 따른 별도의 사례금은 지불하지 않습니다."라고 강조했다. 나는 동의한다는 의미로 서명을 했지만 얼른 납득이 되지 않았다. 오후에는 이비인후과로 불려가서 상담을 했다. 마취과와 마찬가지로 전공의로 보이는 의사와 상담을 했다. 그 의사는 "우리 이비인후과는 신경외과에서 종양을 제거할 수 있도록 길을 열어주는 협진을 합니다."라고 했다. 나는 궁금한 나머지 "어떤 과정을 통해 수술 준비를 하는가요?"라고 물었다. 그 의사는 "종양이 있는 데까지 수술 도구가 접근하기 위해서는 귀 뒤쪽의 두피를 벗겨 낸 다음 두개골에 구멍을 뚫고, 안쪽이 있는 지방을 제거하는 일입니다."라고 했다. 나는 겁먹은 표정으로 "구멍은 얼마나 크게 뚫어요?"라고 재차 물었다. 그 의사는 아무렇지도 않다는 듯 "한 삼 센티미터 정도…"라고 했다. 나는 또 물었다. "그럼, 수술이 끝나면 그 구멍은 무엇으로 메꾸나요?"라고 했다. 그 의사는 "아니요? 메꿀 수도 없고 메꾸지 않아도 괜찮아요. 다만 지방은 제거하고 나면 다시 쓸 수 없기 때문에 복부에서 이식할 거예요."라고 했다. 갈수록 점점 이 수술이 만만치 않겠구나, 하는 두려움에 한숨이 절로 흘러나왔다. 그러나 아내한테는 내색하지 않고, 담대한 척했다.

마지막으로 아내와 딸이 입회한 가운데 신경외과에서 상담을 하고, 수술동의서에 서명했다. 상담을 하는 시간 내내 레지던트로 보이는 의사의 말 한마디 한마디가 비수처럼 내 심장에 내리꽂히는 듯했다. 그리고 그런 말들이 겹겹이 쌓여서 단단해진 집 한 채만한 바윗덩어리가 나를 짓누르는 것 같았다. 그 의사는 "수술은 최소 열 시간, 더 길어지면 열두 시간도 걸릴 수 있는데, 그것은 이비인후과에서 얼마나 빨리 길을 열어주느냐에 따라 달라질 수 있습니다. 우리는 두 시간 반이면 끝납니다."라고 했다. 이어서 "수술 후에 나타나는 부작용이 있을 수 있는데, 안면근육이 마비된다거나 자칫 잘못하면 전신마비도 올 수 있습니다."라고 했다. 그 의사는 한술 더 떠 "차라리 뇌종양 수술 같으면 머리 뚜껑을 열고 제거하기 때문에 쉬울 수 있는데, 이런 경우는 귀 뒤에 구멍을 뚫어 접근하는 수술이라 더 까다로울 수가 있어요."라고 하며 엄포를 늘어놓았다. 실로 상상하기조차 싫은 얘기를 듣고 나니 가슴에 코끼리가 올라탄 것처럼 답답했다. 옆에 앉아 있는 아내를 차마 쳐다볼 수 없어 눈길을 돌렸는데, 문득 아내가 먼저 떠올랐다. 그 생각 속에 '만약 나한테 그런 최악의 상황이 닥친다면…'그 뒤의 생각은 이어지지 않고 허공을 맴돌았다. 그런 가운데 수술동의서에 서명을 마쳤다.

아내와 딸을 집으로 돌려보내고 병실로 돌아와 멍하니 앉아 있는데, 좀 전에 상담했던 레지던트로 보이는 그 의사가 또 나를 불렀다. 그 의사는 빨간 사인펜으로 오른쪽 귀 뒤쪽에 선을 찍찍 긋고 나서는 그어 준 만큼 머리를 깎고 오라고 했다. 나는 수술하기 전에 깔끔하게 이발하고 염색까지 한 머리를, 그것도 귀 뒤쪽 수술할 자리만 깎으라고 하는 말에 순간 거부반응이 일었다. 나는 항의하는 듯한 말투로 "이렇게 어색하게 한쪽 머리만 찔끔 깎게 되면 보기 싫으니까 차라리 확 밀어버리는 게 좋을 것 같은데요?"라고 했다. 그 의사는 "아니요, 그렇게 깎아도 보기 싫지 않고, 개성 있게 보여서 괜찮아요. 일부러라도 그렇게 깎고 다니는 사람도 있는데 뭘. 괜찮아요!"라고 했다. 꼭 자기하고는 무관한 일이니 그냥 밀어붙이겠다는 고약한 심보가 엿보였다. 나는 어쩔 수 없이 의사의 권위에 짓눌리고 말았다.

여섯 시 반쯤 저녁밥을 먹고, 내일이 수술이라 마음의 준비를 하고 있는데, 일곱 시 반경에 간호사가 급히 나를 불렀다. 간호사는 까만 액체가 들어 있는 비닐봉지 하나를 건네주면서 "지하 일 층에 있는 미용실에 가서 이발하고 머리를 감고 오세요."라고 했다.

나는 그 까만 비닐봉지를 받아 들고, 궁금한 나머지 "이건 뭔가요?"라고 물었다. 그 간호사는 시간이 없다는 듯이 "미용사를 주면 돼요."라고 짤막하게 대답했다. 그리고 미용실이 여덟 시에 문을 닫기 때문에 지금 빨리 가라며 재촉했다. 덧붙여 "이발 요금은 만 오천 원이니까 돈을 가져가세요."라고 했다. 그런데 나한테는 돈이 한 푼도 없었다. 내가 돈을 갖고 있을 이유가 없어서 전날 아내더러 집에 갖다 두라고 지갑을 건네주었기 때문이다. 미용실 문 닫을 시간은 다가오고, 내가 가진 돈이 없으니 무척 당혹스러울 수밖에 없었다. 나는 간호사한테 "간호사님, 돈 좀 빌려 주세요. 제가 지금 가진 돈이 없네요."라고 했다. 그 간호사는 "나도 갖고 있는 돈이 없는데, 신용 카드로 하세요."라고 했다. 아내한테 지갑을 통째 맡겼는데 무슨 말을 해야 할지 그저 답답했다. 하도 난감해서 쩔쩔매고 있던 차에 번뜩 떠오른 생각이 신분증이라도 맡겨 놓고 머리를 깎을 요량으로 한걸음에 미용실을 찾아갔다. 다행히 신분증하고 진료 카드, 도서관 회원증은 스마트폰 케이스에 따로 보관하고 있었다. 나는 미용실에 들어서자마자 자초지종을 얘기하고, 신분증을 맡긴 후에야 머리를 깎을 수 있다는 허락을 받았다.

나는 오른쪽 귀 뒤쪽을 가리키며 빨간 사인펜으로 그어 준 대로 머리를 깎아 달라고 미용사한테 부탁했다. 그리고 머리를 깎으면서 미용사한테 "머리를 다 밀어버렸으면 오히려 좋을 것 같은데…. 보기 싫죠?"라고 물었더니 그 미용사는 "글쎄요, 의사마다 다 달라요. 어떤 분들은 다 깎기도 해요."라고 했다. 이발이 끝나고 나서 간호사가 건네 준 까만 비닐봉지를 내밀었더니 머리를 감겨주었다. 아마 머리를 깨끗하게 감고 소독하는 차원에서 쓰는 샴푸로 짐작했다. 나는 이발을 마치고 나오면서 "얼마지요?"라고 물었더니 "이만 원이에요."라고 했다. 불과 십 분 남짓한 시간에 찔끔 손질한 이발료가 이만 원이란다. 내가 단골로 이용하는 이발소에서는 머리를 전부 깎는다고 해도 만 원도 안 되는 요금이 이만 원이라는 데 또 한 번 놀랐다. 병원에 입원한 순간부터 나에게는 모든 게 낯설고, 신기하고, 상상을 초월한 일들로 죄다 첫 경험이었다. 이발을 마치고 부랴부랴 병실로 돌아온 나를 쉴 틈도 주지 않고, 이제는 주치의가 불렀다. 주치의는 "머리 깎고 왔어요?"라고 하면서 내 머리를 유심히 살펴보았다. 그러더니 "머리를 더 잘라야 되겠는데…"라고 중얼거리면서 당장이라도 머리털을 자르기라도 할 것처럼 오른손에 가위를 들고 설쳤다. 나는 질색하며 눈을 돌려 "저 의사 선생님께서 직접 사인펜으로 그어 준 대로 깎고 왔는데요?"라고 볼멘소리로 투덜거렸다. 그러자 그 주치의는 나를 붙들고 레지던트로 보이는 의사한테로 갔다. 그 주치의는 "선생님, 이 머리 더 잘라야 되지 않겠습니까?"라고 물었다. 그 레지던트로 보이는 의사는 우리를 거들떠보지도 않고, 컴퓨터 모니터에 눈길을 빼앗긴 채 "응. 내가 사인펜으로 그려줬어. 그만하면 충분해."라고 마치 본 것처럼 말했다. 또 가위를 들이댔다면 아마 쥐가 물어뜯어 놓은 것처럼 난장판이 될 뻔한 위기를 가까스로 모면했다. 그 주치의는 이제 빨간 사인펜으로 내 얼굴에 알 수 없는 선을 긋거나 자석 같은 것을 붙었다. 그리고 얼금얼금한 하얀 망을 모자처럼 꾹꾹 눌러 씌우고는 불편하더라도 손대지 말라고 경고했다. 꼭 배(梨)를 포장해 놓은 그 물망 같은 걸 머리에 덮어씌워 놓으니 볼썽사나웠을뿐더러 엄청 불편했다.

하루를 돌아보며 일기를 쓰고, 잠자리에 들기 전에 간호사가 한 차례 더 병실에 들러 오늘밤부터는 금식이라고 당부하고 돌아갔다. 수술은 내일 오전 여덟 시로 예정되어 있었다. 병원에 입원해서 이틀째 밤(수술전날 밤)은 그런대로 숙면을 취했다. 잠을 자다가 두 차례 정도 깨서 물로 목을 축이고 다시 잤다.

수술하는 날 아침 일찍 딸이 병실로 찾아왔다. 나는 그 이전에 일어나자마자 성경말씀을 묵상하고 나서 하나님께 간절한 마음으로 기도했다. 이어 세수하고, 이 닦고, 마음에 준비를 마쳤다. 그리고 마지막으로 물 한 컵을 들이켰다. 그때 딸이 의아한 눈으로 나를 쳐다보며 "아빠, 금식 아니에요?"라고 했다. 나는 "금식은 얘기하던데, 물은 마시지 말라는 말은 안 하던데?"라고 했다. 딸은 "'금식이 물까지 포함된 게 아니에요?"라고 되물었다. 나는 "그런가? 밤 중에도 물을 한두 차례 마셨는데…"라고 했지만 왠지 꺼림칙했다.

그런 가운데 오전 일곱 시 이십 분경에 환자이송카가 병실로 들어왔다. 그 이송카를 끌고 온 분이 나더러 자리를 옮겨 누우라고 안내했다. 나는 그 이송카에 누우라는 말에 자존심이 상한 나머지 그냥 걸어가면 안 되느냐고 반문했다. 그분은 당치도 않은 말을 들었다는 듯 환자가 수술실로 이동할 때는 반드시 이 이송카를 이용해야 한다는 답변이 즉시 되돌아왔다. 내가 그렇게 반응할 수밖에 없었던 까닭이 있었다. 그것은 아내와 함께 병원을 드나들 때마다 그런 이송카에 실려 가는 환자들과 마주치기라도 하면 섬뜩한 느낌에 눈을 돌렸던 나였기 때문이다. 그랬던 내가 이런 상황과 맞닥뜨리고 나니 선뜻 받아들여지지가 않았다. 결국 나는 환자이송카에 누운 채로 수술실로 끌려갔다. 병실 이동 통로를 지나 승강기를 타고 내리는 과정 하나하나가 왠지 생소하기만 한 풍경들이었다. 걸어 다닐 때와 환자이송카에 누워서 갈 때의 동선은 동일했지만 눈에 띈 풍경은 사뭇 달랐다. 특히 천정에 붙박인 불빛들이 뒤로 쏠리면서 어지러이 흩어지는 광경이 낯설었다.

내가 도착한 수술실 앞 대기실에는 의사와 간호사들이 하나둘씩 분주히 움직이고 있었는데, 그 넓은 공간에 환자라고는 나 혼자뿐이었다. 약간씩 고개를 돌려가며 주위를 살펴보고, 천정에 박힌 형광 불빛을 무심코 바라보며 기도했다. '하나님 아버지! 이제 곧 수술이 시작됩니다. 성령 하나님께서 함께해 주시고 의사들의 손을 붙들어 주셔서 가장 안전하게 수술을 마칠 수 있도록 인도하여 주시옵소서. 빠른 쾌유로 강건함을 더하여 주시고 하나님께 영광 돌려드리는 자녀로 붙들어 주시옵소서. 예수님의 이름으로 기도합니다. 아멘!' 또 성경말씀 가운데 '데살로니가 전서 오장 십육절부터 십팔 절' 말씀을 암송하며 담대해지려고 나름 무진 애를 썼다. "항상 기뻐하라 쉬지 말고 기도하라 범사에 감사하라 이것이 그리스도 예수 안에서 너희를 향하신 하나님의 뜻이니라" 이러한 기도와 함께 성경말씀을 암송하고 나면 마음이 흔들릴 때마다 위로가 되는 것은 물론 심적 안정을 되찾는 데 큰 힘이 되었다. 기도를 마치고 잠깐 눈을 옆으로 돌렸더니 내 우측으로 환자들이 즐비했다. 언뜻 동병상련의 동지애 같다는 예감이 뇌리를 스쳤다. 그러나 각자의 환자이송카에 홀로 누워 멍하니 천정을 응시하는 눈길의 의미를 나는 알 수 없었다. 그들은 과연 이 순간 무슨 생각을 하고 있을까, 무척 궁금했다.

환자들은 나를 포함해서 어림잡아 열 명쯤은 되어 보이는 데 그 가운데 여성이 무려 일곱 명이었다. 참으로 기이하다는 생각 끝에 내가 제일 먼저 수술실로 옮겨갔다. 그곳은 우리가 TV에서 더러 보았던 것처럼 수술 환자의 얼굴 위로 쏟아지는 백색 LED(Light Emitting Diode, 발광 다이오드) 조명이 마치 야구장 조명탑을 방불케 하는 위용에 겁을 먹었던 그런 수술실이었다. 의사와 간호사들이 분주하게 움직이는가 싶더니 누군가가 "교수님께서 예정 시각보다 일찍 내려오셔서 바로 수술을 시작하겠습니다."라고 했다. 나를 두고 한 말인지, 의료진들에게 전달하는 말인지, 아니면 모두에게 다 해당되는 말인지 분간할 수 없었다. 그때 내가 언뜻 본 시각은 오전 일곱 시 사십오 분경이었다. 바로 그때 누군가가 다급한 목소리로 "이 환자분 물을 마신 것 같습니다. 바로 조치하겠습니다."라는 말이 떨어짐과 동시에 낯선 물체가 입을 덮치는가 싶더니…. 그만. 내 의식은 거기까지였다.

내가 짐작컨대 이렇게 될 수밖에 없었던 생활환경의 한순간 한

순간을 떠올리며 곱씹어 보았다. 그렇다고 전적으로 생활환경 탓으로 단정하기는 어렵지만 상당 부분은 인과관계가 있지 않을까 싶었다. 나는 포철에 입사해서 퇴직하는 그날까지 삼십여 년의 세월을 줄곧 열연공장 설비관리 업무를 담당했다. 열연공장하면 포철의 핵심 공장으로 앞 공정에서 생산한 슬래브(Slab)를 재가열한 후 얇은 철판으로 열간 압연하는 과정을 거쳐 두루마리 휴지 모양의 코일(Coil)로 된 제품을 생산하는 공장이다. 그 공장은 제품 생산 중에 발생하는 소음이 너무 요란해서 옆 사람의 말을 알아들을 수 없을 만큼 시끄러운 곳이었다. 그 소음의 끝은 송곳처럼 날카로워서 양쪽 귀를 뚫고 들어왔다가 서로 맞부딪쳐 폭발하는 듯한 천둥소리로 바뀌었다. 내가 포철에 입사해서 일주일간의 도입교육을 마치고 배치 받은 근무처가 바로 그런 곳이었다. 첫 출근하는 날 나는 어떻게 이런 곳에서 근무할 수 있을까 하는 걱정으로 깊은 한숨을 몰아쉬었다. 그런데 하루 이틀 지내다 보니까 나도 모르게 그런 소리에 점점 익숙해져 갔다. 끊임없는 소음에 무방비 상태로 노출되어 있었지만 그 대책에 대해서는 아는 바가 없었다. 더군다나 사무실이 공장에서 가장 소음이 크다고 하는 권취기 설비 근처인데도 불구하고 그런 환경에 길들어져 갔다. 날이 갈수록 숱한 소음에 무감각해지더니 급기야 친숙한 클래식 음악처럼 들리는 지경에까지 이르렀다. 결국에는 소음은 나에게 아무런 장애 요소가 되지 않는 것처럼 관심밖에 머물렀다. 하루에도 수 백 차례는 '우르릉 쾅쾅, 우르릉 쾅쾅'하는 소리에 속수무책으로 무디어져 간 것이다. 밤에 잠을 잘 때도 가끔은 그 소리가 들리는 듯 했지만 괘념치 않았다. 그렇게 소음에 익숙해져 가는 사이에 청력은 점점 그 기능을 잃어간다는 사실을 간과하고 있었다. 그야말로 소음이 건강에 미치는 영향을 전혀 고려하지 않았을뿐더러 관심조차 없었다. 포철에 입사하여 포항에서 근무한 십 년 남짓한 세월 동안 건강 검진은 받은 것인지 그 기억조차 가물가물했다.

그 뒤에 광양제철소로 전입했지만 그곳 또한 근무 환경이 열악하기는 마찬가지였다. 오히려 더 심한 편이었다. 그때는 열연공장 규모가 거의 두 배 가까이 커지면서 그만큼 더 많은 제품을 생산하기 때문이었다. 거기에다 사무실마저 포항제철소와 유사하게 권취기 설비와 가까운 곳에 배치했다. 그만큼 소음에 대한 대처를 고려하지 않았다는 방증이었다. 왜 하필이면 열연공장에서도 가장 소음이 심한 위치에 사무실을 배치해야 하는가에 대해서는 아무도 반론을 제기하지 않았다. 그로부터 한참이나 지난 후에 안전보건위생관리의 중요성이 수면 위로 떠오르면서 사정은 조금씩 달라지기 시작했다. 직원들이 근무하는 사무실에 방음벽을 설치한다거나 출입문을 이중으로 보완하는 등 소음 차단에 관심을 기울였다. 그리고 각종 개인 안전보건위생보호구를 지급했는데, 그 가운데는 귀덮개와 귀마개도 포함되어 있었다. 귀마개가 소음을 차단하는 데 큰 도움이 된다는 사실을 그때 처음 알았다. 아마 광양제철소로 전입하고 난 후부터 매년 건강 검진을 받았고, 그때마다 청력 검사를 했던 기억이 어렴풋이 떠오른다. 아무튼 맨 처음 건강 검진 때 청력 검사를 하고 나서 오른쪽 귀의 청력이 왼쪽보다는 좋지 않다는 사실을 알았다. 그러나 청력을 되돌릴 수 있는 방법은 없었다. 건강 검진을 마치고 나면 의사와 상담을 하지만 그 대책이라고는 고작 귀마개를 잘 끼우고 근무하라는 말뿐이었다. 다른 어떤 정밀검사나 치료할 수 있는 방법은 제시하지 않았다. 내가 열연공장에서 삼십여 년을 일하고 퇴직할 때까지 그 건강 검진 절차는 늘 변함이 없었다. 나 또한 그저 그러려니 하며 체념한 채 근무하다가 정년퇴직을 했다.

퇴직 이후로는 더더욱 청력 검사는 물론 그에 대한 관심조차 갖지 않았다. 나이가 들어갈수록 청력이 점점 더 나빠지는 건 당연하다는 듯이 인정하고 그냥 받아들였다. 결정적인 건 듣는 것 때문에 불편한 일이 자꾸 생기면 그때 가서 보청기를 끼우면 되지 않을까 하는 한심한 생각에 갇혀버린 성싶었다. 아마 왼쪽 귀의 청력은 전혀 문제가 없다는 생각으로 소홀히 한 것이 아닌가 싶기도 하다. 퇴직 후 그렇게 칠 년쯤 지난 무렵에, 오른쪽 귀에서 이명이 끊임없이 소란을 피우고, 소리로부터 점점 멀어지는 듯한 불안감이 일기 시작했다. 그래서 병원을 찾게 되었고, 이런 상황까지 내몰리고 말았다.

내가 의식을 되찾았을 때는 누워 있던 환자이송카가 덜거덕거리며 어디론가 이동하고 있었다. 환자이송카 주위에서 누군가 수군거리는 소리가 들리기도 했다. 직감적으로 '아! 이제 수술이 끝났구나.' 하는 안도감이 들었다. 내가 도착한 곳은 중환자실이었다.

어둠이 시나브로 내려앉는 저녁 여덟 시경이었다. 수술이 저녁 일곱 시 반쯤 끝났다고 들었으니까 무려 열두 시간을 무의식의 세계에서 헤맨 셈이었다. 이른 아침에 수술실로 들어가던 그 시각이 아득히 먼 곳으로부터 밀물과 썰물처럼 밀려왔다 아득히 멀어져 갔다.

먼발치에서 아들 후배인 교수가 "수술은 잘됐습니다."라고 했다. 나는 입 밖으로 나오다 끊기고, 다시 이어진 토막 난 목소리로 "감사합니다."라고 겨우 답했다. 아마 수술이 끝난 후에 MRI 검사 결과를 보고 위로해 준 말이라고 어렴풋이나마 짐작할 수 있었다. 나는 수술이 끝난 후에 곧바로 MRI 검사를 한 것으로 의식하고 있었기 때문이다. 긴 한숨을 돌리고 나자 문득 궁금하게 여겼던 생각이 떠올랐다. 그 생각을 따라 조심스럽게 아주 조심스럽게 행동하기 시작했다. 손으로 얼굴을 살살 문질러 보고, 살짝 꼬집어 보고, 허벅지를 쓰다듬어 보고, 손발가락을 꼼지락거리며 예전의 감각을 떠올렸다. 전혀 낯설지 않았다. 수술 전과 비교해서 하나도 달라진 게 없었다. 그 순간 가슴이 벅차오르며 감격의 눈물이 주르륵 흘러내렸다. 오른쪽 눈은 메말라 있는 느낌인데, 유독 왼쪽 눈에서만 봇물처럼 쏟아졌다. 수술 때문인가 하다가 그만 생각을 거뒀다. 하나님께 감사기도를 하고 나서 성경말씀 가운데 '데살로니가 전서 오장 십육 절부터 십팔 절'까지 암송을 되풀이하며 고통과 맞섰다.

환자 면회시간에 아들딸 가족이 차례로 찾아와서 나를 위로했다. 그 자리에서 나는 "하나님께서 우리의 간절한 기도에 응답해 주신 은혜라고 믿는다. 우리가 믿음만 있으면 구원해 주시는 하나님을 경외하며 믿음생활에 충실하자."라는 말을 해 놓고, 또 울먹였다.

그런 가운데 견디기 힘든 고통이 서서히 몰려오기 시작했다. 배속에 뭔가가 꽉 들어찬 것처럼 더부룩한 데다 부글부글 끓어오르는 배앓이에 식은땀이 날 정도로 고통이 엄습해 왔다. 똥을 싸고 나면 뱃속이 후련해질 것 같은데, 그렇다고 딱히 대변이 마렵지도 않았다. 그래서 억지로라도 꺼낼 수 있으면 좋겠다는 생각에 담당 간호사를 불러 대변을 보고 싶다고 했다. 그랬더니 담당 간호사는 같이 근무하는 다른 사람과 몇 마디 말을 주고받은 뒤 준비를 하는 것 같았다. 그런 와중에도 복통은 시시때때로 몰려왔다. 마치 창자를 쥐어짜는 듯한 통증이었다. 그런데다 뱃속은 조금 전과는 달리 연탄가스가 가득 찬 것 같이 답답하고, 매스꺼운 냄새까지 풍기는 듯했다. 그러나 복통이 잦아들게 하려는 준비는 더디기만 했다. 나는 한참 속을 끓이다가 그만 대변을 보지 않겠다고 짜증 섞인 목소리로 불만을 터뜨렸다. 하는 행동이 굼뜬 간호사들이 얄미운 데다 복통은 끊임없이 나를 괴롭혔기 때문이다. 그리고 대변이 마렵지도 않을뿐더러 누워서는 똥이 나올 것 같지 않다는 느낌이 들어서였다. 간호사들은 내 말이 떨어지자마자 순순히 거둬들였다. 그 과정이 번거롭고, 귀찮고, 냄새나고, 더럽다는 인식이 행동을 더디게 했을 게 뻔해 보였다.

언젠가 나는 S대학교병원에서 대장암 검진을 받은 적이 있었다. 그 검진을 마치고, 병원 로비에서 아들을 기다리고 있는데, 슬슬 복통이 몰려왔다. 시간이 지나면 나아지겠거니 했는데, 웬걸 더욱 심해지는 통증에 오만상을 찌푸리며 배를 움켜쥔 채 어쩔 줄 모르고 있었다. 내가 그렇게 쩔쩔매고 있는데, 아들이 찾아왔다. 나를 지켜보던 아들은 검진 받았던 진료실로 가 보자고 했다. 나는 허리를 잔뜩 구푸리고 네 발로 기다시피 진료실을 찾아갔다. 담당 의사는 "화장실에 갔다 오셨나요?"라고 물었다. 나는 바로 돌아서서 화장실로 향했다. 변기에 앉자마자 가스가 연거푸 두세 차례 펑펑 터지더니 복통은 감쪽같이 사라졌다. 언제 그렇게 아팠는가 싶을 정도로 빠르게 회복되었다. 그런 기억이 새록새록 떠올랐지만 오늘은 그 양상이 사뭇 다른 듯했다. 결국 복통에 대한 아무런 조치도 못 하고, 시간이 흐르며 호전되기만을 간절히 바랐다.

또 다른 고통이 나를 물고 늘어졌다. 식은땀 위에 냉기가 덮치면서 얼음찜질을 하는 것처럼 전신이 오들오들 떨렸다. 몸이 통제력을 잃자 이가 덜거덕거렸다. 지독한 한기에 몸서리를 치다가 간호사한테 담요 한 장을 더 부탁했다. 하지만 간호사는 환자한테 지급할 수 있는 건 하나뿐이라고 잘라 말했다. 또 팔다리가 온통 들쑤시고, 따끔따끔하고, 깊이 아렸다. 몸 또한 자유롭게 움직일 수가 없었다. 성기에는 소변을, 등에는 척수를 받아 내는 비닐관이 각각 꽂혀 있었기 때문이다. 수술 전 신경외과에서 상담할 때 '수술 중에 흘러나올 수밖에 없는 피를 받아내야 하는데, 그 방법은 등에 구멍을 뚫고, 비닐관을 연결해야 한다.'라고 일러 준 사실을 상기했다. 오른쪽 배 아래는 지방을 떼 내고 그 부위를 봉합했다고 하는데, 깊고 긴 통증이 바늘로 콕콕 찌르는 것처럼 연신 아렸다. 오른쪽 귀 뒤의 수술 자리는 거즈를 대고 반창고로 붙여 놓았기 때문에 머리를 편하게 둘 수도 없었다. 오른쪽 가슴 위에도 구멍을 뚫고 나서 봉합해 놓은 상태라 무척 신경이 쓰이고 거북했다. 더군다나 이동식 수액 걸이대에 주렁주렁 매달려 있는 수액 주입용 비닐관들이 어지럽게 얽혀 있어서 몸을 뒤치는 것조차 허용되지 않았다. 한 마디로 내 몸은 온통 만신창이가 된 채로 널브러진 볼썽사나운 몰골이었다. 그런데다 고통은 또 다른 고통을 몰고 시도 때도 없이 들이닥쳤다. 그나마 다행인 것은 정작 수술한 자리는 다른 지체에 비하면 그다지 아프다는 느낌은 들지 않았다. 아무튼 그러한 내 딱한 사정에는 아랑곳하지 않고, 의료진들은 C.T 검사 결과를 모니터링을 하는 등 수술 이후의 경과를 확인하는 치밀함을 보였다.

나는 끊임없는 고통 속에서 신음하고 있는데, 간호사가 다가오더니 "환자분, 저녁식사 드시겠어요? 죽인데…"라고 물었다. 나는 단호하게 "아니요."라고 손사래를 쳤다. 식사라고 하는 말에 속이 미식거리며 헛구역질이 먼저 나왔다. 의식이 돌아오고 난 뒤부터는 여전히 속이 뒤집힐 것 같이 고통스럽긴 했었다. 그런데다 입안에는 모래가 가득 차 있는 것처럼 서걱거리고, 목은 침을 삼킬 때마다 사포(沙布)로 문질러 대는 것처럼 까끌까끌했다. 그렇게 저녁밥은 말할 것도 없고, 하루를 꼬박 굶어 가며 병상에서 사투를 벌이고 있었다. 회복한답시고 중환자실에서 하룻밤을 묵었는데, 잠을 자는 둥 마는 둥 했다. 오한이 전신으로 파고드는 것과 동시에 복통은 창자를 비틀어 꼬는 듯했다. 그러한 고통이 시시때때로 들이닥친 탓에 끙끙 앓다가 밤을 지새웠다. 시간이 지나면 나아지겠지 하는 마음으로 기도를 하다가 성경말씀을 암송하기도 하면서 악착같이 버텼다. 오직 하나님 한 분 외에는 내가 의지할 만한 곳이 그 어느 한 군데도 없었기 때문이다.

수술 후 첫째 날도 중환자실에서 맞이했다. 그날 맞이한 아침은 어젯밤보다는 조금 더 나아진 느낌이었다. 아침이라는 흐릿한 의식 가운데 여명은 어스름한 기운 속에서 시시각각 병실로 스며들고 있었다. 어렴풋이 눈을 뜨자 딸이 먼저 와서 나를 지켜보고 있었다. 아마 면회시간에 맞춰 온 듯했다. 그때 간호사가 "환자분, 아침 식사 드시겠어요?"라고 물었다. 덜컥 겁이 났다. 무슨 밥 먹는 시간이 이렇게도 빨리 돌아오는가 싶을 정도로 먹는다는 것이 가히 공포 수준이었다. 그래도 밥을 먹어야 산다는 말에 용기를 내서 먹는다고 해 놓고, 먹기도 전에 한 차례 토했다. 먹은 것은 물밖에 없는데, 그것을 다 토하고 나니 더부룩하던 배가 약간은 편해졌다. 잠시 안정을 취한 후에 딸이 죽을 한 숟갈씩 떠서 입안에 넣어 주었다. 죽이 가까스로 목구멍을 타고 넘어가는데, 자꾸만 토할 것처럼 울컥울컥했다. 한 숟갈을 넘길 때마다 식은땀이 나고, 토하고 나면 속이 개운해질 것 같은 유혹을 겨우 뿌리쳤다. 수술 후 하루 건너 먹은 첫 식사는 죽으로 딱 일곱 숟갈. 그것도 멀건 쌀죽인데, 용을 써 가며 삼킨 죽이 겨우 일곱 숟갈이었다. 나는 딸이 한 숟갈 한 숟갈 입안에 떠 넣어 줄 때마다 그 횟수를 헤아릴 만큼 먹는 일이 끔찍했다. 점심 또한 죽으로 일곱 숟갈 먹은 게 전부였다. 다만 목이 마른 탓에 물을 한두 모금씩 수시로 마셨다. 저녁에는 아들이 병문안을 왔다가 입안에 떠 넣어준 쌀죽이 열 숟가락으로 늘었다. 그러나 그 열 숟가락의 죽은 목으로 삼킨 지 채 오 분도 안 돼서 다 토하고 말았다. 그뿐만이 아니었다. 지독하게 쓰디쓴 데다 푸르스름한 빛을 띤 멀건 액체가 왈칵왈칵 쏟아졌다. 휴지로 입을 아무리 틀어막아도 소용이 없었다. 그렇게 한바탕 소동을 치르고 나니 뱃속이 한결 편해졌다. 나는 물을 조금씩 자주 마시고, 각종 수액을 투입하고 있었기 때문에 먹는 일에 굳이 신경 쓰지 않아도 되는데, 식사 때만 되면 먹어야 살 수 있다는 생각이 앞섰다. 오후에는 일반 병실로 자리를 옮겨야 하는 수순이었지만 이런 상태로는 어렵겠다는 생각을 했다. 아니나 다를까 담당 교수가 중환자실에서 하루 더 머물 수 있도록 배려해 주었다. 아무래도 일반 병실로 옮기면 이십사 시간 간호받기가 곤란하다는 이유에서였다. 다른 환자들은 모두 일반 병실로 옮겨갔지만 나만 유독 특혜를 받은 것 같아서 잠시나마 고통이 사라진 듯했다. 그날 밤에는 비록 몸을 자유롭게 움직일 수 없을뿐더러 여전히 속까지 거북했지만 그런대로 잠을 잘 수 있었다. 다윗왕의 반지에 새겼다고 하는 "이 또한 곧 지나가리라" 이 글귀를 되새기며 희망을 싹틔웠다.

수술 후 둘째 날은 점심식사를 마친 뒤에 일반 병실로 자리를 옮겼다. 중환자실에서 하루를 더 묵은 셈이었다. 통증은 점차 줄어들면서 견딜 만하다 싶은데, 역시 끼니때마다 먹는 일이 가장 큰 고역 중에 고역이었다. 그날은 주일인 데다 수술한 지 이틀째라 고통을 무릅쓰고, 성경책을 꺼내 들었다. 하지만 도저히 펼칠 수가 없어서 그냥 덮고 말았다. 그날도 아들딸 가족이 병원을 찾아와서 함께 짐을 옮기고, 수술 당시의 초조했던 순간들을 떠올리며 가슴을 쓸어내렸다. 한참을 얘기하던 중에 며느리가 대뜸 하는 말이 "아버님! 교회 앞에 간증하시죠? 저희들도 광양으로 내려갈게요." 라고 했다. 내 눈이 번쩍 뜨였다. 나도 수술을 마치고, 의식이 회복되는가 싶을 그 찰나에 언뜻 "간증 해!"라고 하는 목소리를 어디선가 들은 듯해서였다. 아니면 내 마음속에 잠재해 있던 무의식 세계에서 비롯된 것인지는 딱히 분간할 수 없었다. 하지만 분명한 것은 간증을 해야겠다는 생각이 순간 스쳤다. 그리고 그 간증이라고 하는 말이 긴 여운을 남겼다.

수술 후 사흘째 되는 날, 병실을 이인실로 옮기고 난 후부터 조금씩 회복되는 기미가 보였다. 비록 식사가 죽이긴 하지만 간병인의 도움을 받아 가며 한 그릇을 다 비웠다. 그때까지도 왼팔에는 주사 바늘이 꽂혀 있었고, 등에도 척수관이 박힌 상태였다. 그 밖에도 온몸은 상처투성인 채로 머리, 복부, 가슴, 양팔과 다리가 쑤시거나 쓰리고, 깊이 아렸다. 특히 양팔과 다리는 수술할 때 움직이지 못하도록 결박한 자리에 상처가 나서 쓰라리고, 근육통이 올라오는 바람에 몸살을 앓았다. 수술 중 무의식 상태에서 발버둥 친 흔적일 거라고 생각하니 또 울컥했다. 그리고 몸을 씻거나 머리를 감을 수 없는 불편함이 따랐다. 종이 타월을 물에 적신 후에 겨우 몸을 닦고, 머리는 마른 샴푸로 대충 감았다. 소변은 간병인의 부축을 받아 가며 화장실에서 스스로 해결할 수 있었다. 그러나 아쉬운 것은 그때까지도 대변을 볼 수가 없다는 점이었다. 대변만 나오면 속이 후련하겠는데, 아무리 힘을 써도 배설의 기쁨은 감감무소식이었다. 오전 열시 경에는 담당 교수의 회진이 있었다. 담당 교수는 단도직입적으로 "어떠세요?"라고 물었다. 나는 "교수님, 감사합니다. 아직은 좀 어지럽고, 밥을 먹는 게 고역이지만 그런대로 괜찮습니다."라고 했다. 교수는 또 같은 말을 되풀이했다 "종양을 다 떼 내기에는 자칫 안면이나 전신에 마비가 올 수 있기 때문에 최대한 안전하게 제거했고… 다음에 감마 나이프로 치료하면 되니까."라고 말을 끊었다. 나는 대뜸 "교수님, 감사합니다. 제가 지금 글을 쓰고 있는데, 이번 일로 간증을 하려고 합니다. 교수님 성함을 거론해도 되겠습니까?"라고 물었다. 담당 교수는 의아한 표정을 지으며 "뭐, 가, 간증이요?"라고 했지만, 얼른 이해하지 못한 눈치였다. 내가 "네, 제가 그동안 체험한 것을 교회 앞에 고백하는 것입니다."라고 하자 교수는 그때서야 "네, 뭐…."라고 함과 동시에 고개를 끄덕이며 말끝을 흐렸다. 담당 교수의 허락을 받고 나서 간증을 해도 되겠다는 확신을 갖게 되었다. 그때부터 간증할 내용을 어떻게 잘 정리해서 전달할 수 있을까를 고민하느라 머릿속이 복잡하게 얽혔다.

오후에는 사돈이 친히 병문안을 다녀갔다. 반갑고 고마운 마음에다, 연약하기 그지없는 자신의 처지에 애절한 감정이 뒤섞이며 설움이 북받쳤다. 나는 침대에 누운 채로 사돈의 손을 감싸 쥐고 "사돈! 아들하고 며느리가 병원비 걱정하지 말라고 하는 말이 얼마다 고마운지 모릅니다. 사돈께서 그 애들을 잘 보살펴 주신 덕분입니다."라고 울먹였다. 사돈은 나한테 "사돈! 하루 빨리 건강 회복하세요. 수술하고 이렇게 회복된 모습을 뵈니까 기분이 좋습니다."라고 위로했다. 그때 사돈의 위로가 건강을 회복하는 데 큰 힘이 되었다.

수술 후 나흘째 되는 날 아침에 드디어 성경책을 펼쳐 들었다. 꼭 삼 일 만이었다. 예전에 하던 대로 먼저 기도하고, 성경말씀을 묵상한 다음에 기도를 끝으로 하나님께 예배를 드렸다. 그동안의 공백을 메꾸기 위해 성경책은 평상시보다 오 페이지가량을 더 묵상했다. 성경말씀을 묵상하는 나의 연간 완독 목표는 두 차례로, 전반기에 이미 한 차례 다 읽었다. 그리고 후반기 들어 두 번째 묵상 중인데, 삼 일을 건너뛰었으니 남은 기간 동안에 이를 만회해야 완독이 가능하기 때문이었다. 이렇듯 예기치 못한 일이 불현듯 찾아올 수 있기 때문에 매일 성경말씀을 묵상해야만 자신이 한 약속을 지킬 수 있다는 걸 증명한 셈이었다. 간병인이나 간호사, 주치의가 볼 때마다 성경책을 읽고 있는 모습을 보고 드러낸 반응은 제각각이었다. 주치의는 그저 자기 일에만 충실할 뿐 별로 관심이 없었지만, 간호사는 볼 때마다 '중환자인 주제에 무슨 책을 그리 보고 있을까' 하고 의문에 찬 듯한 표정을 읽을 수 있었다. 그러나 간병인만큼은 놀라워하는 눈빛으로 바라보며 감탄사를 쏟아 냈다. 그런 간병인을 보고 내가 한마디 건넸다. "내 안에 예수 그리스도를 영접하기만 하면 구원받을 것이고 구원은 오직 예수 그리스도의 주권이십니다. 예수 그리스도만이 길이요 진리요 생명이십니다."라고 하는 성경말씀을 전했다. 그날은 몸에 너덜너덜 붙어 있던 주사 바늘이며 척수 관을 떼어 낸 정말 홀가분한 날이기도 했다. 더욱 반가운 것은 비록 적은 양이긴 하지만 대변을 볼 수 있어서 기쁨이 두 배로 늘었다. 그러자 이제 좀 살만하다 싶어서인지 복통으로 끙끙 앓았던 지난 시간을 되돌아보는 여유가 생겼다. 그 것은 수술 전날 밤부터 금식하라는 간호사의 지시를 어기고 물을 마신 게 탈을 불러일으킨 게 아닌가 싶었다. 아무도 그런 얘기는 안 했지만 물밖에는 복통을 몰고 올 만한 까닭이 없어 보였다.

아무튼 그 덕분에 가장 먼저 일기를 쓰기 시작했다. 십일 년째 단 하루도 거르지 않고 써 왔던 일기를 나흘을 건너뛰고 닷새 만에 썼다. 지나간 나흘은 스마트폰에 입력해 놓은 메모를 들춰 보고, 기억을 되짚어 가며 이틀 동안에 걸쳐 다 메꿨다. 그때의 기억들은 내 일기장에 삐뚤삐뚤한 글씨로 빼곡하게 적혀 있긴 하지만 또렷하고 생생한 기록으로 남아 있다.

2019년 팔월 삼십 일, 내가 오른쪽 귀를 수술하고 닷새가 지난 후에 스마트폰의 메모를 참고하거나 기억을 더듬어가며 써 놓은 일기를 재구성했다.

"날씨 알 수 없음. (수술실과 중환자실의 환자용 침대에 누워 있었기 때문인 듯)

오늘 아침 여덟 시가 수술 예정인데, 일곱 시 이십 분경에 환자이송카가 병실로 들어왔다. 내가 가장 보기 싫어하는 환자이송카가. 아내랑 같이 병원에 드나들다 마주칠 때마다 애써 외면했던 그런 이송카가. 이송카에 누워 이동하는 환자의 얼굴과 마주치지 않으려고 고개를 돌렸던 그런 곳에 내가 누울 줄이야 상상이나 했겠는가? 그러나 현실은 냉혹했다. 나 또한 그런 환자이송카에 실려 승강기를 타거나 통로를 덜덜거리며 가다가 도착한 곳은 수술 대기실이었다. 그 넓은 공간에 환자는 나 혼자였다. 수술환자는 나 혼자뿐인지 아니면 내가 제일 먼저 수술하는 것인지는 알 수 없었다. 한참을 환자이송카에 누운 채 기도를 하다가 성경말씀을 암송하기도 했다. 그리고 슬그머니 고개를 돌려보았더니 그사이에 내 오른편으로 아홉 명의 환자가 나란히 누워있었다. 천장을 향하고 있는 환자들의 눈길이 애처롭게 꿈틀거리는 듯했다. 깊은 적막 속에 그들은 지금 무슨 생각을 그렇게 골똘히 하고 있을까 무척 궁금했다. 아이러니한 것은 열 명의 환자 가운데 무려 일곱 명이 여성이었다. 문득 여성이 남성보다 수명이 더 길다는 인구 통계 분석과 배치되는 기현상이 아닌가 하는 생각이 스쳤다. 하나같이 뇌 수술하는 환자들인 듯했다. 머리에 하얀 망을 쓰고 있는 모습이 그것을 증명하고 있었기 때문이다. 이런저런 생각 끝에 내가 제일 먼저 수술실로 들어갔다. 수술실은 TV에서 흔히 보았던 그 광경 그대로였다. 알알이 박혀 있는 전등의 강렬한 불빛이 위용을 뽐내며 내 기를 꺾었다. 의사들이 모여들고, 간호사들이 분주하게 움직이는가 싶더니 누군가가 "교수님께서 일찍 내려오셔서 예정 시각보다 앞당겨 수술하겠습니다."라고 했다. 그때가 오전 일곱 시 사십오 분경이었다. 그와 동시에 마취용 마스크가 내 입을 덮치면서 정신이 몽롱해지려는 그 순간 어떤 사람이 다급한 목소리로 "이 환자분 물을 마신 것 같습니다. 바로 조치하겠습니다.'라는 말과 함께 내 의식은 거기까지였다.

내가 의식을 회복했을 때는 환자이송카가 어디론가 이동 중이었다. 그리고 중환자실에 입원했다. 딸이 옆에서 걱정스러운 얼굴로 나를 내려다보고 있었다. 수술을 마치고 나온 시각이 저녁 일곱 시 반경이라고 귀뜸했다. 끔찍하게도 무려 열두 시간에 걸친 수술이었다. 수술을 마치고 점차 의식이 깨어나자 이내 고통이 엄습해 왔다. 식은땀이 흐른 탓에 한기가 오슬오슬 들이닥치면서 온몸이 사시나무 떨 듯했다. 배는 마치 창자를 비틀어 꼰 듯이 통증이 몰려오고 팥죽 끓듯 부글부글거렸다. 온몸에는 수액 관들과 소변을 받아내는 관, 척수를 뽑아내는 관들이 주렁주렁 매달려 있어서 움직일 수조차 없었다. 하루 종일 밥 한 끼 먹지 못한 것은 차치하고 밤잠을 설쳐가며 간신히 하룻밤을 버텨내고 있다."라는 내용이었다.

또 그날 아침부터는 걷기 운동을 시작했다. 이동식 수액 걸이대의 둥그런 부분을 두 손으로 움켜잡고 간병인의 부축을 받은 상태였다. 다리가 후들거리고 어지러워서 금방이라도 쓰러질 것 같은 울렁증이 일었다. 그러나 조마조마한 마음을 억누르며, 어린애가 엄마 손을 붙들고 걷는 걸음마 수준으로 어기적어기적 걸었다. 병원 통로에 표시해 놓은 환자들의 걷기 운동 코스로, 한 바퀴를 돌면 백십이 미터의 거리였다. 아침밥을 먹기 전에 한 바퀴 도는 게 너무 힘들고, 어색하고, 신기했다. 발을 떼면서 몸의 중심을 이동하기에 벅찬 나머지 숨을 헐떡거렸지만 걸을 수 있다는 사실만으로도 기분이 들떴다. 그리고 아침밥을 먹고 나서는 다섯 바퀴, 점심 식사 후에 열 바퀴, 석식 전에 열다섯 바퀴, 식후 저녁 아홉 시까지 열두 바퀴를 돌고 또 돌았다. 수술 후 처음 걷기 시작한 날 무려 마흔세 바퀴를 돌았는데, 그 거리가 약 오 킬로미터에 달했다. 간병인이 나를 따라 걷다가 지쳐서 주저앉을 정도였다. 식사는 비록 죽을 먹었지만 스스로 해결했고, 음식 맛을 느낄 수 있었다. 내일 아침부터는 밥을 먹겠노라고 호언장담하는 능청을 떨기도 했다. 수술 후 나흘만의 일이었다.

수술 후 닷새째 되는 날은 전날과 마찬가지로 아침 예배를 드리고, 걷기 운동에 매달렸다. 그때부터는 전날 밀고 다녔던 이동식 수액 걸이대를 걷어치우고 스스로 걸었다. 걷는 게 한결 수월했다. 전날보다 무려 두 배에 가까운 여든 바퀴를 자유롭게 걸었다. 죽을 먹다가 점심부터는 밥을 먹고 나니 힘이 불끈 솟는 감이 들었다. 저녁밥을 먹기 전에 잠깐 TV를 시청하는데, 어촌에 사는 아버지와 아들이 바다에서 광어를 잡아다가 회를 떠서 먹는 모습을 보고 군침이 돌았다. 죽 한 숟갈 삼키기가 죽도록 싫었던 적이 불과 엊그제인데, 사람이 이렇게 변덕이 심할 수 있을까 싶어서 실없이 웃고 말았다. 오늘 일기에 전날 하루치를 더해서 쓰고, 열한 시경에 잠을 청했다. 예정대로라면 오늘이 퇴원해야 할 날인데, 하루 더 안정을 취한 후에 퇴원하고 싶었다. 왜냐하면 걷기는 자유로운데 몸의 균형을 유지하기가 약간은 부자연스럽고, 동작이 바뀔 때마다 어지럽다는 감을 느꼈기 때문이다. 그래서 담당 교수한테 요청했더니 흔쾌히 승낙한 날이 하루 늘었다.

다음 날 입원한 지 팔일 만에 퇴원했다. 오전에 최종적으로 상처 부위에 소독을 마치고, 걷기 운동으로 컨디션을 조절한 다음 만반의 퇴원 준비를 했다. 앉아 있다가 일어선다거나 걸을 때 어지럽기는 하지만 그렇다고 계속 입원해 있을 수는 없기 때문이었다. 병원에 입원한 날로부터 팔 일 동안의 기억의 파편들이 다시 한데 어우러져 한 편의 생생한 다큐멘터리로 내 주위를 맴돌고 있었다.

위기의 순간, 성경말씀을 단단히 붙들고, 간절하게 기도하며 버틴 시간이 있었기에 이런 기적 같은 삶을 체험하게 된 것이 아닌가 싶었다. 세상 소리가 끊임없이 소란을 피우며 설쳐댔지만 하나님의 말씀의 소리로 이를 잠재우며 버틸 수 있었다는데, 감사하며 기도했다.

끝.

에필로그

이 글을 쓰기 시작한 지 이 년여 만에 결실을 거두었다. 그 기쁨으로 나는 마냥 들떠 있다. 그런가 하면 독자의 반응에 무척 신경이 쓰이고, 떨칠 수 없는 부담감이 밀려오기도 한다. 하지만 그동안에 수차례의 위기를 극복하고 오늘에 이를 수 있었기에 그 의미는 클 수밖에 없다. 무엇보다도 아내의 병시중을 들면서 눈앞이 캄캄해지는 절망 가운데서도 이 원고 덕분에 위로받고 이겨낼 수 있었다. 그 원동력은 이 이야기를 가슴에 묻어 두고 버티기에는 스스로 감당할 수 없다는 절박함이었다. 이 이야기를 풀어내지 않고서는 견디지 못할 정도로 애가 타는 마음을 잠재울 만한 그 어떤 대안도 없었다는 얘기다. 그래서 쓰고 또 쓰면서 십여 개월 만에 초고를 완성했다. 그리고 수차례 퇴고를 거친 다음에 출판사에 투고했다. 그러나 유의미한 답을 받지 못한 채 시간만 흘러갔다. 난감했다. 또 고민하기 시작했다. 결론은 여기까지 왔는데, 혼신의 힘을 다해 여기까지 왔는데, 이대로 덮을 수 없다는 불같은 오기가 한시도 나를 그냥 놔두지 않았다. 그래서 심기일전 처음부터 다시 쓴다는 마음으로 원고를 물고 늘어졌다. 그 과정에는 어느 누구도 개입하지 않은 오직 나만의 세계에 갇혀 다듬고 다듬기를 거의 일 년가량 반복했다. 그러나 부족한 것은 어쩔 수 없는 이 원고의 딜레마였다.

그런 가운데서도 또 한 차례 투고를 했지만 역시 거기까지였다. 또 다시 위기가 닥쳐왔다. 갈등하기 시작했다. 밀어붙일 것이냐, 아니면 여기서 손을 뗄 것이냐. 결론은 결코 손을 뗄 수가 없었다. 다시 원고를 훑어가며 수정하기 시작했다. 이 원고를 완성하지 못한다면 그동안에 쏟은 열정이 물거품이 될 공산이 크다는 생각 때문에 다시 원고를 읽고, 고쳐 쓰기를 되풀이했다. 문장이 풀리지 않은 부분이 있으면 잠을 이룰 수 없을 정도를 애가 탔다. 또 그렇게 골똘히 몰입하다가 기막히게 기분 좋은 문장이 떠오를 때면 회심의 미소를 짓곤 했다. 보람이 있었다. 읽어 보고 다듬은 만큼 문장이 탄탄해지고 생명력이 되살아나는 듯했다. 그런 보람을 먹고 자란 글쓰기가 기어이 오늘을 있게 한 기틀이 되었다고 자부할 수 있을 것 같다.

독자를 늘 마음에 두고 썼지만 더러는 저자의 감정에 사로잡힌 나머지 매끄럽지 못한 부분이 아직도 곳곳에 지뢰처럼 묻혀 있는 듯하다. 독자의 혹독한 질책과 따뜻한 위로를 마다하지 않고 받아들여서 더 나은 글쓰기로 보답하고 싶은 마음 간절하다. 이제 이 원고에서 벗어나야 할 때가 왔다. 그래야 다음 작품을 구상하며 글쓰기를 이어갈 수 있지 않을까 해서다. 독자 여러분께 심심한 경

의를 표하며 이 책으로 인연을 맺은 독자 한 분 한 분의 건투를
빈다.

끝.